Keep Me

Verwandelt

Anna Zaires

Aus dem Amerikanischen von

Grit Schellenberg

♠ Mozaika Publications ♠

Alle in diesem Buch geschilderten Handlungen und Personen sind frei erfunden. Ähnlichkeiten mit lebenden oder verstorbenen Personen, Geschäftseinrichtungen, Ereignissen oder Schauplätzen wären zufällig und nicht beabsichtigt.

Veröffentlicht von Mozaika Publications, einer Druckmarke von Mozaika LLC.
www.mozaikallc.com

Cover von Eden Crane Designs
Lektorin: Kerstin Frashier

e-ISBN: 978-1-63142-060-3
Print ISBN: 978-1-63142-061-0

TEIL I: DIE ANKUNFT

1. KAPITEL

❖ JULIAN ❖

Es gibt Tage, an denen der Drang zu verletzen und zu töten einfach zu stark ist, um ihn zu verleugnen. Tage, an denen der dünne Mantel aus Zivilisation, der mich umgibt, fast bei der kleinsten Provokation abfällt und das Monster in meinem Inneren freilegt.

Heute ist einer dieser Tage.

Heute habe ich sie bei mir.

Wir sind im Auto auf dem Weg zum Flughafen. Sie sitzt eng an mich gedrückt, ihre schlanken Arme sind um mich geschlungen und ihr Gesicht ist in meinem Hals vergraben.

Ich wiege sie in einem Arm, ich streichele ihr Haar und genieße seine seidige Struktur. Es ist jetzt lang und reicht bis zu ihrer schlanken Taille hinunter. Ihre Haare sind seit neunzehn Monaten nicht mehr geschnitten worden.

Nicht seit ich sie zum ersten Mal entführt habe.

Ich atme ein und nehme ihren Duft auf — leicht, blumig, köstlich feminin. Es ist eine Mischung aus einem Shampoo und ihrer körpereigenen Chemie, und mir läuft davon das Wasser im Mund zusammen. Ich will ihr die Klamotten vom Leib reißen und diesem Geruch überall hin folgen, jede Kurve und jede Mulde ihres Körpers erkunden.

Mein Schwanz zuckt, und ich erinnere mich selbst daran, dass ich sie gerade erst gefickt habe. Das ist aber egal. Meine Lust für sie ist allgegenwärtig. Dieses besessene Verlangen hat mich anfangs gestört, aber jetzt habe ich mich daran gewöhnt. Ich habe es akzeptiert, verrückt nach ihr zu sein.

Sie scheint ruhig zu sein, sogar zufrieden. Ich mag das. Ich mag es, wenn sie sich an mich kuschelt, so sanft, so vertrauensvoll. Sie kennt meine wahre Natur und trotzdem fühlt sie sich bei mir sicher. Ich habe sie dazu erzogen, so zu fühlen.

Ich habe sie dazu gebracht, mich zu lieben.

Nach ein paar Minuten bewegt sie sich in meinen Armen und hebt ihren Kopf, um mich anzuschauen. »Wohin fahren wir?«, fragt sie blinzelnd und ihre langen schwarzen Wimpern schwingen wie Fächer nach oben und unten. Sie hat diese Augen, die einen Mann auf die Knie gehen lassen — sanfte, dunkle Augen, bei deren Anblick ich an zerwühlte Laken und nacktes Fleisch denken muss.

Ich zwinge mich dazu, mich zu konzentrieren. Es gibt nichts, was meine Konzentration so sehr stört wie diese Augen. »Wir fliegen zu mir nach Hause, nach Kolumbien«, beantworte ich ihre Frage. »An den Ort, an dem ich aufwuchs.«

Ich war seit Jahren nicht mehr dort — nicht seit meine Eltern ermordet worden sind. Aber die Residenz meines Vaters ist eine Festung, und das ist genau das, was wir jetzt brauchen. In den letzten Wochen habe ich zusätzliche Sicherheitsmaßnahmen einbauen lassen, so dass dieser Ort jetzt praktisch unbezwingbar ist. Niemand wird mir Nora jemals wieder wegnehmen — das habe ich sichergestellt.

»Wirst du bei mir bleiben?« Ich kann den hoffnungsvollen Ton in ihrer Stimme hören und nicke lächelnd.

»Ja, mein Kätzchen, das werde ich.« Jetzt, da ich sie wieder habe, ist die Notwendigkeit, sie bei mir zu haben, zu stark, um sie verleugnen zu können. Die Insel war einst der sicherste Ort für sie, aber jetzt ist sie es nicht mehr. Jetzt wissen sie von ihrer Existenz — und sie wissen, dass sie meine Achillesferse ist. Ich muss sie bei mir haben, wo ich sie beschützen kann.

Sie leckt sich ihre Lippen, und meine Augen folgen dem Weg ihrer süßen, rosafarbenen Zunge. Ich möchte ihr dickes Haar um meine Faust wickeln und ihren Kopf in meinen Schoß drücken, aber ich widerstehe diesem Drang. Dafür wird später Zeit sein, wenn wir an einem sichereren — und weniger öffentlichen — Ort sind.

»Wirst du meinen Eltern wieder eine Million Dollar schicken?« Ihre Augen sind groß und unschuldig, während sie mich anschaut, aber ich kann die unterschwellige Herausforderung in ihrer Stimme hören. Sie stellt mich auf die Probe — testet die Grenzen dieser neuen Phase unserer Beziehung.

Mein Lächeln verstärkt sich, und ich strecke mich nach ihr aus, um ihr eine Haarsträhne hinter dem Ohr festzustecken. »Möchtest du, dass ich sie ihnen schicke, mein Kätzchen?«

Sie blickt mich ohne zu zwinkern an. »Nicht wirklich«, erwidert sie sanft. »Ich würde sie stattdessen viel lieber anrufen.«

Ich halte ihren Blick. »Okay. Du kannst sie anrufen, sobald wir da sind.«

Ihre Augen werden riesig und ich kann sehen, dass ich sie überrascht habe. Sie hatte erwartet, wieder meine Gefangene zu sein, abgeschnitten von der Außenwelt. Was sie noch nicht erkannt hat ist, dass das nicht länger nötig ist.

Ich habe das erreicht, was ich mir vorgenommen hatte.

Sie gehört jetzt ganz und gar mir.

»Einverstanden«, sagt sie langsam, »das werde ich tun.«

Sie schaut mich an, als könne sie mich nicht einordnen — so als sei ich ein exotisches Tier, das sie niemals zuvor gesehen hat. Sie schaut mich oft so an, mit dieser Mischung aus Vorsicht und Faszination. Sie fühlt sich von mir angezogen — das hat sie von Anfang an — und doch hat sie unterschwellig Angst vor mir.

Ein Raubtier wie ich mag das. Ihre Angst, ihr Zögern — das rundet die ganze Sache ab. Das macht es noch süßer sie zu besitzen, zu spüren, wie sie sich jede Nacht in meine Arme schmiegt.

»Erzähl mir von deiner Zeit zu Hause«, sage ich leise und ziehe sie an mich heran bis sie bequemer an meiner Schulter liegt. Ich kämme mit meinen Fingern ihre Haare zurück und blicke auf ihr Gesicht, welches zu mir nach oben schaut. »Was hast du die ganzen Monate lang gemacht?«

Ihre weichen Lippen verziehen sich zu einem selbstironischen Lächeln. »Du meinst, außer dich zu vermissen?«

Ein warmes Gefühl breitet sich in meiner Brust aus. Ich möchte es nicht zulassen. Ich möchte nicht, dass es etwas bedeutet. Ich möchte, dass sie mich liebt, weil ich das kranke Bedürfnis habe, sie ganz und gar zu besitzen — nicht, weil ich ihre Gefühle erwidere. »Ja, genau«, antworte ich ruhig und denke an die vielen Arten auf die ich sie nehmen werde, sobald wir wieder alleine sind.

»Also, ich habe mich mit Freunden getroffen«, beginnt sie und ich höre ihr dabei zu, wie sie mir von dem berichtet, was sie in den letzten vier Monaten getan hat. Vieles davon wusste ich schon. Lucas hatte von sich aus dafür gesorgt, dass Nora diskret beobachtet wurde, während ich mich im Koma befand. Sobald ich aufwachte erhielt ich einen detaillierten Bericht über alles, was Nora machte.

Dafür schulde ich ihm etwas — und dafür, dass er mir mein Leben gerettet hat. Während der letzten Jahre war Lucas Kent ein unschätzbar wertvolles Mitglied meiner Organisation geworden. Nur wenige Andere hätten den Mut gehabt, sich so einzusetzen. Selbst ohne die genaue Wahrheit über Nora zu kennen, war er clever genug gewesen zu erkennen, dass sie mir etwas bedeutete und hatte dafür gesorgt, dass sie sich in Sicherheit befand.

Sie hat davon nichts mitbekommen. »Und, hast du ihn gesehen?«, wollte ich wie nebenbei von ihr wissen und hob meine Hand um mit ihrem Ohrläppchen zu spielen. »Jake, meine ich.«

Ihr Körper versteinert in meinen Armen. Ich kann die feste Anspannung jedes einzelnen Muskels spüren. »Ich habe ihn zufällig kurz nach einem Essen mit meiner Freundin Leah getroffen«, antwortet sie ruhig und schaut mich an. »Wir haben einen Kaffee zusammen getrunken, wir drei, und danach habe ich ihn nicht wieder gesehen.«

Ich erwidere einen Moment lang ihren Blick und nicke dann zufrieden. Sie lügt mich nicht an. Das Gleiche hatte auch in den Berichten gestanden. Als ich es das erste Mal gelesen habe, wollte ich den Jungen mit meinen bloßen Händen umbringen.

Das würde ich immer noch tun, sollte er sich jemals wieder in Noras Nähe begeben.

Der Gedanke an einen anderen Mann in ihrer Nähe erfüllt mich mit blanker Wut. Den Berichten zufolge hat sich Nora während meiner Abwesenheit aber mit niemandem getroffen — mit einer einzigen Ausnahme. »Was ist mit dem Richter?«, frage ich sanft und bemühe mich nach Kräften, meine kochende Wut zu unterdrücken. »Hattet ihr beiden eine schöne Zeit?«

Sie erblasst unter ihrem goldfarbenen Teint. »Ich habe nichts mit ihm gemacht«, erwidert sie und ich kann Besorgnis aus ihrer Stimme heraushören. »In jener Nacht ging ich aus, weil du mir gefehlt hast, weil ich es satt hatte alleine zu sein. Es ist allerdings nichts passiert. Ich trank eine Menge, aber konnte es trotzdem nicht tun.«

»Nein?« Ein Großteil meines Ärgers verfliegt. Ich kann sie gut genug lesen um zu wissen wann sie lügt — und gerade sagt sie mir die Wahrheit. Ich behalte trotzdem im Hinterkopf, diese Sache näher zu untersuchen. Sollte der Richter sie berührt haben, wird er dafür bezahlen.

Sie blickt mich an und ich kann fühlen, wie ihre eigene Anspannung nachlässt. Sie kann meine Stimmungen spüren wie kein anderer. So als sei sie irgendwie auf mich abgestimmt. So war das von Anfang an mit ihr. Im Gegensatz zu den meisten Frauen konnte sie schon immer mein wirkliches Ich spüren

»Nein.« Ihre Mundpartie wird hart. »Ich konnte seine Berührung nicht zulassen. Ich bin schon zu verändert, um noch mit einem normalen Mann zusammen sein zu können.«

Ich hebe meine Augenbrauen und bin unfreiwillig belustigt. Sie ist nicht mehr das verängstigte Mädchen, das ich auf meine Insel gebracht hatte. In der Zwischenzeit waren meinem kleinen Kätzchen scharfe Krallen gewachsen und es hat angefangen, sie auch zu benutzen.

»Das ist gut.« Ich lasse meine Finger spielerisch über ihren Hals gleiten und nähere mich mit meinen Kopf, um ihren süßen Duft einzuatmen. »Niemand darf dich anfassen, Baby. Niemand außer mir.«

Sie antwortet nicht, sondern blickt mich einfach weiterhin an. Sie braucht nichts zu sagen. Wir verstehen uns perfekt. Ich weiß, ich werde jeden Mann umbringen, der Hand an sie legt, und sie weiß das auch.

Es ist eigenartig. Niemals zuvor war ich so besitzergreifend bei einer Frau. Das ist Neuland für mich. Vor Nora waren alle Frauen in meinem Kopf austauschbar — nur weiche, hübsche Kreaturen, die durch mein Leben rauschten. Sie kamen freiwillig zu mir, wollten Sex, wollten Schmerzen spüren und ich erfüllte ihre Verlangen. Gleichzeitig wurden meine eigenen körperlichen Bedürfnisse befriedigt.

Meine erste Frau nahm ich mit vierzehn Jahren, kurz nach dem Tod meiner Mutter. Sie war eine der Huren meines Vaters; er sandte sie zu mir, nachdem ich zwei von Marias Mördern umgebracht hatte, indem ich sie in ihrem eigenen Hause kastrierte. Ich denke, mein Vater hatte die Hoffnung, dass die sexuelle Verlockung mich von meinen Racheplänen abbringen würde.

Ich muss wohl nicht extra sagen, dass dieser Plan nicht aufging.

Sie trat mit einem engen schwarzen Kleid bekleidet in mein Zimmer. Ihr Makeup war perfekt und ihr satter, voller Mund glänzte rot. Als sie damit begann, sich vor mir zu entkleiden, reagierte ich genauso wie jeder Teenager — mit sofortiger, heftiger Lust. Aber ich war zu diesem Zeitpunkt nicht irgendein Teenager. Ich war ein Mörder; und das schon seit meinem achten Lebensjahr.

In jener Nacht nahm ich die Hure grob. Ich war zu unerfahren, um mich zu kontrollieren und wollte meinem Vater — und der ganzen beschissenen Welt — eins auswischen. Ich ließ meinen ganzen Frust an ihrem Fleisch aus, hinterließ Schrammen und Bissspuren — und sie kam die darauffolgende Nacht zurück weil sie mehr wollte, dieses Mal ohne das Wissen meines Vaters. So ging das einen ganzen Monat lang. Sie schlich sich wann immer sie die Gelegenheit dazu hatte in mein Zimmer und lehrte mich was sie mochte ... was ihrer Meinung nach viele Frauen mochten. Sie wollte keinen süßen und zärtlichen Sex; sie wollte Schmerz und Gewalt. Sie wollte jemanden, bei dem sie sich lebendig fühlte.

Und mir fiel auf, dass ich das mochte. Ich mochte es, sie schreien und betteln zu hören während ich ihr wehtat und sie kommen ließ. Die Gewalt, die in mir wohnte, hatte ein anderes Ventil gefunden und ich ließ sie heraus so oft ich Gelegenheit dazu fand.

Das reichte natürlich nicht. Die Wut, die tief in mir brodelte konnte nicht so leicht beruhigt werden. Marias Tod hatte etwas in meinem Inneren geändert. Sie war das einzige Reine und Schöne in meinem Leben gewesen und jetzt war sie weg. Ihr Tod erreichte mehr als die Ausbildung durch meinen Vater: sie tötete den letzten Rest meines Gewissens, falls ich jemals eines besessen haben sollte. Ich war nicht länger der Junge, der zögerte in die Fußstapfen seines Vaters zu treten. Ich war das Raubtier, das nach Blut und Rache dürstete. Ich ignorierte die Anweisung meines Vaters, die Angelegenheit auf sich beruhen zu lassen. Ich spürte einen nach dem anderen auf und ließ sie bezahlen, berauschte mich an ihren Schmerzensschreie und ihrem Flehen nach einem schnelleren Tod.

Darauf folgten Gegenschläge, die wiederum vergolten wurden. Menschen starben. Die Männer meines Vaters. Die Männer seines Rivalen. Die Gewalt eskalierte so lange, bis mein Vater beschloss seine

Partner zu beschwichtigen indem er mich aus dem Geschäft ausschloss. Ich wurde weggeschickt, nach Europa und Asien ... und dort fand ich Dutzende weiterer Frauen wie diejenige, die mich in den Sex eingeführt hatte. Wunderschöne, willige Frauen, die meine eigenen Neigungen widerspiegelten. Ich erfüllte ihnen ihre dunkelsten Fantasien und sie gaben mir vorübergehendes Vergnügen — ein Arrangement, das perfekt in mein Leben passte. Besonders dann, als ich zurückkehrte, um die Leitung des Unternehmens meines Vaters zu übernehmen.

Erst vor neunzehn Monaten, auf einer Geschäftsreise nach Chicago, hatte ich *sie* gefunden.

Nora.

Die Reinkarnation meiner Maria.

Das Mädchen, welches ich für immer behalten will.

2. KAPITEL

❖ NORA ❖

Während ich in Julians Umarmung sitze, fühle ich die vertraute Mischung aus Aufregung und Angst. Unsere Trennung hat ihn überhaupt nicht verändert. Er ist immer noch der gleiche Mann, der fast Jake getötet hatte und nicht zögerte das Mädchen zu entführen, welches er wollte.

Er ist auch der Mann, der fast gestorben ist um mich zu retten.

Jetzt, da ich weiß, was mit ihm passiert ist kann ich die körperlichen Anzeichen seiner Qualen erkennen. Er ist schlanker als zuvor und seine gebräunte Haut spannt leicht auf den scharfkantigen Wangenknochen. Auf seinem Ohr befindet sich eine ungleichmäßige rosafarbene Narbe und sein dunkles Haar ist sehr kurz. Auf der linken Seite seines Schädels wachsen die Haare etwas unebenmäßig, so als versteckten sie dort eine weitere Narbe.

Trotz dieser kleinen Makel ist er immer noch der umwerfendste Mann den ich jemals gesehen habe. Ich kann meinen Blick nicht von ihm abwenden.

Er lebt. Julian lebt und ich bin wieder bei ihm.

Es fühlt sich immer noch so unwirklich an. Bis heute Morgen dachte ich, er sei tot. Ich war überzeugt davon gewesen, dass er bei der Explosion umgekommen war. Vier unendlich scheinende Monate lang hatte ich mich gezwungen stark zu sein, mein Leben weiterzuleben und den Mann zu vergessen, der jetzt neben mir sitzt.

Der Mann, der mir meine Freiheit gestohlen hat.

Der Mann, den ich liebe.

Ich hebe meine linke Hand und fahre zärtlich den Umriss seiner Lippen mit meinem Zeigefinger nach. Er hat den unglaublichsten Mund den ich jemals gesehen habe — einen Mund zum Sündigen. Als ich ihn berühre, öffnen sich seine wundervollen Lippen und er fängt meine Fingerspitze mit seinen scharfen weißen Zähnen. Er beißt leicht hinein, bevor er den Finger in seinen Mund hineinsaugt.

Eine Welle der Erregung rollt über mich hinweg, als seine nasse Zunge mit meinem Finger spielt. Meine inneren Muskeln ziehen sich zusammen und ich spüre, dass meine Unterwäsche feucht wird. Ich bin für ihn so leicht zu haben. Ein Blick, eine Berührung und ich begehre ihn. Mein Geschlecht fühlt sich geschwollen und etwas wund an seit er mich vorhin genommen hat, aber mein Körper sehnt sich danach, sich erneut mit ihm zu vereinigen.

Julian lebt und er nimmt mich wieder einfach mit.

Als mir diese Tatsache bewusst wird ziehe ich meine Finger von seinen Lippen zurück. Plötzlich fühle ich eine leichte Kälte auf meiner Haut und mein Verlangen lässt nach. Jetzt gibt es kein Zurück mehr. Ich kann meine Meinung nicht mehr ändern. Julian hat erneut die Kontrolle über mein Leben übernommen und diesmal habe ich mich sogar freiwillig in sein Spinnennetz begeben, mich seiner Gnade ausgesetzt.

Natürlich hätte es auch nichts geändert, wenn ich nicht zugestimmt hätte, rufe ich mir in Erinnerung. Ich denke an die Spritze in Julians Tasche und weiß, dass das Ergebnis immer das gleiche gewesen wäre. Bei Bewusstsein oder betäubt, in jedem Fall hätte ich ihn heute begleitet. Aus irgendeinem nicht ganz logischen Grund fühle ich mich mit diesem Wissen besser. Ich lege meinen Kopf zurück an Julians Schulter und entspanne mich.

Es ist sinnlos, gegen das Schicksal zu kämpfen und ich fange an, diese Tatsache zu akzeptieren.

* * *

Wegen des Straßenverkehrs dauert unsere Fahrt zum Flughafen etwas mehr als eine Stunde. Zu meiner Überraschung ist es nicht O'Hare. Stattdessen kommen wir bei einer kleinen Piste an, auf der ein großes Flugzeug auf uns wartet. Ich erkenne die Buchstaben 'G650' auf seinem Heckflügel.

»Gehört das Flugzeug dir?«, frage ich, als Julian mir die Autotür öffnet.

»Ja.« Er schaut mich weder an, noch geht er näher darauf ein. Stattdessen fährt sein Blick unsere

Umgebung ab, so als würde er sie nach versteckten Bedrohungen absuchen. Sein Benehmen zeigt eine Wachsamkeit, die ich vorher noch nie gesehen habe. Zum ersten Mal wird mir klar, dass die Insel auch sein Rückzugsort gewesen war, ein Ort, an dem er sich wirklich entspannen und nicht ständig auf der Hut sein musste.

Sobald ich aussteige umfasst Julian meinen Arm und drängt mich zum Flugzeug. Der Fahrer folgt uns. Ich hatte ihn davor nicht sehen können, da eine Verkleidung den hinteren Sitzbereich von den Sitzen vorne getrennt hatte. Jetzt erhasche ich einen Blick auf ihn, während wir zum Flugzeug gehen.

Dieser Mann muss einer von Julians Navy SEALs sein. Sein blondes Haar ist kurz geschnitten und die blassen Augen in diesem eckigen Gesicht sind eiskalt. Er ist sogar noch grösser als Julian und bewegt sich mit der gleichen athletischen Anmut wie ein Krieger. Jede seiner Bewegungen ist kontrolliert. In seiner Hand befindet sich ein großes Sturmgewehr und ich zweifele nicht daran, dass er genau weiß wie man damit umgeht. Noch ein gefährlicher Mann ... einer, den viele Frauen wegen seiner gleichmäßigen Gesichtszüge und seines muskulösen Körpers zweifellos attraktiv finden. Auf mich trifft das nicht zu, aber ich bin auch verwöhnt. Nur wenige Männer können mit dieser Anziehungskraft eines dunklen Engels mithalten, die Julian ausstrahlt.

»Was für ein Flugzeug ist das?«, frage ich ihn als wir die Stufen hinaufgehen und eine luxuriöse Kabine betreten. Ich verstehe nichts von Privatjets, aber dieser hier sieht beeindruckend aus. Ich versuche, nicht alles anzustarren, aber ich versage kläglich. Die cremefarbenen Ledersitze im Inneren sind riesig und es gibt ein richtiges Sofa mit einem Kaffeetisch davor. Ich sehe außerdem eine offene Tür, die in den hinteren Teil des Flugzeugs führt und erhasche einen Blick auf das Kingsize Bett, welches sich darin befindet.

Meine Kinnlade klappt vor Erstaunen nach unten. *Dieses Flugzeug hat ein Schlafzimmer.*

»Es ist eines der luxuriöseren Gulfstream Flugzeuge«, antwortet er und dreht mich herum, um mir meinen Mantel abzunehmen. Seine warme Hand berührt dabei meinen Hals und ein angenehmer Schauer durchfährt mich. »Ein Geschäftsjet für extra lange Strecken. Er kann uns ohne nachzutanken bis zu unserem Ziel bringen.«

»Sehr nett«, sage ich und schaue Julian dabei zu, wie er meinen Mantel in den Schrank neben der Tür hängt und danach seine eigene Jacke auszieht. Ich kann mich von diesem Anblick nicht abwenden und mir wird bewusst, dass ein Teil von mir immer noch Angst hat, dass das hier nicht real ist — dass ich aufwachen und herausfinden werde, dass es sich nur um einen Traum handelt und Julian in Wirklichkeit bei der Explosion umgekommen ist.

Der Gedanke lässt mich erzittern und Julian bemerkt meine ungewollte Bewegung. »Ist dir kalt?«, fragt er und kommt auf mich zu. »Ich kann die Temperatur erhöhen lassen.«

»Nein, es ist alles in Ordnung.« Trotzdem genieße ich Julians Wärme als er mich zu sich heranzieht und einige Sekunden lang über meine Arme reibt. Ich kann die Wärme seines Körpers durch meine Kleidung spüren und sie verjagt die Erinnerung an diese furchtbaren Momente, in denen ich dachte ich hätte ihn verloren.

Ich schlinge meine Arme um Julians Taille und drücke ihn fest. Er lebt und ich habe ihn bei mir. Das ist im Moment alles was zählt.

»Wir sind startklar.« Eine unbekannte Stimme erschreckt mich und ich lasse Julian los um mich umzusehen. Der blonde Fahrer steht da und blickt uns mit einem unlesbaren Ausdruck auf seinem harten Gesicht an.

»Gut.« Julian lässt seinen Arm auf mir liegen und hält mich fest an seiner Seite als ich versuche wegzugehen. »Nora, das ist Lucas. Er ist derjenige, der mich aus dem Lagerhaus gezogen hat.«

»Oh, ich verstehe.« Ich sehe den Mann mit einem strahlenden und ehrlichen Lächeln an. Dieser Mann hat Julians Leben gerettet. »Ich freue mich sehr, Sie kennenzulernen, Lucas. Ich weiß gar nicht wie ich Ihnen für das, was Sie getan haben, danken soll—«

Seine Augenbrauen zucken leicht, so als sei er über das, was ich ihm gerade gesagt habe überrascht. »Ich habe nur meine Arbeit gemacht«, erklärt er mit einer tiefen, leicht belustigten Stimme.

Julians Mundwinkel verzieht sich zu einem leichten Lächeln, aber er antwortet nicht darauf. Stattdessen fragt er: »Ist auf dem Anwesen alles vorbereitet?«

Lucas nickt. »Alles ist bereit.« Dann schaut er mich an und sein Gesicht ist genauso ausdruckslos wie vorher. »Es freut mich auch Sie kennenzulernen, Nora.« Danach dreht er sich um und verschwindet im Cockpit.

»Er ist dein Fahrer *und* dein Pilot?«, möchte ich von Julian wissen, nachdem Lucas weg ist.

»Er ist sehr vielseitig«, erwidert Julian und führt mich zu den weichen Sesseln. »Wie die meisten meiner Männer.«

Sobald wir sitzen kommt eine umwerfend schöne dunkelhaarige Frau aus dem vorderen Bereich des Flugzeugs in die Kabine. Ihr weißes Kleid sieht aus, als sei es auf ihre Kurven gegossen worden. Mit ihrem perfekten Makeup sieht sie genauso glamourös aus wie ein Filmstar — abgesehen von dem Tablett mit der Flasche Champagner und den beiden Gläsern, das sie in ihren Händen hält.

Ihr Blick streift mich, bevor er zu Julian gleitet. »Möchten Sie sonst noch etwas, Herr Esguerra?«, fragt sie, während sie sich nach vorne beugt um das Tablett auf den Tisch zwischen unseren Sitzen zu stellen. Ihre Stimme ist sanft und melodisch und der hungrige Blick mit dem sie Julian anschaut lässt mich mit den Zähnen knirschen.

»Für den Moment ist das alles. Danke, Isabella«, erwidert er und lächelt sie kurz an. Ich fühle ein kurzes, schmerzhaftes Aufflackern von Eifersucht. Julian hatte mir einmal gesagt, er habe seit unserer Begegnung keinen Sex mit anderen Frauen gehabt, aber ich frage mich trotzdem, ob er in der Vergangenheit Sex mit dieser Frau hatte. Sie ist eine Sexbombe und ihr Verhalten macht deutlich, dass sie mehr als bereit dazu wäre, Julian alles zu servieren was er möchte — auch sich selbst, nackt auf einem Silbertablett.

Bevor meine Gedanken noch weiter in diese Richtung abdriften können, atme ich tief durch und zwinge mich dazu, aus dem Fenster auf den fallenden Schnee zu schauen. Ein Teil von mir weiß, dass es krank und unlogisch ist so besitzergreifend zu sein. Jede rational denkende Frau wäre erfreut darüber, wenn der Entführer seine Aufmerksamkeit auf jemand anderes lenken würde. Aber was Julian betrifft bin ich nicht mehr rational.

Stockholm Syndrom. Bindung während der Gefangenschaft. Traumatische Bindung. Meine Therapeutin hatte diese Begriffe während unserer wenigen Sitzungen benutzt. Sie hatte versucht mit mir über meine Gefühle für Julian zu sprechen, aber es war zu schmerzvoll für mich gewesen, über den Mann zu reden, den ich verloren hatte. Ich hörte auf zu ihr zu gehen. Ich schlug die Begriffe aber später nach und ich kann verstehen, warum sie auf meine Erlebnisse angewendet werden können. Ich weiß aber nicht, ob es so einfach ist. Oder ob es überhaupt wichtig ist. Eine Sache verschwindet nicht, nur weil man ihr einen Namen gibt. Was auch immer der Grund für meine emotionale Bindung zu Julian ist, ich kann sie nicht abstellen. Ich kann ihn nicht weniger lieben.

Als ich mich wieder umdrehe um Julian anzuschauen hat die Flugbegleiterin die Kabine schon verlassen. Ich höre, wie die Motoren aufheulen und lege automatisch meinen Gurt um, genauso wie ich es mein ganzes Leben lang gemacht habe.

»Champagner?«, fragt er und greift nach der Flasche auf dem Tisch.

»Na klar, warum nicht«, sage ich und schaue ihm dabei zu, wie er mir ein Glas einschenkt.

Er reicht es mir und ich lehne mich in dem geräumigen Sitz nach hinten, und nehme einen Schluck von dem prickelnden Getränk während das Flugzeug zu rollen beginnt.

Mein neues Leben mit Julian hat begonnen.

3. KAPITEL

❖ JULIAN ❖

Ich nehme einen Schluck aus meinem Glas und betrachte Nora wie sie durch das Fenster auf die immer kleiner werdende Landschaft blickt. Sie trägt Jeans, ein Sweatshirt aus blauem Fleece und ihre Füße stecken in einem grob aussehenden Paar Stiefeln aus Schafsfell. Ich glaube, die heißen Uggs. Trotz dieser abschreckenden Schuhe sieht sie immer noch sexy aus — aber ich sehe sie lieber in Sommerkleidern, in denen ihre weiche Haut in der Sonne schimmert.

Ich betrachte ihren ruhigen Gesichtsausdruck und frage mich, was sie wohl gerade denkt; ob sie es bedauert, mich begleitet zu haben.

Das sollte sie nicht. Ich hätte sie sowieso mitgenommen.

Als spüre sie meinen Blick auf sich, dreht sie sich zu mir herum. »Wie haben sie von mir erfahren?«, will sie mit ruhiger Stimme wissen. »Die Männer die mich entführt haben, meine ich. Woher wussten sie, dass ich existiere?«

Bei ihrer Frage spannt sich mein ganzer Körper an. Meine Gedanken wandern zurück zu diesen höllischen Stunden nach dem Angriff in der Klinik und ich werde von der gleichen Mischung aus brennendem Hass und lähmender Angst ergriffen.

Sie hätte sterben können. Sie hätte sterben können, wenn ich sie nicht rechtzeitig gefunden hätte. Auch wenn ich ihnen das gegeben hätte, was sie verlangten, hätten sie sie immer noch umgebracht, um mich dafür zu bestrafen, ihren Forderungen nicht eher nachgegeben zu haben. Ich hätte sie verloren. Genauso wie ich Maria verloren habe.

Genauso, wie wir beide Beth verloren haben.

»Es war die Schwesternhelferin in der Klinik.« Meine Stimme klingt kalt und entfernt als ich mein Champagnerglas zurück aufs Tablett stelle. »Angela. Sie arbeitete die ganze Zeit für die Al Quadar.«

Noras Augen funkeln. »Dieses Miststück«, flüstert sie und ich kann Schmerz und Wut aus ihrer Stimme heraushören. Ihre Hand zittert, als sie ihr Glas auf dem Tisch abstellt. »Dieses dreckige Miststück.«

Ich nicke und versuche meine eigene Wut zu kontrollieren, während in meinem Kopf Bilder des Videos hochkommen, welches Majid mir geschickt hatte. Sie folterten Beth bevor sie sie umbrachten. Sie musste leiden. Beth, deren Leben nichts als Leid gewesen war, seit ihr Arschloch von einem Vater sie mit dreizehn an ein Bordell auf der anderen Seite der Grenze nach Mexiko verkauft hatte. Sie war einer der wenigen Menschen gewesen, dessen Loyalität ich niemals in Frage gestellt habe.

Sie musste leiden ... und jetzt werde ich sie schlimmer leiden lassen.

»Wo ist sie jetzt?« Noras Frage reißt mich aus der schönen Erinnerung daran, wie jedes Mitglied der Al-Quadar aufgehängt und meiner Gnade ausgesetzt war. Als ich sie fragend anschaue, fügt sie hinzu: »Angela«.

Ich lächele über ihre naive Frage. »Du musst dir um sie keine Gedanken machen, mein Kätzchen.« Alles, was von Angela noch übrig ist, ist Asche, welche auf dem Rasen der Klinik auf den Philippinen verstreut wurde. Peters Art der Befragung ist brutal aber sehr effektiv. Außerdem entsorgt er hinterher die Beweise. »Sie hat für ihren Verrat bezahlt.«

Nora schluckt und sie weiß genau, was ich meine. Sie ist nicht mehr das gleiche Mädchen, das ich in dem Klub in Chicago getroffen habe. Ich kann die Schatten in ihren Augen sehen und ich weiß, dass ich dafür verantwortlich bin. Trotz all meiner Anstrengungen, sie auf der Insel in Sicherheit zu wahren, hat die Hässlichkeit meiner Welt sie berührt und ihre Unschuld verdorben.

Auch dafür wird die Al-Quadar bezahlen.

Die Narbe auf meinem Kopf beginnt zu jucken und ich berühre sie leicht mit meiner linken Hand. Manchmal bekomme ich noch Kopfschmerzen, aber ansonsten bin ich fast wieder der Alte. Wenn ich bedenke, wie ich einen Großteil der letzten vier Monate verbracht habe, bin ich ziemlich zufrieden mit dem jetzigen Stand der Dinge.

»Ist bei dir alles in Ordnung?« Nora hat einen besorgten Gesichtsausdruck als sie sich ausstreckt, um die Stelle über meinem linken Ohr zu berühren. Ihre schlanken Finger streichen sanft über meinen Schädel. »Hast du noch Schmerzen?«

Ihre Berührung jagt wohlige Schauer durch mich hindurch. Das will ich von ihr. Ich will, dass sie sich um mein Wohlbefinden sorgt. Ich will, dass sie mich liebt, obwohl ich ihre Freiheit gestohlen habe — auch wenn sie mich eigentlich dafür hassen sollte.

Ich mache mir über mich keine Illusionen. Ich bin einer der Männer, die in den Nachrichten gezeigt werden — einer derjenigen, vor denen jeder Angst hat und die von allen verabscheut werden. Ich habe eine junge Frau entführt, weil ich sie wollte. Aus keinem anderen Grund.

Ich nahm sie mit und jetzt gehört sie mir.

Ich entschuldige mich nicht für das, was ich getan habe. Ich fühle mich auch nicht schuldig. Ich wollte Nora und jetzt ist sie hier bei mir und blickt mich an, als sei ich die wichtigste Person auf der ganzen Welt.

Und das bin ich auch. Ich bin genau das, was sie jetzt braucht ... wonach sie sich sehnt. Ich werde ihr alles geben und ihr gleichzeitig alles nehmen. Ihren Körper, ihren Geist, ihre Hingabe — ich will alles. Ich will ihren Schmerz und ihre Lust, ihre Angst und ihre Freude.

Ich will ihr einziger Lebensinhalt sein.

»Nein, es ist alles in Ordnung«, komme ich auf ihre Frage zurück. »Es ist fast verheilt.«

Sie zieht ihre Finger weg aber ich halte ihre Hand fest, da ich noch nicht auf ihre Berührung verzichten möchte. Sie fühlt sich in meinem Griff schlank und zerbrechlich an, die Haut weich und warm. Sie versucht aus einem Reflex heraus ihre Hand herauszuwinden, aber das lasse ich nicht zu. Meine großen Finger schließen sich fester um ihre kleinen und ihre Kraft ist unerheblich im Vergleich zu meiner; nur wenn ich beschließe sie gehen zu lassen wird sie sich befreien können.

Aber sie möchte eigentlich gar nicht, dass ich sie loslasse. Ich kann ihre steigende Erregung spüren und mein Körper versteift sich, als ein dunkler Hunger in mir wiedererwacht. Ich greife über den Tisch, um langsam und zielstrebig ihren Sicherheitsgurt zu öffnen.

Danach stehe ich ohne ihre Hand loszulassen auf und führe sie zu dem Schlafzimmer im hinteren Teil des Flugzeugs.

* * *

Sie schweigt als wir den Raum betreten, und ich schließe die Tür hinter uns. Der Raum hier ist zwar nicht schallisoliert, aber da Lucas und Isabella sich im vorderen Teil des Flugzeugs befinden, sollten wir ein wenig Privatsphäre haben. Normalerweise ist es mir egal, ob irgendjemand sieht oder hört wenn ich Sex habe, aber mit Nora ist das etwas Anderes. Sie gehört mir und ich habe nicht vor sie zu teilen. Auf keine erdenkliche Art.

Ich lasse ihre Hand los, gehe zum Bett hinüber und setze mich darauf. Dann lehne ich mich zurück und schlage meine Füße übereinander. Eine gewöhnliche

Haltung, auch wenn an dem, was ich fühle wenn ich sie anschaue, nichts gewöhnlich ist.

Der Wunsch sie zu besitzen ist gewaltig, verzehrend. Es ist eine Besessenheit die weit über ein sexuelles Bedürfnis hinausgeht, auch wenn mein Körper sich nach ihr verzehrt. Ich will nicht einfach Sex mit ihr haben, ich will mich in ihr verewigen, sie von innen heraus markieren, damit sie nie wieder einem anderen Mann als mir gehören wird.

Ich will sie ganz und gar besitzen.

Ich muss mich beherrschen, ihr nicht die Kleider vom Körper zu reißen, sie auf das Bett zu werfen und ihr Fleisch zu penetrieren bis ich explodiere.

Ich behalte mich unter Kontrolle, weil ich keinen schnellen Sex möchte. Heute habe ich etwas Anderes mit ihr vor.

Ich atme tief durch und zwinge mich still dazustehen und ihr dabei zuzusehen, wie sie sich langsam auszieht. Ihr Gesicht ist errötet, ihr Atem geht schneller und ich weiß, dass sie schon erregt ist, dass sie schon heiß, feucht und bereit für mich ist. Gleichzeitig kann ich das Zögern in ihren Bewegungen spüren, die Wachsamkeit in ihren Augen erkennen. Ein Teil von ihr fürchtet sich immer noch vor mir, weiß, wozu ich fähig bin.

Sie hat zurecht Angst. Ich habe etwas in mir, das durch den Schmerz anderer aufblüht, das ihnen wehtun will.

Das *ihr* wehtun will.

Zuerst zieht sie ihren Fleecepulli aus, unter dem ein schwarzes Tanktop zum Vorschein kommt. Ihre rosafarbenen BH Träger sind darunter zu erkennen und diese unschuldige Farbe erregt mich aus irgendeinem Grund, schickt einen frischen Schwall Blut in mein Geschlecht. Als nächstes ist das Tanktop dran. Als sie bei Schuhen und Jeans ankommt bin ich kurz davor zu explodieren.

In ihrem BH und dazu passendem Höschen ist sie die köstlichste Kreatur, die ich jemals gesehen habe. Ihr zierlicher Körper wohlgeformt und durchtrainiert, die Muskeln in ihren Armen und Beinen sind fein definiert. Trotzdem sie so schlank ist, ist sie sehr weiblich, ihr Po ist perfekt geformt und ihre kleinen Brüste sind überraschend rund. Mit dem langen Haar, welches ihren Rücken hinabfällt sieht sie wie eine Miniaturausgabe eines Victoria's Secret Models aus. Der einzige Makel ist eine kleine Narbe auf der rechten Seite ihres flachen Bauches — die Erinnerung an ihre Blinddarmentzündung.

Ich muss sie einfach berühren.

»Komm her«, befehle ich rau und mein Glied drückt schmerzhaft gegen den Reißverschluss meiner Jeans.

Während sie mich eindringlich mit ihren großen dunklen Augen anblickt nähert sie sich mir vorsichtig. Unsicher, so als ob ich sie jederzeit anfallen könnte.

Ich atme noch einmal tief durch um genau das zu verhindern. Als sie bei mir ankommt beuge ich mich stattdessen nach vorne und umfasse fest ihre Taille. Ich ziehe sie so an mich heran, dass sie zwischen meinen Beinen stehen bleibt. Ihre Haut fühlt sich kalt und weich an. Ihre Rippen sind so schmal, dass ich ihre Taille fast mit meinen Händen umfassen kann. Es wäre so einfach ihr Schaden zuzufügen, sie zu zerbrechen.

Ihre Verletzlichkeit erregt mich fast so sehr wie ihre Schönheit.

Ich greife nach oben, finde den Verschluss ihres BHs und befreie ihre Brüste aus ihrem Gefängnis.

Als der BH an ihren Armen heruntergleitet wird mein Mund trocken und mein ganzer Körper spannt sich an. Auch wenn ich sie schon hundertmal nackt gesehen habe, ist jedes Mal eine Offenbarung. Ihre Nippel sind klein, von rosa bräunlicher Farbe und ihre Brüste haben die gleiche leicht goldene Tönung wie der Rest ihres Körpers. Ich kann nicht widerstehen und bedecke diese weichen, runden Hügel mit meinen Händen um sie leicht zu drücken und zu kneten. Ihr Fleisch ist straff und fest, ihre Nippel drücken hart gegen meine Handflächen. Ich kann hören, wie sie nach Luft schnappt als meine Daumen über diese aufgestellten Spitzen reiben, und mein Hunger verstärkt sich.

Ich lasse ihre Brüste los und schiebe meine Finger unter den Bund ihres Höschens. Ich ziehe es an ihren Beinen hinunter und bedecke mit meiner rechten Hand ihr Geschlecht. Mein Mittelfinger stößt in ihre kleine Öffnung und mein Penis zuckt wegen der warmen Feuchtigkeit, die ich dort vorfinde. Ihr Atem stockt als mein rauer Daumen sich auf ihre Klitoris presst und ihre Hände krallen sich in meine Schultern, ihre scharfen Nägel graben sich in meine Haut.

Ich kann nicht länger warten. Ich muss sie haben.

»Geh aufs Bett.« Meine Stimme ist belegt, als ich meine Hände von ihr entferne. »Ich will dich auf dem Bauch.«

Sie beeilt sich mir zu gehorchen und ich stehe auf um mich auszuziehen.

Ich habe sie gut erzogen. Als ich meine eigene Kleidung abgelegt habe, liegt sie komplett nackt auf dem Bauch und ein Kissen hebt ihren kleinen kurvigen Po an. Ihre Arme hat sie unter ihrem Kopf verschränkt und ihr Gesicht ist zu mir gedreht. Sie schaut mich mit diesen von dicken Wimpern umrandeten Augen an und ich kann ihre nervöse Vorfreude spüren. In diesem Moment begehrt und fürchtet sie mich.

Dieser Blick erregt mich, aber er erweckt auch eine andere Art von Hunger in mir. Ein dunkleres, perverseres Bedürfnis. Aus meinem Augenwinkel sehe ich den Gürtel meiner Jeans, der auf dem Boden liegt. Ich hebe ihn auf und wickele das Ende mit der Schnalle um meine Hand, bevor ich zum Bett gehe.

Nora bewegt sich nicht, aber ich kann die ängstliche Anspannung in ihrem Körper sehen. Meine Lippen zucken. *So ein braves Mädchen.* Sie weiß, es wäre schlimmer für sie, wenn sie Widerstand leisten würde. Natürlich hat sie jetzt auch schon verstanden, dass ich ihren Schmerz mit Lust belohnen werde und sie ihn deshalb auch genießen wird.

Ich mache am Ende des Bettes halt, strecke meine freie Hand aus und fahre mit meinen Fingern ihre Wirbelsäule entlang. Sie erzittert unter meiner Berührung und diese Reaktion lässt dunkle Erregung durch mich hindurchfahren. Das ist genau das, was ich will, was ich brauche — diese tiefe verdrehte Verbindung die zwischen uns existiert. Ich will mich in ihrer Angst, ihrem Schmerz baden. Ich will ihre Schreie hören, ihre hilflose Gegenwehr fühlen — bis sie dann in meinen Armen dahinschmilzt und ich sie immer wieder in Ekstase versetze.

Dieses Mädchen setzt das Schlimmste in mir frei, lässt mich auch die letzten Reste meiner Moral vergessen. Sie ist die einzige Frau, die ich jemals in mein Bett gezwungen habe, die Einzige, die ich jemals so sehr gewollt habe ... und auf eine so falsche Weise. Sie hier zu haben, meiner Gnade ausgesetzt, ist mehr als berauschend — es ist die stärkste Droge, die ich jemals probiert habe. Ich habe noch niemals solche Gefühle für ein anderes menschliches Wesen empfunden und das Wissen, dass sie mir gehört, dass ich alles mit ihr machen kann, was ich möchte, ist ein Rausch, der mit nichts zu vergleichen ist. Mit den ganzen anderen Frauen war es einfach nur ein Spiel, eine Art und Weise die gegenseitigen Bedürfnisse zu befriedigen. Mit Nora ist das anders. Mit ihr ist es mehr.

»Wunderschön«, murmele ich und streichele die weiche Haut ihrer Oberschenkel und ihres Hinterns. Bald werden sie Spuren aufweisen, aber im Moment genieße ich ihre Glätte. »So unglaublich schön ...« Ich beuge mich über sie und küsse sie sanft auf den untersten Punkt ihrer Wirbelsäule. Ich atme ihren warmen weiblichen Duft ein und lasse die Vorfreude wachsen. Ein Schauer durchfährt sie und ich lächele, während das Adrenalin durch meine Venen rauscht.

Ich stelle mich auf, trete einen Schritt zurück und schlage mit dem Gürtel zu.

Ich benutze nicht viel Kraft, aber trotzdem zuckt sie zusammen als mein Gürtel auf den runden Hügeln ihres Pos landet. Ein leises Wimmern entfährt ihren

Lippen. Sie versucht nicht, sich zu bewegen oder wegzukrabbeln; stattdessen krallen sich ihre kleinen Fäuste fest in das Laken und ihre Augen sind fest geschlossen. Ich schlage das zweite Mal härter zu und dann immer wieder. Meine Bewegungen bekommen einen hypnotischen, tranceähnlichen Rhythmus. Mit jedem Gürtelschlag versinke ich tiefer in die Schwärze und meine Welt verengt sich, bis ich nur noch sie sehen, hören und fühlen kann. Die Rötung ihres zarten Fleisches, die schmerzerfüllten Aufschreie und das Schluchzen, welches ihr entweicht, die Art, wie ihr Körper bei jedem Schlag erzittert und erschaudert — ich bade darin, befriedige meine Sucht, stille den verzweifelten Hunger, der mich innerlich auffrisst.

Zeit verschwimmt und dehnt sich aus. Ich weiß nicht, ob Minuten vergehen oder Stunden. Als ich endlich aufhöre liegt sie schlaff und bewegungslos da. Ihre Pobacken und Oberschenkel sind mit roten Striemen übersät. Ihr tränennasses Gesicht hat einen verträumten, fast glückseligen Ausdruck und ihr schlanker Körper zittert. Kleine Schauer durchfahren sie.

Ich lasse den Gürtel auf den Boden fallen und nehme sie vorsichtig hoch. Ich setze mich auf das Bett und halte sie zusammengekauert auf meinem Schoss fest. Mein eigenes Herz hämmert in der Brust und mein Kopf dreht sich immer noch von dem unglaublichen Rausch, den ich gerade erlebt habe. Sie zittert immer noch, verbirgt ihr Gesicht an meiner Schulter und beginnt zu weinen. Ich streichel ihr Haar, beruhige sie und helfe ihr dabei, von ihrem Endorphin Rausch herunterzukommen.

Das brauche ich jetzt — sie zu trösten und sie in meinen Armen zu spüren. Ich will alles für sie sein: ihr Beschützer und derjenige, der sie quält, ihre Freude und ihr Leid. Ich will sie körperlich und emotional an mich binden, mich so in ihren Kopf und ihre Seele brennen, dass sie niemals auf die Idee kommt, mich zu verlassen.

Als ihr Schluchzen nachlässt, kommt mein Hunger auf Sex zurück. Meine beruhigenden zärtlichen Berührungen werden zielgerichteter. Jetzt fahren meine Hände nicht mehr über ihren Körper um sie zu beruhigen, sondern um sie zu erregen. Meine rechte Hand gleitet zwischen ihre Oberschenkel und meine Finger drücken auf ihre Klitoris. Gleichzeitig ergreift meine andere Hand ihre Haare und zieht an ihnen, bis sie meinen Blick erwidern muss. Sie sieht immer noch benommen aus. Ihre weichen Lippen öffnen sich als sie mich ansieht und ich beuge mich nach unten um ihren Mund tief und innig zu küssen. Sie stöhnt in meinen Mund, ihre Hände graben sich in meine Schultern und ich kann spüren, wie die Hitze zwischen uns aufsteigt. Meine Hoden schmiegen sich eng an meinen Körper und mein Geschlecht verlangt nach ihrem feuchten, warmen Fleisch.

Ich stehe mit ihr in meinen Armen auf und lege sie aufs Bett. Sie winselt und mir wird klar, dass die Laken gegen ihre Striemen reiben und ihr das wehtut. »Dreh dich um, Baby«, flüstere ich und möchte ihr jetzt nur noch Lust verschaffen. Sie rollt sich folgsam auf ihren Bauch, in die gleiche Position wie zuvor und ich rücke sie so zurecht, dass sie mit gebeugten Armen auf den Händen und den Knien ruht.

Auf allen Vieren, mit ihrem Po nach oben gestreckt und einem leicht gebogenen Rücken ist sie das Erregendste, was ich jemals gesehen habe. Ich kann alles sehen — die Hügel ihrer zarten Muschi, das kleine Loch ihres Anus, die köstlichen Kurven ihrer Pobacken, auf denen die pinkfarbenen Striemen vom Gürtel zu sehen sind. Mein Herz klopft zum Zerspringen in meiner Brust und mein Penis pocht schmerzhaft als ich ihre Hüften ergreife, meine Eichel an ihre Öffnung presse bevor ich in sie eindringe.

Heißes, nasses Fleisch umgibt mich, umhüllt mich mit fester, feuchter Perfektion. Sie stöhnt, biegt sich mir entgegen und versucht, mich tiefer in sich aufzunehmen. Ich beuge mich ihrem Wunsch indem ich mich erst ein wenig zurückziehe um danach wieder in sie einzudringen. Ihr entfährt ein Schrei und ich wiederhole diese Bewegung. Meine Wirbelsäule kribbelt dabei vor Lust durch diesen festen Griff ihres engen Kanals. Hitzewellen überrollen mich und ich beginne hemmungslos zuzustoßen. Ich bemerke kaum, dass meine Finger sich in die weiche Haut auf ihren Hüften graben. Ihr Stöhnen und ihre Schreie verstärken sich bis ich merke, dass sie ihren Höhepunkt erreicht. Ihre inneren Muskeln krampfen sich um mein Geschlecht und melken es. Ich kann mich unmöglich noch länger zurückhalten und explodiere. Mein Samen wird mit einer solchen Kraft in sie hineingeschossen, dass ich einen Moment lang nur verschwommen sehen kann.

Keuchend lasse ich mich auf die Seite fallen und ziehe sie mit mir. Unsere Haut ist schweißgebadet und wir kleben aneinander. Mein Herz rast. Ihr Atem geht auch schwer und ich fühle wie sich ihr Geschlecht um meinen erschlaffenden Penis klammert, als die letzten Schauer des Orgasmus durch sie hindurchfahren.

Wir liegen verschlungen da während unser Atem langsamer wird. Ich halte sie in der Löffelchen Stellung an mich gedrückt. Die sanfte Kurve ihres Pos presst sich gegen meine Lende und langsam überkommt mich das Gefühl von Ruhe und Zufriedenheit. So war es schon immer mit ihr. Sie hat etwas an sich, dass meine Dämonen so weit beruhigt, dass ich mich fast normal fühle. Fast ... glücklich. Es ist nichts, das ich erklären oder rational greifen kann; es ist einfach da. Deshalb brauche ich sie so dringend, so verzweifelt.

So gefährlich krankhaft.

»Sag mir, dass du mich liebst«, flüstere ich und streiche ihr über die Außenseite ihrer Oberschenkel. »Sag mir, dass du mich vermisst hast, Baby.«

Sie bewegt sich in meinen Armen um sich zu mir herumzudrehen und mich anzuschauen. Ihre dunklen Augen sind ernst und sie erwidert meinen Blick. »Ich liebe dich, Julian«, erklärt sie sanft und ihre zarte Handfläche fährt mein Kinn entlang. »Ich habe dich mehr vermisst als das Leben. Das weißt du.«

Das stimmt — aber ich muss es trotzdem von ihr hören. In den letzten Monaten ist diese emotionale Seite genauso wichtig für mich geworden wie die körperliche. Dieser eigenwillige Spleen von mir amüsiert mich. Ich will, dass meine kleine Gefangene mich liebt, sich Sorgen um mich macht. Ich will mehr für sie sein als nur das Monster ihrer Albträume.

Ich schließe meine Augen, ziehe sie noch näher an mich heran und entspanne mich.

In wenigen Stunden wird sie wirklich ganz und gar mir gehören.

4. KAPITEL

❖ NORA ❖

Ich muss in Julians Armen eingeschlafen sein, denn als ich aufwache, beginnt das Flugzeug schon mit dem Landeanflug. Ich öffne meine Augen und betrachte diese unbekannte Umgebung. Mein Körper ist wund und schmerzt von dem Sex den wir gerade hatten.

Ich hatte vergessen, wie es mit Julian war, wie zerstörerisch und reinigend diese Achterbahnfahrt aus Schmerz und Ekstase sein konnte. Ich fühle mich gleichzeitig leer und beschwingt, ausgewrungen und doch belebt durch diesen Wirbelsturm der Gefühle.

Ich setze mich vorsichtig auf und zucke zusammen als mein mit Blutergüssen übersäter Po die Laken berührt. Es war einer der intensiveren Einsätze des Gürtels gewesen; ich wäre nicht überrascht wenn die blauen Flecke eine Weile sichtbar bleiben würden. Ich schaue mich im Raum um und sehe eine Tür von der ich denke, dass sie zum Badezimmer führt. Da Julian nicht im Zimmer ist stehe ich auf und gehe zu dieser Tür, da ich mich waschen muss.

Zu meiner Überraschung gibt es neben einem echten Waschbecken und einer Toilette auch eine kleine Dusche in diesem Badezimmer. Mit diesen ganzen Annehmlichkeiten wirkt Julians Jet eher wie ein fliegendes Hotel als wie eines der Linienflugzeuge, mit denen ich schon geflogen bin. Ich finde sogar eine in Plastik eingeschweißte Zahnbürste, Zahnpasta und Mundspülung in einem kleinen Regal an der Wand. Ich benutze alles und dusche danach noch schnell. Nachdem ich mich unendlich frischer fühle gehe ich ins Schlafzimmer zurück und ziehe mich an.

Als ich die Hauptkabine betrete sitzt Julian auf dem Sofa mit einem geöffneten Laptop vor sich auf dem Tisch. Die Ärmel seines Hemdes sind hochgeschoben und legen seine muskulösen Unterarme frei. Von den Falten auf seiner Stirn kann ich ablesen, dass er sich konzentriert. Er sieht so ernst aus — und so umwerfend schön, dass ich einen Moment lang die Luft anhalte.

Als würde er meine Gegenwart spüren schaut er auf und seine blauen Augen leuchten. »Wie geht es dir, mein Kätzchen?«, fragt er mit leiser und vertrauter Stimme und ich merke, wie mein Körper von einer heißen Welle überrollt wird.

»Mir geht es gut.« Ich weiß nicht, was ich sonst sagen soll. *Mein Hintern schmerzt, weil du mich ausgepeitscht hast, aber das ist okay, weil du mir antrainiert hast, es zu genießen?* Ja, sicher.

Seine Lippen verziehen sich zu einem leichten Lächeln. »Gut. Es freut mich, das zu hören. Ich wollte dich gerade holen kommen. Du solltest dich auf deinen Platz setzen — wir landen bald.«

Ich folge seinem Vorschlag und versuche nicht wegen des Schmerzes zusammenzuzucken, der durch etwas so Einfaches wie Hinsetzen hervorgerufen wird. Ich werde definitiv noch ein paar Tage lang blaue Flecken haben.

Ich schnalle mich an und schaue aus dem Fenster. Ich bin neugierig auf das Ziel unserer Reise. Als das Flugzeug die Wolkendecke durchbricht sehe ich eine große Stadt, die sich unter uns ausbreitet und an deren Ende Berge aufsteigen. »Welche Stadt ist das?«, frage ich und drehe mich zu Julian um.

»Bogota«, antwortet er und schließt seinen Laptop. Er nimmt ihn in die Hand und kommt zu mir, um sich neben mich zu setzen. »Wir werden uns aber nur wenige Stunden dort aufhalten.«

»Hast du dort geschäftlich zu tun?«

»Das könnte man so nennen.« Er schaut mich leicht belustigt an. »Es gibt etwas, das ich gerne noch erledigen würde, bevor wir zu dem Anwesen fliegen.«

»Und was?«, hake ich vorsichtig nach. Wenn Julian sich amüsiert, ist das selten ein gutes Zeichen.

»Das wirst du schon bald sehen.« Und damit öffnet er seinen Laptop wieder und konzentriert sich wieder auf das, womit er sich vorher beschäftigt hatte.

* * *

Ein schwarzes Auto, welches dem ähnelt, das uns am Flughafen abgesetzt hat wartet schon auf uns, als wir aus dem Flugzeug steigen. Lucas schlüpft wieder in die

Rolle des Fahrers während Julian weiterhin vertieft an seinem Laptop arbeitet.

Mich stört das nicht. Ich bin viel zu sehr damit beschäftigt alles anzuschauen während wir durch die geschäftigen Straßen fahren. Bogota hat eine gewisse Alte-Welt-Ausstrahlung die ich faszinierend finde. Überall kann ich Spuren des spanischen Erbes sehen, die sich mit einem einzigartigen Latino Flair mischen. Mich überkommt eine unheimliche Lust auf Arepas — eine Art Pfannkuchen aus Mais die ich häufig bei einem Kolumbianer in Chicago gekauft habe.

»Wohin gehen wir?«, frage ich Julian als das Auto vor einer beeindruckenden alten Kirche in einem reich anmutenden Viertel hält. Ich hätte nicht gedacht, dass mein Entführer ein Kirchengänger ist.

Anstatt mir zu antworten steigt er aus dem Auto und hält mir seine Hand hin. »Komm, Nora«, fordert er mich auf. »Wir haben nicht viel Zeit.«

Zeit für was? Ich hätte ihm gerne noch ein paar Fragen gestellt, aber ich weiß, dass es keinen Sinn hat. Er wird mir nicht antworten, solange er keine Lust dazu hat. Ich lege meine kleine Hand in seine große, steige aus dem Auto und lasse mich von ihm zu der Kirche führen. Soweit ich weiß werden wir hier jetzt einige seiner Geschäftspartner treffen — aber warum er mich dabei haben möchte verstehe ich nicht.

Wir gehen durch eine kleine Seitentür hinein und kommen in einen kleinen aber wunderschön dekorierten Raum. An den Wänden stehen altmodische hölzerne Bänke und am vorderen Ende befindet sich eine Kanzel mit einem beeindruckenden Kreuz.

Irgendwie macht mich dieser Anblick nervös. Ein kranker, unmöglicher Gedanke kommt mir in den Sinn und meine Handflächen beginnen zu schwitzen.» Julian ...«, ich schaue auf und bemerke, dass er mich mit einem eigenartigen Lächeln anblickt. »Warum sind wir hier?«

»Kannst du das nicht erraten, mein Kätzchen?«, entgegnet er sanft und dreht sich zu mir um. »Wir sind hier um zu heiraten.«

Einen Moment lang kann ich ihn nur sprachlos vor Entsetzen anschauen. Dann lache ich nervös auf. »Du machst Witze, stimmt's?«

Er hebt seine Augenbrauen an. »Witze? Nein, überhaupt nicht.« Er nimmt meine Hand und ich spüre, wie er etwas auf meinen linken Ringfinger schiebt.

Mein Herz rast und ich schaue ungläubig auf meine linke Hand. Der Ring schaut wie der eines Hollywood Stars aus — ein dünner mit Diamanten besetzter Ring in dessen Mitte ein großer, runder Stein funkelt. Er ist zierlich aber gleichzeitig prunkvoll und passt perfekt, so als sei er extra für mich angefertigt worden.

Der Raum verschwimmt vor meinen Augen und ich sehe helle Punkte. Mir wird klar, dass ich kurz aufgehört haben muss zu atmen. Ich schnappe verzweifelt nach Luft, schaue Julian an und mein ganzer Körper beginnt zu zittern. »Du ... möchtest mich heiraten?« Diese Worte kommen in einem entsetzten Flüstern aus mir heraus.

»Natürlich möchte ich das.« Seine Augen verengen sich leicht. »Warum sollte ich dich sonst hierher bringen?«

Darauf habe ich keine Antwort: alles, zu dem ich gerade noch fähig bin, ist dazustehen und ihn anzustarren. Ich fühle mich als würde ich hyperventilieren.

Hochzeit. Hochzeit mit Julian.

Das will mir einfach nicht in den Kopf. Hochzeit und Julian sind in meinem Kopf so weit voneinander entfernt, dass sie sich genauso gut an den gegenüberliegenden Polen dieses Planeten befinden könnten. Wenn ich an Hochzeit denke, dann im Zusammenhang mit einer schönen, aber weit entfernten Zukunft — einer Zukunft mit einem hingebungsvollen Ehemann und zwei lauten Kindern. In diesem Bild gibt es einen Hund und ein Haus in der Vorstadt, Fußballspiele und Schulveranstaltungen. Was es dort nicht gibt ist ein Mörder mit dem Gesicht eines gefallenen Engels, kein wunderschönes Monster, das mich in seinen Armen zum Schreien bringt.

»Ich kann dich nicht heiraten.« Diese Worte platzen aus mir heraus bevor ich es mir besser überlegen kann. »Es tut mir leid Julian, aber ich kann das nicht.«

Sein Gesichtsausdruck verdunkelt sich. In Null Komma nichts ist er bei mir. Einen Arm hat er um meine Taille geschlungen um mich an sich zu pressen, und mit der anderen Hand hat er mein Kinn ergriffen. »Du hast gesagt, dass du mich liebst.« Seine Stimme ist sanft und weich, aber ich spüre die dunkle Wut darunter. »War das eine Lüge?«

»Nein!« Zitternd erwidere ich Julians wütenden Blick und meine Hände drücken hilflos gegen seine starke Brust. Ich kann das Gewicht des Ringes an meinem Finger spüren und es verstärkt meine Panik. Ich weiß nicht wie ich ihm etwas erklären soll, das ich selbst kaum verstehe. Ich möchte mit Julian zusammen sein. Ich kann ohne ihn nicht leben. Aber Ehe ist etwas völlig anderes, etwas, das nicht in unsere verkorkste Beziehung gehört. »Ich liebe dich! Und das weißt du auch—«

»Also warum weigerst du dich dann?«, will er wissen und seine Augen sind vor Wut ganz dunkel. Sein Griff um mein Kinn verstärkt sich und seine Finger drücken sich in meine Haut.

Meine Augen beginnen zu brennen. Wie kann ich meinen Unwillen erklären? Wie kann ich ihm sagen, dass er niemand ist, den ich mir als meinen Ehemann vorstellen kann? Dass er Teil eines Lebens ist, welches ich mir nie vorgestellt hatte, nie gewollt habe und dass ihn zu heiraten für mich bedeuten würde, diesen vagen Traum einer normalen Zukunft in weite Ferne aufzugeben? »Warum willst du mich heiraten?«, frage ich verzweifelt. »Warum möchtest du etwas so Traditionelles tun? Ich gehöre dir doch schon—«

»Ja, das tust du.« Er beugt sich nach unten bis sein Gesicht nur noch Zentimeter von meinem entfernt ist. »Und ich möchte ein legales Dokument, welches diese Tatsache bestätigt. Du wirst meine Frau sein und niemand kann dich mir jemals wieder wegnehmen.«

Ich starre Julian an und mein Brustkorb zieht sich zusammen, als ich beginne es zu verstehen. Das ist keine süße, romantische Geste von ihm. Er macht das nicht, weil er mich liebt und eine Familie gründen will. So funktioniert Julian nicht. Eine Ehe würde seinen Besitzanspruch, mich betreffend, legalisieren — so einfach ist das. Es wäre eine andere Form von Besitz. Eine dauerhaftere ... und etwas in mir erschaudert bei dem Gedanken daran.

»Es tut mir leid«, sage ich ruhig und nehme meinen ganzen Mut zusammen. »Ich bin noch nicht bereit dafür. Können wir das zu einem späteren Zeitpunkt besprechen?«

Sein Gesicht verhärtet sich und seine Augen werden zu blauen Eissplittern. Er lässt mich abrupt los und tritt einen Schritt zurück. »In Ordnung.« Seine Stimme ist genauso kalt wie sein Blick. »Wenn du so spielen möchtest, mein Kätzchen, werden wir das tun.«

Er greift in seine Hosentasche, zieht ein Smartphone heraus und beginnt, auf ihm zu tippen.

Übelkeit breitet sich in meinem Magen aus. »Was machst du da?« Als er nicht antwortet wiederhole ich meine Frage und versuche, mich nicht so panisch anzuhören wie ich mich gerade fühle. »Julian, was machst du da?«

»Etwas, das ich schon vor langer Zeit hätte tun sollen«, antwortet er endlich und schaut zu mir auf, während er das Handy wieder wegsteckt. »Du träumst immer noch von ihm, stimmt's? Von diesem Jungen, den du wolltest?«

Mein Herzschlag setzt eine Sekunde lang aus. »Wie bitte? Nein, das mache ich nicht! Julian, ich schwöre dir, dass Jake nichts damit zu tun hat—«

Er unterbricht mich mit einer kurzen, ablehnenden Geste. »Ich hätte ihn schon vor langer Zeit aus deinem

Leben entfernen sollen. Jetzt werde ich diesen Fehler beheben. Vielleicht wirst du dann akzeptieren, dass du jetzt mit mir zusammen bist und nicht mit ihm.«

»Ich *bin* mit dir zusammen!« Ich weiß nicht, was ich sagen soll, damit Julian es nicht macht. Ich gehe zu ihm, ergreife seine Hände und die Hitze seiner Haut brennt an meinen eiskalten Fingern. »Hör mir zu, ich liebe *dich*, nur dich ... Er bedeutet mir nichts — und das seit einer langen Zeit schon nicht mehr!«

»Gut.« Sein Ausdruck wird nicht weicher als seine Finger sich um meine legen und sie in seinem Griff festhalten. »Dann sollte es dir auch egal sein, was mit ihm passiert.«

»Nein, so funktioniert das nicht! Mir ist es nicht egal, weil er ein menschliches Wesen ist, ein unschuldiger Zuschauer, und aus keinem anderen Grund!« Jetzt zittere ich schon so stark, dass meine Zähne aufeinander schlagen. »Er hat es nicht verdient, für meine Sünden bestraft zu werden—«

»Es ist mir egal, was er verdient.« Julians Stimme schlägt auf mich nieder wie eine Peitsche während er mich mit seinem festen Griff näher an sich zieht. Er beugt sich nach unten und knirscht zwischen seinen Zähnen hervor: »Ich will ihn aus deinem Kopf und aus deinem Leben haben, hast du mich verstanden?«

Das Brennen in meinen Augen wird schlimmer und ich kann wegen der unvergossenen Tränen kaum noch etwas sehen. Durch die Panik hindurch, die meinen Kopf benebelt, wird mir klar, dass es nur eine Sache gibt die ich tun kann, um das zu stoppen — es nur einen Weg gibt, Jakes Tod zu verhindern.

»In Ordnung«, flüstere ich geschlagen und blicke auf das Monster, in das ich mich verliebt habe. »Ich werde es tun. Ich werde dich heiraten.«

* * *

Die nächste Stunde fühlt sich unwirklich an.

Nachdem Julian seinen Handlanger zurückgepfiffen hat stellt er mich einem runzeligen alten Mann vor der die Robe eines katholischen Priesters trägt. Der Mann spricht kein Englisch also nicke ich und tue so als könne ich dem folgen, was er mir in maschinengewehrartigem Spanisch erzählt. Es ist mir unangenehm das zuzugeben, aber meine einzigen Spanischkenntnisse habe ich von dem Unterricht in der Highschool. Als ich aufwuchs wurde zu Hause Englisch gesprochen und ich habe nicht genug Zeit mit meiner Abuela verbracht, um etwas mehr als ein paar einfache Sätze zu lernen.

Nachdem die Vorstellung bei dem Priester vorbei ist führt Julian mich in einen anderen Raum — ein kleines Büro mit einem Schreibtisch und zwei Stühlen. Sobald wir dort ankommen betreten zwei junge Frauen das Zimmer. Eine von ihnen trägt ein langes weißes Kleid und die andere Schuhe und Accessoires. Sie sind freundlich und aufgeregt und reden mit mir in einer Mischung aus Spanisch und Englisch während sie mein Haar frisieren. Ich versuche ihnen genauso zu antworten, aber das was ich sage klingt eigenartig und hölzern. Der wachsende Angstknoten in meiner Brust lässt es nicht zu, dass ich mich verhalte wie die aufgeregte junge Braut, die sie erwarten. Julian, der meinen mangelnden Enthusiasmus bemerkt, wirft mir einen dunklen Blick zu, bevor er verschwindet und mich den beiden Frauen überlässt.

Als sie damit fertig sind mich zu verschönern bin ich geistig und körperlich erschöpft. Obwohl Chicago und Bogota sich in der gleichen Zeitzone befinden, fühle ich mich unglaublich ausgelaugt, so als leide ich unter Jet Lag. Eine eigenartige Taubheit hüllt mich ein und dämpft die brodelnde Anspannung in meinem Magen.

Es passiert. Es passiert wirklich. Julian und ich, wir heiraten.

Die Panik, die mich vorher fest in ihrem Griff hatte, ist einer Art schwachen Resignation gewichen. Ich weiß nicht was ich von einem Mann erwartet habe, der mich fünfzehn Monate lang gefangen gehalten hat. Eine vernünftige Diskussion über die Vor- und Nachteile des Heiratens an diesem Punkt unserer Beziehung? Ich pruste innerlich. *Ja, klar.* Zurückblickend wird mir klar, dass unsere viermonatige Trennung meine Erinnerungen an diese anfänglichen entsetzlichen Wochen auf der Insel abgeschwächt hat — dass ich es irgendwie geschafft hatte, meinen Entführer in meinen Gedanken zu verklären. Ich hatte dummerweise begonnen zu denken, dass es zwischen uns anders sein könnte, und zu glauben, ich hätte, etwas zu sagen, was mein Leben betraf.

»Fertig.« Die Frau die mich frisiert hat lächelt mich strahlend an und unterbricht damit meine Überlegungen. »Sehr schön, Senorita, sehr sehr schön.

Jetzt bitte das Kleid anziehen und danach kümmern wir uns um das Gesicht.«

Sie reichen mir ein seidenes Unterkleid, welches zu dem Kleid gehört und drehen sich danach taktvoll um, um mir ein wenig Privatsphäre zu geben. Da ich das Ganze nicht unnötig in die Länge ziehen möchte, ziehe ich mich schnell um und schlüpfe in das Kleid — das genau wie der Ring perfekt sitzt.

Jetzt fehlen nur noch Makeup und Accessoires und das erledigen die beiden Frauen schnell. Zehn Minuten später bin ich bereit für meine Hochzeit.

»Komm schau mal«, sagt eine der beiden und führt mich in eine Ecke des Raumes. Dort befindet sich ein mannshoher Spiegel den ich davor nicht bemerkt hatte. Ich blicke in überraschtem Schweigen auf mein Spiegelbild und kann das was ich dort sehe kaum wiedererkennen.

Das Mädchen im Spiegel ist wunderschön mit ihrer Hochsteckfrisur und ihrem geschmackvollen Makeup. Das ausgestellte Kleid ist genau passend für ihre schlanke Figur und der herzförmige Ausschnitt des Oberteils betont die anmutige Linie ihres Halses und ihrer Schultern. Tränenförmige Diamantenohrringe verzieren ihre kleinen Ohrläppchen und eine dazu passende Kette funkelt an ihrem Hals. Sie hat alles, was eine Braut haben muss ... besonders wenn man die Schatten in ihren Augen ignoriert.

Meine Eltern wären so stolz gewesen.

Dieser Gedanke kommt aus dem nichts und zum ersten Mal wird mir klar, dass ich ohne meine Familie heiraten werde. Meine Eltern werden ihr einziges Kind an diesem besonderen Tag nicht sehen. Bei diesen

Gedanken breitet sich ein dumpfer Schmerz in meiner Brust aus. Es wird kein Einkaufen des Hochzeitskleids mit meiner Mutter und kein Testessen der Kuchen mit meinem Vater geben.

Keine Junggesellinnenabschiedsparty mit meinen Freundinnen in einem Strip Club mit männlichen Strippern.

Ich versuche mir vorzustellen, wie Julian wohl darauf reagieren würde und ich kann ein plötzliches Kichern nicht unterdrücken. Ich bin mir ziemlich sicher, dass die armen Stripper den Klub in Leichensäcken verlassen würden, sollte ich es wagen mich ihnen zu nähern.

Ein Klopfen an der Tür reißt mich aus meinen halb hysterischen Gedanken. Die Damen eilen hin und ich höre, wie Julian ihnen etwas auf Spanisch sagt. Sie drehen sich zu mir um, winken zum Abschied und verlassen dann schnell das Zimmer.

Sobald sie hinausgeeilt sind kommt Julian herein.

Trotz allem kann ich meinen Blick nicht von ihm abwenden. Er trägt einen eleganten schwarzen Smoking der seinen großen, starken Körper perfekt einrahmt. Mein zukünftiger Ehemann sieht einfach umwerfend aus. In meinen Gedanken blitzt unser Sex aus dem Flugzeug auf und eine feuchte Hitze beginnt sich zwischen meinen Beinen zu sammeln, obwohl die blauen Flecken bei dieser Erinnerung zu schmerzen beginnen. Er betrachtet mich ebenfalls eingehend. Sein Blick ist heiß und besitzergreifend während er über meinen Körper wandert.

»Bringt es nicht Unglück, wenn der Bräutigam die Braut vor der Zeremonie sieht?« Meine Stimme ist so sarkastisch wie sie nur sein kann und ich versuche dabei die Wirkung zu ignorieren, die Julian auf mich hat. In diesem Moment hasse ich ihn fast so sehr wie ich ihn liebe und die Tatsache, dass ich ihm am liebsten die Kleidung vom Leibe reißen möchte ärgert mich maßlos. Ich sollte mich mittlerweile daran gewöhnt haben, aber ich finde es immer noch beunruhigend, wie mein Kopf und mein Körper in seiner Gegenwart einfach nicht kommunizieren können.

Ein leichtes Lächeln umspielt seine sinnlichen Mundwinkel. »Mach dir keine Gedanken, mein Kätzchen. Ich denke, du und ich, wir haben diese Bedenken schon hinter uns. Bist du bereit?«

Ich nicke und gehe zu ihm. Es macht keinen Sinn, das Unvermeidbare hinauszuschieben; wir werden sowieso heute heiraten. Julian hält mir seinen Arm hin und ich hake mich bei ihm ein, lasse mich von ihm zurück in diesen wunderschönen Raum mit der Kanzel führen.

Der Priester wartet schon auf uns, ebenso wie Lucas. Ich sehe außerdem eine große Kamera die auf einem Dreibein steht.

»Ist die für die Hochzeitsfotos?«, frage ich überrascht und bleibe im Türrahmen stehen.

»Natürlich.« Julians Augen leuchten mich an. »Erinnerungen und das ganze andere Zeug.«

Aha. Ich kann nicht verstehen, warum Julian das alles möchte — das Kleid, den Smoking, die Kirche. Mich verwirrt das Ganze. Wir gehen keine liebende Verbindung ein; er bindet mich nur enger an sich, indem er seinen Besitz formalisiert. Diese ganze

Ausstaffierung ist bedeutungslos, besonders da Lucas der einzige ist, der dieses Ereignis bezeugen kann.

Bei diesem Gedanken zieht sich mein Brustkorb erneut zusammen. »Julian«, sage ich ruhig und schaue zu ihm hoch, »kann ich meine Eltern anrufen? Ich möchte es ihnen erzählen. Ich möchte, dass sie wissen, dass ich jetzt heiraten werde.« Ich bin mir ziemlich sicher dass er meinen Wunsch ablehnen wird, aber ich muss ihn einfach fragen.

Zu meiner Überraschung lächelt er mich an. »Wenn du das möchtest, mein Kätzchen. Sobald du fertig bist mit ihnen zu sprechen, könnten sie sich die Hochzeitszeremonie doch eigentlich auch gleich auf einem Live Video Feed anschauen. Lucas kann das für uns einrichten.«

Ich starre ihn überrascht an. Er möchte, dass meine Eltern bei der Hochzeit zuschauen? *Ihn* sehen — den Mann, der ihre Tochter entführt hat? Einen Moment lang fühle ich mich, als habe ich ein Paralleluniversum betreten, aber dann dämmert mir wie unglaublich genial sein Plan ist.

»Du möchtest, dass ich dich ihnen vorstelle, stimmt's?«, flüstere ich während ich ihn anstarre. »Du willst, dass ich ihnen sage, dass ich mit dir mitgegangen bin, weil ich das wollte. Du willst ihnen zeigen wie glücklich wir zusammen sind. Dann musst du dir keine Gedanken darüber machen, dass die Behörden oder irgendjemand anderes hinter dir her ist. Ich werde nur ein weiteres dieser Mädchen sein, die sich in einen gut aussehenden, reichen Mann verliebt hat und mit ihm durchgebrannt ist. Diese Bilder ... das Video ... das alles dient dazu eine gute Vorstellung abzugeben ...«

Sein Lächeln verstärkt sich. »Wie du dich verhältst und was du ihnen erzählst ist ganz dir überlassen, mein Kätzchen«, sagt er mit seidiger Stimme. »Sie können ein freudiges Ereignis sehen oder du kannst ihnen sagen, dass du erneut entführt worden bist. Es ist deine Entscheidung, Nora. Du kannst tun was immer du möchtest.«

5. KAPITEL

❖ JULIAN ❖

Ihre dunklen Augen sind groß und blicken mich an ohne zu blinzeln. Ich weiß schon genau, wofür sie sich entscheiden wird. Für ihre Eltern wird sie die glücklichste Braut der Welt sein.

Sie wird die Rolle ihres Lebens spielen.

Wut und noch etwas — etwas, das ich jetzt nicht näher untersuche — schäumt in meinem Bauch. Rational verstehe ich ihr Zögern. Ich weiß, was ich bin und was ich ihr angetan habe. Eine clevere Frau würde so schnell wegrennen, wie sie nur könnte — und Nora war immer cleverer und scharfsinniger als die meisten.

Sie ist auch sehr jung. Ich vergesse das manchmal. In der bequemen Welt der amerikanischen Mittelklasse heiraten nur wenige Frauen in ihrem Alter. Es ist möglich, dass sie noch gar nicht an Heiraten gedacht hatte; es ist sogar sehr wahrscheinlich, da sie ja noch zur Highschool ging als ich sie traf.

Rational verstehe ich das alles ... aber Rationalität hat nichts mit den wütenden Gefühlen zu tun die in mir brodeln. Ich will sie fesseln, sie auspeitschen und sie dann ficken bis sie roh ist und um Gnade bettelt — bis sie eingesteht, dass sie mir gehört und dass sie nicht ohne mich leben kann.

Ich mache aber nichts von alledem. Stattdessen lächele ich kühl und warte ihre Entscheidung ab.

Sie neigt ihren Kopf und nickt kurz. »In Ordnung.« Ihre Stimme ist kaum hörbar. »Ich werde es tun. Ich werde ihnen alles über unsere Liebesgeschichte erzählen.«

Ich lasse mir meine Befriedigung nicht anmerken. »Wie du möchtest, mein Kätzchen. Ich werde Lucas anweisen, eine sichere Verbindung für dich herzustellen.«

Damit lasse ich sie stehen und gehe zu Lucas, um mit ihm den Ablauf dieser speziellen Operation zu besprechen.

* * *

Ich bitte Padre Diaz, die Zeremonie erst in einer Stunde beginnen zu lassen und setze mich dann auf eine der Bänke um Nora ungestört mit ihren Eltern reden zu lassen. Natürlich höre ich die Unterhaltung mit Hilfe des kleinen Bluetooth Apparats in meinem Ohr mit, aber das braucht sie nicht zu wissen.

Ich lehne mich bequem an die Wand an und bereite mich auf die Unterhaltung vor.

Ihre Mutter nimmt beim ersten Klingeln ab.

»Hallo Mami ... ich bin's.« Noras Stimme klingt fröhlich und aufgekratzt. Sie sprudelt vor Aufregung fast über. Ich unterdrücke ein Lächeln; sie ist sogar noch besser als ich dachte.

»Nora, Süße!« Gabriela Leston hört sich erleichtert an. »Ich bin so froh, dass du anrufst. Ich habe heute schon fünf Mal versucht dich zu erreichen, aber ich hatte immer nur den Anrufbeantworter dran. Ich wollte gerade bei dir vorbeischauen — oh, was ist das für eine Nummer von der aus du anrufst?«

«Jetzt rege dich bitte nicht auf Mami, aber ich bin nicht zu Hause.« Noras Ton ist beruhigend, aber ich zucke innerlich zusammen. Ich weiß nicht viel über normale Eltern, aber ich bin mir ziemlich sicher, dass die Worte 'Rege dich nicht auf' genau den gegenteiligen Effekt haben.

»Wie meinst du das?« Die Stimme ihrer Mutter wird augenblicklich schärfer. »Wo bist du?«

Nora räuspert sich. »Ich bin gerade in Kolumbien.«

»WAS?« Ich zucke bei dem ohrenbetäubenden Ausruf zusammen. »Was meinst du damit, dass du in Kolumbien bist?«

»Mama, es gibt tolle Neuigkeiten ... Und Nora beginnt zu erklären, wie wir uns auf der Insel verliebt haben, wie fertig sie gewesen war als sie dachte ich sei tot — und wie überglücklich sie war als sie erfuhr, dass ich doch noch lebe.

Nachdem sie ihre Geschichte beendet hat herrscht Stille im Telefon. »Und du willst mir gerade erzählen, dass du mit ihm zusammen bist?«, fragt ihre Mutter schließlich mir rauer und angespannter Stimme. »Dass er für dich zurückgekommen ist?«

»Ja, genau.« Noras Ton ist jubelnd. »Ich konnte vorher nicht mit dir darüber reden, weil es zu schwierig war — weil ich dachte ich hätte ihn verloren. Aber jetzt sind wir wieder zusammen und es gibt da etwas ... etwas *Fantastisches*, dass ich dir sagen muss.«

»Was denn?« Ihre Mutter hört sich verständlicherweise misstrauisch an.

»Wir werden gleich heiraten!«

Wieder folgt ein langes Schweigen am anderen Ende der Leitung. Dann: »Du wirst ... *ihn* heiraten?«

Ich unterdrücke ein weiteres Lächeln als Nora beginnt ihre Mutter davon zu überzeugen, dass ich gar nicht so schlecht bin, wie sie denken — dass es eine Anhäufung unglücklicher Umstände war, die zu ihrer Entführung geführt hatten und dass die Dinge zwischen uns jetzt völlig anders sind. Ich bin mir nicht sicher, ob Gabriela Leston das glaubt, aber das braucht sie ja auch nicht. Die Aufzeichnung dieser Unterhaltung wird Schlüsselpersonen in bestimmten Regierungsbüros zugespielt werden und dabei helfen, ihre Gemüter zu besänftigen. Ich bin zu wertvoll für sie, um sich mit mir anzulegen, aber es schadet ja nichts, so zu tun als ob. Wahrnehmung ist alles und Nora als meine Frau gefällt ihnen besser als meine Gefangene.

Ich hätte sie auch eher heiraten können, aber ich habe versucht sie zu verstecken, sie zu beschützen. Deshalb habe ich sie entführt und sie auf meine Insel gebracht: damit niemand herausfinden kann, dass sie existiert und wie wichtig sie für mich ist. Jetzt, da das Geheimnis bekannt ist, möchte ich, dass die ganze Welt weiß, dass sie mir gehört — und dass sie dafür zahlen werden, wenn sie versuchen sie zu berühren. Die Nachricht meiner Vendetta gegen die Al-Quadar beginnt durch die Kanalisation der Unterwelt zu sickern und ich habe sichergestellt, dass die Gerüchte noch brutaler ausfallen als die Wirklichkeit sowieso schon ist.

Es sind diese Gerüchte, die Noras Familie in Sicherheit leben lassen werden — sie, und die kleine Sicherheitsüberwachung, die ich auf ihre Eltern angesetzt habe. Es ist unwahrscheinlich dass jemand versuchen wird über meine Schwiegereltern an mich heranzukommen — ich bin nicht gerade als Familienmensch bekannt — aber ich möchte kein Risiko eingehen. Das letzte was ich möchte ist, dass Nora genauso um ihre Eltern trauert, wie sie es immer noch um Beth tut.

Als Nora mit ihrem Gespräch fast fertig ist, wird Padre Diaz ungeduldig. Ich werfe ihm einen warnenden Blick zu und er hört sofort auf zu drängeln. Alle sichtbaren Zeichen des Unmuts verschwinden aus seinem Gesicht. Der gute Padre kennt mich seit ich ein Junge war, und er weiß, wann er vorsichtig sein sollte.

Als ich wieder zu Nora blicke gibt sie mir ein Zeichen zu ihr zu kommen. Ich stehe auf um zu ihr zu gehen und schalte unterwegs mein Bluetoothgerät aus. Als ich fast bei ihr bin höre ich sie sagen: Mami, ich möchte ihn dir gerne vorstellen, ja? Ich werde ihn bitten, die Videoverbindung zu aktivieren — dann ist es fast so, als würdet ihr ihn persönlich treffen ... Ja, wir stellen in ein paar Minuten eine Verbindung zu euch her.« Dann legt sie auf und schaut mich erwartungsvoll an.

»Lucas.« Ich spreche kaum lauter, aber er ist sofort mit einem Laptop mit einer sicheren Verbindung zur Stelle. Ich stelle ihn auf eine Fensterbank und er klappt ihn so weit auf, dass die kleine Kamera auf uns zeigt. Eine Minute später ist der Videoanruf aufgebaut und der Bildschirm ist mit Gabriela Lestons Gesicht ausgefüllt. Tony Leston — Noras Vater — steht hinter ihr. Die beiden dunklen Augenpaare wenden sich sofort mir zu und betrachten mich mit einer Mischung aus Feindseligkeit und Neugier.

»Mama, Papa, das ist Julian«, sagt Nora sanft und ich nicke leicht lächelnd mit meinen Kopf. Lucas geht zurück zum anderen Ende des Raumes um uns alleine zu lassen.

»Ich freue mich sehr, Sie beide kennenzulernen.« Ich behalte extra eine kühle und gleichmäßige Stimme bei. »Ich bin mir sicher, Nora hat euch schon alles erzählt. Ich möchte mich für die Geschwindigkeit entschuldigen, mit der alles passiert, aber ich würde es sehr schön finden, wenn ihr an unserer Hochzeit teilnehmen könntet. Ich weiß, dass es Nora viel bedeuten würde, ihre Eltern dabei zu haben, auch wenn es nur via Internet ist.« Es gibt nichts was ich den Lestons sagen könnte, um mich für das, was ich getan habe zu entschuldigen. Oder sie sogar dazu zu bringen, mich zu mögen. Also versuche ich es gar nicht erst. Nora gehört jetzt mir und sie werden lernen müssen, diese Tatsache zu akzeptieren.

Noras Vater öffnet seinen Mund um etwas zu sagen, aber der Ellenbogen seiner Frau, der ihn trifft, unterbricht ihn. »In Ordnung, Julian«, sagt sie langsam und schaut mich mit Augen an, die denen ihrer

Tochter unglaublich ähnlich sehen. »Du heiratest also Nora. Darf ich fragen, wo ihr danach leben werdet und ob wir sie wiedersehen können?«

Ich lächele sie an. Noch eine clevere, intuitive Frau. »Die ersten Monate lang bleiben wir wahrscheinlich hier in Kolumbien«, erkläre ich ihr in einem leichten und freundlichen Ton. »Ich muss mich noch um ein paar geschäftliche Angelegenheiten kümmern. Danach würden wir uns allerdings freuen euch zu besuchen — oder euch zu Besuch zu haben.«

Gabriela nickt. »Ich verstehe.« Ihr Gesicht bleibt angespannt, aber in ihren Augen flackert kurz Erleichterung auf. »Und was wird aus Noras Zukunftsplänen? Was ist mit ihrem Studium?«

»Ich werde sichergehen, dass sie eine gute Ausbildung bekommt und auch weiterhin ihrer Kunst nachgehen kann.« Ich schaue die Lestons ruhig an. »Natürlich bin ich mir sicher, dass sie wissen, dass Nora sich keine Sorgen mehr um Geld machen muss. Und Sie auch nicht. Ich habe finanziell gesehen mehr als ausgesorgt.«

Tony Lestons Augen verengen sich wütend. »Sie können unsere Tochter nicht kaufen—« beginnt er zu sagen, um erneut zu verstummen als er wieder den Ellenbogen seiner Frau zu spüren bekommt. Noras Mutter hat die Lage ganz offensichtlich richtig erkannt; ihr ist klar, dass dieses Gespräch auch gar nicht stattfinden müsste.

Ich gehe näher an die Kamera heran. »Tony, Gabriella«, sage ich ruhig, »Ich verstehe eure Bedenken. Allerdings wird Nora in weniger als einer halben Stunde meine Frau sein — und ich bin dann für sie verantwortlich. Ich versichere euch, dass ich für sie sorgen und mein Bestes geben werde, um sie glücklich zu machen. Es gibt nichts, worüber ihr euch Sorgen machen müsstet.«

Tonys Kinn spannt sich an, aber diesmal sagt er nichts. Gabriela ist diejenige, die als erste wieder spricht. »Wir würden es sehr zu schätzen wissen, wenn wir regelmäßig mit ihr reden könnten«, sagt sie ruhig. »Ich möchte sicher gehen, dass sie genauso glücklich ist, wie sie heute zu sein scheint.«

»Selbstverständlich.« Ich habe kein Problem damit, dieses Zugeständnis zu machen. »Die Zeremonie beginnt in wenigen Minuten und dafür müssen wir einen besseren Videostream aufsetzen. Ich habe mich gefreut, Sie beide kennenzulernen«, erkläre ich höflich, bevor ich den Laptop schließe.

Als ich mich umdrehe beobachtet Nora mich leicht amüsiert. In dem weißen Kleid und mit dieser Frisur sieht sie wie eine Prinzessin aus — was mich dann wohl zu dem bösen Drachen macht, der die Prinzessin stiehlt.

Dieser Gedanke belustigt mich und ich hebe meine Hand um mit meinen Fingern ihre babyweichen Wangen entlang zu streichen. »Bist du bereit mein Kätzchen?«

»Ja, ich denke schon«, murmelt sie und sieht mich an. Diese Frauen, die ich angeheuert habe, müssen etwas mit ihren Augen gemacht haben, denn sie sehen noch größer und geheimnisvoller aus als sonst. Ihr Mund scheint auch weicher und glänzender zu sein. Sofort denke ich an Sex. Eine scharfe Lustwelle überrollt mich unvorbereitet und ich zwinge mich, einen Schritt nach hinten zu treten, bevor ich bei meiner eigenen Hochzeit frevele.

»Der Videostream ist vorbereitet«, lässt mich Lucas wissen, als er zu uns kommt.

»Danke, Lucas«, antworte ich ihm. Dann wende ich mich Nora zu und führe sie zu Padre Diaz.

6. KAPITEL

❖ NORA ❖

Die Zeremonie selbst dauert nur etwa zwanzig Minuten. Da mir bewusst ist, dass die Kamera auf uns gerichtet ist, lächele ich und gebe mein Bestes, um wie eine glückliche, strahlende Braut auszusehen.

Ich verstehe meine eigene Ablehnung immer noch nicht ganz. Schließlich heirate ich den Mann, den ich liebe. Als ich dachte er sei tot wollte ich auch sterben und ich musste meine ganze Kraft aufwenden, um von einem Tag zum nächsten zu überleben. Ich möchte mit niemand anderem als mit Julian zusammen sein ... und trotzdem kann ich die Kälte in mir nicht abschütteln.

Er ist souverän mit meinen Eltern fertig geworden, das muss ich ihm lassen. Ich bin mir nicht sicher, was ich erwartet hatte, aber es war nicht diese ruhige, fast zivilisierte Unterhaltung die dann stattgefunden hatte. Er hat die ganze Zeit über die Kontrolle behalten und seine das-sind-Tatsachen Herangehensweise hatte auch keinen Platz für Anschuldigungen und gegenseitige Vorwürfe gelassen. Er hat sich für die schnelle Hochzeit entschuldigt, aber nicht dafür, mich entführt zu haben — und ich weiß dass der Grund dafür ist, dass er sich nicht schuldig fühlt. Er denkt, er habe ein Recht auf mich. So einfach ist das.

Nach einer recht langen Rede auf Spanisch beginnt Padre Diaz zu Julian zu sprechen. Ich schnappe ein paar Worte auf — etwas mit Ehemann, Liebe, Schutz — und dann höre ich wie Julian mit tiefer Stimme antwortet: »Si, quiero.«

Dann bin ich an der Reihe. Ich blicke auf und unsere Blicke treffen sich. Er hat ein warmes Lächeln auf den Lippen, aber seine Augen sagen etwas anderes. In ihnen spiegeln sich Hunger und Bedürfnis wieder, und ganz tief drin ein alles überschattender Besitzhunger.

»Si, quiero«, sage ich ruhig und wiederhole somit Julians Worte. *Ja, das tue ich. Ja, ich will.* Mein rudimentäres Spanisch ist gut genug um zumindest das zu übersetzen.

Julians Lächelt verstärkt sich. Er greift in seine Tasche und nimmt einen weiteren Ring heraus — einen schmalen, diamantenbesetzten Reifen, der zum Verlobungsring passt — und steckt ihn auf meinen kraftlosen Finger. Danach drückt er einen Ring aus Platin in meine Handfläche und hält mir seine linke Hand hin.

Seine Handfläche ist fast zweimal so groß wie meine und seine Finger sind lang und männlich. Er hat Männerhände — kräftig und mit rauer Hornhaut.

Hände, die genauso leicht Freude bereiten wie verletzen können.

Ich atme tief durch und stecke den Ehering auf Julians linken Ringfinger. Danach schaue ich ihn wieder an und höre kaum noch zu, als Padre Diaz die Zeremonie beendet. Ich betrachte Julians wunderschöne Gesichtszüge und alles, was ich denken kann ist, dass es geschehen ist.

Der Mann, der mich entführt hat, ist jetzt mein Ehemann.

* * *

Nach der Zeremonie verabschiede ich mich von meinen Eltern und versichere ihnen, mich bald wieder zu melden. Meine Mutter weint und der Gesichtsausdruck meines Vaters ist versteinert, so wie immer wenn er extrem verärgert ist.

»Mami, Papi, ich verspreche euch, ich werde mich bei euch melden«, beteuere ich ihnen und versuche meine Tränen zurückzuhalten. »Ich werde nicht wieder verschwinden. Alles wird gut. Ihr müsst euch um nichts Sorgen machen ...«

»Ich verspreche euch, dass sie euch sehr bald anrufen wird«, fügt Julian hinzu und nach einigen weiteren tränenreichen Verabschiedungen beendet Lucas die Videoverbindung.

Die nächste halbe Stunde verbringen wir damit, Fotos in dieser wunderschönen Kirche aufzunehmen. Danach ziehen wir wieder unsere normale Kleidung an und fahren zurück zum Flughafen.

Jetzt ist es schon Abend und ich bin völlig kaputt. Durch den Stress der letzten Stunden und die Reise fühle ich mich fast wie bewusstlos. Ich schließe meine Augen und lehne mich zurück, während das Auto sich durch die dunklen Straßen Bogotas bewegt. Ich denke an gar nichts; ich möchte einfach nur meinen Kopf leeren und mich entspannen. Ich rutsche hin und her um eine bessere Position zu finden, eine, in der nicht allzuviel Gewicht auf meinem immer noch wunden Po lastet.

»Müde, Baby?«, fragt Julian leise und legt seine Hand auf mein Knie. Seine Finger drücken es leicht und massieren meinen Oberschenkel. Ich zwinge mich dazu, meine schweren Augenlider zu öffnen.

»Ein wenig«, gebe ich zu und drehe mich zu ihm herum. »Ich bin nicht daran gewöhnt, so viel zu fliegen — und zu heiraten.«

Er grinst mich an und seine weißen Zähne blitzen in der Dunkelheit auf. »Zum Glück wirst du Letzteres nicht noch einmal tun müssen. Heiraten meine ich. Was das Fliegen betrifft, kann ich dir nichts versprechen.«

Vielleicht bin ich einfach nur übermüdet, aber ich finde das aus irgendeinem Grund unglaublich komisch. Ich kann ein Kichern nicht unterdrücken. Ich lache einmal auf, dann noch einmal, bis ich unkontrolliert lache und mich dabei auf dem Rücksitz des Autos umherrolle.

Julian betrachtet mich ruhig dabei und als ich mich endlich beruhige, zieht er mich auf seinen Schoss und küsst mich. Er nimmt meinen Mund mit einem langen, leidenschaftlichen Kuss in Besitz, der mir wortwörtlich den Atem nimmt. Als er mich endlich wieder zu Luft kommen lässt, kann ich mich kaum an meinen eigenen Namen erinnern und noch weniger daran, worüber ich vorher gelacht habe.

Wir keuchen beide und unser Atem vermischt sich, als wir uns gegenseitig anschauen. In seinem Blick erkenne ich Hunger. Aber da ist auch noch etwas anderes — eine fast gewalttätige Sehnsucht die tiefer geht als einfache Lust. Eine eigenartige Enge macht sich in meiner Brust breit und ich fühle mich, als würde ich immer weiter fallen, mich noch mehr verlieren. »Was willst du von mir, Julian?«, flüstere ich und hebe meine Hand, um den harten Umriss seines Kinns entlangzufahren. »Was brauchst du?«

Er antwortet nicht, aber seine große Hand bedeckt meine und drückt sie einige Augenblicke lang gegen sein Gesicht. Er schließt seine Augen, so als nehme er dieses Gefühl in sich auf. Als er sie wieder öffnet ist dieser besondere Moment vorbei.

Er schiebt mich von seinem Schoß, legt seinen schweren Arm um meine Schultern und platziert mich bequem an seiner Seite. »Ruh dich ein wenig aus, mein Kätzchen«, murmelt er in mein Haar. »Wir haben noch einiges an Weg vor uns, bevor wir zu Hause ankommen.«

* * *

Im Flugzeug schlafe ich wieder ein, weshalb ich keine Ahnung habe, wie lange der Flug dauert. Julian weckt mich, nachdem wir gelandet sind und ich folge ihm schläfrig aus dem Flugzeug.

Als ich aussteige pralle ich auf eine Wand aus warmer, feuchter Luft. Sie ist so dick, dass sie sich wie ein feuchtes Laken um mich legt. In Bogota war es mit einer Temperatur von etwa 20 Grad schon viel wärmer als in Chicago gewesen. Hier aber fühlt es sich an als würde ich eine feuchte Sauna betreten. Mit meinen Winterstiefeln und einem Sweatshirt aus Fleece fühle ich mich, als würde ich bei lebendigem Leib gekocht werden.

»Bogota liegt um einiges höher«, erklärt Julian, als lese er meine Gedanken. »Hier unten, das ist die Tierra Caliente — die niedrig gelegene heiße Zone.«

»Wo sind wir?«, möchte ich wissen, da ich langsam wacher werde. Ich kann das Zirpen von Insekten hören und in der Luft liegt der Geruch von saftiger, grüner Vegetation, wie die der Tropen. »Welcher Teil des Landes, meine ich?«

»Der Südosten«, antwortet Julian und führt mich zu einem Geländewagen der auf der anderen Seite der Piste wartet. »Wir befinden uns gerade genau am Rand des Regenwaldes.«

Ich hebe eine Hand, um mir meine Augen zu reiben. Ich weiß nicht viel über kolumbianische Geografie, aber das hört sich für mich sehr abgelegen an. »Gibt es hier in der Nähe Dörfer oder Städte?«

»Nein«, erwidert Julian. »Das ist ja gerade das Schöne an diesem Ort, mein Kätzchen. Wir sind völlig isoliert und sicher. Niemand wird uns hier belästigen.«

Wir kommen beim Auto an und er hilft mir beim Einsteigen. Lucas kommt nach einigen Minuten nach und wir fahren los. Wir folgen einer unbefestigten Straße durch ein stark bewaldetes Gebiet.

Draußen ist es stockdunkel. Die Scheinwerfer des Autos sind die einzige Lichtquelle und ich schaue neugierig in die Dunkelheit, um das Ziel unserer Reise zu erahnen. Allerdings kann ich nur Bäume und noch mehr Bäume erkennen.

Ich gebe diesen sinnlosen Versuch auf und beschließe, es mir stattdessen bequem zu machen. Dank der voll angestellten Klimaanlage ist es im Auto zwar kühler, aber immer noch zu warm für ein Sweatshirt. Ich ziehe es aus und bin froh, darunter ein Tank Top anzuhaben. Als die kühle Luft über meine erhitzte Haut bläst seufze ich vor Erleichterung und fächere mir Luft zu, um den Abkühlungsprozess zu beschleunigen.

»Ich habe Kleidung für dich, die für dieses Wetter geeigneter ist«, meint Julian, der mich leicht lächelnd beobachtet. »Ich hätte wahrscheinlich daran denken sollen sie mitzubringen, aber ich hatte es zu eilig, dich zurückzubekommen.«

»Ach?« Ich schaue ihn an und freue mich absurderweise über sein Geständnis.

»Ich bin dir so schnell gefolgt wie ich konnte«, murmelt er und seine Augen leuchten im dunklen Inneren des Autos. »Du hast doch nicht gedacht, ich würde dich lange alleine lassen, oder?«

»Nein, das habe ich nicht«, antworte ich leise. Und das ist auch die Wahrheit. Wenn es eine Sache gibt, bei der ich mir hundertprozentig sicher bin, dann dass Julian mich will. Ich bin mir nicht sicher ob er mich liebt — ob er überhaupt fähig ist jemanden zu lieben — aber ich habe nie an der Stärke seines Verlangens nach mir gezweifelt. Er hat in jenem Lagerhaus sein Leben für mich riskiert, und ich weiß, er würde es wieder tun. Das ist eine Sicherheit, die sich bis in Mark und Bein ausbreitet und die sich eigenartig behaglich anfühlt.

Ich schließe meine Augen und lasse mich mit einem weiteren Seufzer gegen die Lehne fallen. Dieser Zwiespalt meiner Gefühle löst bei mir Kopfschmerzen aus. Wie kann ich nur so wütend darauf sein, dass Julian mich zwingt, ihn zu heiraten, und mich gleichzeitig dermaßen darüber freuen, dass er es nicht erwarten konnte, mich wieder zu entführen? Welcher gesunde Mensch fühlt so?

»Wir sind da«, unterbricht Julian meine Überlegungen und ich öffne meine Augen als ich bemerke, dass das Auto angehalten hat.

Vor uns erstreckt sich ein zweistöckiges Herrenhaus, welches von mehreren kleinen Gebäuden umgeben ist. Helle Außenlichter beleuchten alles, was sich in ihrer Nähe befindet. Ich kann langgestreckten grünen Rasen und saftige, akribisch gepflegte Pflanzen sehen. Julian hat nicht übertrieben, als er diesen Ort ein Anwesen nannte.

Ich kann auch einige der Sicherheitsmaßnahmen erkennen. Ich blicke mich neugierig um, als Julian mir aus dem Auto hilft und mich zum Hauptgebäude führt. An den äußersten Enden seines Besitzes befinden sich Türme. Diese stehen jeweils in einem Abstand von ca. 11 Metern voneinander und auf ihnen befinden sich bewaffnete Männer.

Es ist fast so, als befänden wir uns in einem Gefängnis, nur dass diese Wächter dazu bestimmt sind die bösen Menschen nicht hinein, anstatt nicht hinauszulassen.

»Du bist hier aufgewachsen?«, will ich von Julian wissen, als wir uns dem Haus nähern. Es ist ein wunderschönes weißes Gebäude mit herrschaftlichen Säulen auf der Vorderseite. Es erinnert mich ein wenig an die Plantage von Scarlett O'Hara in *Vom Winde verweht.*

»Das bin ich.« Er wirft mir einen Blick von der Seite zu. »Bis ich sieben oder acht Jahre alt war habe ich die meiste Zeit hier verbracht. Danach habe ich meinen Vater normalerweise in die Städte begleitet, um ihm bei den Geschäften zu helfen.«

Nachdem wir die Treppen zum Eingang hochgegangen sind, hält Julian vor der Tür an und beugt sich zur mir hinunter, um mich in seine Arme zu nehmen. Bevor ich irgendetwas sagen kann, trägt er mich schon über die Schwelle, um mich drinnen wieder abzusetzen. »Es gibt keinen Grund dafür, mit dieser kleinen Tradition zu brechen«, meint er leise mit einem verschmitzten Lächeln. Er bleibt neben mir stehen und schaut mich an.

Ich muss anfangen zu lächeln. Ich kann Julian nie widerstehen, wenn er so spielerisch ist wie gerade. »Ah stimmt, ich hatte ganz vergessen, dass du ja heute Herr Traditionell bist«, necke ich ihn und versuche dabei nicht daran zu denken, dass er die Heirat erzwungen hat. Es ist wichtig für meine geistige Gesundheit, die guten Zeiten von den schlechten zu trennen und so viel wie möglich in dem Moment zu leben. »Und ich dachte gerade, du wolltest mich einfach nur mal hochheben.«

»Das wollte ich auch«, gibt er zu und sein Grinsen verstärkt sich. »Es ist das erste Mal, dass meine

Intentionen und die Tradition übereinstimmen, also warum nicht die Traditionen achten?«

»Ich bin dabei«, erwidere ich sanft und blicke ihn an. In diesem Moment sind meine Gedanken hundertprozentig in der Gute-Zeiten-Schublade, und ich würde mit Freuden alles machen, was er möchte.

»Señor Esguerra?« Eine unsichere weibliche Stimme unterbricht uns und als ich mich umschaue sehe ich eine Frau mittleren Alters. Sie trägt ein kurzärmeliges schwarzes Kleid mit einer weißen Schürze um ihre Taille. »Alles ist bereit, genauso wie sie es verlangt haben«, sagt sie in einem Englisch mit Akzent und beobachtet uns mit kaum versteckter Neugier. »Soll ich das Abendessen servieren?«

»Nein danke, Ana«, erwidert Julian und seine Hand ruht dabei besitzergreifend auf meiner Hüfte. »Bitte bring uns nur ein paar Sandwiches auf unser Zimmer. Nora ist müde von der Reise.« Danach blickt er mich an. »Nora, das ist Ana, unsere Haushälterin. Ana, das ist meine Frau Nora.«

Anas braune Augen werden groß. Offensichtlich ist die *Frau* genauso eine Überraschung für sie, wie sie es für mich gewesen ist. Sie erholt sich aber schnell von der Überraschung. »Ich freue mich sehr, Sie kennenzulernen, Señora«, erwidert sie und lächelt mich strahlend an. »Willkommen.«

»Danke, Ana. Ich freue mich auch, dich kennenzulernen.« Ich lächele zurück und ignoriere den stechenden Schmerz in meiner Brust. Diese Haushälterin hat keinerlei Ähnlichkeiten mit Beth, aber trotzdem muss ich an die Frau denken, die meine

Freundin geworden war — und an ihren grausamen, sinnlosen Tod.

Nein, nicht daran denken, Nora. Das letzte, was ich jetzt noch gebrauchen kann ist, wieder wegen eines Albtraums schreiend aufzuwachen.

»Bitte sorge dafür, dass wir heute Nacht nicht gestört werden, außer es ist etwas Wichtiges«, weist Julian Ana an.

»Ja, Señor«, murmelt sie und verschwindet durch die breite Doppeltür, die aus der Eingangshalle führt.

»Ana ist eine der Angestellten des Anwesens«, erklärt mir Julian während er mich zu einer breiten, gewundenen Treppe führt. »Sie arbeitet schon fast ihr ganzes Leben lang für uns.«

»Sie scheint sehr nett zu sein«, sage ich und betrachte mein neues Zuhause, während wir die Stufen hinaufgehen. Ich war noch niemals zuvor in einer so prunkvollen Villa und kann kaum glauben, dass ich hier leben werde. Die Einrichtung, mit den glänzenden Holzböden und den abstrakten Gemälden an der Wand, ist eine geschmackvolle Mischung aus altmodischem Charme und moderner Eleganz. Ich vermute, dass allein die vergoldeten Bilderrahmen mehr kosten als die komplette Einrichtung meines kleinen Apartments in Chicago. »Wie viele Angestellte gibt es hier?«

»Es gibt zwei, die sich immer um das Haus kümmern«, erklärt mir Julian. »Ana, die du gerade kennengelernt hast und Rosa, das Dienstmädchen. Wahrscheinlich wirst du ihr morgen begegnen. Außerdem gibt es verschiedene Gärtner, Hilfsarbeiter und andere, die auf das Anwesen aufpassen.« Oben bleibt er vor einer der Türen stehen und öffnet sie für mich. »Wir sind da. Unser Schlafzimmer.«

Unser Schlafzimmer. Das hört sich sehr nach Zuhause an. Auf der Insel hatte ich mein eigenes Zimmer. Auch wenn Julian die meisten Nächte bei mir verbracht hat, hatte ich immer noch das Gefühl, einen Raum für mich alleine zu haben — etwas, das ich hier nicht haben würde.

Ich trete ein und schaue mich vorsichtig um.

Wie der Rest des Hauses wirkt es trotz der modernen Einrichtung opulent und altmodisch. Auf dem Boden liegt ein dicker, blauer Teppich und in der Mitte steht ein riesiges Himmelbett. Alles ist in Blau- und Cremetönen gehalten, in die sich ab und an Gold und Bronze mischen. Die Vorhänge vor den Fenstern sind wie in einem Luxushotel, dick und schwer, und an den Wänden hängen weitere abstrakte Gemälde.

Es ist wunderschön und gleichzeitig furchteinflößend, genauso wie der Mann, der jetzt mein Ehemann ist.

»Wollen wir ein Bad nehmen?«, fragt Julian sanft und tritt hinter mich. Seine starken Arme legen sich um mich und seine Finger greifen nach meiner Gürtelschnalle. »Ich glaube, wir könnten beide eins gebrauchen.«

»Das hört sich gut an«, murmele ich und lasse mich von ihm entkleiden. Ich fühle mich wie eine Puppe — oder vielleicht auch wie eine Prinzessin in dieser Umgebung. Als Julian mein Shirt und meine Hose auszieht, berühren seine Hände meine nackte Haut und senden ein Kribbeln bis in mein Innerstes.

Unsere Hochzeitsnacht. Diese Nacht ist unsere Hochzeitsnacht. Meine Atmung beschleunigt sich durch die Kombination aus Erregung und Nervosität. Ich weiß nicht, was Julian mit mir vorhat, aber sein hartes Geschlecht, das sich gegen meinen unteren Rücken presst, lässt keine Zweifel darüber aufkommen, dass es mich nehmen möchte.

Als ich vollkommen nackt bin, drehe ich mich um und betrachte ihn dabei, wie er sich auszieht. Seine wohlgeformten Muskeln leuchten im sanften Licht, welches von den eingelassenen Deckenleuchten ausgestrahlt wird. Sein Körper ist schlanker als zuvor und er hat eine neue Narbe unter seinen Rippen. Er ist trotzdem immer noch der umwerfendste Mann, den ich jemals gesehen habe. Er ist schon vollständig erregt und sein dickes, langes Geschlecht ragt in meine Richtung. Ich schlucke und mein Unterleib zieht sich bei diesem Anblick zusammen. Gleichzeitig macht sich das unterschwellige Wundsein in mir bemerkbar und erinnert mich daran, dass die Haut meines geschlagenen Pos immer noch empfindlich ist.

Ich will ihn, aber ich weiß nicht, ob ich heute weitere Schmerzen ertragen kann.

»Julian ...« Ich zögere weil ich nicht weiß, wie ich es am besten sagen soll. »Wäre es möglich ... Könnten wir—?«

Er macht einen Schritt auf mich zu und nimmt mein Gesicht in seine großen Hände. Seine Augen funkeln als er mich anschaut. »Ja«, beantwortet er flüsternd meine unausgesprochene Frage. »Ja, Baby, das können wir. Du wirst die Hochzeitsnacht deiner Träume haben.«

7. KAPITEL

❖ JULIAN ❖

Ich beuge mich nach unten und greife unter ihre Knie um sie hochzuheben. Sie wiegt kaum etwas. Ihr Körper fühlt sich unglaublich leicht an, stelle ich erneut fest, während ich sie zu dem Badezimmer trage, in dem Ana den Whirlpool für uns vorbereitet hat.

Meine Frau. Nora ist jetzt meine Frau. Die starke Zufriedenheit die mich bei diesem Gedanken überkommt ist nicht zu erklären, aber ich habe nicht vor, weiter darüber nachzudenken. Sie gehört mir und das ist alles, was zählt. Ich will Sex mit ihr haben, sie verwöhnen und sie wird mir jeden Wunsch erfüllen, egal wie dunkel oder pervers. Sie wird sich mir ganz hingeben und ich werde sie nehmen.

Ich werde alles von ihr nehmen und noch mehr verlangen.

Heute Nacht aber werde ich ihr geben, was sie möchte. Ich werde süß und zärtlich sein, so wie jeder

Ehemann mit seiner frischgebackenen Ehefrau. Der Sadist in mir ist gerade ruhig, zufrieden. Ich werde später noch jede Menge Zeit haben, sie für ihr Zögern in der Kirche zu bestrafen. In diesem Moment verspüre ich keinen Wunsch, ihr wehzutun — ich möchte sie nur in meinen Armen halten, ihre seidige Haut streicheln und spüren, wie sie in meinen Armen vor Lust erschaudert. Mein Geschlecht ist hart und pocht vor Verlangen, aber der Hunger ist jetzt anders, kontrollierter.

Als ich an dem großen runden Whirlpool ankomme, steige ich ein und setze uns beide in das blubbernde Wasser. Nora habe ich auf meinem Schoss platziert. Sie seufzt wohlig und entspannt sich an mich gelehnt. Sie schließt ihre Augen und legt ihren Kopf auf meine Schulter. Ihr glänzendes Haar, dessen lange Enden im Wasser treiben, kitzelt auf meiner Haut. Ich rücke mich leicht zurecht, um mir von den starken Düsen meinen Rücken massieren zu lassen und spüre, wie die Anspannung trotz meiner unterschwelligen Erregung langsam von mir abfällt.

Einige Minuten lang bin ich zufrieden damit, einfach nur dazusitzen und sie angekuschelt in meinen Armen zu halten. Trotz der brütenden Hitze draußen ist es im Haus kühl und ich genieße das heiße Wasser auf meiner Haut. Es ist beruhigend. Ich kann mir vorstellen, dass es Nora auch gefällt, und dass es den Schmerz der Verletzungen lindert, die ich ihr zugefügt habe.

Ich hebe meine Hand und streichele ihr langsam ihren Rücken, genieße die Weichheit ihrer goldenen Haut. Mein Glied zuckt und verlangt nach mehr, aber diesmal habe ich es nicht eilig. Ich möchte diesen Moment in die Länge ziehen, die Vorfreude für uns beide erhöhen.

»Das ist schön«, murmelt sie nach einer Weile und legt ihren Kopf nach hinten, um mich anzusehen. Ihre Wangen sind von der Hitze des Wassers gerötet und ihre Augen sind halb geschlossen. Sie sieht aus, als habe sie schon intensiven Sex gehabt. »Ich wünschte ich könnte jeden Tag so ein Bad nehmen.«

»Das kannst du«, erwidere ich sanft und drehe sie auf meinem Schoss bis sie mich anschaut. Dann greife ich unter das Wasser und nehme ihren rechten Fuß in meine Hand. »Du kannst hier tun was immer du möchtest. Das ist jetzt dein zu Hause.«

Mit einem leichten Druck beginne ich ihre Fußsohle zu massieren, so wie sie es mag. Ich genieße das leise Aufstöhnen, welches ihren Lippen bei meinen Berührungen entweicht. Ihre Füße sind klein und hübsch, wie der Rest von ihr. Sogar sexy mit diesem rosafarbenen Nagellack auf ihren schlanken Zehen. Ich gebe einem plötzlichen Verlangen nach und hebe ihren Fuß an meinen Mund, um leicht an ihm zu saugen und jeden ihrer kleinen Zehen mit meiner Zunge zu umkreisen. Sie schnappt hörbar nach Luft. Ihre Augen werden vor Erregung dunkler und ihre Atmung beschleunigt sich. Das erregt sie, bemerke ich und dieses Wissen lässt mein Geschlecht noch härter werden.

Ich wende meinen Blick nicht von ihr ab, als ich nach ihrem anderen Fuß greife und mit ihm das Gleiche mache. Ihre Zehen schließen sich, als meine Zunge sie berührt und ihre Atmung wird unregelmäßig. Sie befeuchtet sich die Lippen mit ihrer Zunge. Der Schmerz in meinem Lendenbereich wird stärker und ich lasse ihren Fuß los. Mit meiner Hand fahre ich langsam die Innenseite ihres Beines hoch. Ich kann spüren, wie ihre Oberschenkelmuskeln zittern, als ich mich ihrem Geschlecht nähere. Meine Finger berühren sie, öffnen die zarten Falten. Dann schiebe ich die Spitze meines Mittelfingers in ihre enge Öffnung und benutze gleichzeitig meinen Daumen, um ihre Klitoris zu massieren.

Innen ist sie unglaublich heiß und feucht. Sie zieht sich so fest um meinen Finger, dass mein Glied mit einem weiteren Zucken darauf reagiert. Sie stöhnt leise auf und schiebt ihre Hüften in meine Richtung, so dass meine Finger tiefer in sie hinein gleiten. Ein leiser Schrei entweicht ihrem Mund. Sie zuckt zurück, so als versuche sie, sich zurückzuziehen, aber ich lege meine freie Hand um ihren Arm und ziehe sie neben mich. »Kämpfe nicht dagegen an, Baby«, flüstere ich und halte sie fest während ich beginne sie mit meinem Finger zu nehmen, während mein Daumen einen gleichmäßigen rhythmischen Druck auf ihre Klitoris ausübt. »Fühle es einfach nur ... ja, genau so ...«

Ihr Kopf fällt zurück und ihre Augen schließen sich. Auf ihrem Gesicht spiegelt sich intensive Verzückung wider, als sie ein weiteres Mal aufstöhnt.

Wunderschön. Sie ist so wunderschön. Ich kann meinen Blick nicht von ihr abwenden, genieße den Anblick, wie sie in meinen Armen zerfließt. Ihr schlanker Körper biegt sich und spannt sich an, bis sie aufschreit und ihr Fleisch vor Erlösung um meinen Finger zuckt. Mein Geschlecht pocht vor schmerzlichem Verlangen durch dieses Zusammenziehen.

Ich halte das nicht länger aus. Ich ziehe meinen Finger heraus, lasse meine Hände unter ihren Körper gleiten und nehme sie mit mir, als ich mich aufstelle. Sie öffnet ihre Augen, schlingt ihre Arme um meinen Hals und betrachtet mich intensiv, während ich aus dem Whirlpool steige und sie ins Schlafzimmer trage. Wir tropfen beide, aber ich ertrage es nicht, auch nur einen Moment lang innezuhalten. Es ist mir gerade egal ob die Laken nass werden — mich interessiert in dem Moment nichts, nur sie.

Als ich das Bett erreiche, lege ich sie ab. Meine Hände zittern vor Lust. In jeder anderen Nacht wäre ich schon lange in ihr und würde ihre kleine Muschi penetrieren bis ich explodiere. Aber nicht heute Nacht. Diese Nacht ist für sie. Heute Nacht werde ich ihr das geben, was sie möchte — eine Hochzeitsnacht mit einem Liebhaber, nicht mit einem Monster.

Sie beobachtet mit ihren dunklen, lustvollen Augen als ich auf das Bett und zwischen ihre Schenkel steige, um mich über das weiche, zarte Fleisch zu beugen. Ich ignoriere meinen schmerzenden Schwanz und beginne die Innenseiten ihrer Oberschenkel mit zarten Küssen zu bedecken. Ich bewege mich nach oben, bis ich mein Ziel erreiche: ihre nasse Spalte, die von ihrem Orgasmus ganz rosa und geschwollen ist.

Ich öffne ihre Schamlippen und lecke um ihre Klitoris herum. Ich schmecke ihr Aroma bevor ich mit meiner Zunge so tief ich kann in sie eindringe. Sie erschaudert und ihre Hände finden von alleine ihren Weg zu meinem Kopf, wo sich ihre Fingernägel in meinen Schädel bohren. Einer ihrer Finger berührt meine Narbe und eine Welle des Schmerzes überrollt mich. Aber auch das ignoriere ich und konzentriere mich einzig und allein darauf, ihr Lust zu bereiten, sie kommen zu lassen. Ich genieße jeden Tropfen Feuchtigkeit, den ich aus ihrem Körper wringen kann und jedes Stöhnen, das ihr entweicht während meine Zunge mit der Nervenansammlung an der Spitze ihres Geschlechts spielt. Sie beginnt zu zittern, ihre Oberschenkel vibrieren voller Anspannung und ich schmecke einen Strahl salzig-süßer Feuchtigkeit, als sie mit einem hilflosen Schrei kommt. Sie hebt ihre Hüfte an und reibt sich an meiner Zunge entlang.

Als sie endlich schwer atmend erschlafft, krieche ich auf sie und küsse ihre zarten Ohrmuscheln. Ich bin noch nicht fertig mit ihr, noch lange nicht.

»Du bist so süß«, flüstere ich und fühle, wie sie durch die Hitze meines Atems erschaudert. Mein Glied pocht stärker, meine Hoden sind zum Zerplatzen gefüllt und meine nächsten Worte klingen leise und rau, fast kehlig. »So unglaublich süß ... ich will dich unbedingt nehmen, aber ich werde es nicht tun ...«. Ich streichele die Unterseite ihres Ohrläppchens mit meiner Zunge, woraufhin sich ihre Hände krampfartig in meine Seite krallen, »—nicht, bis du noch einmal für mich gekommen bist. Meinst du, du kannst für mich kommen, Baby?«

»Ich ... Ich glaube nicht ...« Sie schnappt nach Luft und windet sich in meinen Armen als mein Mund ihren glatten Hals hinunterfährt und eine warme, feuchte Spur auf ihrer Haut hinterlässt.

»Aber ich denke, dass du es kannst«, murmele ich und meine rechte Hand wandert ihren Körper hinunter um ihre klatschnasse Spalte zu spüren. Während meine Lippen über ihre Schultern und ihr Dekolletee wandern, massiere ich mit meinen Fingern ihre geschwollene Klitoris. Erneut beginnt sie zu keuchen und ihre Atmung wird unregelmäßig, als sich mein Mund ihren Brüsten nähert. Ihre rosigen Nippel betteln geradezu darum, von mir berührt zu werden. Ich schließe meine Lippen um eine ihrer Knospen und sauge stark daran. Ein Laut entweicht ihrem Mund, der eine Mischung aus Stöhnen und Winseln ist und ich wende mich dem anderen Nippel zu. Ich sauge so lange an ihm, bis sie unter mir zittert und ihre Nässe meine Hand überschwemmt. Bevor sie kommen kann gleite ich jedoch an ihrem Körper hinab und schmecke sie erneut. Meine Zunge dringt genau dann in sie ein, als ihre Kontraktionen beginnen.

Ich lecke sie, bis ihr Orgasmus vorüber ist, bewege mich dann wieder nach oben und stütze mich auf meinem rechten Ellenbogen ab. Ich benutze meine linke Hand um nach ihrem Kinn zu greifen und zwinge sie dazu, meinen Blick zu erwidern. Ihre Augen schauen unfokussiert, sind von den Nachwirkungen der Lust ganz benebelt. Ich beuge mich nach unten und nehme ihren Mund mit einem tiefen, innigen Kuss in Besitz. Ich weiß, dass sie sich selbst auf meinen Lippen schmecken kann und dieser Gedanke erregt mich so sehr, dass mein Puls anfängt zu rasen. Gleichzeitig legen sich ihre Arme um meinen Hals und sie drückt mich an sich. Ich fühle ihre Brüste, die sich gegen meinen Oberkörper drücken, spüre ihre Nippel, die so hart sind wie kleine Kieselsteine.

Verdammt. Ich muss sie haben. Jetzt.

Meine Selbstkontrolle ist aufgebraucht und ich küsse sie weiterhin, während meine Knie ihre Oberschenkel auseinanderschieben. Ich presse meine Eichel gegen ihre Öffnung und vergrabe meine linke Hand in ihrem Haar, um ihren Hinterkopf zu kraulen.

Dann beginne ich, in ihren Körper einzudringen.

Sie ist auch innen klein, ihr Kanal enger als alle, die ich zuvor erlebt habe. Ich kann fühlen, wie ihr nasses Fleisch mich nach und nach umhüllt, sich für mich weitet. Meine Wirbelsäule prickelt und meine Hoden drücken sich an meinen Körper. Ich bin noch nicht einmal ganz in ihr und könnte schon vor überwältigender Lust kommen. *Langsam,* erinnere ich mich grob. *Mach langsam.*

Sie zieht ihren Mund von meinem weg und ihr Atem streift in einem weichen kurzatmigen Stöhnen mein Ohr. »Ich will dich«, flüstert sie und hebt ihre Beine, um meine Hüfte zu umklammern. Diese Bewegung lässt mich tiefer in sie eindringen und ich muss mit verzweifeltem Verlangen aufstöhnen. »Bitte, Julian ...«

Ihre Worte zerstören den letzten Rest meiner Selbstbeherrschung. *Zum Teufel mit langsam.* Ein tiefes Knurren vibriert in meiner Brust und meine Hände verkrallen sich in ihrem Haar als ich beginne in sie zu stoßen. Wild und unnachgiebig. Sie schreit auf, ihre Umarmung wird fester und ihr Körper begrüßt erfreut meinen gnadenlosen Überfall.

Mein Geist explodiert durch die Sensationen, die überwältigende Ekstase. Das, genau das ist es was ich möchte, was ich brauche. Ich werde sie nie wieder gehen lassen. Unsere Körper spannen sich auf dem Bett an, nasse Laken wickeln sich um unsere Schenkel und ich verliere mich in ihr, in den Geräuschen und Gerüchen von heißem, ungebremstem Sex. Nora fühlt sich in meinen Armen wie heißes Feuer an. Ihr schlanker Körper biegt sich mir entgegen, ihre Beine umspannen meine Oberschenkel. Jeder Stoß lässt mich tiefer in sie eindringen bis ich das Gefühl habe, dass wir uns vereinigen, dass wir miteinander verschmelzen.

Sie erreicht ihren Höhepunkt zuerst und drückt mich noch fester zusammen. Ich höre ihren unterdrückten Aufschrei als sie auf dem Höhepunkt ihres Orgasmus in meine Schulter beißt und dann komme ich auch. Ich erzittere über ihr, als mein Samen in unendlichen heißen Schwallen in sie hineinschießt.

Schwer atmend sinke ich auf sie, da meine Arme mich nicht länger tragen können. Jeder Muskel meines Körpers zittert von der Gewalt meiner Entladung und ich bin mit einem dünnen Schweißfilm bedeckt. Nach einigen Augenblicken nehme ich alle meine Kraft zusammen, rolle mich auf meinen Rücken und lege sie auf mich.

Es sollte sich eigentlich nicht so intensiv anfühlen, zumindest nicht nach der Art und Weise unseres letzten Sexes. So ist es jedes Mal. Es gibt nie einen Moment, in dem ich sie nicht begehre, in dem ich nicht an sie denke. Wenn ich sie jemals verlieren würde —

Nein. Ich weigere mich, daran zu denken. Das wird nicht passieren. Das werde ich nicht zulassen.

Ich werde alles tun, um sie in Sicherheit zu behalten.

Sicher vor jedem außer mir.

8. KAPITEL

❖ NORA ❖

Als ich am nächsten Morgen aufwache ist Julian schon weg.

Ich steige aus dem Bett und gehe unter die Dusche, da ich mich nach letzter Nacht schmutzig und klebrig fühle. Wir sind beide sofort nach dem Sex eingeschlafen, waren beide zu kaputt, um uns noch zu waschen oder die nassen Laken zu wechseln. Kurz vor Sonnenaufgang hat Julian mich dann aufgeweckt, indem er wieder in mich geglitten ist und ich dank seiner geübten Finger schon einen Orgasmus hatte, bevor ich überhaupt richtig wach war. Es ist, als könne er nach unserer langen Trennung einfach nicht genug von mir bekommen, als sei seine sowieso schon sehr ausgeprägte Libido übersteuert.

Natürlich kann ich auch nicht genug von ihm bekommen.

Ein Lächeln schleicht sich auf meine Lippen, als ich an die brennende Leidenschaft der letzten Nacht denke. Julian versprach mir die Hochzeitsnacht meiner Träume und dieses Versprechen hat er definitiv gehalten. Ich weiß nicht einmal wie viele Orgasmen ich in den letzten vierundzwanzig Stunden hatte. Natürlich bin ich jetzt noch wunder — ich bin innen ganz roh von so viel Sex.

Trotzdem fühle ich mich heute unglaublich viel besser, körperlich und mental. Die Striemen an meinen Oberschenkeln sind heute schon viel unempfindlicher und ich bin auch nicht mehr ganz so überwältigt. Selbst der Gedanke, mit Julian verheiratet zu sein, ist im Morgenlicht nicht mehr ganz so furchteinflößend. Nichts hat sich wirklich geändert, außer dass es jetzt ein Stück Papier gibt, welches uns bindet und die ganze Welt wissen lässt, dass ich ihm gehöre. Entführer, Liebhaber oder Ehemann — es ist alles das gleiche; das Etikett verändert nichts an der Wirklichkeit unserer dysfunktionalen Beziehung.

Ich stelle mich unter die Dusche, lege meinen Kopf nach hinten und lasse das heiße Wasser über mein Gesicht laufen. Die Dusche ist genauso luxuriös wie der Rest des Hauses. In der runden Kabine könnten problemlos zehn Personen Platz finden. Ich wasche und bürste jeden Zentimeter meines Körpers, bis ich mich wieder halbwegs menschlich fühle. Danach gehe ich zurück ins Schlafzimmer und ziehe mich an.

Ich finde einen riesigen Kleiderschrank auf der anderen Seite des Raumes, der hauptsächlich mit leichten Sommersachen gefüllt ist. Ich erinnere mich an die brütende Hitze draußen und wähle ein einfaches blaues Sommerkleid und ein Paar braune Flipflops aus. Es ist kein besonders schickes Outfit, aber es reicht.

Ich bin bereit, mein neues zu Hause zu erforschen.

* * *

Das Anwesen ist riesig, viel größer als es mir gestern vorkam. Neben dem Haupthaus gibt es auch Baracken für die über zweihundert Wachmänner, die das Gelände überwachen und weitere Häuser für die restlichen Beschäftigten und ihre Familien. Es ist fast wie eine kleine Stadt — oder vielleicht eine Art militärische Sperrzone.

Das alles erfahre ich von Ana während des Frühstücks. Offensichtlich hat Julian Anweisungen hinterlassen, mir etwas zu essen zu geben und mir das Anwesen zu zeigen, wenn ich wach bin. Julian selbst ist mit seiner Arbeit beschäftigt, wie immer.

»Señor Esguerra hat ein wichtiges Treffen«, erklärt mir Ana während sie mir ein Gericht serviert, welches sie *Migas de Arepa* nennt — Rühreier mit Stücken von Maisküchlein und einer Tomaten-Zwiebel Sauce. »Er hat mich gebeten, mich heute um Sie zu kümmern, also sagen Sie bitte Bescheid, wenn Sie etwas brauchen. Nach dem Frühstück könnte Rosa sie herumführen, wenn Sie möchten.«

»Danke, Ana«, entgegne ich und beginne zu essen. Es ist unglaublich köstlich. Die Süße der Arepas passt hervorragend zu dem pikanten Geschmack der Eier. »Eine Tour wäre toll.«

Wir unterhalten uns ein wenig, während ich esse. Neben dem, was ich über das Anwesen erfahre, finde ich auch heraus, dass Ana die meiste Zeit ihres Lebens in diesem Haus verbracht hat. Ursprünglich hatte sie als junges Dienstmädchen für Julians Vater hier angefangen. »So habe ich Englisch gelernt«, erklärt sie und schenkt mir eine Tasse schaumige heiße Schokolade ein. »Señora Esguerra war Amerikanerin, genau wie Sie, und sprach kein Spanisch.«

Ich nicke und erinnere mich an das, was Julian mir über seine Mutter erzählt hat. Sie war Modell in New York City gewesen, bevor sie Julians Vater geheiratet hatte. »Also kannten sie Julian, als er ein Kind war?«, frage ich und nehme einige Schlucke des heißen, wohlschmeckenden Getränks. Wie bei den Eiern ist der Geschmack ungewöhnlich intensiv. Ich erkenne das Aroma von Nelken, Zimt und Vanille.

»Das habe ich.« Hier hält Ana inne, als habe sie Angst, zu viel zu verraten. Ich lächele ihr ermutigend zu und hoffe, sie dazu bewegen zu können, mir mehr zu erzählen, aber stattdessen räumt sie die Teller ab und signalisiert somit das Ende der Unterhaltung.

Seufzend trinke ich meine heiße Schokolade aus und stehe auf. Ich möchte mehr über meinen Ehemann erfahren aber ich habe den Eindruck, dass Ana genauso schweigsam bei diesem Thema ist wie Beth.

Beth. Der vertraute Schmerz stellt sich wieder ein und mit ihm kommt diese brennende Wut. Die Erinnerung an ihren gewaltsamen Tod ist nie weit entfernt und sie droht, mich in Hass ersticken zu lassen, wenn ich es nur zulasse. Als Julian mir zum ersten Mal erzählte, was er mit Marias Peinigern angestellt hatte, war ich entsetzt ... aber jetzt verstehe ich es. Ich wünschte, ich könnte den Terroristen zu fassen bekommen, der Beth getötet hatte und ihn dafür bezahlen lassen. Selbst das Wissen, dass er tot ist, beschwichtigt meine Wut nicht; sie ist immer da und nagt an mir, vergiftet mich von innen heraus.

»Señora, das ist Rosa«, sagt Ana und ich drehe mich zur Eingangstür des Esszimmers um, in der eine junge dunkelhaarige Frau steht. Sie sieht so aus, als sei sie in meinem Alter und hat ein rundes Gesicht mit einem strahlenden Lächeln. Wie Ana trägt sie ein kurzärmeliges schwarzes Kleid mit einer weißen Schürze. »Rosa, das ist Señor Esguerras neue Frau, Nora.«

Rosas Lächeln verstärkt sich. »Oh, Guten Tag Señora Esguerra. Ich freue mich, sie kennenzulernen.« Ihr Englisch ist sogar noch besser als Anas und ihr Akzent fast unhörbar.

»Dankeschön, Rosa,« erwidere ich und mag das Mädchen sofort. »Ich freue mich auch, dich kennenzulernen. Und bitte, nenne mich Nora.« Ich schaue in Richtung Haushälterin. »Und du bitte auch, Ana, wenn es dir nichts ausmacht. Ich bin nicht an *Señora* gewöhnt.« Und das ist die Wahrheit. Und es ist besonders komisch, mit Señora Esguerra angesprochen zu werden. Bedeutet das, dass ich jetzt Julians Nachnamen habe? Wir haben das nicht besprochen, aber ich vermute, dass Julian auch in diesem Punkt der Tradition folgen will.

Nora Esguerra. Mein Herz schlägt bei diesem Gedanken schneller und ein Teil der irrationalen Angst von gestern kehrt zurück. Neunzehneinhalb Jahre lang war ich Nora Leston. Das ist der Name, an den ich gewöhnt bin, mit dem ich mich wohl fühle. Mir ist nicht wohl bei dem Gedanken, ihn zu ändern. Es ist so, als würde ich einen weiteren Teil von mir verlieren. So als würde mir Julian alles wegnehmen, an das ich gewöhnt bin und mich in jemanden verwandeln, den ich kaum wiedererkenne.

»Natürlich«, antwortet Ana und unterbricht damit meine ängstlichen Überlegungen. »Wir nennen dich gerne so, wie du möchtest.« Rosa nickt zustimmend und strahlt mich an. Ich atme einige Male tief durch, um mein rasendes Herz zu beruhigen.

»Dankeschön.« Ich schaffe es, sie anzulächeln. »Ich weiß das wirklich zu schätzen.«

»Würdest du gerne das Haus sehen, bevor wir nach draußen gehen?«, möchte Rosa wissen und streicht sich ihre Schürze mit den Handflächen glatt. »Oder würdest du lieber draußen beginnen?«

»Wir können drinnen anfangen, wenn dir das Recht ist«, schlage ich vor. Ich bedanke mich bei Ana für das Frühstück und beginne die Tour mit Rosa.

Zuerst zeigt sie mir das Erdgeschoss. Dort gibt es über ein Dutzend Zimmer, einschließlich einer großen Bibliothek mit einer Vielzahl an Büchern, ein Theater mit einer Leinwand, die die ganze Wand einnimmt und einen großen Fitnessraum, ausgestattet mit den modernsten Geräten. Ich freue mich auch darüber festzustellen, dass Julian sich daran erinnert hat, dass ich male; einer der Räume ist, mit vor dem Fenster aufgereihten weißen Leinwänden, als Atelier eingerichtet. »Señor Esguerra ließ das alles einige Wochen vor deiner Ankunft einrichten«, erklärt mir Rosa während sie mich von einem Raum zum nächsten führt. »Es ist alles ganz neu.«

Ich blinzele weil ich mich wundere das zu hören. Ich hatte angenommen, dass das Atelier neu war, da Julian nicht malt. Ich hatte aber nicht angenommen dass er das ganze Haus renovieren und neu einrichten würde. »Er hat aber nicht noch extra einen Pool bauen lassen?«, scherze ich, als wir den Flur entlanggehen.

»Nein, der Pool war schon da«, antwortet Rosa völlig ernst. »Aber er hat ihn erneuern lassen.« Sie führt mich zu einer verdeckten Hintertür und zeigt mir einen Pool mit Olympiamaßen, der von tropischen Pflanzen umgeben ist. Neben dem Pool stehen Sonnenliegen, die unglaublich bequem aussehen, große Sonnenschirme, die Schutz vor der Sonne bieten, sowie einige Tische mit Stühlen.

»Nett, murmele ich und spüre die heiße, feuchte Luft auf meiner Haut. Ich habe das Gefühl, dass der Pool bei diesem Wetter ziemlich praktisch sein wird.

Wir gehen wieder hinein und führen die Tour oben fort. Neben dem Masterschlafzimmer gibt es noch weitere Schlafzimmer, von denen jedes größer ist als meine Wohnung in Chicago. »Warum ist das Haus so groß?«, frage ich Rosa, nachdem wir jeden dieser verschwenderisch dekorierten Räume gesehen haben. »Hier wohnen doch nur wenige Menschen, oder etwa nicht?«

»Ja, das stimmt«, bestätigt Rosa. »Aber diese Haus wurde von dem älteren Señor Esguerra gebaut und so wie ich das verstanden habe, lud er häufiger Geschäftspartner ein, um sie dann hier zu unterhalten.«

»Wie kommt es, dass du hier arbeitest?« Ich blicke Rosa neugierig an, während wir die geschwungene

Treppe hinuntergehen. »Und wo hast du so gut Englisch gelernt?«

»Ich wurde hier auf dem Anwesen der Esguerras geboren«, sagt sie leichthin. »Mein Vater war einer der Wächter des älteren Señors und meine Mutter und mein Bruder arbeiteten auch für ihn. Die Frau des Señors — sie war Amerikanerin — hat mir Englisch beigebracht als ich noch ein Kind war. Ich glaube, dass sie sich hier ein wenig gelangweilt hat und deshalb allen Angestellten und jedem anderen, den es interessiert hat Englischunterricht gab. Danach hat sie darauf bestanden, dass wir im Haus Englisch sprechen, auch untereinander, damit wir ein wenig Übung bekommen.«

»Ich verstehe.« Rosa schien redseliger zu sein als Ana, also stellte ich ihr die gleiche Frage, die ich schon der Haushälterin gestellt hatte. »Wenn du hier aufgewachsen bist, kanntest du Julian dann damals schon?«

»Nein, nicht wirklich.« Sie schaut mich kurz an, während wir auf den überdachten Eingang zugehen. »Ich war sehr jung, nur etwa vier Jahre alt, als dein Ehemann das Land verlassen hat. Deshalb kann ich mich nicht mehr wirklich daran erinnern, wie er als Junge war. Bis vor einigen Wochen habe ich ihn hier nur einmal kurz gesehen nachdem ...« Sie schluckt und schaut auf den Boden. »Nachdem es passiert ist.«

»Nach dem Tod seiner Eltern?«, frage ich ruhig. Ich erinnere mich, dass Julian mal erwähnt hat, dass seine Eltern umgebracht worden sind, aber er hat nie erzählt, wie es passiert ist. Das einzige, was er gesagt hat ist, dass es einer der Rivalen seines Vaters getan hat.

»Ja«, sagt Rosa düster und in ihrem Gesicht ist keine Spur eines Lächelns mehr zu entdecken. »Einige Jahre nachdem Julian das Haus verlassen hatte, versuchte eines der Kartelle aus dem Nordwesten die Esguerra Organisation zu übernehmen. Sie behinderten viele ihrer Schlüsseloperationen und kamen sogar hierher, zum Anwesen. Viele Menschen starben an jenem Tag. Auch mein Vater und mein Bruder.«

Ich bleibe stehen und blicke sie an. »Oh Gott, Rosa, das tut mir so leid ...« Ich fühle mich furchtbar, so ein schmerzhaftes Thema angesprochen zu haben. Ich hatte mir keine Gedanken darüber gemacht, dass andere Menschen auch von den Ereignissen betroffen sein könnten, die Julian geformt hatten. »Es tut mir so leid—«

»Das ist in Ordnung«, erwidert sie mit einem immer noch angespannten Gesichtsausdruck. »Es ist schon fast zwölf Jahre her.«

»Du musst damals noch sehr jung gewesen sein«, sage ich sanft. »Wie alt bist du jetzt?«

»Einundzwanzig«, antwortet sie als wir beginnen, die Verandatreppe hinunterzugehen. Dann blickt sie mich neugierig an und ein Teil ihrer düsteren Stimmung verfliegt. »Und du, Nora, wenn ich fragen darf? Du scheinst auch noch sehr jung zu sein.«

Ich grinse sie an. »Neunzehn. In einigen Monaten Zwanzig.« Ich freue mich, dass sie sich in meiner Gegenwart wohl genug fühlt, um mir persönliche Fragen zu stellen. Ich möchte hier nicht die *Señora* sein, möchte nicht wie die Herrin des Anwesens behandelt werden.

Sie grinst zurück und ihre düstere Stimmung scheint vollständig verschwunden zu sein. »Das dachte ich mir«, sagt sie mit offensichtlicher Zufriedenheit. »Ana dachte du seist jünger als sie dich letzte Nacht sah. Allerdings ist sie ja auch fast 50 und wahrscheinlich sieht für sie jeder in deinem Alter wie ein Baby aus. Ich hatte heute Morgen auf Zwanzig getippt und hatte Recht.«

Ich lache weil ich mich über ihre Offenheit freue. »Das hattest du in der Tat.«

Während des Rests unserer Tour überhäuft mich Rosa mit Fragen über mich und mein altes Leben in den Staaten. Amerika scheint sie zu faszinieren, da sie eine Menge amerikanischer Filme gesehen hat, um ihr Englisch zu verbessern. »Ich hoffe, eines Tages dorthin zu fahren«, sagt sie sehnsüchtig. »Ich möchte New York City sehen, den Times Square zwischen all diesen hellen Lichtern entlanggehen ...«

»Das solltest du definitiv tun«, erwidere ich. »Ich war nur ein einziges Mal in New York und es war toll. Es gibt eine Menge Sachen, die man als Tourist dort machen kann.«

Während wir uns unterhalten führt sie mich auf dem Anwesen herum, zeigt mir die Baracken der Wächter die Ana erwähnt hatte und den Trainingsplatz der Männer auf der anderen Seite des Geländes. Der Trainingsplatz besteht aus einen Boxring drinnen, einem Schießstand draußen und einem Hindernissparcour auf einem großen, grasbewachsenen Feld. »Die Wachen sind gerne in Bestform«, erklärt mir Rosa, als wir an einer Gruppe von Männern mit harten Gesichtern vorbeigehen, die eine Art Kampfsport praktizieren. »Die meisten von ihnen waren vorher beim Militär und sind alle sehr gut in dem, was sie machen.«

»Julian trainiert auch mit ihnen, stimmt's?«, möchte ich von ihr wissen, als ich fasziniert dabei zusehe, wie einer der Männer seinen Gegner mit einem kräftigen Tritt gegen den Kopf bewusstlos zurücklässt. Ich weiß durch den Unterricht den ich in Chicago genommen habe ein wenig über Selbstverteidigung, aber das ist Kinderkram im Vergleich zu dem hier.

»Oh, ja.« Rosas Stimme wird ehrfürchtig. »Ich habe Señor Esguerra auf dem Feld gesehen, und er ist genauso gut wie jeder seiner Männer.«

»Ja, mit Sicherheit ist er das«, erwidere ich und erinnere mich daran, wie Julian mich aus der Lagerhalle gerettet hat. Er war völlig in seinem Element gewesen, als er nachts wie ein Todesengel erschienen war. Einen Moment lang drohen die dunklen Erinnerungen mich wieder zu überwältigen, aber es gelingt mir, sie wegzuschieben, da ich entschlossen bin, nicht über die Vergangenheit nachzudenken. Ich wende mich von den Kämpfenden ab und frage Rosa: »Weißt du zufällig, wo er heute ist? Ana sagte, er sei bei einem Treffen.«

Sie zuckt mit den Schultern. »Wahrscheinlich ist er in seinem Büro. In diesem Gebäude dort drüben.« Sie zeigt auf einen kleinen, modern aussehenden Bau nahe dem Haupthaus. »Das hat er auch umgebaut und verbringt seit seiner Rückkehr sehr viel Zeit dort. Ich habe gesehen, dass Lucas, Peter und noch einige andere heute Morgen dort hineingegangen sind, also nehme ich an, dass Julian sich mit ihnen trifft.«

»Wer ist Peter?«, frage ich. Lucas kenne ich schon, aber den Namen Peter höre ich gerade zum ersten Mal.

»Er ist einer von Señor Esguerra Angestellten«, erklärt mir Rosa, während wir zum Haus zurückgehen. Er kam vor einigen Wochen hierher, um die Sicherheitsmaßnahmen zu überwachen.«

»Ich verstehe.«

Als wir am Haus ankommen klebt meine Kleidung durch die extreme Feuchtigkeit an meiner Haut. Es ist eine Erleichterung wieder drinnen zu sein, wo die Klimaanlage die Temperaturen angenehm kühl hält. »Das ist der Amazonas«, meint Rosa und lacht, als ich ein Glas kaltes Wasser das ich mir aus der Küche geholt habe in einem Zug austrinke. »Wir befinden uns am Rand des Regenwaldes und draußen fühlt es sich immer wie in einer Dampfsauna an.«

»Das stimmt«, grummele ich und habe das dringende Bedürfnis noch einmal zu duschen. Auf der Insel war es auch heiß gewesen, aber der Wind, der vom Ozean wehte hatte die Temperaturen erträglich, ja sogar angenehm gemacht. Hier dagegen ist die Hitze einfach erdrückend. Es geht kein Lüftchen und alles ist feucht.

Ich stelle das leere Glas auf den Tisch und drehe mich zu Rosa um. »Ich glaube ich werde in den Pool gehen, den du mir vorhin gezeigt hast«, lasse ich sie wissen, entschlossen, die Annehmlichkeiten zu nutzen. »Hast du Lust mitzukommen?«

Rosa bekommt große Augen. Offensichtlich überrascht sie meine Einladung. »Oh, das würde ich gerne«, antwortet sie ehrlich, »Aber ich muss Ana bei der Vorbereitung des Mittagessens helfen und danach die Schlafzimmer oben reinigen ...«

»Natürlich.« Es ist mir ein wenig unangenehm, dass ich einen Moment lang vergessen hatte, dass Rosa nicht nur hier ist, um mir Gesellschaft zu leisten, sondern eigentlich im Haus beschäftigt ist. »In dem Fall: Danke für die Führung. Sie hat mir wirklich Spaß gemacht.«

Sie grinst mich an. »Die Freude war ganz meinerseits, jederzeit gerne wieder.«

Und während sie sich in der Küche nützlich macht, gehe ich nach oben, um mir einen Badeanzug anzuziehen.

9. KAPITEL

❖ JULIAN ❖

Ich find Nora am Pool, wo sie mit einem Buch auf einem Liegestuhl unter einem der Sonnenschirme liegt. Ihre schlanken Beine sind an den Knöcheln übereinander geschlagen und sie trägt einen trägerlosen weißen Bikini. Auf ihrer goldenen Haut glänzen Wassertropfen. Sie muss gerade schwimmen gewesen sein.

Als sie meine Schritte hört, setzt sie sich hin und legt ihr Buch auf einen kleinen Beistelltisch. »Hallo«, sagt sie sanft, als ich mich ihrem Liegestuhl nähere. Ihre Sonnenbrille ist zu groß für ihr schmales Gesicht und sie sieht ein wenig wie eine Libelle aus. Ich beschließe, ihr von meinem nächsten Besuch in Bogotá eine passendere mitzubringen.

»Hallo, mein Kätzchen«, murmele ich und setze mich auf einen Stuhl. Ich hebe meine Hand, ziehe ihr die Sonnenbrille von der Nase und beuge mich nach vorne, um ihr einen schnellen, intensiven Kuss zu geben. Sie schmeckt nach Sonnenlicht und ihre Lippen sind weich und nachgiebig. Mein Geschlecht wird so nahe an ihrem fast nackten Körper sofort hart. Heute Nacht, verspreche ich mir selbst als ich widerstrebend meinen Kopf hebe. Ich werde sie heute Nacht wieder haben.

»Um was ging es bei deinem Geschäftstreffen heute Morgen?«, möchte sie wissen und atmet leicht ungleichmäßig nach dem Kuss. Als sie mich anblickt spiegeln sich in ihren Augen Neugier und ein Hauch von Vorsicht wider. Sie testet schon wieder ihre Grenzen. Diesmal möchte sie herausfinden, wieviel sie jetzt von allem wissen darf.

Ich denke einen Moment lang darüber nach. Es ist reizvoll sie weiterhin im Dunkeln zu lassen. Trotz allem ist Nora noch so naiv, so ignorant, was das wirkliche Leben anbelangt. Sie hat eine Kostprobe davon in jenem Lagerhaus mitbekommen, aber das war nichts im Vergleich zu den Sachen, mit denen ich jeden Tag zu tun habe. Ich möchte sie gerne weiterhin von der brutalen Natur meiner Wirklichkeit abschirmen, aber Ignoranz ist nicht länger eine Sicherheit — nicht, wenn meine Feinde über sie Bescheid wissen. Außerdem habe ich das Gefühl, dass meine junge Frau stärker ist, als ihre zarte Erscheinung vermuten lassen würde.

Das muss sie sein, wenn sie mich überleben will.

Als ich zu dieser Einsicht gelange, lächele ich sie kühl an. »Wir haben gerade Informationen über zwei Al-Quadar Zellen bekommen«, sage ich und beobachte ihre Reaktion. »Und jetzt überlegen wir, wie wir sie ausradieren und dabei einige ihrer Mitglieder gefangen nehmen können. Das Treffen fand statt, um die Abläufe dieser Operation zu planen.«

Ihre Augen weiten sich leicht, aber sie hat sich gut im Griff und lässt sich ihre Überraschung über meine Enthüllungen nicht anmerken. »Wie viele Zellen gibt es?«, fragt sie und rutscht ein wenig in ihrem Stuhl nach vorne. Ich kann sehen, wie sie ihre rechte Hand neben ihrem Bein zu einer Faust ballt, auch wenn ihre Stimme ruhig bleibt. »Wie groß ist ihre Organisation?«

»Das weiß niemand außer ihren höchsten Anführern. Das ist auch der Grund dafür weshalb es so schwierig ist, sie auszulöschen — sie sind auf der ganzen Welt verstreut, wie Ungeziefer. Sie haben aber einen Fehler gemacht, als sie versucht haben sich mit mir anzulegen. Ich bin sehr gut darin, Ungeziefer unschädlich zu machen.«

Nora schluckt aus einem Reflex heraus, aber erwidert weiterhin meinen Blick. *Mutiges Mädchen.* »Was wollten sie von dir?«, möchte sie wissen. »Warum haben sie beschlossen, sich mit dir anzulegen?«

Ich zögere einen Augenblick lang, bevor ich beschließe, sie einzuweihen. An diesem Punkt kann sie auch die ganze Geschichte erfahren. »Mein Unternehmen hat eine neuartige Waffe entwickelt — einen starken Sprengstoff, der fast unmöglich zu entdecken ist«, erkläre ich ihr. »Mit einigen Kilos davon könnte man einen mittelgroßen Flughafen, und mit einem Dutzend Kilos eine kleine Stadt in die Luft jagen. Er hat die Sprengkraft einer Nuklearbombe, aber ohne radioaktiv zu sein. Die Substanz, aus der er hergestellt wird ist Plastik sehr ähnlich, weshalb es zu allem geformt werden kann ... sogar Kinderspielzeug.«

Sie starrt mich an und erblasst. Sie beginnt die Auswirkungen zu verstehen. »Ist das der Grund dafür, dass du sie nicht damit beliefern wolltest?«, fragt sie. »Weil du so eine gefährliche Waffe nicht in die Hände von Terroristen gelangen lassen wolltest?«

»Nein, nicht wirklich.« Ich schaue sie amüsiert an. Es ist süß von ihr, mir edle Motive zu unterstellen, auch wenn sie das zu diesem Zeitpunkt schon besser wissen sollte. »Der Grund ist einfach nur, dass es schwierig ist, große Mengen davon herzustellen und ich habe schon eine lange Warteliste von Käufern. Al-Quadar war ganz unten auf der Liste und deshalb hätten sie ein paar Jahre, wenn nicht Jahrzehnte, warten müssen, um ihn von mir zu bekommen.«

Bewundernswerterweise ändert sich Noras Gesichtsausdruck nicht. »Und wer steht ganz oben auf deiner Liste?«, fragt sie ruhig. »Eine andere Terroristengruppe?«

»Nein.« Ich lache leise. »Nicht mal annähernd. Es ist deine Regierung, mein Kätzchen. Sie haben eine so große Bestellung aufgegeben, dass meine Fabriken jahrelang damit beschäftigt sein werden.«

»Ich verstehe.« Zuerst scheint sie erleichtert zu sein, aber dann runzelt sie erstaunt ihre glatte Stirn. »Also kaufen auch legitime Regierungen deine Produkte? Ich dachte immer das US Militär entwickele seine eigenen Waffen ...«

»Das tut es auch.« Ich muss wegen ihrer Naivität lächeln. »Aber es würde sich niemals die Gelegenheit entgehen lassen, so etwas in seine Finger zu bekommen. Und je mehr sie mir abnehmen, desto weniger kann ich an andere verkaufen. Das ist ein Arrangement, das für alle sehr gut funktioniert.«

»Aber warum nehmen sie es dir nicht einfach mit Gewalt weg? Oder schließen deine Fabriken?« Sie schaut mich verwirrt an. »Und überhaupt, wenn sie von deiner Existenz wissen, warum lassen sie es dann zu, dass du illegale Waffen herstellst?«

»Wenn ich es nicht tue, dann macht es jemand anders — und diese Person könnte weniger rational oder pragmatisch sein als ich.« Ich kann Noras ungläubigen Gesichtsausdruck sehen und mein Grinsen verstärkt sich. »Ja, mein Kätzchen, es ist zwar kaum zu glauben, aber die US Regierung macht lieber Geschäfte mit jemandem wie mir, der nichts gegen Amerika hat, als jemanden wie Majid in einer ähnlichen Position wie der meinen zu sehen.«

»Majid?«

»Der Hurensohn, der Beth umgebracht hat.« Meine Stimme wird hart und meine Belustigung verschwindet spurlos. »Derjenige, der für deine Entführung aus der Klinik verantwortlich war.«

Nora versteift sich, als Beths Name fällt und ich sehe, wie sich ihre Hände wieder zu Fäusten ballen. »Der Anzug — wie ich ihn in Gedanken genannt habe«, murmelt sie und ihr Blick wird einen Moment lang abwesend. »Weil er einen Anzug trug, verstehst du ...« Sie blinzelt und wendet dann ihre Aufmerksamkeit wieder mir zu. »Das war Majid?«

Ich nicke und behalte mein ausdrucksloses Gesicht bei, obwohl ich innerlich vor Wut koche. »Ja. Das war er.«

»Ich wünschte, er wäre nicht bei der Explosion gestorben«, sagt sie und überrascht mich kurz. Ihre Augen glitzern dunkel im Sonnenlicht. »Er hatte keinen so leichten Tod verdient.«

»Nein, das hatte er nicht«, stimme ich ihr zu und verstehe jetzt, was sie meint. Wie ich wünscht sie sich, dass Majid zu leiden gehabt hätte. Sie sehnt sich nach Rache; ich kann das in ihrer Stimme hören und auf ihrem Gesicht ablesen. Ich frage mich, was wohl passiert wäre, hätte sich Majid ihrer Gnade ausgesetzt gesehen. Wäre sie wirklich fähig, ihm Schmerzen zuzufügen? Ihn so zu quälen, dass er um seinen Tod betteln würde?

Diesen Gedanken finde ich mehr als spannend.

»Hast du Beth jemals hierher gebracht?«, möchte sie wissen und unterbricht meine Gedankengänge. »Auf dieses Anwesen, meine ich?«

»Nein.« Ich schüttele meinen Kopf. »Bevor sie auf der Insel lebte ist Beth mit mir gereist und ich kam für lange Zeit nicht hierher.«

»Warum nicht?«

Ich zucke mit den Schultern. »Ich mochte diesen Ort nicht besonders gerne, denke ich«, erwidere ich leichthin und verdränge die dunklen Erinnerungen, die sich durch ihre unschuldige Frage in meinem Kopf ausbreiten. Das Anwesen, auf dem ich den Großteil meiner Kindheit verbracht habe, war der Ort, an dem mein Vater mit Gürtel und Fäusten regierte bis ich alt genug war zurückzuschlagen. Der Ort, an dem ich meinen ersten Mann getötet habe — und an den ich vor zwölf Jahren zurückkam, um den blutigen Leichnam meiner Mutter abzuholen. Erst als ich das

Haus komplett erneuert hatte konnte ich den Gedanken ertragen, wieder hier zu leben und selbst jetzt ist es allein Noras Gegenwart, die es erträglich für mich macht.

Sie legt ihre Hand auf mein Knie und holt mich damit in die Gegenwart zurück. »Julian ...« Sie macht eine kurze Pause, so als sei sie sich unsicher darüber, ob sie weitersprechen sollte. Dann entscheidet sie sich offensichtlich dazu, es zu wagen. »Es gibt etwas, das ich dich gerne fragen würde«, sagt sie ruhig aber bestimmt.

Ich hebe meine Augenbrauen. »Was denn, mein Kätzchen?«

»Ich habe in Chicago Unterricht genommen«, erklärt sie und der Griff ihrer Hand auf meinem Knie verstärkt sich. »Selbstverteidigung und schießen, solche Sachen ... und ich würde hier gerne damit weitermachen, wenn das geht.«

»Ich verstehe.« Ein leichtes Lächeln umspielt meinen Mund. Es sieht so aus als seien meine Vermutungen richtig gewesen. Sie ist nicht das gleiche verängstigte, hilflose Mädchen, welches ich auf die Insel gebracht habe. Diese Nora ist stärker, belastbarer ... und noch anziehender. Ich erinnere mich daran in Lucas' Berichten über ihren Unterricht gelesen zu haben, weshalb ihre Bitte nicht völlig unerwartet für mich kommt. »Du hättest gerne, dass ich dir Kämpfen und den Umgang mit Waffen beibringe?«

Sie nickt. »Ja. Oder auch jemand anders, wenn du zu viel zu tun hast.«

»Nein.« Der Gedanke daran, dass einer meiner Männer Hand an sie legt, und sei es auch nur zu

Trainingszwecken, lässt mich rot sehen. »Ich werde dich selbst trainieren.«

* * *

Ich beschließe, nur noch einige wichtige Mails zu beantworten und dann gleich heute Nachmittag mit Noras Unterricht zu beginnen. Irgendwie mag ich die Idee, ihr Selbstverteidigung beizubringen. Ich habe nicht vor, sie jemals wieder einer solch gefährlichen Situation auszusetzen, aber sollte sie es jemals brauchen, möchte ich, dass sie weiß, wie sie sich schützen kann.

Die Ironie des Ganzen entgeht mir nicht. Die meisten Menschen würden wohl sagen, dass ich derjenige bin, vor dem sie beschützt werden muss. Und wahrscheinlich hätten sie damit Recht. Aber das kümmert mich nicht. Nora gehört jetzt mir und ich werde tun, was getan werden muss, um sie in Sicherheit zu wissen — auch wenn das beinhaltet ihr beizubringen, wie man jemanden wie mich tötet.

Als ich mit meinen E-Mails fertig bin, gehe ich sie im Haus suchen. Diesmal finde ich sie im Fitnessraum, wo sie gerade das Laufband auf voller Geschwindigkeit nutzt. Dem Schweiß nach zu urteilen, der ihren schlanken Rücken hinabläuft, rennt sie schon eine ganze Weile in dieser Geschwindigkeit.

Um sicher zu gehen, sie nicht zu erschrecken nähere ich mich ihr von der Seite.

Als sie mich sieht, dreht sie die Geschwindigkeit des Laufbandes auf ein leichtes Joggen hinunter. »Hallo«, sagt sie atemlos und greift nach einem kleinen

Handtuch, um sich ihr Gesicht abzuwischen. »Beginnen wir schon mit dem Training?«

»Ja, ich habe jetzt ein paar Stunden Zeit.« Meine Worte klingen tief und heiser, als eine vertraute Welle der Erregung mein Geschlecht hart werden lässt. Ich liebe es, sie so zu sehen, völlig außer Atem und mit einer feuchten und glühenden Haut. Es erinnert mich daran wie sie nach besonders ungehemmtem Sex aussieht. Natürlich hilft auch die Tatsache nicht, dass sie nur eine Laufhose und einen Sport BH trägt. Ich möchte die Schweißtropfen von ihrem glatten, flachen Bauch lecken und sie danach für einen schnellen Quickie auf die nächstliegende Matratze schmeißen.

»Perfekt.« Sie lächelt mich strahlend an und drückt den Stopp-Knopf des Laufbandes. Dann hüpft sie von der Maschine und schnappt sich ihre Wasserflasche. »Ich bin soweit.«

Sie sieht so aufgeregt aus, dass ich den Matratzensex für den Moment verschieben werde. Verzögerte Befriedigung kann auch eine gute Sache sein und ich habe mir diese Zeit auch extra für ihr Training freigeschaufelt.

»In Ordnung«, antworte ich. »Lass uns gehen.« Ich nehme sie an der Hand und führe sie aus dem Haus.

Wir gehen zu dem Feld, auf dem ich normalerweise mit meinen Männern trainiere. Zu dieser Tageszeit ist es zu heiß für ernsthafte Übungen, also ist die Fläche größtenteils leer. Als wir vorbeigehen sehe ich allerdings, wie einige der Wachen verstohlen auf Nora starren. Ich möchte ihnen die Augen herausreißen. Ich denke, dass erkennen sie auch — denn sie schauen weg, sobald sie meinen Blick sehen. Ich weiß, dass es irrational ist so besitzergreifend zu sein, aber das ist mir egal. Sie gehört mir, und allen muss das klar sein.

»Was machen wir zuerst?«, möchte sie wissen, als wir uns einem Lagerschuppe in der Ecke der Trainingsfläche nähern.

»Schießen.« Ich schaue sie von der Seite an. »Ich möchte sehen, wie gut du mit einer Pistole umgehen kannst.«

Sie lächelt und ihre Augen leuchten voller Vorfreude. »Ich bin nicht schlecht«, sagt sie und ich muss über das Vertrauen in ihrer Stimme grinsen. Es sieht so aus, als habe mein Kätzchen während meiner Abwesenheit einige Dinge gelernt. Ich kann es kaum erwarten zu sehen, wie sie mir ihre neuen Talente vorführt.

In dem Schuppen befinden sich einige Waffen und Trainingsbekleidung. Ich gehe hinein und wähle einige der meistbenutzten Modelle aus — von einer 9mm Handfeuerwaffe bis hin zu einem M16 Sturmgewehr. Ich nehme sogar eine AK-47, auch wenn Nora zu klein sein könnte, um sie bequem zu benutzen.

Danach gehen wir hinaus zum Schießplatz.

Dort sind Ziele in verschiedenen Entfernungen aufgestellt. Ich lasse sie mit dem nächstliegenden Ziel beginnen: ein Duzend leere Bierdosen, auf einem hölzernen Tisch, in etwa fünfzehn Metern Entfernung. Ich reiche ihr die 9mm, erkläre ihr, wie sie sie benutzen muss und lasse sie dann auf die Dosen schießen.

Zu meinem Entsetzen trifft sie zehn der zwölf Dosen beim ersten Versuch. »Verdammt«, murmelt sie und lässt die Waffe sinken. »Ich kann gar nicht glauben, dass ich diese beiden verfehlt habe.«

Überrascht und beeindruckt lasse ich sie die anderen Waffen ausprobieren. Sie kommt mit den meisten Handfeuerwaffen und Sturmgewehren gut zurecht. Wieder trifft sie fast alle Ziele, aber ihre Arme zittern, als sie versucht die AK-47 abzufeuern.

»Du musst kräftiger werden, um diese zu benutzen«, erkläre ich ihr und nehme sie ihr ab.

Sie nickt zustimmend und greift nach ihrer Wasserflasche. »Ja«, sagt sie zwischen zwei Schlucken. »Ich will stärker werden. Ich will mit all diesen Waffen umgehen können, genauso wie du.«

Ich kann ein Lachen nicht unterdrücken. Trotz ihres eigentlich sehr unkomplizierten Naturells hat Nora eine starke kompetitive Seite. Das ist mir auch schon bei unserem fünf Kilometer Lauf auf der Insel aufgefallen.

»Einverstanden«, erwidere ich immer noch lachend. Ich nehme ihre Flasche, trinke etwas von dem Wasser und gebe sie ihr wieder zurück. »Ich kann dich auch beim Krafttraining unterstützen.«

Nach einigen weiteren Schüssen bringen wir die Waffen wieder zum Schuppen zurück. Ich gehe mit ihr in den Trainingsraum, um ihr einige grundlegende Bewegungen beizubringen.

Lucas ist auch dort, zum Sparring mit drei der Wächter. Als er sieht, dass wir den Raum betreten, macht er eine Pause und nickt Nora respektvoll zu, ohne seine Augen von ihrem Gesicht abzuwenden. Er weiß jetzt, was ich für sie empfinde und er ist clever genug, kein Interesse an ihrem schlanken, halbnackten Körper zu zeigen. Seine Sparringpartner sind allerdings nicht so klug und ich muss ihnen erst einen mörderischen Blick zuwerfen, bevor sie aufhören sie weiter anzustarren.

»Hallo Lucas«, sagt Nora und ignoriert das kleine Zwischenspiel. »Ich freue mich, Sie wiederzusehen.«

Lucas lächelt sie vorsichtig, neutral an. »Ich mich auch, Frau Esguerra.«

Zu meinem Ärger zuckt Nora bei dieser Anrede sichtbar zusammen und meine leichte Verärgerung mit den Wachen verwandelt sich in eine plötzliche Wut auf sie. Ihr ursprünglicher Unwille, mich zu heiraten sitzt wie ein eitriger Splitter in meinem Hinterkopf und schon eine Kleinigkeit reicht aus, damit ich mich wieder fühle wie in der Kirche.

Trotz all ihrer angeblichen Liebe zu mir weigert sie sich immer noch, unsere Heirat zu akzeptieren und ich habe nicht vor, noch länger verständnisvoll und nachsichtig zu sein.

»Raus«, schnauze ich Lucas und die Wachen an, während ich gleichzeitig mit dem Daumen auf die Tür zeige. »Wir brauchen diesen Platz.«

Innerhalb von Sekunden verschwinden sie und lassen Nora und mich alleine.

Sie tritt einen Schritt zurück und sieht plötzlich verängstigt aus. Sie kennt mich gut und ich weiß, sie fühlt, dass etwas nicht stimmt.

Wie immer kann sie sich denken, was es ist. »Julian«, sagt sie vorsichtig, »ich habe das nicht absichtlich getan. Ich bin einfach nicht daran gewöhnt, so genannt zu werden, das ist alles ...«

»Ist das so, mein Kätzchen?« Meine Stimme hört sich an wie gebürstete Seide und spiegelt nichts von der kochenden Wut in mir wieder. Ich gehe zu ihr, hebe meine Hand und fahre langsam mit meinen Fingern ihr Kinn entlang. »Wäre es dir lieber, *nicht* so genannt zu werden? Vielleicht wäre es dir sogar lieber, wenn ich überhaupt nicht zu dir zurückgekommen wäre?«

Ihre großen Augen werden noch größer. »Nein, natürlich nicht! Ich habe dir doch schon gesagt, dass ich hier bei dir sein möchte—«

»Lüge mich nicht an.« Diese Worte kommen kalt und scharf aus meinem Mund, während ich meine Hand fallen lasse. Es macht mich wütend, dass mich das Ganze berührt, dass so etwas Unwichtiges wie Noras Gefühle mich stören. Was macht es schon, ob sie mich liebt oder nicht. Ich sollte das nicht wollen, sollte es nicht von ihr erwarten. Aber ich mache es trotzdem — es ist Teil dieser beschissenen Besessenheit von ihr.

»Ich lüge nicht«, streitet sie vehement ab und geht einen Schritt zurück. Ihr Gesicht sieht blass aus, in dem gedämpften Licht des Raumes, aber ihr Blick ist direkt und unbewegt, als sie mich anblickt. »Ich sollte nicht mit dir zusammen sein wollen, aber ich will es. Denkst du ich verstehe nicht, wie falsch das ist? Wie kaputt? Du hast mich entführt, Julian ... Du hast mich gezwungen.«

Der Vorwurf hängt stark und schwer zwischen uns. Wäre ich ein anderer Mann, würde ich jetzt wegschauen. Und ich würde Reue für das empfinden, was ich getan habe.

Aber das mache ich nicht.

Ich bin kein Typ für Selbsttäuschung. Das bin ich nie gewesen. Als ich Nora entführte wusste ich, dass ich eine Grenze überschritt, dass ich einen neuen

Tiefpunkt erreicht hatte. Ich habe das mit dem vollen Wissen darüber getan, was das aus mir macht: ein irreparables Monster, einen Zerstörer der Unschuld. Mit diesem Etikett kann ich leben, um sie zu haben.

Ich würde alles tun, um sie zu haben.

Also erwidere ich ihren Blick, anstatt wegzuschauen. »Ja«, sage ich ruhig. »Das habe ich.« Meine Wut ist verrauscht und durch ein anderes Gefühl ersetzt worden. Ein Gefühl, das ich nicht zu sehr analysieren möchte. Ich gehe auf sie zu, hebe meine Hand wieder an und streichele ihre sanfte, weiche Oberlippe mit meinem Daumen. Ihre Lippen öffnen sich unter meiner Berührung und der Hunger, den ich den ganzen Tag unterdrückt habe, verschlimmert sich.

Ich will sie.

Ich will sie, und ich werde sie mir nehmen.

Danach wird sie keine Zweifel mehr daran hegen, dass sie zu mir gehört.

10. KAPITEL

❖ NORA ❖

Ich blicke meinen Ehemann an und kämpfe gegen den Drang, mich zurückzuziehen. Ich hätte es nicht zulassen sollen, dass Julian meine Reaktion auf meinen neuen Namen sieht, aber ich hatte so viel Spaß bei der Schießstunde — und in Julians Gesellschaft — dass ich die Wirklichkeit meiner neuen Situation vergessen hatte. Das *Frau Esguerra* von Lucas hat mich aufgeschreckt, mir das beunruhigende Gefühl von verlorener Identität zurückgebracht und einen Augenblick lang war ich nicht in der Lage gewesen, meine Bestürzung zu verbergen.

Dieser Augenblick genügte, um Julian von einem lachenden, scherzenden Begleiter in den angsteinflößenden, unberechenbaren Mann zu verwandeln, der mich auf seine Insel gebracht hatte.

Ich kann das schnelle Schlagen meines Pulses spüren, als sein Daumen meine Lippen streichelt. Seine

Berührung ist zärtlich, trotz der Dunkelheit die in seinen Augen schimmert. Er scheint sich über meine waghalsige Anschuldigung nicht zu ärgern, wenn überhaupt, sieht er jetzt ruhiger aus, fast belustigt. Ich bin mir nicht sicher, was ich erwartet hatte, als ich ihm diese Worte entgegenschleuderte, aber bestimmt nicht, dass er seine Verbrechen so leicht zugibt. Sogar ohne jede Spur von Schuldgefühl oder Reue. Die meisten Menschen versuchen ihre Handlungen vor sich und anderen zu rechtfertigen, verdrehen Tatsachen zu ihren Gunsten, aber Julian ist nicht wie die meisten Menschen. Er sieht Dinge so wie sie sind; ihn stört der Gedanke nicht, Sachen zu machen, vor denen die meisten Menschen zurückschrecken würden. Statt eines verblendeten Psychopaten, der denkt er tue das Richtige, ist meine neuer Ehemann einfach ein Mann ohne Gewissen.

Ein Mann, den ich gerade gleichzeitig liebe und fürchte.

Ohne ein weiteres Wort zu sagen, entfernt Julian seine Finge aus meinem Gesicht, ergreift meinen Oberarm und führt mich zu einer der Wrestlingmatten an der Wand. Während wir dorthin gehen, erhasche ich einen Blick auf die Beule in seiner Hose und sofort lässt mich eine Kombination aus Angst und ungewollter Lust schneller atmen.

Julian hat vor, mich hier zu nehmen, genau hier, wo alle hineinplatzen können.

Eine unangenehme Gefühlsmischung aus Lust und Verlegenheit lässt meine Haut brennen. Die Logik sagt mir, dass es wohl kaum sehr romantischer Sex werden wird. Mein Körper allerdings kennt den Unterschied zwischen Bestrafungssex und zärtlichem Liebemachen nicht. Er kennt nur Julian und ist darauf trainiert, sich nach dessen Berührung zu sehnen.

Zu meiner großen Überraschung fällt Julian nicht sofort über mich her. Stattdessen lässt er meinen Arm los und schaut mich an. Sein sinnlicher Mund verzieht sich zu einem kalten, fast grausamen Lächeln. »Warum zeigst du mir nicht, was du in dem Selbstverteidigungskurs gelernt hast, mein Kätzchen?«, sagt er sanft. »Zeige mir einige der Bewegungen, die sie dir beigebracht haben.«

Ich blicke ihn an und mein Herz klopft mir bis zum Hals, als ich verstehe, worauf Julian hinaus will. Er will, dass ich gegen ihn kämpfe, mich wehre — auch wenn es an dem Ergebnis nichts ändert.

Auch wenn ich mich einfach nur hilflos und besiegt fühlen werde sobald ich verliere.

»Warum?«, frage ich verzweifelt und versuche das Unvermeidbare hinauszuzögern. Ich weiß, Julian spielt nur mit mir, aber ich möchte dieses Spiel nicht spielen. Nicht nach allem was zwischen uns vorgefallen ist. Ich möchte diese erste Zeit auf der Insel vergessen und sie nicht auf eine so verdrehte Weise erneut erleben.

»Warum nicht?« Er beginnt, um mich zu kreisen, was meine Angst erhöht. »Ist das nicht der Grund dafür, dass du diesen Kurs besucht hast? Um dich vor Männern wie mir zu schützen? Männer, die dich nehmen und benutzen wollen?«

Meine Atmung beschleunigt sich weiter und Adrenalin überflutet mein System, als mein Kämpfen-oder-Fliehen Instinkt die Oberhand gewinnt. Ich drehe mich instinktiv um und versuche ihn die ganze Zeit über im Blick zu behalten, so als sei er ein gefährliches Raubtier — was er auch gerade ist.

Ein wunderschönes, tödliches Raubtier, welches mich als seine Beute auserkoren hat.

»Los, Nora«, murmelt er und hält inne, als ich mit dem Rücken an der Wand stehe. »Kämpfe!«

»Nein.« Ich versuche nicht zusammenzuzucken, als er nach mir greift und sich seine Hand um mein Handgelenk legt. »Das werde ich nicht tun, Julian. Nicht so.«

Seine Nasenlöcher beben. Er ist es nicht gewohnt, dass ich ihm etwas abschlage und ich höre auf zu atmen, während ich abwarte, was er tun wird. Mein Herz rast schmerzhaft in meiner Brust und ein leichtes Rinnsal aus Schweiß läuft meinen Rücken hinunter. Ich habe verstanden, dass Julian mir nicht wirklich etwas antun wird, das bedeutet aber nicht, dass er meinen Ungehorsam nicht bestrafen wird.

»In Ordnung«, erwidert er sanft. »Wie du möchtest.« Seine Hände um meine Handgelenke drehen meine Arme nach oben und zwingen mich auf meine Knie. Mit seiner freien Hand macht er den Reißverschluss seiner Shorts auf und lässt seine Erektion hervorspringen. Er wickelt meine Haare um seine Faust und drückt mein Mund zu seinem Geschlecht hinunter. »Nimm ihn in den Mund«, befiehlt er rau und blickt mich dabei an.

Ich folge seiner Anordnung und bin erleichtert, dass es so einfach ist. Meine Lippen schließen sich um seinen dicken Schaft. Er schmeckt nach Salz und Mann. Seine Spitze ist von Lusttropfen ganz feucht und ein Teil meiner Angst verschwindet, wird von wachsendem Verlangen verdrängt. Ich liebe es, ihm auf diese Weise Lust zu bereiten und als sich Julians Griff um meine Handgelenke lockert, bedecke ich seinen Hoden mit meinen Händen, massiere und knete ihn mit festem Druck.

Er stöhnt, schließt seine Augen und ich beginne meinen Mund vor und zurück zu bewegen. Mit einer saugenden Bewegung nehme ich ihn jedes Mal tiefer in mich auf. So wie er meine Haare festhält tut er mir weh, aber dieser leichte Schmerz erregt mich nur noch mehr. Julian hatte Recht als er mir sagte, ich hätte masochistische Züge. Ob es in meiner Natur liegt oder er es mir angewöhnt hat, weiß ich nicht, aber Schmerz erregt mich. Mein Körper sehnt sich nach diesen Empfindungen.

Ich schaue in sein Gesicht und genieße den gequälten Ausdruck darin, den kleinen Hauch von Macht, den er mir zugesteht.

Allerdings lässt er mich heute nicht lange die Führung übernehmen. Stattdessen schiebt er seine Hüfte nach vorne und drückt sein Geschlecht tiefer in meinen Hals hinein. Ich würge und spucke etwas Speichel aus. Das scheint ihm zu gefallen denn er murmelt genüsslich: »Ja, genau so, Baby». Er öffnet seine Augen und beginnt, meinen Mund in einem harten, unnachgiebigen Rhythmus zu nehmen. Ich würge erneut und noch mehr Speichel rinnt aus meinem Mund über mein Kinn, überzieht seinen Schwanz mit dickflüssiger Feuchtigkeit.

Plötzlich lässt er von mir ab. Bevor ich zu Atem kommen kann drückt er mich mit dem Gesicht auf die Matte und ich falle auf meine Hände. Danach begibt er sich hinter mich und ich spüre, wie er meine Shorts und mein Höschen bis zu den Knien hinunterzieht. Mein Geschlecht zuckt vor hungriger Vorfreude ... Aber das ist nicht das, was er heute von mir will. Er wendet seine Aufmerksamkeit der anderen Öffnung zu und ich spanne mich instinktiv an als ich spüre, wie sich seine Eichel zwischen meine Pobacken schiebt.

»Entspann dich, mein Kätzchen«, flüstert er und greift nach meinen Hüften um mich festzuhalten während er beginnt in mich einzudringen. »Entspann dich einfach ... Ja, braves Mädchen ...«

Ich atme flach und kurz während ich versuche auf Julians Rat zu hören. Er stößt langsam tiefer in mich vor und ich kämpfe dagegen an, mich zu versteifen. Aus Erfahrung weiß ich, dass es weniger schmerzhaft ist wenn ich nicht so angespannt bin. Mein Körper allerdings scheint entschlossen zu sein, dieses Eindringen zu verhindern. Nach Monaten seiner Abwesenheit bin ich dort fast wieder jungfräulich und ich spüre einen starken, brennenden Druck, als mein Schließmuskel mit Gewalt geöffnet wird.

»Julian, bitte ...« Diese Worte sind ein leises und flehendes Flüstern, als er gnadenlos immer tiefer in mich eindringt und der Speichel auf seinem Glied das einzige Gleitmittel ist. Meine Eingeweide krümmen sich und mir bricht der Schweiß aus, als mein enger Muskelring schließlich nachgibt und seinen riesigen Schwanz hineinlässt.

»Bitte was?«, haucht er und schiebt einen muskulösen Arm unter meine Hüfte um mich festzuhalten. Gleichzeitig ergreift seine andere Hand erneut mein Haar und zwingt meinen Körper, sich nach hinten zu biegen. Dieser neue Winkel lässt ihn tiefer eindringen und ich schreie auf, fange an zu zittern. Das ist zu viel. Das halte ich nicht aus. Aber Julian lässt mir keine Wahl. Das ist meine Bestrafung, gefickt zu werden wie ein Tier auf einer dreckigen Matte ohne Rücksicht oder Vorspiel. Es soll sich krank anfühlen, alle Spuren von Lust auslöschen, aber trotzdem bin ich erregt und mein Körper sehnt sich nach jeder Art von Gefühlen, die Julian ihm entlockt. »Bitte was?«, wiederholt er leise und rau. »Bitte fick mich? Bitte gib mir mehr?«

»Ich ... ich weiß nicht ...« Ich kann kaum sprechen weil meine Sinne so überwältigt sind. Er hält still, bewegt sich nicht, und ich bin dankbar für diese kleine Gnade, da sie mir die Gelegenheit gibt, mich an die brutale Härte in mir zu gewöhnen. Ich versuche meine Atmung zu normalisieren und der Schmerz macht langsam einem anderen Gefühl Platz — einer kribbelnden Hitze, die meine Nervenenden durchfährt.

Er beginnt erneut sich mit langsamen und tiefen Stößen zu bewegen, was die Hitze steigert, die sich jetzt tief in mir sammelt. Meine Nippel versteifen sich und mein Geschlecht wird von einer Welle von Nässe überschwemmt. Trotz des unangenehmen Gefühls ist es irgendwie pervers erotisch, so genommen zu werden, auf eine so schmutzige und verbotene Weise benutzt zu werden.

Ich schließe meine Augen und lasse mich auf den Rhythmus seiner Bewegungen ein, seiner Bewegung des Zustoßens und Zurückziehens, die mich vor Schmerz und Lust zergehen lässt. Meine Klitoris schwillt an, wird empfindlicher und ich weiß, dass ich nur einige leichte Berührungen benötige um zu kommen — um die Spannung, die sich in mir aufgebaut hat, zu lösen.

Aber er berührt meine Klitoris nicht. Stattdessen lässt er mein Haar los und seine Hand fährt an meinem Hals hinunter. Sie umfasst ihn und zwingt mich dazu, mich zu erheben bis ich mit einem leicht gebeugten Rücken knie. Ich schlage meine Augen auf und meine Hände strecken sich nach oben, krallen sich in den Fingern fest, die mich gerade würgen. Aber ich kann nichts machen, um seinen Griff zu lockern. In dieser Stellung ist er noch tiefer in mir und ich kann kaum atmen. Mein Herz beginnt durch diese neue, unbekannte Angst zu hämmern.

Dann beugt er sich vornüber und ich spüre, wie seine Lippen mein Ohr berühren. »Dein ganzes Leben lang wirst du mir gehören«, flüstert er rau und die Wärme seines Atems löst eine Gänsehaut bei mir aus. »Verstehst du mich, Nora? Alles an dir — deine Muschi, dein Po, deine geheimsten Gedanken ... Das alles gehört mir, und ich werde es benutzen und ausnutzen, wann und wie ich will. Ich besitze dich innerlich und äußerlich, auf jede erdenkliche Art und Weise ...« Seine scharfen Zähne versinken in meinem Ohrläppchen und wegen des plötzlichen Schmerzes muss ich nach Luft schnappen. »Verstehst du mich?« Seine Stimme hat einen dunklen Unterton der mir Angst bereitet. Das ist neu — das hat er noch nie mit mir gemacht — und mein Puls rast, während sich seine Finger um meinen Hals weiter zusammenziehen, um mir langsam aber unaufhaltsam meine Luftzufuhr abzuschneiden.

Meine Panik steigt und ich bin voller Adrenalin. »Ja ...«, gelingt es mir herauszupressen. Meine Finger sind immer noch in seine Hand gekrallt und versuchen, sie zu entfernen. Entsetzt bemerke ich, dass ich anfange Sterne zu sehen. Der Raum verschwimmt vor meinen Augen bevor alles um mich herum dunkel wird. *Er hat bestimmt nicht vor, mich umzubringen ... Er hat bestimmt nicht vor, mich umzubringen ...* Ich habe Angst, aber trotzdem pocht mein Geschlecht und elektrische Schauer durchfahren mich, als meine Erregung ins Unermessliche steigt.

»Gut. Und jetzt sag mir ... wessen Ehefrau bist du?« Seine Finger drücken sich weiter zusammen und die Sterne explodieren, als mein Gehirn versucht genügend Sauerstoff zu bekommen. Mein Körper ist kurz davor zu ersticken und trotzdem bin ich in diesem Moment lebendiger als jemals zuvor. Meine Sinne sind geschärft und hochempfindlich. Die brennende Dicke seines Geschlechts in meinem Po, die Hitze seines Atems auf meinen Schläfen, das Pulsieren meiner geschwollenen Klitoris — das ist zu viel und gleichzeitig nicht genug. Ich möchte schreien und mich wehren, aber ich kann mich nicht bewegen, kann nicht atmen ... und wie aus ganz weiter Entfernung höre ich, wie Julian erneut fragt: »Wessen Ehefrau?«

Kurz bevor ich das Bewusstsein verliere lockert er seinen Griff um meinen Hals und ich spucke aus: »Deine«. Genau in diesem Moment zuckt mein Körper in einem Krampf aus Angst und Ekstase. Der Orgasmus überkommt mich plötzlich und unerwartet intensiv, als der dringend benötigte Sauerstoff in meinen Lungen ankommt.

Ich schnappe verzweifelt nach Luft und falle zitternd gegen ihn. Ich kann nicht glauben, einfach so gekommen zu sein, ohne dass Julian mein Geschlecht berührt hat.

Ich kann nicht glauben, dass ich gekommen bin als ich dachte, ich würde gleich sterben.

Nach einem Moment spüre ich seine Lippen, die an meinem schweißnassen Hals entlangfahren »Ja«, murmelt er, während seine Hand zärtlich meinen Hals streichelt, »so ist es richtig, Baby ...« Er ist immer noch tief in mir. Sein hartes Geschlecht bricht mich auf, dringt in mich ein. »Und wie heißt du?«

»Nora«, erwidere ich heiser und erschaudere, als seine Finger von meinem Hals zu meinen Brüsten wandern. Ich trage immer noch meinen Sport BH und seine Hand schiebt sich unter das enganliegende Material und umfasst meine Brust.

»Nora, und weiter?«, bohrt er während seine Finger meinen Nippel zusammendrücken. Er ist durch den Orgasmus hart und empfindlich und Julians Berührung lässt einen erneuten Hitzeschauer durch mich hindurchfahren. »Nora, und weiter?«

»Nora Esguerra«, flüstere ich und schließe meine Augen. Das ist eine Tatsache, die ich jetzt nie wieder vergessen werde — und während Julian weitermacht weiß ich, dass Nora Leston nie wieder existieren wird.

Sie ist für immer weg.

TEIL II: DAS ANWESEN

11. KAPITEL

❖ NORA ❖

In den folgenden Wochen gewöhne ich mich langsam an mein neues Zuhause. Das Anwesen ist faszinierend und ich verbringe die meiste Zeit damit, es zu erkunden und seine Bewohner kennenzulernen.

Außer den Wächtern leben noch ein paar Dutzend weitere Menschen hier, einige alleine, andere mit ihren Familien. Sie alle arbeiten, von der ältesten bis zur jüngsten Generation, in den verschiedensten Positionen für Julian. Einige — so wie Ana und Rosa — kümmern sich um das Haus und die Außenanlage, während andere mit Julians Geschäften zu tun haben. Er mag zwar gerade erst wieder hierher zurückgekommen sein, aber viele seiner Angestellten leben hier seit der Zeit, als Juan Esguerra — Julians Vater — einer der mächtigsten Drogenbosse des Landes war. Für einen Amerikaner wie mich ist so eine Loyalität zum Arbeitgeber unverständlich.

»Sie bekommen eine gute Bezahlung, freie Unterkünfte und dein Ehemann hat vor einigen Jahren sogar einen Lehrer für ihre Kinder eingestellt«, erklärt mir Rosa, als ich sie danach frage. »Er mag vielleicht nicht persönlich hier gewesen sein, aber er hat sich immer um seine Angestellten gekümmert. Sie könnten jederzeit gehen, sollten sie das wünschen, aber sie wissen wie unwahrscheinlich es ist, dass sie etwas Besseres finden. Außerdem sind sie hier geschützt, während sie und ihre Familien dort draußen leichte Beute für neugierige Polizisten oder jeden anderen sind, der Informationen über die Esguerra Organisation bekommen möchte.« Sie lächelt mich schief an und fügt hinzu: »Meine Mutter sagt, wenn du einmal Teil dieses Lebens geworden bist, dann bleibst du es für immer. Es gibt kein zurück.«

»Aber warum haben sie dieses Leben gewählt?«, frage ich und versuche zu verstehen, wer auf das isolierte Anwesen eines Drogendealers am Rande des Regenwalds ziehen würde. Ich kenne nicht viele geistig gesunde Menschen die so etwas freiwillig tun würden — besonders dann nicht, wenn sie wüssten, dass es keinen leichten Weg zurück gibt.

Rosa zuckt mit den Schultern. »Jeder hat da seine eigene Geschichte. Einige wurden von den Behörden gesucht; andere machten sich gefährliche Menschen zu Feinden. Meine Eltern kamen hierher um der Armut zu entfliehen und mir und meinen Brüdern ein besseres Leben zu bieten. Sie wussten, dass sie ein Risiko eingingen, aber es kam ihnen so vor, als hätten sie keine andere Wahl. Bis heute ist meine Mutter davon überzeugt, die richtige Entscheidung für sich und ihre Kinder getroffen zu haben.«

»Sogar nach—?« Beginne ich zu fragen aber schließe meinen Mund als mir klar wird, dass ich gerade im Begriff bin Rosas schmerzvolle Erinnerungen erneut anzusprechen.

»Ja, sogar danach noch«, beantwortet sie meine unausgesprochene Frage. »Es gibt keine Garantien im Leben. Sie hätten auch anders sterben können. Mein Vater und Eduardo — mein ältester Bruder — starben während sie ihrer Arbeit nachgingen, aber wenigstens hatten sie welche. Im Dorf meiner Eltern gab es keine Arbeit und in den Städten sah es noch schlimmer aus. Meine Eltern versuchten alles, um uns zu ernähren, aber es reichte einfach nicht. Als meine Mutter mit mir schwanger wurde, ging der damals 12 jährige Edoardo zu Medellín um Drogenkurier zu werden — damit die Familie nicht verhungerte. Mein Vater folgte ihm, um ihn aufzuhalten und dabei stießen die beiden auf Juan Esguerra, der sich gerade wegen Verhandlungen mit dem Medellín Cartel in der Stadt aufhielt. Er bot beiden eine Arbeit in seiner Organisation an und der Rest ist Geschichte.« Sie hält inne und lächelt mich an bevor sie weiterspricht, »Deshalb, Nora, war es die beste Alternative für meine Familie, für Señor Esguerra zu arbeiten. Wie meine Mutter sagt, habe ich mich im Gegensatz zu ihr in meiner Jugend nicht für Essen verkaufen müssen.«

Rosa sagt den letzten Teil ohne Bitterkeit oder Selbstmitleid und sieht es wirklich als ein Glück an, hier auf dem Esguerra Anwesen geboren worden zu sein. Sie ist Julian und seinem Vater dankbar dafür, ihrer Familie zu einem guten Leben verholfen zu haben und trotz ihres Wunsches, Amerika zu sehen, macht es ihr nichts aus, hier so abseits von alldem zu leben. Für sie ist dieses Anwesen ihr Zuhause.

Das alles erfahre ich während unserer Spaziergänge. Rosa mag zwar nicht joggen, aber sie liebt es, mit mir einen kurzen Spaziergang am frühen Morgen zu machen, bevor es zu heiß und stickig wird. Wir haben mit diesen Spaziergängen an meinem dritten Tag hier begonnen und seitdem sind sie zu einer Art täglicher Routine geworden. Ich verbringe sehr gerne Zeit mit Rosa. Sie ist intelligent und freundlich, weshalb sie mich ein wenig an meine Freundin Leah erinnert. Rosa scheint meine Gesellschaft auch zu genießen — obwohl ich mir sicher bin, dass sie schon wegen meiner Stellung hier nett zu mir wäre. Jeder auf diesem Anwesen behandelt mich freundlich und respektvoll.

Immerhin bin ich ja die Ehefrau des Señors.

Nach dem Zwischenfall im Trainingsraum habe ich mir alle Mühe gegeben die Tatsache zu akzeptieren, jetzt Julians Frau zu sein — dass dieser wunderschöne, unmoralische Mann, der mich entführt hat, jetzt mein Ehemann ist. Die Idee stört mich immer noch ein wenig, aber mit jedem Tag, der vergeht, gewöhne ich mich mehr daran. Mein Leben hat sich an dem Tag unwiderruflich geändert, als Julian mich gestohlen hat und ich hätte diesen Traum von einer *normalen* Zukunft schon lange aufgeben sollen. An ihm festzuhalten, während ich mich in meinen Entführer verliebte war genauso irrational, wie Gefühle für ihn zu entwickeln.

Statt eines Hauses in der Vorstadt mit den durchschnittlichen 1.9 Kindern besteht meine Zukunft aus einem schwerbewachten Anwesen in der Nähe des Amazonas und einem Mann der mich erregt und mir gleichzeitig Angst einflößt. Es ist unmöglich für mich, mir gemeinsame Kinder mit Julian vorzustellen. Ich habe jetzt schon panische Angst vor der Tatsache, dass das Verhütungsimplantat für drei Jahre, welches ich mir mit siebzehn Jahren einsetzen ließ, in wenigen Monaten aufhören wird zu wirken. Ich werde das Thema mit Julian besprechen müssen, aber im Moment versuche ich einfach nicht daran zu denken. Ich bin genauso wenig darauf vorbereitet Mutter zu werden, wie ich es war, zu heiraten. Die Möglichkeit, in diesem Fall keine Wahl zu haben, lässt bei mir kalten Schweiß ausbrechen. Ich liebe Julian, aber ein Kind mit einem Mann aufzuziehen, der Töten und Vergewaltigen normal findet? Das ist eine ganz andere Sache.

Meine Eltern und meine Freunde zu Hause sind auch keine Hilfe. Ich habe einmal mit Leah darüber gesprochen und ihr von meiner übereilten Hochzeit erzählt. Sie war entsetzt, um es milde auszudrücken,

»Du hast den Waffenhändler geheiratet?«, hat sie ungläubig ausgerufen. »Nach allem, was er dir und Jake angetan hat? Bist du wahnsinnig? Du bist gerade mal neunzehn — und er sollte im Gefängnis sitzen!« Und egal wie sehr ich versuchte, die ganze Angelegenheit in ein günstiges Licht zu rücken, am Ende des Telefonats war ich mir sicher, dass sie dachte, ich hätte sie nicht mehr alle seit der Entführung.

Meine Eltern sind noch schlimmer. Jedes Mal, wenn ich mit ihnen rede, muss ich ihre bohrenden Fragen zu meiner überraschenden Hochzeit und Julians Plänen für unsere Zukunft über mich ergehen lassen. Ich kann ihnen keinen Vorwurf machen, meine eigenen Ängste zu verstärken; ich weiß, dass sie krank vor Sorge um mich sind. Bei unserem letzten Videotelefonat waren die Augen meiner Mutter rot und geschwollen, so als habe sie geweint. Offensichtlich hat die Geschichte, die ich mir schnell wegen der Hochzeit ausgedacht hatte, ihre Bedenken nicht wirklich zerstreut. Meine Eltern wissen, wie die Beziehung mit Julian begonnen hat und es fällt ihnen schwer zu glauben, dass ich mit dem Mann glücklich sein könnte, den sie als das personifizierte Böse betrachten.

Abgesehen von meinen Grübeleien über die Zukunft *bin* ich allerdings wirklich glücklich. Die eisige Leere in mir ist weg. Sie wurde von einer umwerfenden Vielfalt an Gefühlen und Empfindungen abgelöst. Es ist fast so, als sei der schwarz-weiß Film meines Lebens in Farbe neu aufgelegt worden.

Wenn ich mit Julian zusammen bin, fühle ich mich auf eine Art glücklich und vollkommen, die ich nicht ganz verstehe und an die ich mich nicht wirklich gewöhnen kann. Nicht dass es mir schlecht gegangen wäre bevor ich ihn getroffen habe. Ich hatte tolle Freunde und die Aussicht auf ein gutes, wenn auch durchschnittliches Leben. Ich war sogar verknallt — in Jake — und hatte Schmetterlinge im Bauch. Es macht keinen Sinn, dass ich so etwas Perverses brauchte wie diese Beziehung mit Julian, die mein Leben bereichert und mir etwas gibt, das ich vorher vermisst habe.

Aber ich bin auch kein Psychiater. Vielleicht gibt es eine Erklärung für meine Gefühle — irgendein Kindheitstrauma das ich unterdrückt habe, oder eine chemische Unausgeglichenheit in meinem Gehirn. Vielleicht ist es einfach Julians entschiedene Art mit der er meine physischen und emotionalen Reaktionen seit der Ankunft auf der Insel geformt hat. Ich bin mir seiner erzieherischen Maßnahmen bewusst, aber sie zu erkennen ändert nichts an ihrer Effektivität. Es ist eigenartig zu wissen, dass man manipuliert wird und gleichzeitig die Ergebnisse dieser Manipulation zu genießen.

Aber ich genieße sie definitiv. Mit Julian zusammen zu sein ist aufregend — gleichzeitig beängstigend und aufheiternd, so wie einen wilden Tiger zu reiten. Ich weiß nie, mit welcher Seite von ihm ich gerade zu tun habe: dem charmanten Liebhaber oder dem grausamen Meister. Und so verrückt das auch ist, ich will sie beide — ich bin nach beiden süchtig. Die Helligkeit und die Dunkelheit, die Gewalt und die Zärtlichkeit — alles gehört zusammen, vermischt sich zu einem schwindelerregenden Cocktail der mich aus dem Gleichgewicht bringt und mich noch tiefer in Julians Zauber versinken lässt.

Natürlich ist auch die Tatsache ihn jeden Tag zu sehen nicht besonders hilfreich. Auf der Insel hatte ich durch Julians häufige Abwesenheit Zeit, mich von dem starken Effekt, den er auf meinen Geist und meinen Körper ausübte zu erholen und eine emotionale Ausgeglichenheit beizubehalten. Hier allerdings kann ich mich seiner magnetischen Anziehungskraft nicht entziehen, kann mich nicht gegen seinen berauschenden Charme schützen. Mit jedem Tag der vergeht, verliere ich ein wenig mehr meiner Seele an ihn, mein Verlangen nach ihm wird immer stärker anstatt mit der Zeit abzunehmen.

Das einzige, was mich davon abhält durchzudrehen, ist das Wissen, dass Julian von mir genauso stark angezogen wird. Ich weiß nicht, ob es meine Ähnlichkeit mit Maria oder einfach eine unerklärliche Chemie ist, aber ich weiß, dass die Abhängigkeit auf Gegenseitigkeit beruht.

Julians Hunger auf mich kennt keine Grenzen. Er nimmt mich jede Nacht mehrere Male — und häufig auch tagsüber — und trotzdem habe ich das Gefühl, dass er mehr möchte. Ich kann es an der Intensität seines Blickes erkennen, an der Art, wie er mich immer berührt, mich hält. Er kann seine Finger nicht von mir lassen — und deshalb fühle ich mich auch besser, was meine eigene hilflose Hingezogenheit zu ihm betrifft.

Er scheint auch unsere gemeinsame Zeit außerhalb des Schlafzimmers zu genießen. Er hat sein Versprechen gehalten und bringt mir bei zu kämpfen und verschiedene Waffen zu benutzen. Nach unserem holperigen Start hat sich herausgestellt, dass er ein hervorragender Lehrer ist — fachkundig, geduldig und erstaunlich engagiert. Wir trainieren fast jeden Tag zusammen und ich habe in diesen paar Wochen schon mehr gelernt als in drei Monaten in meinem Selbstverteidigungskurs. Natürlich wäre es irreführend das, was er mir beibringt, Selbstverteidigung zu nennen; Julians Unterricht ist eher ein Bootcamp für Mörder.

»Dein Ziel muss es immer sein, zu töten«, weist er mich während einer unserer Nachmittagsstunden an, als er mich Messer auf ein schmales Ziel an der Wand werfen lässt. »Du besitzt weder die Größe, noch die Stärke, also kommt es bei dir auf Schnelligkeit, Reflexe und Entschiedenheit an. Du musst deine Gegner unvorbereitet treffen und sie eliminieren, bevor sie erkennen, wie gut du bist. Jeder Schlag muss tödlich sein; jede Bewegung zählt.«

»Was, wenn ich sie gar nicht umbringen möchte?«, frage ich und schaue ihn an. »Was, wenn ich sie nur verwunden möchte, um wegrennen zu können?«

»Ein verwundeter Mann kann dich immer noch verletzen. Man braucht nicht viel Kraft, um eine Pistole abzufeuern oder ein Messer in dich hineinzustechen. Außer es gibt einen guten Grund dafür, dass dein Feind am Leben bleiben soll, muss dein Ziel immer sein, ihn zu töten, Nora. Hast du mich verstanden?«

Ich nicke und werfe ein kleines Messer an die Wand. Es schlägt träge gegen das Ziel und fällt danach hinunter, fast ohne eine Spur am Holz zu hinterlassen. Nicht mein erfolgreichster Versuch, aber besser als die fünf vorherigen.

Ich weiß nicht, ob ich das tun kann, was Julian sagt, aber ich weiß, dass ich mich nie wieder wehrlos fühlen möchte. Wenn das bedeutet, das Handwerk eines Mörders zu erlernen, mache ich das gerne. Ich sage nicht, diese Fähigkeiten jemals anwenden zu wollen, aber ich fühle mich stärker weil ich weiß, dass ich mich schützen kann. Sie helfen mir dabei, mit den

Albträumen, die die Zeit bei den Terroristen hinterlassen hat, zurecht zu kommen.

Zu meiner Erleichterung sind sie schon besser geworden. So als wisse mein Unterbewusstsein, dass Julian bei mir ist — dass ich bei ihm in Sicherheit bin. Natürlich hilft es auch, dass er da ist und mich in den Arm nimmt, wenn ich schreiend aufwache. Er beruhigt mich und verjagt den Albtraum.

Meinen ersten habe ich in der dritten Nacht nach meiner Ankunft auf diesem Anwesen. Ich träume wieder einmal von Beths Tod, von diesem Meer aus Blut, in dem ich ertrinke. Aber diesmal ergreifen mich starke Arme und retten mich aus dem bösartigen Sog der Strömung. Dieses Mal bin ich nicht alleine, als ich meine Augen in der Dunkelheit öffne. Julian hat die Nachttischlampe angemacht und rüttelt mich mit einem besorgten Ausdruck auf seinem wunderschönen Gesicht wach.

»Ich bin jetzt da«, beruhigt er mich und zieht mich auf seinen Schoss, als ich nicht aufhöre zu zittern und Tränen des Entsetzens über mein Gesicht rollen. »Alles ist gut, das verspreche ich dir ...« Er streichelt mein Haar bis mein Schluchzen nachlässt und meine Atmung sich beruhigt. Dann fragt er sanft: »Was ist los, Baby? Hast du schlecht geträumt? Du hast meinen Namen gerufen ...«

Ich nicke und klammere mich mit aller Kraft an ihn. Ich kann die Wärme seiner Haut spüren, das gleichmäßige Schlagen seines Herzens und der Albtraum beginnt langsam zu verschwinden, lässt mich in die Gegenwart zurückkehren. »Es war Beth«, flüstere ich sobald ich wieder reden kann, ohne dass meine Stimme wegbricht. »Er hat sie gequält ... sie getötet.«

Julians Umarmung wird fester. Er sagt zwar nichts, aber ich kann seine Wut, seinen brennenden Zorn spüren. Beth war für ihn mehr als nur eine Haushälterin gewesen, auch wenn die genaue Natur ihrer Beziehung ein Geheimnis für mich geblieben ist.

In dem verzweifelten Versuch, mich von den blutigen Bildern abzulenken, die immer noch in meinem Kopf spuken, beschließe ich meiner Neugier endlich nachzugeben. »Wie habt ihr euch kennengelernt, du und Beth?«, frage ich und rücke ein Stück von Julian ab, um sein Gesicht anzuschauen. »Wie kam es dazu, dass sie mit mir auf der Insel war?«

Er schaut mich an und seine Augen werden durch seine Erinnerungen ganz dunkel. Früher hätte er mich abgewimmelt oder das Thema gewechselt, wenn ich ihm diese Art von Fragen gestellt hätte, aber es hat sich einiges zwischen uns geändert. Julian scheint gewillter zu sein, mit mir zu reden, mich mehr in sein Leben einzubeziehen.

»Vor sieben Jahren war ich wegen eines Treffens mit einem der Kartelle in Tijuana«, beginnt er nach einem kurzen Zögern. »Nachdem meine Geschäfte abgeschlossen waren, habe ich im Norden der Stadt, dem Rotlichtviertel, nach ein wenig Unterhaltung gesucht. Ich ging eine der Straßen entlang, als ich sie sah ... eine schreiende weinende Frau, die über eine kleine Figur auf dem Boden gebeugt war.«

»Beth«, flüstere ich und erinnere mich an das, was sie mir über ihre Tochter erzählt hatte.

»Ja, Beth«, bestätigt er. »Es ging mich eigentlich nichts an, aber ich hatte schon etwas getrunken und war neugierig. Also ging ich näher heran ... und da sah ich, dass die kleine Figur auf dem Boden ein Kind war. Ein wunderschönes kleines Mädchen mit roten Locken, eine kleine Replik der Frau, die über ihr weinte.« Seine Augen füllen sich mit einem wilden, wütenden Glitzern. »Das Kind lag in einer Blutlache und hatte eine Schusswunde in seiner kleinen Brust. Es war offensichtlich vom Zuhälter getötet worden um die Mutter zu bestrafen, die ihre Tochter nicht einem Freier mit *besonderen* Vorlieben überlassen wollte.«

Übelkeit steigt mir im Hals hoch. Trotz allem was ich erlebt habe, schockiert es mich immer noch zu erfahren, dass es solche Monster gibt. Monster, die noch schlimmer sind als das, in das ich mich verliebt habe.

Es ist kein Wunder, dass Beth die Welt als einen so dunklen Ort angesehen hat; ihr Leben war von Dunkelheit überschattet gewesen.

»Als ich die ganze Geschichte gehört hatte, nahm ich Beth und ihre Tochter mit mir mit«, fuhr Julian mit leiser, harter Stimme fort. »Es ging mich eigentlich noch immer nichts an, aber ich konnte so eine Sache nicht einfach so durchgehen lassen — zumindest nicht, nachdem ich die Leiche dieses Mädchens gesehen hatte. Wir begruben die Tochter auf einem Friedhof gleich außerhalb Tijuanas. Danach nahm ich mir eine Handvoll Männer und kehrte mit Beth zurück, um den Zuhälter zu finden.« Ein kleines, grausames Lächeln umspielt seine Lippen als er sanft sagt: »Beth hat ihn persönlich umgebracht. Ihn und seine zwei Schläger, -

die beiden, die geholfen hatten ihre Tochter zu ermorden.«

Ich atme langsam ein, da ich nicht wieder anfangen möchte zu weinen. »Und danach hat sie angefangen für dich zu arbeiten? Nachdem du ihr geholfen hast?«

Julian nickt. »Ja. Sie war in Tijuana nicht mehr sicher und deshalb habe ich ihr einen Job als meine persönliche Köchin und mein Dienstmädchen angeboten. Sie hat natürlich angenommen — es war ja besser als auf dem Straßenstrich in Mexiko zu arbeiten — und danach ist sie mit mir überallhin gereist. Erst als ich dich hatte, habe ich ihr angeboten, die ganze Zeit über auf der Insel zu bleiben und den Rest der Geschichte kennst du ja.«

»Ja, das tue ich«, flüstere ich und drücke gegen seine Brust, um mich aus seiner Umarmung zu lösen — einer Umarmung, die sich plötzlich eher erdrückend als beruhigend anfühlt. Der *dich haben* Teil der Geschichte ist eine unschöne Erinnerung daran, wie ich hierhergekommen bin ... an die Tatsache, dass der Mann an meiner Seite rücksichtslos meine Entführung geplant und durchgeführt hatte. Auf einer Skala des Bösen mag Julian sich vielleicht nicht im Maximalbereich befinden, aber er ist auch nicht allzu weit davon entfernt

Und trotzdem, je mehr Tage vergehen, desto weniger Albträume habe ich. Es ist zwar pervers, aber erst jetzt, da ich wieder bei meinem Entführer bin, beginne ich, das zu verarbeiten was geschehen ist, als ich ihm gestohlen wurde. Langsam beginne ich zu heilen. Selbst meine Kunst ist friedlicher geworden. Ich fühle mich immer noch gezwungen die Flammen der

Explosion zu malen, aber ich interessiere mich auch wieder für Landschaften. Ich habe die wilde Schönheit des Regenwaldes der an das Anwesen angrenzt schon auf Leinwand eingefangen.

Julian unterstützt mein Hobby weiterhin. Neben dem Studio, welches er für mich einrichten ließ, hat er auch einen Kunstlehrer eingestellt — einen dünnen, älteren Mann aus Südfrankreich, dessen Englisch einen starken Akzent hat. Monsieur Bernard hat in den besten Kunstschulen Europas unterrichtet, bevor er in seinen späten Siebzigern in Rente gegangen ist. Ich habe keine Ahnung wie Julian es geschafft hat ihn davon zu überzeugen, auf das Anwesen zu kommen, aber ich bin ihm sehr dankbar dafür. Die Techniken, die er mir beigebracht hat sind deutlich fortgeschrittener als das, was ich durch meine Malkurs-Videos gelernt hatte. Ich beginne eine Verbesserung meiner Bilder zu erkennen — so wie auch Monsieur Bernard.

»Sie haben Talent, Señora«, sagt er mit seinem starken französischen Akzent während er meinen neuesten Versuch begutachtet, einen Sonnenuntergang im Dschungel zu malen. Die Bäume sehen vor dem glühenden Orange und Pink der untergehenden Sonne dunkel aus, die Ränder des Bildes sind verschwommen und unscharf. »Dieses hier hat eine — wie sagt man? Eine fast *unheimliche* Ausstrahlung?« Er schaut mich an und sein Blick schärft sich plötzlich, ist voller Neugier. »Ja«, fährt er sanft fort, nachdem er mich einige weitere Minuten lang betrachtet hat. »Sie haben Talent und noch etwas anderes — etwas in Ihnen, das durch die Kunst zum Vorschein kommt. Eine

Dunkelheit, die ich selten in so jungen Personen gesehen habe.«

Ich weiß nicht, was ich ihm darauf erwidern soll, also lächele ich ihn einfach an. Ich bin mir nicht sicher, ob Monsieur Bernard weiß, was mein Mann beruflich macht, aber ich bin mir ziemlich sicher dass der alte Lehrer keine Ahnung davon hat, wie meine Beziehung zu Julian begann.

Für die Welt um mich herum bin ich die verwöhnte junge Frau eines gut aussehenden, reichen Mannes, und das ist alles.

* * *

»Ich habe dich für das Wintersemester in Stanford eingeschrieben«, erwähnt Julian ganz nebenbei eines Abends beim Essen. »Sie haben ein neues Online Programm. Es befindet sich noch in der Testphase, aber die ersten Rückmeldungen sind sehr positiv. Es sind die gleichen Professoren wie in den Kursen auf dem Campus, allerdings sind die Vorlesungen aufgenommen, anstatt live.«

Meine Kinnlade klappt nach unten. Ich bin in *Stanford* eingeschrieben? Ich hatte keine Ahnung, dass irgendeine Universität — und schon gar nicht eine der Top Ten Universitäten — überhaupt zur Debatte stand. »Wie bitte?«, frage ich ungläubig nach und lege meine Gabel ab. Ana hat uns ein köstliches Mahl zubereitet, aber ich interessiere mich nicht länger für das Essen. Meine ganze Aufmerksamkeit wendet sich Julian zu.

Er lächelt mich ruhig an. »Ich habe deinen Eltern versprochen, du würdest eine gute Ausbildung bekommen und dieses Versprechen will ich halten. Magst du Stanford nicht?«

Ich starre ihn fassungslos an. Ich habe keine Meinung zu Stanford, weil ich nie die Möglichkeit in Betracht gezogen hatte, dorthin gehen zu können. Meine Schulnoten waren zwar gut gewesen, aber meine Einstufung für die Uni nicht bahnbrechend. Meine Eltern hätten sich so eine teure Ausbildung niemals leisten können. Die Universität der Gemeinde und später der Wechsel auf eine staatliche Einrichtung wäre der Weg gewesen, den ich normalerweise eingeschlagen hätte. Aus dem Grund hatte ich auch nie an Stanford oder eine ähnliche Uni gedacht. »Wie hast du es geschafft, dass sie mich aufgenommen haben?«, bringe ich schließlich heraus. »Ist ihre Aufnahmequote nicht im einstelligen Bereich? Oder ist das online Programm weniger beliebt?«

»Nein, es ist sogar noch begehrter, meine ich«, erwidert Julian und nimmt sich noch etwas vom Hühnchen. »Ich glaube sie akzeptieren für dieses Jahr nur etwa einhundert Studenten von den über zehntausend Bewerbern für dieses Programm.«

»Aber wie hast du es dann geschafft—«, beginne ich zu fragen. Ich verstumme allerdings, als mir klar wird, dass es für jemanden mit Julians Reichtum und Kontakten ein Kinderspiel ist, mich in einer Elite Universität anzumelden. »Ich fange also im Januar an?«, möchte ich stattdessen wissen und mein anfängliches Entsetzen verwandelt sich in Aufregung. *Stanford. Oh mein Gott, ich werde nach Stanford gehen.* Ich sollte wahrscheinlich ein schlechtes Gewissen haben, dass ich nicht meiner eigenen Leistungen wegen angenommen wurde — oder wenigstens wütend sein, dass Julian über meinen Kopf hinweg gehandelt hat — aber alles, woran ich denken kann ist die Reaktion meiner Eltern, wenn ich ihnen diese Neuigkeit mitteilen werde. *Ich werde nach Stanford gehen!*

Julian nickt und greift nach dem Reis. »Ja, dann beginnt das Wintersemester. Sie sollten dir in den kommenden Tagen ein Informationspaket schicken, damit du dir die Lehrbücher bestellen kannst, sobald du weißt, welche du für deine Kurse benötigst. Ich werde sicherstellen, dass sie pünktlich hierher geliefert werden.«

»Wow, okay.« Ich weiß, dass das kaum eine angemessene Antwort auf etwas dieser Größenordnung ist, aber mir fällt nichts Besseres ein. In weniger als zwei Wochen werde ich an einer der angesehensten Universitäten der Welt studieren — das ist etwas, womit ich überhaupt nicht gerechnet hatte, als Julian mich wieder zu sich holte. Zugegeben, es handelt sich um ein Online Studium, aber es ist trotzdem besser als alles, was ich mir jemals hätte erträumen können.

Ich habe jede Menge Fragen. »Was ist mein Hauptfach? Was werde ich studieren?«, möchte ich wissen und frage mich, ob Julian auch diese Entscheidung für mich getroffen hat. Es überrascht mich nicht, dass er über meine Ausbildung entschieden hat; immerhin ist er der Mann, der mich entführt und mich gezwungen hat, ihn zu heiraten. Er ist nicht besonders gut darin, mir eine Wahl zu lassen.

Julian lächelt mich nachsichtig an. »Was auch immer du möchtest, mein Kätzchen. Ich glaube es gibt einige allgemeine Kurse, die du besuchen musst. Du hast also noch ein bis zwei Jahre Zeit, dich für ein Hauptfach zu entscheiden. Weißt du denn, was du studieren möchtest?«

»Nein, nicht wirklich.« Ich hatte vorgehabt, Kurse aus verschiedenen Gebieten zu belegen, um herauszufinden, was ich machen möchte, und ich bin froh, dass Julian mir diese Möglichkeit offen gelassen hat. Auf der Highschool war ich in fast allen Fächern gleich gut gewesen, weshalb ich Schwierigkeiten hatte, meine Auswahl einzugrenzen.

»Du hast ja noch Zeit, dir Gedanken darüber zu machen«, meint Julian und hört sich dabei an wie ein Berufsberater. »Es eilt nicht.«

»Okay.« Ein Teil von mir kann gar nicht glauben, dass wir diese Unterhaltung führen. Vor weniger als zwei Stunden schnappte mich Julian am Pool und nahm mich auf einer der Liegen, bis ich nicht mehr wusste, wer ich war. Vor weniger als fünf Stunden brachte er mir bei, wie ich einen Mann außer Gefecht setze, indem ich ihm ein Auge mit meinem Finger aussteche. Vor zwei Nächten band er mich an unserem Bett fest und schlug mich mit einer Riemenpeitsche. Und jetzt besprechen wir gerade mein zukünftiges Hauptfach an der Uni? Während ich versuche, diese überraschende Tatsache aufzunehmen, frage ich Julian ganz automatisch: »Und was hast du an der Uni studiert?«

Sobald diese Worte heraus sind wird mir klar, dass ich keine Ahnung habe, ob Julian überhaupt eine Uni besucht hat — dass ich überhaupt noch sehr wenig über den Mann weiß, mit dem ich jede Nacht schlafe.

Mit krauser Stirn rechne ich kurz nach. Nachdem was Rosa gesagt hat, wurden Julians Eltern vor zwölf Jahren getötet und er übernahm das Geschäft seines Vaters. Da Beth mir vor mehr oder weniger zwanzig Monaten erzählt hat, Julian sei neunundzwanzig, müsste er jetzt etwa einunddreißig sein — was bedeutet, dass er das Geschäft seines Vaters mit ungefähr neunzehn Jahren übernommen hat.

Zum ersten Mal fällt mir auf, dass Julian so alt gewesen war wie ich jetzt, als er die Stelle seines Vaters als Kopf einer illegalen Drogenorganisation einnahm und sie in eines der wegbereitenden — wenn auch illegalen — Waffenimperien umwandelte.

Zu meiner Überraschung antwortet Julian: »Ich habe Elektrotechnik studiert.«

»Was?« Ich kann meine Überraschung nicht verbergen. »Aber du warst doch noch so jung, als du das Geschäft deines Vaters übernommen hast—«

»Das war ich.« Julian wirft mir einen belustigten Blick zu. »Nach eineinhalb Jahren bin ich von der Caltech weg. Aber solange ich dort war, habe ich in einem Schnellstudium Elektrotechnik studiert.«

Caltech? Ich blicke Julian respektvoll an. Ich habe immer gewusst, dass er clever ist, aber ein Ingenieurstudium an der Caltech ist eine ganz neue Dimension. »Hast du dich deshalb dafür entschieden, in den Waffenhandel einzusteigen? Weil du einen Ingenieurhintergrund hast?«

»Ja, teilweise. Und auch, weil ich darin mehr Möglichkeiten als im Drogenhandel sah.«

»Mehr Möglichkeiten?« Ich nehme meine Gabel wieder auf und spiele mit ihr herum, während ich versuche zu verstehen, warum jemand eine kriminelle Aktivität einer anderen vorzieht. Mit Sicherheit könnte jemand mit seiner Intelligenz und seinem Elan etwas Besseres gewählt haben — etwas weniger Gefährliches und Tödliches. »Warum hast du dein Studium an der Caltech nicht abgeschlossen und etwas Legales damit gemacht?«, frage ich ihn nach einigen Augenblicken. »Bestimmt hättest du jeden Job bekommen können, den du wolltest — oder dich einfach selbstständig machen können, falls du nicht für jemanden arbeiten möchtest.«

Er schaut mich mit einem unleserlichen Gesichtsausdruck an. »Ich habe darüber nachgedacht«, erwidert er, was mich erneut überrascht. »Als ich nach Marias Tod Kolumbien verließ, wollte ich mit dieser Welt nichts mehr zu tun haben. Meine restlichen Teenager Jahre habe ich versucht das zu vergessen, was mir mein Vater beigebracht hat, die Gewalt in mir zu kontrollieren. Das ist auch der Grund dafür, weshalb ich mich in Caltech eingeschrieben hatte — weil ich dachte, ich könnte einen anderen Weg einschlagen ... jemand anderes werden als derjenige, der ich werden sollte.«

Ich betrachte ihn und mein Puls wird schneller. Zum ersten Mal hat Julian zugegeben, dass er mal ein anderes Leben führen wollte als das, was er jetzt hat. »Und warum hat es nicht geklappt? Es gab doch nichts, was dich noch mit dieser Welt verband, als dein Vater verstorben war ...«

»Da hast du Recht.« Julian lächelt mich schwach an. »Ich hätte den Tod meines Vaters einfach ignoriert haben und zulassen können, dass das andere Kartell seine Organisation übernimmt. Das wäre leicht gewesen. Sie wussten nicht, wo ich war oder welchen Namen ich zu diesem Zeitpunkt gerade benutzte. Ich hätte frisch anfangen können, meine Studium beenden und in einem der Start-up Unternehmen im Silicon Valley einen Job bekommen können. Und wahrscheinlich hätte ich das auch getan — wenn sie nicht meine Mutter umgebracht hätten.«

»Deine Mutter?«

»Ja.« Seine wunderschönen Gesichtszüge verwandeln sich zu einer hassverzerrten Maske. »Sie haben sie hier auf dem Anwesen erschossen, zusammen mit Duzenden anderen. Das konnte ich nicht hinnehmen.«

Das konnte er natürlich nicht. Nicht jemand wie Julian, der schon aus Hass getötet hatte. Ich erinnere mich an das, was mit den Männern geschehen war, die Maria umgebracht hatten und fühle, wie ich eine Gänsehaut bekomme. »Also bist du zurück gekommen und hast sie getötet?«

»Ja. Ich habe alle verbliebenen Männer meines Vaters versammelt und ein paar neue dazugenommen. Wir haben sie mitten in der Nacht angegriffen und die Führer des Kartells bei sich zu Haus erwischt. Da sie nicht mit einer so schnellen Vergeltung gerechnet hatten, konnten wir sie unvorbereitet überraschen.« Seine Lippen verziehen sich zu einem dunklen Lächeln. »Als die Sonne aufging, gab es keine Überlebenden — und ich wusste es war dumm von mir gewesen zu denken, ich könnte ignorieren was ich bin ... mir vorzustellen, etwas anderes zu sein als der Mörder, als der ich geboren wurde.«

Jetzt bin ich vollständig mit Gänsehaut überzogen. Diese Seite Julians macht mir Angst und unter dem Tisch verschlinge ich meine Hände ineinander, damit sie nicht zittern. »Du hast mir einmal erzählt, dass du nach dem Tod deiner Eltern in Therapie warst. Weil du mehr Menschen töten wolltest.«

»Ja, mein Kätzchen.« Er hat einen wilden Glanz in seinen blauen Augen. »Ich habe die Anführer des Kartells und ihre Familien getötet. Und als das alles vorbei war, wollte ich mehr Blut ... weitere Tode. Das Bedürfnis in mir hatte sich in den Jahren, in denen ich weg war, nur verstärkt; ein sogenanntes 'normales' Leben zu führen, hatte es nur verstärkt, nicht gemindert.« Er macht eine Pause und ich erschaudere, als ich die schwarzen Schatten in seinem Blick sehe. »Einen Therapeuten aufzusuchen war ein allerletzter Versuch, gegen meine Natur anzukämpfen. Ich brauchte nicht lange um zu verstehen, dass es sinnlos war, dass die einzige Möglichkeit weiterzuleben die war, sie anzunehmen und mein Schicksal zu akzeptieren.«

»Und das hast du getan, indem du mit dem Waffenhandel begonnen hast?« Ich versuche meine Stimme ruhig zu halten. »Indem du ein Krimineller geworden bist.«

In diesem Moment betritt Ana das Esszimmer und beginnt damit, die Teller wegzuräumen. Ich beobachte sie dabei und reibe mir langsam meine Arme, um die Kälte in mir zu vertreiben. Irgendwie macht sein Geständnis die ganze Sache noch schlimmer. Julian hatte eine Wahl und hat sich bewusst dafür entschieden, dem dunkelsten Teil in sich nachzugeben.

Das macht mir klar, dass es keine Hoffnung auf Veränderung gibt, keine Möglichkeit, ihm begreiflich zu machen, dass das was er tut falsch ist. Schließlich hatte er gewusst, dass es eine Alternative zu dem Leben als Krimineller gibt; er hatte ein solches Leben sogar gelebt und sich danach dagegen entschieden.

»Kann ich noch etwas bringen?«, möchte Ana von uns wissen und ich schüttele schweigend meinen Kopf. Ich bin viel zu verstört, um über Nachtisch nachzudenken. Julian jedoch bestellt sich einen Tasse heiße Schokolade und hört sich dabei genauso ruhig an wie immer.

Als Ana den Raum verlässt, lächelt Julian mich an, so als könne er meine Gedanken erahnen. »Ich war immer ein Verbrecher, Nora«, sagt er sanft. »Mit acht Jahren habe ich zum ersten Mal getötet und ich wusste sofort dass es keinen Weg zurück gab. Ich habe versucht, dieses Wissen eine Weile zu ignorieren, aber es war immer da und hat darauf gewartet, dass ich wieder zur Vernunft komme.« Er lehnt sich in seinem Stuhl zurück. Seine Haltung ist träge und trotzdem die eines Jägers, so wie das faule Räkeln einer Raubkatze. »Die Wahrheit ist, dass ich diese Art von Leben brauche, mein Kätzchen. Die Gefahr, die Gewalt — und die Macht, die damit einhergeht — das alles gibt mir etwas, das mir ein normaler, langweiliger Job niemals geben könnte.« Er macht eine kurze Pause und seine Augen glitzern. »Das Gefühl, zu leben.«

* * *

Als wir an jenem Abend zu Bett gehen, dusche ich mich schnell, während Julian einige wichtige E-Mails seine Arbeit betreffend auf seinem iPad beantwortet. Als ich in ein Handtuch gewickelt aus dem Badezimmer komme, hat er das Tablett zur Seite gelegt und beginnt damit, sich auszuziehen. Er fängt mit seinem T-Shirt an und ich kann eine ungewöhnliche Aufregung spüren, eine angestaute Energie in seinen Bewegungen, die ich vorher nicht bemerkt hatte.

»Was ist passiert?«, frage ich vorsichtig und denke dabei immer noch an unsere Unterhaltung beim Essen. Dinge, die Julian erregen, sind in den meisten Fällen Sachen die mich erschaudern lassen. Ich halte neben dem Bett an und rücke mein Handtuch zurecht. Eigenartigerweise zögere ich, mich jetzt nackt seinem Blick auszusetzen.

Er lächelt mich strahlend an, während er sich auf das Bett setzt um sich seine Strümpfe auszuziehen. »Erinnerst du dich daran, dass ich dir erzählt habe, wir hätten Informationen über zwei Al-Quadar Zellen?« Als ich nicke, fährt er fort: »Wir haben es geschafft sie zu zerstören und dabei sogar drei ihrer Terroristen gefangen genommen. Lucas lässt sie zum Befragen hierher bringen und schon morgen früh sollten sie hier ankommen.«

»Oh.« Ich blicke ihn an und mein Magen zieht sich wegen einer beunruhigenden Mischung von Gefühlen zusammen. Ich weiß, was *Befragen* in Julians Welt bedeutet. Ich sollte entsetzt und angeekelt davon sein, dass mein Ehemann diese Männer höchstwahrscheinlich foltern wird — aber tief in mir drin spüre ich eine Art kranke, rachsüchtige Freude.

Dieses Gefühl verstört mich viel mehr als der Gedanke daran, dass Julian diese Männer morgen befragen wird. Ich weiß, dass das nicht die gleichen Männer sind, die Beth getötet haben, aber das ändert nichts daran, was ich für sie empfinde. Ein Teil von mir möchte, dass sie für Beths Tod bezahlen ... für das leiden müssen, was Majid getan hat.

Julian missversteht meine Reaktion ganz offensichtlich. Er steht auf und meint sanft: »Mach die keine Sorgen, mein Kätzchen. Sie werden dir nicht wehtun — das werde ich sicherstellen.« Und bevor ich antworten kann schiebt er seine Jeans nach unten und enthüllt eine wachsende Erektion.

Als ich seinen nackten Körper sehe werde ich von einer Lustwelle überrollt, die mich trotz meiner aufgewühlten Gedanken von innen erhitzt. In den letzten Wochen hat Julian einen Teil der Muskelmasse, die er während seines Komas verloren hat, wieder aufgebaut und sieht umwerfender aus als zuvor. Seine Schultern sind unglaublich breit und seine Haut ist durch die heiße Sonne dunkelbraun gebrannt. Ich hebe meinen Blick um ihm ins Gesicht zu schauen und frage mich zum hundertsten Mal, wie jemand der so schön ist, innerlich so böse sein kann — und ob etwas von diesem Bösen auf mich abfärben wird.

»Ich weiß, dass sie mir hier nicht wehtun werden«, entgegne ich ruhig, als er nach mir greift. »Ich habe keine Angst vor ihnen.«

Ein sardonisches Halblächeln umspielt seine Lippen, als er das Handtuch von meinem Körper entfernt und es achtlos auf den Boden fallen lässt. »Hast du Angst vor *mir*?«, flüstert er und tritt näher auf mich zu. Er hebt seine Hände, bedeckt mit seinen großen Handflächen meine Brüste und drückt sie, während seine Daumen mit meinen Brustwarzen spielen. Als er an mir herunterblickt bemerke ich ein belustigtes und gleichzeitig leicht grausames Aufblitzen in seinen Augen.

»Sollte ich?« Mein Herzschlag wird schneller und mein Innerstes zieht sich zusammen, als sein hartes Geschlecht meinen Bauch berührt. Seine Hände sind heiß und rau auf der empfindlichen Haut meiner nackten Brüste und ich ziehe scharf Luft ein, als sich meine Nippel durch seine Berührungen versteifen. »Wirst du mir heute Nacht wehtun?«

»Möchtest du das, mein Kätzchen?« Er kneift kraftvoll in meine Nippel und rollt sie dann zwischen seinen Fingern. Ich muss ein mit Schmerz vermischtes lustvolles Stöhnen unterdrücken. Seine Stimme wird tiefer, dunkler und verführerischer. »Möchtest du, dass ich dir Schmerzen zufüge ... deine weiche Haut verfärbe und dich zum Schreien bringe?«

Ich lecke meine Lippen und begierige Erregung durchfährt meinen Körper. Ich sollte Angst haben, besonders nach unserer heutigen Unterhaltung, aber stattdessen bin ich unglaublich erregt. So pervers es auch ist, ich möchte das ebenso — ich möchte sein ungezügeltes Verlangen, die Grausamkeit seiner Zuneigung. Ich möchte mich selbst verlieren in dem verwirrenden Taumel seiner Umarmung, vergessen was richtig und falsch ist und einfach nur fühlen. »Ja«, flüstere ich und gebe damit zum ersten Mal zu, selbst dunkle Bedürfnisse zu haben — ein von der Regel abweichendes Verlangen, welches er in mir ausgelöst hat. »Ja, das möchte ich ...«

Hitze flackert in seinen Augen auf, wild und vulkanisch, als wir wie ein Knäuel aus Gliedern und Fleisch auf das Bett fallen. Jetzt gibt es keine Spur von dem trügerisch zärtlichen Liebhaber oder dem kultivierten Sadisten der meinen Geist und Körper jede Nacht manipuliert. Nein, dieser Julian ist pure männliche Lust, ungezähmt und unkontrolliert.

Seine Hände fahren über meinen Körper und sein Mund ist auf mir, leckt, saugt und beißt jeden Millimeter meines Fleisches. Seine linke Hand findet ihren Weg zwischen meine Oberschenkel und ein großer Finge dringt in mich ein, lässt mich nach Luft schnappen als er erbarmungslos in mein nasses, zitterndes Geschlecht hinein und hinausgleitet. Er ist grob, aber die Hitze in mir wird immer intensiver, so dass ich meine Nägel in seinen Rücken bohre und verzweifelt nach mehr verlange, während wir uns wie Tiere im Bett umherrollen.

Ich ende auf meinem Rücken. Sein muskulöser Körper drückt mich aufs Bett, meine Arme sind über meinem Kopf und werden an den Handgelenken von dem eisernen Griff seiner rechten Hand festgehalten. Es ist die Position des Bezwungenen, aber trotzdem schlägt mein Herz voller Vorfreude anstatt vor Angst, als ich seinen raubtierhaften Blick sehe.

»Ich werde dich nehmen«, sagt er rau und seine Knie zwingen sich zwischen meine Oberschenkel, um sie weit zu spreizen. Seine Stimme ist nicht mehr verführerisch, sondern voller rauem, aggressivem Verlangen. »Ich werde dich nehmen, bis du um Gnade bettelst und dann werde ich immer noch weitermachen. Hast du mich verstanden?«

Ich bekomme mit bebender Brust ein kleines Nicken zustande, während ich zu ihm aufschaue. Ich atme schnell und schwer und meine Haut brennt dort, wo er mich berührt. Einen Moment lang fühle ich die pochende Größe seiner Erektion, die meine Oberschenkel entlangfährt, seine große und samtweiche Eichel. Dann ergreift er seinen Schwanz und führt ihn zu meiner Öffnung.

Ich bin mehr als feucht, aber trotzdem nicht einmal ansatzweise bereit für den brutalen Stoß, mit dem er unsere Körper vereint. Ein Schmerz durchfährt meine Nervenenden, als er sein Geschlecht in mich hineinrammt und mich fast zerreißt. Ein Schrei entweicht mir und meine inneren Muskeln ziehen sich zusammen, um diesem rücksichtslosen Eindringen Widerstand zu leisten. Er gibt mir aber keine Zeit mich daran zu gewöhnen. Stattdessen nimmt er mich in einem harten, verletzenden Rhythmus und einer Gewalt, die mich erzittern lässt und atemlos macht. Ich bin hilflos, kann nichts anderes tun als dieses erbarmungslose Bearbeiten meines Körpers hinzunehmen.

Ich weiß nicht, wie lange er mich so nimmt — oder wie oft ich durch die schwindelerregende Kraft seiner Stöße komme. Ich weiß lediglich, dass ich mich heiser geschrien habe, als er seinen Höhepunkt erreicht und sich in mich ergießt. Ich bin so wund, dass es schmerzt, als er sich aus mir zurückzieht und die Nässe seines Samens auf meinem aufgeschürften Fleisch brennt.

Außerdem bin ich zu erschöpft, um mich zu bewegen, weshalb Julian aufsteht und zum Badezimmer geht, um mit einem kalten, feuchten Handtuch zurückzukommen. Dieses drückt er sanft gegen mein geschwollenes Geschlecht und säubert mich zärtlich, bevor er sich hinunterbeugt und seine Lippen und seine Zunge meinem erschöpften Körper einen weiteren Orgasmus abringen.

Danach schlafen wir engumschlungen ein.

12. KAPITEL

❖ JULIAN ❖

Am nächsten Morgen wache ich von dem Sonnenschein auf der mein Gesicht berührt. Ich hatte gestern Nacht extra die Vorhänge offen gelassen, weil ich heute meinen Tag früh beginnen wollte. Für mich ist Licht der beste Wecker und es stört Nora weniger, die mit ihrem Kopf auf meiner Brust schläft.

Einige Minuten lang liege ich einfach nur da und genieße dieses Gefühl ihrer warmen Haut auf meiner, ihr sanftes Ausatmen und die Art, wie ihre langen Wimpern wie dunkle Sicheln auf ihren Wangen liegen. Vor ihr wollte ich niemals mit einer Frau schlafen, hatte nie verstanden, weshalb man eine andere Person in seinem Bett haben wollte, außer um Sex mit ihr zu haben. Erst durch meine Gefangene habe ich diese einfache Freude kennengelernt, während des Einschlafens ihren schlanken Körper zu halten ... sie die ganze Nacht über neben mir zu spüren.

Ich atme tief ein und schiebe Nora zärtlich von mir hinunter. Ich muss aufstehen, auch wenn die Versuchung, hier liegen zu bleiben und nichts zu tun groß ist. Sie wacht nicht auf, als ich mich aufsetze, sondern rollt sich einfach auf die Seite und schläft weiter. Das Laken rutscht von ihrem Körper und ihr fast vollständig unbedeckter Rücken ist mir zugedreht. Unfähig zu widerstehen beuge ich mich nach vorne, um eine ihrer schmalen Schultern zu küssen. Ich sehe einige Kratzer und blaue Flecken, die ihre glatte Haut verunstalten — Verletzungen, die ich ihr letzte Nacht zugefügt haben muss.

Es macht mich an, sie auf ihr zu sehen. Ich mag den Gedanken, ihr auf diese Art und Weise meinen Stempel aufzudrücken, auf ihrer empfindlichen Haut Zeichen meiner Inbesitznahme zurückzulassen. Sie trägt zwar schon meinen Ring, aber das reicht mir noch nicht. Ich will mehr. Mit jedem Tag, der vergeht, wächst mein Verlangen nach ihr, wird meine Besessenheit von ihr intensiver, anstatt mit der Zeit nachzulassen.

Diese Entwicklung beunruhigt mich. Ich hatte gehofft, dass dieser quälende Hunger nach Nora, der mein ständiger Begleiter ist, nachlässt wenn ich sie jeden Tag sehe, sie meine Frau wäre. Aber es scheint so, als würde genau das Gegenteil passieren. Ich bedaure jede Minute, die ich nicht bei ihr bin, jeden Moment, an dem ich sie nicht berühre. So wie bei jeder Abhängigkeit scheine ich immer höhere Dosen meiner persönlichen Droge zu benötigen, mich dauernd nach einem neuen Schuss zu sehnen.

Ich weiß nicht was ich tun würde, sollte ich sie jemals verlieren. Diese Angst lässt mich nachts schweißgebadet aufwachen und häufig beherrscht sie meine Gedanken auch tagsüber. Ich weiß, dass sie hier auf dem Anwesen in Sicherheit ist — nur ein direkter Angriff einer bis auf die Zähne bewaffneten Armee kann meine Sicherheitsvorkehrungen erschüttern — aber ich mache mir trotzdem Sorgen, habe Angst, sie könnte mir weggenommen werden. Es ist verrückt, aber manchmal würde ich sie am liebsten permanent an mich ketten um zu wissen, dass es ihr gut geht.

Ich werfe einen letzten Blick auf ihren schlafenden Körper und stehe so leise auf wie möglich. Ich dusche mich und zwinge meine Gedanken, sich von dem Objekt meiner Besessenheit abzuwenden. Ich werde Nora am Abend wiedersehen, aber davor gibt es eine Lieferung, die meiner Aufmerksamkeit bedarf. Als sich meine Gedanken der bevorstehenden Aufgabe zuwenden, lächele ich in grimmiger Vorfreude.

Meine Al-Quadar Gefangenen warten schon.

* * *

Lucas hat sie in den Vorratsschuppen auf der anderen Seite des Anwesens bringen lassen. Das erste, was mir auffällt als ich eintrete, ist der Gestank — eine saure Mischung aus Schweiß, Blut, Urin und Verzweiflung. Er sagt mir, dass Peter heute Morgen schon hart gearbeitet hat.

Als meine Augen sich an das dunkle Licht in dem Raum gewöhnen sehe ich, dass zwei Männer an Metallstühle gebunden sind, während ein dritter an einem Haken von der Decke hängt. Seine Hände sind über seinem Kopf mit dem Seil zusammengebunden, welches an einem Haken befestigt ist. Alle drei sind schmutz- und blutverkrustet und es ist schwierig ihr Alter oder ihre Nationalität zu bestimmen.

Ich nähere mich zunächst einem der beiden sitzenden Männer. Sein linkes Auge ist zugeschwollen und seine Lippen sind aufgeplatzt und blutverkrustet. Mit seinem rechten Auge schaut er mich wütend und voller Verachtung an. Ein junger Mann, denke ich, als ich ihn eingehender betrachte. Anfang zwanzig oder etwas jünger, mit seinem kläglichen Versuch eines Bartes und seinem kurzgeschnittenen schwarzen Haar. Ich bezweifle, dass er mehr als ein einfacher Fußsoldat ist, aber ich habe trotzdem vor, ihn zu befragen. Auch ein kleiner Fisch hat manchmal nützliche Informationen — und spuckt sie aus, wenn er überzeugend danach befragt wird.

»Sein Name ist Ahmed«, sagt eine dunkle Stimme mit leichtem Akzent hinter mir. Ich drehe mich um und sehe, dass Peter dort steht. Sein Gesicht ist wie immer vollkommen ausdruckslos. Die Tatsache, dass ich ihn nicht gleich gesehen habe, überrascht mich nicht; Peter Sokolovs Stärke ist es, einfach unsichtbar zu sein. »Er wurde vor sechs Monaten in Pakistan rekrutiert.«

Ein noch kleinerer Fisch, als ich erwartet hatte. Ich bin enttäuscht, aber nicht überrascht.

»Was ist mit diesem da?«, frage ich und gehe zu dem Mann auf dem anderen Stuhl. Er scheint ein wenig älter zu sein und sein schlankes Gesicht ist sauber rasiert. Wie Ahmed ist er ein wenig hart angefasst worden, aber ich kann keine Wut in seinem Blick erkennen, als er mich ansieht. Ich sehe nur eisigen Hass.

»John, auch bekannt als Yusuf. Er wurde als Sohn palästinensischer Immigranten in Amerika geboren und vor fünf Jahren von der Al-Quadar rekrutiert. Das ist alles, was ich bis jetzt aus ihm herausbekommen habe«, erklärt Peter und deutet auf den Mann, der am Haken hängt. »John selbst hat bis jetzt noch nicht mit mir gesprochen.«

»Natürlich nicht.« Ich blicke John an und freue mich innerlich über diese Entwicklungen. Wenn er darauf trainiert ist, beachtliche Schmerzen und Folter aushalten zu können, arbeitet er zumindest auf dem mittleren Niveau der Organisation. Wenn wir es schaffen, ihn zu brechen, werden wir bestimmt einige wertvolle Einblicke bekommen.

»Und dieser da ist Abdul.« Peter zeigt auf den Mann der von der Decke hängt. »Er ist Ahmeds Cousin. Hat sich wohl letzte Woche der Al-Quadar angeschlossen.«

Letzte Woche? Wenn das stimmt, ist dieser Mann alles andere als wertlos. Ich ziehe meine Stirn in Falten und sehe ihn mir genauer an. Als ich mich ihm nähere, spannt er sich an und ich kann sehen, dass sein Gesicht ein einziger großer, geschwollener Bluterguss ist. Außerdem stinkt er nach Urin. Als ich vor ihm stehen bleibe, beginnt er, etwas auf Arabisch zu brabbeln und seine Stimme ist dabei voller Angst und Verzweiflung.

»Er sagt, er hat uns alles erzählt, was er weiß.« Peter stellt sich neben mich. »Er behauptet er habe sich seinem Cousin angeschlossen, weil sie ihm versprochen haben, seiner Familie zwei Ziegen zu schenken. Er schwört, er sei kein Terrorist, habe in seinem ganzen Leben niemandem wehtun wollen, habe nichts gegen Amerika usw.«

Ich nicke. So viel habe ich auch verstanden. Ich spreche zwar kein Arabisch, aber ich verstehe einiges. Ein kaltes Lächeln umspielt meine Lippen, als ich meine Schweizer Messer aus meiner Gesäßtasche ziehe und eine kleine Klinge ausklappe. Bei dem Anblick des Messers rüttelt Abdul frenetisch an dem Seil an dem er hängt und sein Betteln wird lauter. Er ist offensichtlich so unerfahren, wie man es nur sein kann — weshalb ich denke, dass er mir die Wahrheit sagt wenn er behauptet, nichts zu wissen.

Das ist mir allerdings egal. Alles was ich von ihm brauche sind Informationen, und wenn er diese nicht liefern kann, ist er ein toter Mann. »Bist du sicher, dass dir nicht noch mehr einfällt?«, frage ich ihn und lasse das Messer zwischen meinen Fingern entlang wandern. »Vielleicht irgendetwas, das du gesehen hast oder über das du gestolpert bist? Irgendwelche Namen, Gesichter oder ähnliches?«

Peter übersetzt meine Frage und Abdul schüttelt seinen Kopf, während Tränen und Rotz sein aufgeplatztes, blutiges Gesicht hinablaufen. Er brabbelt etwas davon, dass er nur John, Ahmed und die anderen Männer kennen würde, die gestern bei ihrer Gefangennahme getötet wurden. Aus meinem Augenwinkel kann ich sehen, dass Ahmed ihn wütend anstarrt und sich zweifellos wünscht, sein Cousin würde den Mund halten. John dagegen scheint dieser verbale Durchfall nicht weiter zu beunruhigen. Die

Tatsache, dass John sich keine Sorgen macht, bestätigt mir das, was mir meine Instinkte sagen: Abdul sagt die Wahrheit. Er weiß nichts weiter.

Als könne er meine Gedanken lesen, tritt Peter neben mich. » Möchten Sie, oder soll ich?« Sein Ton ist so beiläufig, als würde er mir gerade eine Tasse Kaffee anbieten.

»Ich werde es tun«, erwidere ich auf die gleiche Weise. In meinem Geschäft ist kein Platz für Nachgiebigkeit oder Sentimentalität. Ob Abdul schuldig oder unschuldig ist, ist unbedeutend; er hat sich mit meinen Feinden verbündet und damit sein Todesurteil unterschrieben. Die einzige Gnade, die ich ihm zu Teil werden lassen kann, ist das schnelle Ende seiner miesen Existenz.

Ich ignoriere das verzweifelte Flehen des Mannes und fahre mit meiner Klinge über Abduls Kehle. Danach trete ich einen Schritt zurück und schaue dabei zu, wie er ausblutet. Als es vorbei ist, wische ich mein Messer an dem T-Shirt des toten Mannes ab und wende mich den beiden verbliebenen Gefangenen zu.

»In Ordnung«, sage ich und lächele sie ruhig an. »Wer ist als nächster dran?«

* * *

Zu meinem Ärger dauert es fast den ganzen Morgen Ahmed zu brechen. Für einen frischen Rekruten ist er erstaunlich belastbar. Letzten Endes gibt er natürlich auf — das machen sie alle — und ich bekomme den Namen des Mannes, der als Kontaktmann zwischen ihrer Zelle und einer andern mit einem erfahrenen

Anführer fungiert. Ich erfahre außerdem von dem Plan, einen Tourbus in Tel-Aviv in die Luft zu sprengen — eine Information, die meine Kontakte in der israelischen Regierung recht nützlich finden werden.

Ich lassen John bis zu Ahmeds letztem Atemzug bei allem zuschauen. Auch wenn John darauf trainiert sein sollte, Folter aushalten zu können, habe ich meine Zweifel daran, dass er psychologisch darauf vorbereitet ist, dabei zuzuschauen, wie sein Kollege Stück für Stück auseinander genommen wird — und dabei zu wissen, dass er der nächste sein wird. Nur wenige Menschen sind in der Lage, in einer solchen Situation ruhig zu bleiben — und ich weiß, dass John nicht zu ihnen gehört. Ich habe gesehen, wie sich sein Blick in einem besonders grausamen Moment zum Boden gesenkt hat. Dennoch bin ich mir im Klaren darüber, dass wir mindestens ein paar Stunden benötigen werden, um Informationen aus ihm heraus zu bekommen. Allerdings kann ich nicht den ganzen Tag meine Geschäfte vernachlässigen. John wird bis zum Nachmittag warten müssen, bis ich zu Mittag gegessen und einige Sachen aufgearbeitet habe.

»Ich kann schon anfangen, wenn Sie möchten«, meint Peter, als ich ihn meine Tagesplanung wissen lasse. »Sie wissen, dass ich das auch alleine tun kann.«

Das weiß ich. In dem Jahr, seit dem Peter schon bei mir arbeitet, hat er sich in diesem Gebiet mehr als fähig erwiesen. Trotzdem versuche ich wenn möglich immer dabei zu sein, Sachen selber zu machen; bei meiner Art der Arbeit zahlt sich Mikromanagement oft aus.

»Nein, das ist in Ordnung«, erwidere ich, »Warum machen Sie nicht auch eine Mittagspause? Wir machen hier um drei weiter.«

Peter nickt und verschwindet aus der Halle ohne sich darum zu kümmern, sich das Blut von den Händen zu waschen. Ich bin pingeliger, was diese Sachen anbelangt und deshalb gehe ich zu dem Eimer Wasser der an der Wand steht und spüle mir die gröbsten blutigen Überbleibsel von Händen und Gesicht. Wenigstens muss ich mir keine Gedanken über meine Kleidung machen. Ich habe heute extra ein schwarzes T-Shirt und schwarze Shorts angezogen, auf denen man die Blutspritzer nicht sieht. Falls ich auf Nora treffen sollte bevor ich mich umgezogen habe, würde ich wenigstens keine Albträume bei ihr auslösen. Sie weiß zwar, wozu ich fähig bin, aber wissen und sehen ist nicht das Gleiche. Meine kleine Frau ist manche Dinge betreffend immer noch unschuldig und ich möchte, dass sie so viel wie möglich von dieser Unschuld bewahrt.

Ich begegne ihr nicht, als ich ins Hause gehe, was wahrscheinlich auch besser so ist. Kurz nachdem ich jemanden getötet habe, fühle ich mich immer sehr barbarisch, nervös und gleichzeitig erregt. Früher hat sie mich gestört, diese Freude an Dingen, die die meisten Menschen entsetzen würden. Jetzt mache ich mir allerdings keine Gedanken mehr darum. Ich bin derjenige, zu dem ich erzogen wurde. Selbstzweifel führen zu Schuldgefühlen und Bedauern, und ich weigere mich, solche sinnlosen Empfindungen zuzulassen.

Sobald ich im Haus bin dusche ich mich gründlich und ziehe mir frische Kleidung an. Danach fühle ich mich um Einiges sauberer und ruhiger und gehe in die Küche, um schnell etwas zu essen.

Ana ist nicht da, weshalb ich mir selbst ein Sandwich mache, bevor ich mich hinsetze, um es in Ruhe am Tisch zu essen. Ich habe meinen iPad dabei und die nächste halbe Stunde lang beschäftige ich mich mit Produktionsproblemen in meiner Fabrik in Malaysia, melde mich bei meinem in Hong Kong ansässigen Lieferanten und schicke eine E-Mail wegen des geplanten Anschlags nach Israel.

Als ich mein Mittagessen beendet habe, muss ich immer noch ein paar Anrufe erledigen und mache mich auf dem Weg in mein Büro, in dem ich sichere Gesprächsleitungen habe.

Als ich gerade dabei bin, das Haus zu verlassen, treffe ich auf Nora.

Sie kommt gerade lachend und mit Rosa redend die Treppe hinauf. Sie hat ein gemustertes gelbes Kleid an und ihr offenes Haar fällt ihren Rücken hinab. Sie sieht aus wie ein Sonnenstrahl, mit ihrem breiten und strahlenden Lächeln.

Als sie mich erblickt, bleibt sie mitten auf den Stufen stehen und ihr Lächeln wird schüchterner. Ich frage mich, ob sie an letzte Nacht denkt; meine Gedanken sind definitiv in diese Richtung gegangen, sobald ich sie erblickt habe.

»Hallo«, sagt sie sanft und schaut mich an. Rosa ist auch stehen geblieben und senkt respektvoll ihren Kopf. Ich nicke ihr kurz zu, bevor ich meine Aufmerksamkeit wieder Nora zuwende.

»Hallo, mein Kätzchen.« Diese Worte hören sich ungewollt rau an. Rosa, die offensichtlich merkt, dass sie gerade stört, murmelt etwas davon, in der Küche helfen zu müssen und flüchtet sich ins Haus. Nora und ich bleiben alleine vor dem Eingang zurück.

Nora muss über das plötzliche Verschwinden ihrer Freundin grinsen und kommt dann die letzten Stufen bis zu mir hoch. »Ich habe heute Morgen das Informationspaket von Stanford bekommen und mich auch schon für alle Kurse eingeschrieben«, erzählt sie mir mit kaum unterdrückter Aufregung. »Ich muss zugeben, dass sie wirklich *schnell* arbeiten ...«

Ich lächele sie an, bin froh, sie so glücklich zu sehen. »Ja, das tun sie ...« Und das sollten sie auch — nach meiner großzügigen Spende für ihren Alumni Fond. Für drei Millionen Dollar erwarte ich von der Zulassungsstelle in Stanford sich zu verbiegen, um meine Frau aufzunehmen.

»Ich werde heute Abend bei meinen Eltern anrufen.« Ihre Augen glänzen. »Sie werden so überrascht sein ...«

»Ja, das werden sie mit Sicherheit«, bemerke ich trocken und stelle mir dabei Tonys und Gabriellas Reaktion vor. Ich habe bei weiteren Gesprächen zwischen Nora und ihren Eltern zugehört und ich weiß, dass sie mir nicht geglaubt haben, als ich ihnen sagte, Nora würde eine gute Ausbildung bekommen. Es wird meinen Schwiegereltern gut tun zu verstehen, dass ich meine Versprechen halte — dass ich es ernst meine wenn es darum geht, mich um ihre Tochter zu kümmern. Es wird ihre Meinung über mich natürlich nicht ändern, aber zumindest werden sie ein wenig beruhigter sein, was Noras Zukunft betrifft.

Nora muss wieder grinsen, wahrscheinlich stellt sie sich gerade das Gleiche vor. Dann allerdings verdunkelt sich ihr Gesichtsausdruck plötzlich. »Sind sie schon angekommen?«, möchte sie wissen und ich höre den Hauch eines Zögerns in ihrer Stimme. »Die Al-Quadar Männer, die du gefangen genommen hast?«

»Ja.« Ich gebe mir nicht die Mühe, es zu beschönigen. Ich möchte sie nicht traumatisieren, indem ich sie diesen Teil meiner Arbeit sehen lasse, aber ich werde ihn auch nicht vor ihr verheimlichen. »Ich habe damit begonnen sie zu befragen.«

Sie blickt mich an und die Aufregung von eben ist verschwunden. »Ich verstehe.« Ihre Augen wandern über meinen Körper und bleiben auf meiner frischen Kleidung hängen. Ich bin froh, dass ich vorsichtshalber geduscht und mich umgezogen habe.

Als sie ihren Blick hebt, um mich anzuschauen, hat sie einen eigenartigen Ausdruck in ihren Augen. »Hast du etwas Nützliches erfahren?«, will sie mit ruhiger Stimme wissen. »Bei der Befragung meine ich?«

»Ja, das habe ich«, erwidere ich langsam. Es überrascht mich, dass sie so neugierig ist, nicht so erschüttert, wie ich es erwartet hätte. Ich weiß, dass sie hasst, was die Al-Quadar mit Beth getan hat, aber ich hätte trotzdem erwartet, dass der Gedanke an Folter sie abschreckt. Meine Lippen verziehen sich zu einem leichten Lächeln und ich frage mich, wie dunkel mein Kätzchen wohl noch werden wird. »Soll ich dir davon erzählen?«

Wieder überrascht sie mich, als sie zustimmend nickt. »Ja«, antwortet sie ruhig und erwidert meinen Blick. »Erzähl es mir, Julian. Ich möchte es wissen.«

13. KAPITEL

❖ NORA ❖

Ich weiß nicht, was mich geritten hat, ihm so zu antworten. Ich warte mit angehaltenem Atem darauf, dass Julian anfängt zu lachen und meine Bitte ablehnt. Er hat mir noch nie viel über seine Arbeit erzählt und obwohl er sich mir gegenüber seit seiner Rückkehr geöffnet hat, habe ich den Eindruck, dass er mich vor den hässlicheren Seiten seines Lebens schützen möchte.

Zu meinem Entsetzen lehnt er weder ab, noch macht er sich über mich lustig. Stattdessen hält er mir seine Hand hin. »In Ordnung, mein Kätzchen«, sagt er und ein rätselhaftes Lächeln umspielt seine Lippen. »Wenn du mehr wissen möchtest, komm mit mir mit. Ich muss ein paar Anrufe erledigen.«

Mein Herz klopft und ich lege zögernd meine Hand in seine, um mich die Treppen hinunter führen zu lassen. Während wir zu dem Gebäude hinübergehen, welches Julian als Büro dient, frage ich mich, ob ich nicht gerade einen Fehler mache. Bin ich wirklich bereit dafür, die fragwürdige Bequemlichkeit der Ignoranz aufzugeben und mich kopfüber in die finstere Kloake zu stürzen, die Julians Imperium ist. Ehrlich gesagt habe ich keine Ahnung.

Und trotzdem halte ich Julian nicht auf, sage ihm nicht, dass ich meine Meinung geändert habe ... weil es nicht so ist. Weil ich tief in mir weiß, dass es nichts ändert, wenn ich meinen Kopf in den Sand stecke. Mein Mann ist ein gefährlicher, mächtiger Verbrecher und nichts über seine Aktivitäten zu wissen beschönigt nichts an der Tatsache, dass mich unsere Verbindung auch brandmarkt. Dadurch, dass ich mich jede Nacht in seine Arme begebe — ihn trotz allem, was er getan hat liebe — unterstütze ich indirekt das, was er tut und ich bin nicht so naiv, mir was das betrifft etwas vorzumachen. Ich habe zwar als Julians Opfer begonnen, aber ich weiß nicht, ob ich mich noch darauf berufen kann. Spritze hin oder her, ich bin mit ihm gegangen, obwohl ich sehr genau wusste, was er war und auf welches Leben ich mich einließ.

Außerdem bin ich jetzt voller dunkler Neugier. Ich will wissen, was er heute Morgen erfahren hat, welche Informationen ihm seine brutalen Methoden geliefert haben. Ich will wissen, was das für Telefonate sind, die er führen will und mit wem er sprechen wird. Ich will alles über Julian wissen, ganz egal wie sehr mich die Realität seines Lebens entsetzen wird.

Als wir am Bürogebäude ankommen fällt mir auf, dass die Tür aus Metall ist. Genau wie auf der Insel öffnet sie sich durch einen Augenscan — eine Sicherheitsmaßnahme, die mich nicht mehr überrascht. Da ich jetzt weiß, welche Art von Waffen Julians Unternehmen herstellt, ist seine Paranoia mehr als gerechtfertigt.

Als wir hineingehen sehe ist, dass es darin nur einen großen Raum gibt. In ihm befindet sich ein großer ovaler Tisch in der Nähe des Eingangs und ein breiter Schreibtisch mit einigen Bildschirmen auf der Rückseite. Flatscreen Monitore hängen an den Wänden und um den Tisch stehen bequem aussehende Stühle. Alles sieht sehr luxuriös und nach High-Tech aus. Auf mich wirkt Julians Büro wie eine Mischung aus dem Konferenzraum eines Vorstands und einem Zimmer, an dem sich der CIA für strategische Absprachen treffen könnte.

Während ich dastehe und mir alles anschaue, legt Julian von hinten seine Hände auf meine Schultern. »Willkommen in meiner Höhle«, murmelt er und seine Finger versteifen sich für einen kurzen Moment. Dann lässt er mich los und setzt sich an seinen Schreibtisch.

Ich gehe brennend vor Neugier zu ihm.

Auf seinem Tisch stehen sechs Computerbildschirme. Auf dreien von ihnen scheinen Live- Übertragungen von verschiedenen Überwachungskameras zu laufen, und zwei sind voller Tabellen und blinkender Zahlen. Der letzte Computer, der Julian am nächsten steht, zeigt ein ungewöhnlich aussehendes E-Mail Programm.

Neugierig schaue ich mir das alles genauer an und versuche zu verstehen, was ich gerade sehe. »Beobachtest du deine Investitionen?«, frage ich mit einem Blick auf die Bildschirme mit den blinkenden Zahlen. Ich bin zwar kein Börsenguru, aber ich habe einige Filme über die Wallstreet gesehen. Der Schreibtisch von Julian erinnert mich von seinem Aufbau her an die der Broker, die darin vorkamen.

»Das könnte man so sagen.« Als ich mich umdrehe, um ihn anzuschauen, lehnt sich Julian in seinem Stuhl zurück und lächelt mich an. »Eine meiner Untergesellschaften ist ein Art Hedge Fund. Sie beschäftigt sich mit allem, von Währungen bis hin zu Öl. Ihr Focus liegt auf speziellen Gegebenheiten und geopolitischen Ereignissen. Sie wird von einigen sehr qualifizierten Menschen geleitet, aber ich finde dieses Thema selbst sehr interessant und spiele manchmal gerne mit.«

»Ich verstehe ...« Ich blicke ihn fasziniert an. Das ist eine weitere Seite von Julian, von der ich bis jetzt nichts wusste. Ich frage mich, wie viele Schichten seiner Persönlichkeit ich im Laufe der Zeit noch aufdecken werde. »Und wen willst du jetzt anrufen?«, möchte ich von Julian wissen, als ich mich an die Telefonate erinnere, die er vorhin erwähnt hat.

Julians Lächeln wird breiter. »Komm her Baby, setz dich«, erwidert er und greift nach meinem Handgelenk. Bevor ich reagieren kann, sitze ich auch schon auf seinem Schoß und seine Arme klemmen mich wirkungsvoll zwischen seiner Brust und der Tischkante ein. »Sitz einfach da und sei still«, flüstert er mir ins Ohr und schreibt etwas auf seiner Tastatur. Ich sitze regungslos da, atme seinen warmen Geruch ein und fühle seinen harten Körper, der mich umhüllt.

Ich höre, wie es mehrmals klingelt, bevor eine männliche Stimme aus dem Computer ertönt. »Esguerra. Ich habe mich schon gefragt, wann Sie sich melden würden.« Der Sprecher hat einen amerikanischen Akzent und hört sich gebildet, wenn auch ein wenig steif an. Ich stelle mir einen Mann in mittlerem Alter und im Anzug vor. Irgendein Bürokrat, allerdings auf einer höheren Ebene, dem Ton seiner Stimme nach zu urteilen. Einer von Julians Regierungskontakten vielleicht?

»Ich gehe davon aus, dass unsere israelischen Freunde Sie schon verständigt haben?«, erwidert Julian.

Ich halte meinen Atem an und höre aufmerksam zu, damit mir ja nichts entgeht. Ich weiß nicht, warum Julian sich dazu entschieden hat, mich auf diesem Wege Dinge erfahren zu lassen, aber ich habe nicht vor, mich darüber zu beschweren.

»Ich habe nicht viel hinzuzufügen«, fährt Julian fort. »Wie Sie schon erfahren haben, war die Operation ein Erfolg und ich habe einige Gefangene, von denen ich Informationen bekommen kann.«

»Ja, soviel weiß ich schon.« Es ist kurz still, bevor der Mann sagt: »Wir würden es sehr zu schätzen wissen, solche Informationen das nächste Mal als erste zu erfahren. Es wäre schön gewesen, wenn die Israelis das mit dem Bus von uns gehört hätten, anstatt andersherum.«

»Oh Frank ...« Julian seufzt, legt seinen Arm um meine Taille und zieht mich leicht nach links. Ich verliere mein Gleichgewicht und kralle mich an Julian fest während ich versuche, kein Geräusch zu machen, während er mich bequemer auf sein Knie setzt. »Du weißt doch, wie diese Dinge laufen. Wenn Sie derjenige sein wollen, der die Israelis mit Häppchen füttert, bräuchte ich eine Kleinigkeit, um mir den Deal zu versüßen.«

»Wir haben schon alle Ihre Spuren des Zwischenfalls mit dem Mädchen verwischt«, entgegnet Frank ruhig und ich versteife mich als mir klar wird, dass er von meiner Entführung spricht.

Zwischenfall? Ehrlich? Eine Sekunde lang überkommt mich irrationale Wut, bevor ich durchatme und mich daran erinnere, dass ich gar nicht möchte, dass Julian für das bestraft wird, was er mir angetan hat — zumindest nicht, wenn ich dann wieder von ihm getrennt werde. Trotzdem wäre es nett gewesen, wenn sie wenigstens zugegeben hätten, dass Julian ein Verbrechen begangen hat, anstatt es einfach *Zwischenfall* zu nennen. Es ist irrational, aber ich fühle mich irgendwie nicht respektiert — so als zähle ich nicht.

Ohne zu wissen, dass ich über seine Wortwahl nachdenke, fährt Frank fort: »Es gibt nichts mehr, was wir Ihnen im Moment noch geben können—«

»Doch, da gibt es etwas—«, unterbricht ihn Julian. Er umarmt mich immer noch fest und streichelt meinen Arm in einer besitzergreifenden, beruhigenden Weise. Wie immer erwärmt mich seine Berührung innerlich und ein Teil meiner Anspannung verfliegt. Wahrscheinlich versteht er, warum ich verärgert bin. Wie auch immer man es betrachtet, es ist einfach beleidigend, wenn so nebensächlich über die eigene Entführung gesprochen wird.

»Wie wäre es denn mit einem Deal?«, fährt Julian sanft fort. »Ich lasse euch das nächste Mal die Helden sein und du gibst mir ein paar interessante

Informationen für die Syrer? Ich bin mir sicher, dass es ein paar Kleinigkeiten gibt, die dir herausrutschen könnten ... und schon würde ich dir sehr gerne behilflich sein.«

Nach einem weiteren Moment der Stille meint Frank schroff: »Gut. Betrachte es als erledigt.«

»Hervorragend. Dann bis zum nächsten Mal«, verabschiedet sich Julian und greift nach vorne um das Gespräch durch Berühren der Ecke des Bildschirms zu beenden.

Sobald er das getan hat drehe ich mich um, damit ich ihn ansehen kann. »Wer war der Mann?«

»Frank, einer meiner Kontakte beim CIA«, antwortet Julian und bestätigt damit meine Vermutung. »Ein Bürohengst, aber einer, der sehr gut in seinem Job ist.«

»Das habe ich mir gedacht.« Ich beginne unruhig zu werden und drücke gegen Julians Schulter, weil ich aufstehen muss. Er lässt mich los und schaut mir mit einem leichten Lächeln dabei zu, wie ich mich ein Stück von ihm entferne und mich dann mit meiner Hüfte an seinen Schreibtisch lehne. Ich schaue ihn fragend an. »Was war das mit den Israelis und dem Bus? Und Syrien?«

»Laut einem meiner Gäste der Al-Quadar soll es Pläne für einen Anschlag auf einen Tourbus in Tel-Aviv geben«, erklärt mir Julian und lehnt sich in seinem Stuhl zurück. »Ich habe diese Information heute dem Mossad weiter gegeben ... dem israelischen Geheimdienst.«

»Oh.« Ich runzele meine Stirn. »Und welches Problem hatte Frank damit?«

»Dass die Amerikaner ein Helfersyndrom haben — oder sie zumindest wollen, dass die Israelis das denken. Sie möchten diejenigen sein, die den Israelis solche Informationen geben, damit der Mossad ihnen einen Gefallen schuldet.«

»Ich verstehe.« Und das tue ich auch. Ich beginne zu verstehen, wie dieses Spiel gespielt wird. In der dunklen Welt der Geheimdienste und inoffiziellen Politik sind Gefallen die Währung — und mein Mann ist auf mehr als eine Art reich. Auch reich genug um sicherzustellen, dass er niemals wegen solch belangloser Verbrechen wie Entführung oder illegalen Waffenhandels verurteilt werden würde. »Und du möchtest von Frank Informationen für Syrien haben, damit sie dir einen Gefallen schulden, stimmt's?«

Julian grinst mich so breit an, dass seine Zähne entblößt sind. »Ja, genau. Du lernst schnell, mein Kätzchen.«

»Warum hast du dich entschieden, mich heute zuhören zu lassen?«, möchte ich wissen und blicke ihn neugierig an. »Warum genau heute?«

Anstatt mir eine Antwort zu geben steht er auf und kommt zu mir. Er bleibt neben mir stehen, beugt sich nach vorne und legt seine Hände auf beiden Seiten neben meinem Körper ab. Wieder bin ich gefangen. »Was denkst du denn, Nora?«, fragt er mit leiser Stimme und lehnt sich näher an mich heran. Ich fühle seinen warmen Atem auf meiner Wange und seine Arme umgeben mich wie Eisenträger. Ich fühle mich wie ein kleines Tier in einer Falle — ein beunruhigendes Gefühl, das mich aber trotzdem erregt.

»Weil wir verheiratet sind?«, tippe ich mit einer unruhigen Stimme. Sein Gesicht ist nur wenige Zentimeter von meinem entfernt und mein Unterleib zieht sich plötzlich stark erregt zusammen, als er seine Hüfte nach vorne schiebt und ich seine harte Erregung spüren kann.

»Ja, Baby, weil wir verheiratet sind«, sagt er rau und seine Augen verdunkeln sich lustvoll, als meine steifen Nippel gegen seine Brust stoßen. »Außerdem denke ich, dass du nicht mehr so zerbrechlich bist, wie du aussiehst ...«

Damit senkt er seinen Kopf und verschließt meinen Mund mit einem hungrigen, besitzergreifenden Kuss, während seine Hände zielstrebig meine Oberschenkel hinaufwandern.

* * *

In den nächsten Tagen erfahre ich mehr über Julians dunkles Imperium und ich beginne zu verstehen, wie wenig die meisten Menschen darüber wissen, was im Hintergrund vor sich geht. Nichts von dem, was ich in Julians Büro erfahre, taucht jemals in den Nachrichten auf ... weil Köpfe rollen würden wenn es so wäre, und einige sehr wichtige Menschen im Gefängnis landen würden.

Von meinem anhaltenden Interesse belustigt, lässt Julian mich bei weiteren Gesprächen zuhören. Einmal schaue ich sogar ungesehen von der Kamera bei einer Videokonferenz zu. Entsetzt stelle ich fest, dass ich einen der Männer auf dem Videostream wiedererkenne. Es handelt sich dabei um einen bekannten US General — jemanden, den ich einige Male in beliebten Talkshows gesehen habe. Er möchte, dass Julian seine Waffen nicht mehr in Thailand produziert. Er befürchtet, dass die politische Instabilität der Region die nächste Schiffslieferung des neuen Sprengstoffs verzögern könnte — eine Lieferung an die US Regierung.

Mein ehemaliger Entführer hatte nicht gelogen als er mir erzählte, er habe Verbindungen; wenn überhaupt hatte er untertrieben, was die Ausmaße betraf.

Natürlich sind die Politiker, Militärfunktionäre und andere in dieser Klasse nur eine kleine Auswahl der Personen, mit denen Julian täglich zu tun hat. Meistens hat er mit Kunden, Zulieferern und verschiedenen Zwischenhändlern zu tun — zwielichtige und normalerweise angsteinflößende Gestalten aus der ganzen Welt. Seine Kontakte reichen von der russischen Mafia und libyschen Rebellen bis hin zu Diktatoren in undurchsichtigen afrikanischen Ländern. Was den Verkauf von Waffen betrifft ist mein Mann sehr unvoreingenommen. Terroristen, Drogenbosse, legitime Regierungen — er macht mit allen Geschäfte.

Mir wird schlecht davon, aber ich kann mich trotzdem nicht von Julians Büro fernhalten. Jeden Tag folge ich ihm getrieben von morbider Neugier dorthin. Es ist so ähnlich wie sich Enthüllungen von verdeckten Ermittlern anzuschauen; die Dinge, die ich lerne, sind faszinierend und gleichzeitig verstörend.

Julian benötigt zwar drei Tage dafür, aber schließlich bricht er den letzten Al-Quadar

Gefangenen. Er erzählt mir nicht wie und ich frage ihn auch nicht danach. Ich weiß, dass er ihn foltert, aber ich weiß nichts Genaueres. Ich weiß nur, dass Julian die Informationen, die er erhält dazu nutzt, zwei weitere Al-Quadar Zellen zu lokalisieren — und dass die CIA ihm noch einen weiteren Gefallen schuldet.

Seit Julian sich dazu entschlossen hat, mich mit in diesen Teil seines Lebens einzubeziehen, verbringen wir noch mehr Zeit miteinander. Er mag es, wenn ich mit ihm in seinem Büro bin. Das ist nicht nur sehr praktisch wenn er Sex möchte — und das ist mindestens einmal am Tag — sondern er scheint auch die Geschwindigkeit zu genießen, mit der ich lerne. Ich bin sehr aufmerksam, sagt er. Intuitiv. Ich sehe Dinge wie sie sind und nicht so, wie ich sie gerne hätte — ein seltenes Geschenk, meint Julian.

»Die meisten Menschen tragen Scheuklappen«, kommentiert er eines Tages beim Mittagessen, »aber du nicht, mein Kätzchen. Du stellst dich der Wirklichkeit ... und deshalb kannst du auch unter die Oberfläche schauen.«

Ich danke ihm für das Kompliment, aber innerlich wundere ich mich, ob das wirklich so eine gute Sache ist, unter die Oberfläche zu sehen. Wenn ich mir vorgaukeln könnte, dass Julian tief in seinem Inneren ein guter Mann ist — dass er einfach falsch verstanden wird und letztendlich reformiert werden kann — wäre das alles viel einfacher für mich. Wenn ich der Natur meines Ehemannes gegenüber blind wäre, würde ich mich nicht so zerrissen fühlen, was meine Gefühle für ihn betrifft.

Ich würde mir keine Gedanken darüber machen, mich in den Teufel verliebt zu haben.

Aber ich sehe ihn so wie er ist — ein Dämon in der Verkleidung eines attraktiven Mannes. Ein Monster, das eine wunderschöne Maske trägt. Und ich frage mich ob das bedeutet, dass ich auch ein Monster bin ... dass ich böse bin, weil ich ihn liebe.

Ich wünschte, ich könnte mit Beth darüber reden. Ich weiß, dass sie nicht gerade eine Expertin für normale Dinge war, aber ich vermisse trotzdem ihre unorthodoxen Ansichten, die Art und Weise, mit der sie alles auf den Kopf stellen konnte und es trotzdem noch einen verdrehten Sinn ergab. Ich bin mir ziemlich sicher zu wissen, was sie zu meiner Situation zu sagen hätte. Sie würde mir sagen, dass ich Glück habe, mit jemandem wie Julian zusammen zu sein — dass wir füreinander bestimmt sind und alles andere Unfug ist.

Und wahrscheinlich hätte sie Recht. Wenn ich an diese einsamen, leeren Monate vor Julians Rückkehr zurückdenke — in denen ich meine Freiheit hatte und ein normales Leben führte, aber ohne *ihn* — verschwinden alle meine Zweifel. Egal, was er ist oder was er tut, ich würde lieber sterben anstatt mich noch einmal so elend zu fühlen.

Was auch immer passiert, ich bin ohne Julian nicht mehr vollständig und da hilft auch keine Selbstgeißelung.

* * *

Eine Woche nach Julians Gespräch mit Frank klopfe ich fest an die schwere Metalltür und warte darauf, dass er mich einlässt. Ich hatte den Morgen damit verbracht, mit Rosa spazieren zu gehen und mich auf mein baldiges Studium vorzubereiten, während Julian sich um Papierkram für seine Offshore Accounts kümmerte. Offensichtlich müssen sich sogar Köpfe von kriminellen Unternehmen mit Steuern und Rechtsangelegenheiten auseinandersetzen; niemand scheint dieses universelle Übel vermeiden zu können.

Als sich die Tür öffnet, bin ich überrascht einen großen, dunkelhaarigen Mann gegenüber von Julian an dem großen ovalen Tisch sitzen zu sehen. Es sieht aus als sei er mit Mitte dreißig ein paar Jahre jünger als mein Mann. Ich habe ihn zuvor schon auf dem Anwesen gesehen, aber hatte nie persönlich mit ihm zu tun gehabt. Aus der Entfernung erinnert er mich an ein geschmeidiges, dunkles Raubtier. Dieser Eindruck verstärkt sich durch die Art, wie er mich anschaut, wie seine grauen Augen jeder meiner Bewegungen mit einer eigenartigen Mischung aus Achtsamkeit und Desinteresse folgen.

»Komm herein, Nora«, sagt Julian und bedeutet mir, mich zu ihnen zu gesellen. »Das ist Peter Sokolov, unser Sicherheitsberater.«

»Hallo. Schön, Sie kennenzulernen.« Als ich zum Tisch gehe lächele ich Peter vorsichtig an und setze mich neben Julian. Peter ist ein gut aussehender Mann mit einem starken Kiefer und exotisch geformten Wangenknochen. Aber aus irgendeinem Grund stellen sich mir in seiner Gegenwart die Nackenhaare auf. Es ist nicht das, was er sagt oder tut — er nickt mir freundlich zu während er dort sitzt und seine Haltung ist täuschend ruhig und entspannt — es ist das, was ich in seinen stahlgrauen Augen sehe.

Wut. Reine, pure Wut. Ich spüre sie in Peter, kann fühlen wie sie aus seinen Poren strömt. Es handelt sich nicht um Zorn oder einen Ausbruch in diesem Augenblick. Nein, dieses Gefühl geht tiefer. Es ist Teil von ihm, wie sein muskelbepackter Körper oder die weiße Narbe, die seine linke Augenbraue in zwei Hälften teilt.

Trotz seines sorgfältig kontrollierten Auftretens ist dieser Mann ein tödlicher Vulkan der nur darauf wartet, zu explodieren.

»Wir sind gerade am Ende«, sagt Julian und ich bemerke eine leichte Verstimmung in seiner Stimme. Ich wende meinen Augen von Peter ab und sehe, wie ein kleiner Muskel an Julians Kinn zuckt. Ich muss Peter zu lange angeschaut haben, ohne mir dessen bewusst gewesen zu sein. Mein Ehemann hat meine unbeabsichtigte Faszination natürlich sofort als Interesse gedeutet.

Mist. Ein eifersüchtiger Julian ist nichts Gutes. Es ist sogar etwas ziemlich Schlechtes.

Während ich mir den Kopf darüber zerbreche, wie ich diese Situation entschärfen könnte, steht Peter auf. »Wir können morgen weitermachen, wenn Sie möchten«, sagt er ruhig zu Julian. Ich bemerke, dass Peter sich im Gegensatz zu den meisten Menschen, die hier auf dem Anwesen leben, meinem Mann nicht unterwirft. Stattdessen spricht er mit Julian als seien sie gleichwertig. Sein Auftreten ist respektvoll und dennoch selbstsicher. Ich höre einen leichten osteuropäischen Akzent, als er spricht und frage mich, woher er kommt. Polen? Russland? Ukraine?

»Ja«, antwortet Julian und steht ebenfalls auf. Sein Ausdruck ist immer noch dunkel, aber seine Stimme hört sich jetzt weich und ruhig an. »Wir sehen uns morgen.«

Peter verschwindet und ich stehe langsam auf, meine Handflächen beginnen zu schwitzen. Ich habe nichts Falsches getan, aber Julian davon zu überzeugen wird nicht leicht sein. Sein Besitzanspruch grenzt an Besessenheit und es überrascht mich, dass er mich nicht in seinem Schlafzimmer unter Verschluss hält, damit andere Männer mich niemals zu Gesicht bekommen.

Und wirklich, kaum schließt sich die Tür hinter Peter, kommt Julian zu mir. »Mochtest du Peter, mein Kätzchen?«, fragt er sanft und bedeckt mich mit seinem kräftigen Körper, bis ich mich auf dem Tisch abstützen muss. »Stehst du auf russische Männer?«

»Nein.« Ich schüttele meinen Kopf und erwidere Julians Blick. Ich hoffe, er kann die Wahrheit von meinem Gesicht ablesen. Peter mag gutaussehend sein, aber er ist genauso furchteinflößend — und der einzige Mann, den ich will, ist der, der mich gerade anfunkelt. »Nicht im Geringsten. Das war nicht der Grund dafür, dass ich ihn angeschaut habe.«

»Nein?« Julian kneift seine Augen zusammen, während er mein Kinn ergreift. »Warum dann?«

»Weil er mir Angst macht«, gebe ich zu, da ich mir denke, dass Ehrlichkeit hier die beste Vorgehensweise ist. »Er hat etwas an sich, das mich beunruhigt.«

Julian betrachtet mich einen Augenblick lang eindringlich, bevor er mein Kinn loslässt. Ich atme erleichtert aus. *Sturm abgewehrt.*

»Genauso aufmerksam wie immer«, murmelt er und ich kann reumütige Belustigung aus seiner Stimme heraushören. »Du hast Recht, Nora. Etwas an Peter ist wirklich beunruhigend.«

»Was ist mit ihm?«, frage ich. Da Julian nicht mehr wütend auf mich ist, erwacht meine Neugier wieder. Ich weiß, dass Julian keine Chorknaben beschäftigt, aber das, was ich in Peter spüre, ist anders, unberechenbarer. »Wer ist er?«

Julian lächelt mich kurz hart an und setzt sich an seinen Schreibtisch. »Er ist ein ehemaliger Spetsnaz — Russische Spezial Einheiten. Er war einer der besten, bis seine Frau und sein Sohn umgebracht wurden. Jetzt will er Rache und kam in der Hoffnung zu mir, dass ich ihm helfen könnte.«

Mitleid flackert kurz in mir auf. Also ist es nicht einfach nur Wut; Peter ist außerdem voller Trauer und Schmerz.

»Wie helfen?«, frage ich und lehne mich nach hinten gegen den Tisch. Julians Sicherheitsberater wirkt auf mich nicht wie jemand, der bei vielen Dingen Hilfe benötigt.

»Indem ich meine Beziehungen dazu nutze, ihm eine Liste von Namen zu besorgen. Es sieht ganz so aus, als seien ein paar NATO Soldaten daran beteiligt gewesen und deshalb ist die Vertuschung sehr gründlich.«

»Oh.« Ich blicke Julian an und fühle mich unwohl. Ich kann mir vorstellen, was Peter mit den Soldaten vorhat. »Und du hast ihm diese Liste gegeben?«

»Noch nicht, aber ich arbeite daran. Ein Großteil dieser Informationen scheint geheim zu sein, und deshalb ist das nicht so einfach.«

»Kannst du nicht deinen Kontakt bei der CIA bitten, dir zu helfen?«

»Das habe ich schon. Frank zögert es hinaus, weil sich einige Amerikaner auf dieser Liste befinden.« Julian sieht einen Augenblick lang verärgert aus. »Letztendlich wird er sie rausrücken. So ist das immer bei ihm. Ich muss nur etwas haben, das die CIA unbedingt will.«

»Natürlich«, murmele ich. »Eine Hand wäscht die andere ... Ist das der Grund, weshalb Peter für dich arbeitet? Weil du ihm diese Liste versprochen hast?«

»Ja, das ist unsere Abmachung.« Julian lächelt beißend. »Drei Jahre treue Dienste um am Ende diese Namen zu bekommen. Ich bezahle ihn natürlich auch, aber Peter interessiert sich nicht für Geld.«

»Was ist mit Lucas?«, frage ich, weil ich gerade an Julians rechte Hand denken muss. »Hat er auch eine Geschichte?«

»Jeder hat eine Geschichte«, erwidert Julian. Er hört sich abgelenkt an und seine Aufmerksamkeit wendet sich dem Computermonitor zu. »Sogar du, mein Kätzchen.«

Und bevor ich weiter nachbohren kann, wendet er sich seinen Mails zu und beendet damit unsere Unterhaltung.

14. KAPITEL

❖ JULIAN ❖

In den nächsten Wochen erlebe ich so viel häusliches Glück wie nie zuvor. Außer einem Trip nach Mexiko um mit dem Juarez Kartell zu verhandeln verbringe ich meine ganze Zeit mit Nora auf dem Anwesen.

Da Noras Kurse angefangen haben, ist sie den ganzen Tag mit Lehrbüchern, Aufsätzen und Klausuren beschäftigt. Sie hat so viel zu tun, dass sie häufig noch bis in den späten Abend hinein lernt — eine Angewohnheit die ich nicht mag, aber hinnehme. Sie ist entschlossen zu beweisen, dass sie mit den Studenten mithalten kann, die wegen ihrer Leistungen in das Programm von Stanford aufgenommen worden sind, und ich möchte sie nicht entmutigen. Ich weiß, dass sie das teilweise auch für ihre Eltern tut, die sich immer noch Sorgen um ihre Zukunft mit mir machen — und weil ihr die Herausforderung Spaß macht. Trotz des zusätzlichen Stresses scheint mein

Kätzchen zur Zeit aufzublühen. Ihre Augen leuchten vor Aufregung und sie bewegt sich voller Energie.

Ich mag diese Entwicklung. Ich mag es, sie glücklich und zuversichtlich zu sehen, zufrieden mit ihrem Leben und mit mir. Obwohl ihr Schmerz und ihre Angst das Monster in mir immer noch erregen, ziehen mich ihre wachsende Stärke und Widerstandskraft an. Ich hatte niemals vor, sie zu brechen, ich wollte nur, dass sie mir gehört — und es gefällt mir zu sehen, dass sie mir auf mehr als eine Weise ebenbürtiger wird.

Ihr Studium nimmt zwar viel von ihrer Zeit in Anspruch, aber trotzdem nimmt sie weiterhin ihre Übungsstunden mit Monsieur Bernard war. Sie sagt, dass das Malen und Zeichnen sie entspannen. Sie besteht außerdem darauf, dass ich sie zweimal pro Woche in Selbstverteidigung und Schießen unterrichte — eine Bitte, die ich ihr nur zu gerne erfülle, da wir dabei Zeit miteinander verbringen können. Als ihr Training voranschreitet bemerke ich, dass sie besser mit Schusswaffen als mit Messern umgehen kann, auch wenn sie mit beiden erstaunlich gut ist. Außerdem macht sie enorme Fortschritte bei bestimmten Kampfbewegungen und ihr kleiner Körper verwandelt sich langsam aber sicher in eine tödliche Waffe. Einmal gelingt es ihr sogar, mir meine Nase blutig zu schlagen, als ihr spitzer Ellenbogen schneller in meinem Gesicht ist, als ich die Möglichkeit habe, ihre schnelle Bewegung abzublocken.

Das ist eine Leistung, auf die sie stolz sein sollte, aber da Nora so ist, wie sie ist, hat sie augenblicklich entsetzliche Schuldgefühle.

»Oh Gott, das tut mir so leid!« Sie eilt zu mir und schnappt sich ein Handtuch, um die Blutung zu stoppen. Sie sieht so reuevoll aus, dass ich in Lachen ausbreche, obwohl meine Nase höllisch schmerzt. Das habe ich davon, wenn ich mich während des Trainings nicht konzentriere. Sie hat mich in einem Moment erwischt, als ich gerade ihre Brüste betrachtete und darüber fantasierte, ihren Sport BH hochzuziehen.

»Julian! Worüber lachst du?« Noras Stimme wird immer höher, während sie das Handtuch auf mein Gesicht drückt. »Du solltest die Nase von einem Arzt anschauen lasen! Sie könnte gebrochen sein—«

»Es ist alles in Ordnung, Baby«, beruhige ich sie zwischen Lachanfällen und nehme das Handtuch aus ihren zitternden Händen. »Ich versichere dir, dass ich schon schlimmeres hatte. Wäre sie gebrochen, würde ich es wissen.« Meine Stimme hört sich wegen des auf meine Nase gedrückten Handtuchs nasal an, aber das Organ selbst fühlt sich unverletzt an, als ich es abtaste. Ich werde ein blaues Auge haben, aber das war es auch schon. Wenn ich mich nicht in der letzten Sekunde noch nach rechts gedreht hätte, hätte dieser Schlag genau meine Nase erwischt und Knochenteile bis in mein Hirn gedrückt — ich wäre auf der Stelle tot gewesen.

»Das ist nicht in Ordnung!« Nora tritt zurück und sieht immer noch extrem aufgebracht aus. Ich hätte dich ernsthaft verletzen können!«

»Hätte ich das nicht verdient?«, frage ich sie nur halb im Scherz. Ich weiß, einem Teil von mir gefällt es immer noch nicht, wie ich sie mir genommen habe — und es wird ihm auch nie gefallen. Wenn ich sie wäre, würde ich mich nicht dafür entschuldigen, mir Schmerzen zugefügt zu haben. Ich würde immer nach Möglichkeiten Ausschau halten, mir einen Schlag zu verpassen.

Sie starrt mich wütend an, aber ich merke wie sie beginnt sich jetzt zu beruhigen, nachdem der erste Schreck vorüber ist. »Wahrscheinlich«, sagt sie in einem ruhigeren Ton. »Aber das bedeutet nicht dass ich möchte, dass du leidest. So dumm und irrational bin ich, siehst du?«

Ich grinse sie an und nehme das Handtuch herunter. Es hat fast aufgehört zu bluten; wie ich vermutet hatte, war es nur ein leichter Schlag. »Du bist nicht dumm«, sage ich sanft und trete näher an sie heran. Obwohl meine Nase immer noch schmerzt, spüre ich ein erneutes stärker werdendes Ziehen in einer viel tiefer sitzenden Region meines Körpers. »Du bist genauso, wie ich es möchte.«

»Einer Gehirnwäsche unterzogen und verliebt in meinen Entführer?«, fragt sie trocken, als ich nach ihr greife und mein blutiges Handtuch auf den Boden fallen lasse.

»Ja, genau«, murmele ich und ziehe ihren Sport BH aus, um ihre kleinen, perfekt geformten Brüste freizulegen. »Und sehr, sehr gut zu nehmen ...«

Als ich sie auf die Matte lege, ist meine Verletzung das letzte, woran ich denke.

* * *

Als Noras Semester voranschreitet entwickeln wir eine Routine. Normalerweise wache ich vor ihr auf und trainiere mit meinen Männern. Wenn ich zurückkomme ist sie wach und wir frühstücken. Danach mache ich mich auf den Weg ins Büro, während Nora einen Spaziergang mit Rosa macht und ihren Online Vorlesungen zuhört. Einige Stunden später komme ich nach Hause und wir essen zusammen Mittag. Danach kehre ich wieder in mein Büro zurück und Nora trifft sich entweder mit Monsieur Bernard für eine Kunststunde oder kommt zu mir ins Büro um zu lernen, während ich arbeite oder an Meetings teilnehme. Auch wenn es so scheint, als würde sie dem keine Aufmerksamkeit schenken weiß ich, dass sie es trotzdem tut — weil sie beim Abendessen oft Fragen zu meiner Arbeit stellt.

Ich habe nichts gegen ihre Neugier, auch wenn ich weiß, dass sie das was ich tue insgeheim verurteilt. Der Gedanke, dass ich Kriminelle mit Waffen versorge, und die oftmals brutalen Methoden, die ich anwende um die Kontrolle über die Geschäfte zu behalten, sind ihr ein Dorn im Auge. Sie versteht nicht, dass wenn ich es nicht täte, jemand anderes an meiner Stelle sitzen würde, und das Ganze nicht unbedingt besser oder sicherer wäre. Drogenbosse und Diktatoren würden sich ihre Waffen trotzdem irgendwie besorgen. Die einzige Frage ist, wer davon profitieren würde — und mir ist es lieber, dass ich derjenige bin.

Ich weiß, dass Nora dieser Argumentation nicht zustimmt, aber das ist egal. Ich brauche ihre Erlaubnis nicht — alles was ich brauche ist sie.

Und ich habe sie. Sie verbringt so viel Zeit mit mir, dass ich anfange zu vergessen wie es sich anfühlt, wenn ich sie nicht an meiner Seite habe. Selten sind wir länger als ein paar Stunden am Stück getrennt und während dieser Zeit vermisse ich sie so sehr, dass es körperlich schmerzt. Ich habe keine Ahnung, wie ich es auf der Insel hinbekommen habe, sie tagelang oder manchmal sogar wochenlang alleine zu lassen. Jetzt stört es mich schon, wenn Nora ohne mich laufen geht, weshalb ich mich bemühe sie zu begleiten, wenn sie am späten Nachmittag ihre Runden über das Anwesen dreht.

Ich mache dass, weil ich gerne Zeit mit meiner Frau verbringen will, aber auch um sicherzustellen, dass sie in Sicherheit ist. Ich weiß zwar, dass meine Feinde sie nicht von hier entführen können, aber es gibt hier immer noch Schlangen, Spinnen und giftige Frösche. Außerdem leben im nahegelegenen Regenwald Jaguare und andere Raubtiere. Die Wahrscheinlichkeit, dass sie gestochen oder ernsthaft von einem wilden Tier verletzt werden könnte ist klein, aber ich möchte das Risiko nicht eingehen. Ich kann den Gedanken, dass ihr etwas zustoßen könnte, einfach nicht ertragen. Als Nora ihre Blinddarmentzündung hatte, bin ich vor lauter Panik fast wahnsinnig geworden — und das war bevor meine Abhängigkeit von ihr diese neue, völlig verrückte Ebene erreichte.

Meine Angst davor, sie zu verlieren beginnt pathologisch zu werden. Ich kann das erkennen, aber ich weiß nicht, wie ich es kontrollieren soll. Es ist eine Krankheit, für die es kein Heilmittel zu geben scheint. Ich mache mir die ganze Zeit Sorgen um Nora, wie besessen. Ich möchte jeden Tag, jeden Augenblick wissen, wo sie ist. Selten habe ich sie nicht im Blick, aber sobald ich sie nicht sehen kann, kann ich mich nicht konzentrieren. Mein Kopf füllt sich mit lauter Vorstellungen von tödlichen Unfällen die ihr zustoßen könnten und anderen angsteinflößenden Szenarien.

»Ich will, dass Sie zwei Wächter auf Nora ansetzen«, sage ich eines Morgens zu Lucas. »Ich will, dass diese ihr folgen, wenn sie auf dem Anwesen umherwandert, um sicherzustellen, dass ihr nichts zustößt.«

»In Ordnung.« Lucas zuckt trotz meines ungewöhnlichen Anliegens nicht einmal mit der Wimper. »Ich werde das mit Peter abklären, und zwei unserer besten Männer freistellen.«

»Gut. Ich möchte jede volle Stunde einen Bericht zugeschickt bekommen.«

»Ist so gut wie erledigt.«

Die Wächter und die stündlichen Berichte halten meine Angst einige Wochen lang im Zaum — bis ich eine E-Mail erhalte, die meine ganze Welt auf den Kopf stellt.

* * *

»Majid lebt«, erzähle ich Nora beim Abendessen und betrachte genau wie sie reagiert. »Ich habe das gerade von einem von Peters Kontakten aus Moskau erfahren. Er ist in Tadschikistan gesehen worden.«

Ihre Augen weiten sich vor Entsetzen und Bestürzung. »Bitte? Aber er starb doch bei der Explosion.«

»Nein, leider nicht.« Ich gebe mein Bestes, um meine Wut zu beherrschen. Die Tatsache, dass Beths Mörder noch lebt bringt mich zum Kochen. »Er hatte wohl mit vier anderen die Lagerhalle schon vor zwei Stunden verlassen, als ich dort ankam. Du hast ihn dort nicht gesehen, als ich dich holen kam, stimmt's?«

»Nein, das habe ich nicht.« Nora runzelt ihre Stirn. »Ich dachte er würde außerhalb des Gebäudes sein und Wache halten oder so.«

»Das gleiche habe ich auch gedacht. War er aber nicht. Er war gar nicht mehr in der Nähe, als die Explosion stattfand.«

»Woher weißt du das?«

»Die Russen haben einen der Männer gefangen genommen, die in jener Nacht bei Majid waren. Sie haben ihn geschnappt als er gerade plante die U-Bahn in die Luft zu sprengen.« Obwohl ich mir Mühe gebe, ruhig zu bleiben, hat meine Stimme einen wütenden Unterton und ich kann die gleiche Anspannung bei Nora sehen. Wenn es etwas gibt, das mein Kätzchen wütend macht, dann sind das Beths Mörder. »Sie haben ihn befragt und erfahren, dass er sich die letzten Monate in Osteuropa und Zentralasien versteckt hat. Zusammen mit Majid und den drei anderen.«

Bevor Nora antworten kann, betritt Ana das Esszimmer.

»Hätten Sie gerne einen Nachtisch?«, fragt das Hausmädchen uns und Nora schüttelt ihren Kopf. Ihr sonst so weicher Mund ist zu einer schmalen Linie zusammengepresst.

»Für mich nicht, vielen Dank«, entgegne ich kurz und Ana lässt uns wieder allein.

»Und jetzt?«, möchte Nora wissen. »Wirst du ihn ausfindig machen?«

»Ja.« Und sobald ich ihn aufgespürt habe, werde ich ihn auseinandernehmen. Immer abwechselnd ein Stück Fleisch und ein Stück Knochen — aber das sage ich Nora nicht. Stattdessen erkläre ich ihr: »Sein Kollege hat zugegeben, Majid zuletzt in Tadschikistan gesehen zu haben, also werden wir dort mit unserer Suche beginnen. Offensichtlich ist es ihm in den letzten Monaten gelungen, eine recht große Gruppe neuer Anhänger zu gewinnen und somit frisches Blut in die Al-Quadar zu bringen.«

Diese letzte Information beunruhigt mich ein wenig. Obwohl wir dieser Terroristengruppe in den letzten Monaten ernsthaften Schaden zugefügt haben, ist die Al-Quadar so zersplittert, dass es immer noch ein Dutzend funktionierende Zellen auf der Welt geben könnte. Zusammen mit den neuen Rekruten könnten diese Zellen gerade mächtig genug sein, um gefährlich zu werden — und nach den Informationen, die Peter von seinen Kontakten bekommen hat, bereitet Majid sich auf etwas Großes vor ... in Lateinamerika.

Er trifft Vorbereitungen um zurückzuschlagen.

Er kann natürlich die Sicherheitsvorkehrungen auf meinem Anwesen nicht überwinden. Aber allein der Gedanke, dass diese Arschlöcher sich in einem Umkreis von 200km von Nora entfernt befinden, löst eine Wut und Angst in mir aus, die ich nicht abschütteln kann.

Diese starke, irrationale Angst sie zu verlieren.

Über 200 hochausgebildete Männer bewachen das Anwesen und Dutzende Drohnen auf Militärniveau kontrollieren das ganze Gebiet. Niemand kann hier an sie herankommen, aber das ändert nichts an dem was ich fühle, ich kann diese primitive Angst die in meinen Eingeweiden rumort nicht besänftigen. Ich möchte Nora am liebsten packen und sie so weit wie möglich wegschaffen. An einen Ort, an dem niemand sie jemals finden wird ... wo sie mir gehören wird, mir ganz alleine.

Aber so einen Ort gibt es nicht mehr. Meine Feinde wissen von ihr und sie wissen, dass sie wichtig für mich ist. Ich habe das bewiesen, als ich kam um sie zu retten. Wenn sie immer noch den Sprengstoff wollen — und ich bin mir sicher, dass das der Fall ist — werden sie wieder versuchen, sie in ihre Gewalt zu bekommen. Immer wieder, so lange, bis sie ausgerottet sind.

Diese neue Information zwingt mich dazu, zusätzliche Vorsichtsmaßnahmen zu ergreifen, um Noras Sicherheit zu garantieren.

Ich muss sicherstellen, immer eine Verbindung zu ihr zu haben.

»Worüber denkst du nach?«, fragt Nora mit einem besorgten Gesichtsausdruck. Erst jetzt fällt mir auf, dass ich sie einige Minuten wortlos angestarrt haben muss.

Ich zwinge mich dazu, zu lächeln. »Nicht viel, mein Kätzchen. Ich möchte einfach nur sichergehen, dass du dich in Sicherheit befindest. Das ist alles.«

»Warum sollte ich mich denn nicht in Sicherheit befinden?« Sie schaut eher erstaunt als besorgt aus.

»Weil das Gerücht umgeht, dass Majid etwas in Lateinamerika planen könnte«, erkläre ich ihr so ruhig wie möglich. Ich möchte ihr keine Angst machen, aber ich möchte, dass sie versteht weshalb ich diese Vorsichtsmaßnahmen ergreifen muss.

Warum ich das tun muss, was ich mit ihr vorhabe.

»Du denkst, dass sie hierher kommen werden?« Sie erblasst ein wenig, aber ihre Stimme bleibt ruhig. »Du denkst, dass sie dieses Anwesen angreifen werden?«

»Sie könnten. Das bedeutet zwar nicht, dass sie damit Erfolg haben würden, aber höchstwahrscheinlich werden sie es versuchen. Ich greife über den Tisch und umschließe ihre zarte Hand mit meinen Fingern um sie zu beruhigen. Ihre kalte Haut verrät, wie aufgeregt sie ist und ich massiere sie leicht, um sie aufzuwärmen. »Das ist auch der Grund dafür, dass ich sichergehen möchte, dich jederzeit finden zu können Baby — dass ich immer weiß, wo du bist.«

Sie runzelt ihre Stirn und ich kann spüren, dass ihre Hand noch kälter wird, bevor sie sie mir entzieht. »Was meinst du?« Ihre Stimme ist ruhig aber ich kann an ihrem Halsansatz sehen, dass ihr Puls schneller wird. Genau wie ich es vorausgesehen hatte, gefällt ihr dieser Gedanke nicht allzu sehr.

»Ich möchte dich mit Trackern ausstatten«, erkläre ich ihr und schaue sie weiterhin an. »Sie werden an einigen Stellen in deinen Körper eingesetzt. Solltest du also jemals von mir gestohlen werden, könnte ich dich sofort lokalisieren.«

»Tracker? Du meinst ... wie GPS Chips? Wie etwas das man benutzen würde, um Vieh zu markieren?«

Meine Lippen werden schmal. Sie wird Schwierigkeiten machen, das kann ich jetzt schon sagen. »Nein, nicht so«, erwidere ich ruhig. »Diese Tracker sind speziell für die Benutzung bei Menschen gedacht. Sie haben GPS Chips, ja, aber sie haben außerdem Sensoren, die deinen Herzschlag und die

Körpertemperatur messen. Durch sie werde ich immer wissen, ob du am Leben bist.«

»Und du wirst immer wissen, wo ich bin«, entgegnet sie ruhig und ihre Augen sehen in ihrem blassen Gesicht besonders dunkel aus.

»Ja. Ich werde immer wissen, wo du bist.« Dieser Gedanke erleichtert und befriedigt mich enorm. Ich hätte das schon vor Wochen machen sollen, gleich als ich sie aus Illinois abholte. »Das ist zu deiner eigenen Sicherheit, Nora«, füge ich hinzu, da ich diesen Punkt betonen möchte. »Hättest du diese Tracker gehabt, als du und Beth entführt worden seid, hätte ich euch gleich gefunden.«

Und Beth wäre immer noch am Leben. Das letzte spreche ich nicht laut aus, aber das brauche ich auch nicht. Bei meinen Worten zuckt Nora zusammen, so als hätte ich sie gerade geschlagen, und ihr Gesicht verzieht sich voller Schmerz.

Eine Sekunde später hat sie sich wieder im Griff. »Also, lass es mich noch einmal zusammenfassen ...« Sie lehnt sich nach vorne und legt ihre Unterarme auf dem Tisch ab. Ich kann sehen, dass ihre Finger fest ineinander verschlungen sind und ihre Knöchel vor Anspannung weiß sind. »Du möchtest mir einige Chips *in meinen Körper* implantieren, die dich *jederzeit wissen* lassen, wo ich bin — damit ich auf einem abgeschiedenen Anwesen, das über bessere Sicherheitsvorkehrungen verfügt als das Weiße Haus, sicher bin?«

Ihr Ton ist sarkastisch und ich spüre, wie ich wütend werde. Ich komme ihr bei vielen Sachen entgegen, aber ihre Sicherheit werde ich nicht riskieren. Es wäre einfacher gewesen, hätte sie sich dazu entschlossen zu kooperieren. Ihr Widerstand wird mich auch nicht davon abhalten das zu tun, was ich vorhabe.

»Ja, mein Kätzchen, genau«, erwidere ich ihr seidig und erhebe mich aus meinem Stuhl. »Genau das möchte ich. Du wirst diese Tracker heute bekommen. Um genau zu sein, jetzt.«

15. KAPITEL

❖ NORA ❖

Geschockt schaue ich Julian an und mein Herzschlag dröhnt in meinen Ohren. Ein Teil von mir kann gar nicht glauben, dass er das gegen meinen Willen mit mir machen wird — mich wie ein Stück Vieh zu kennzeichnen und mich jeder Illusion von Privatsphäre und Freiheit zu berauben. Alles in mir schreit, dass ich ein Idiot gewesen bin. Ich hätte wissen müssen, dass ein Tiger sich nie ändern wird.

Die letzten Wochen waren einfach so anders gewesen als alles davor. Ich hatte angefangen zu denken, dass sich Julian mir öffnen und mich wirklich in sein Leben lassen würde. Trotz seiner Dominanz im Schlafzimmer und der Kontrolle, die er über alle Aspekte meines Lebens ausübt, hatte ich begonnen mich weniger als sein Sexspielzeug und mehr als sein Partner zu fühlen. Ich habe geglaubt, wir würden so etwas wie ein normales Paar werden, dass er gerade anfing, echte Gefühle für mich zu entwickeln ... mich zu respektieren.

Wie ein Idiot hatte ich mich der Illusion hingegeben, ein normales Leben mit meinem Entführer zu führen — mit einem Mann, der kein Gewissen und keine Moral kennt.

Wie dumm, wie leichtgläubig von mir. Ich möchte mich treten und gleichzeitig weinen. Ich habe immer gewusst, was für ein Mann Julian ist, aber ich habe mich trotzdem von seinem Charme einwickeln lassen, von der Art und Weise, mit der er mich wollte, mich zu brauchen schien.

Ich habe es zugelassen zu glauben, für ihn mehr als nur sein Besitz zu sein.

Als ich bemerke, dass ich hier sitze und sich mein Kopf durch diese schmerzhafte Enttäuschung dreht, stoße ich meinen Stuhl zurück und stehe auf. Die plötzliche Übelkeit in meinem Magen ist immer noch da, aber jetzt ist da auch Wut. Rein und intensiv breitet sie sich in meinem Körper aus und verdrängt die Überreste des Entsetzens und des Schmerzes.

Diese Tracker haben nichts mit meiner Sicherheit zu tun. Ich kenne das Ausmaß der Sicherheitsvorkehrungen auf diesem Anwesen und ich weiß, dass die Wahrscheinlichkeit, dass mich noch einmal jemand entführen kann, weniger als winzig sind. Nein, die erneute Bedrohung durch die Terroristen ist nur ein Vorwand, eine bequeme Entschuldigung für Julian um das zu tun, was er wahrscheinlich schon die ganze Zeit vorhatte. Es liefert ihm einen Grund, seine Kontrolle über mich zu verstärken, mich so eng an sich zu binden, dass ich nicht einmal mehr atmen kann, ohne dass er davon weiß.

Diese Tracker werden mich für den Rest meines Lebens zu seiner Gefangenen machen … und so sehr ich Julian auch liebe, bin ich nicht bereit ein solches Schicksal zu akzeptieren.

»Nein«, erwidere ich und bin erstaunt, wie ruhig und ebenmäßig meine Stimme klingt. »Ich werde diese Implantate nicht bekommen.«

Julian hebt seine Augenbrauen. »Nein?« Seine Augen glitzern amüsiert. »Und wie möchtest du das verhindern, mein Kätzchen?«

Ich hebe mein Kinn und mein Herzschlag wird noch schneller. Trotz meines ganzen Trainings bin ich im Kampf immer noch kein ebenbürtiger Gegner für Julian. Er kann mich in dreißig Sekunden unterwerfen — nicht zu reden von den ganzen Wachen, die auf seinen Befehl hören. Wenn er sich in den Kopf gesetzt hat, mir diese Tracker zu implantieren, werde ich ihn nicht davon abhalten können.

Aber das bedeutet nicht, dass ich es nicht wenigstens versuchen werde.

»Ich scheiß auf dich«, sage ich klar und betone jedes Wort. »Ich scheiß auf dich und deine Chips.« Und aus einem rein adrenalingesteuerten Instinkt heraus stoße ich die Teller über den Tisch und schieße auf die Tür zu.

Das Geschirr knallt scheppernd zu Boden und ich höre wie Julian flucht, während er versucht zu vermeiden mit Essen bekleckert zu werden. Einen Moment lang ist er abgelenkt und das ist genau die Zeit die ich brauche, um zur Tür hinaus in die Eingangshalle zu rennen. Ich weiß weder, wohin ich möchte, noch habe ich so etwas wie einen Plan. Alles was ich weiß ist, dass ich nicht hierbleiben und mich lammfromm dieser erneuten Demütigung hingeben kann.

Ich kann nicht wieder Julians kleines untergebenes Opfer sein.

Ich höre, wie er hinter mir her jagt, als ich durch das Haus renne und plötzlich sehe ich mich wieder an meinem ersten Tag auf der Insel. Da bin ich auch gerannt und habe versucht dem Mann zu entkommen, der mein ganzes Leben werden würde. Ich erinnere mich daran, wie viel Angst ich spürte und wie benebelt ich von den ganzen Drogen gewesen war, die er mir eingeflößt hatte. Das war der erste Tag, an dem Julian mich den zerstörerischen Lust-Schmerz seiner Berührung hatte spüren lassen. Der Tag, an dem ich zum ersten Mal realisierte, dass ich nicht länger die Kontrolle über mein Leben hatte.

Ich weiß eigentlich nicht, warum mich dieser Tracker überrascht. Julian hat nie behauptet, dass er es bereuen würde mich meiner Entscheidungen beraubt zu haben. Er hat sich auch nie dafür entschuldigt, mich entführt oder zur Heirat gezwungen zu haben. Er behandelt mich gut, weil er das so möchte, nicht weil es für ihn irgendwelche nachteiligen Konsequenzen hätte, wenn er es nicht täte. Niemand kann ihn davon abhalten mit mir das zu machen, was er will, es gibt kein Abbruchswort, das ich benutzen kann, um meine Grenzen zu sichern.

Ich bin zwar seine Frau, aber mehr als alles andere bin ich immer noch seine Gefangene.

Ich bin jetzt an der Eingangstür angekommen, drücke die Klinke hinunter und öffne sie. Aus meinem Augenwinkel sehe ich Ana die an der Wand steht und mich anstarrt, als ich kurz vor Julian aus der Tür stürme. Ich renne so schnell, dass es mir nur ein kleines bisschen unangenehm ist, dass sie uns so sieht. Ich nehme an, dass unsere Haushälterin die BDSM-Natur unserer Beziehung erahnt — meine Sommerkleidung bedeckt nicht immer alle Spuren, die Julian auf meiner Haut hinterlässt. Deshalb hoffe ich, dass sie diesen Zwischenfall als eines unserer perversen Spielchen abtut.

Ich habe keine Ahnung, wohin ich renne als ich die Stufen hinunterfliege, aber das ist auch unwichtig. Alles was ich möchte ist, einige Momente ohne Julian zu haben, ein wenig Zeit zu schinden. Ich weiß nicht, was ich davon haben werde, aber ich weiß, dass ich das brauche — dass ich das Gefühl haben muss, mich gegen ihn gewehrt zu haben, dass ich mich nicht einfach dem Unausweichlichen gebeugt habe.

Ich bin in der Mitte der weitläufigen grünen Rasenfläche, als ich bemerke, dass Julian aufholt. Ich kann sein schweres Atmen hören — er muss auch so schnell gerannt sein wie er kann — und dann schließt sich seine Hand um meinen linken Oberarm. Er dreht mich herum und zieht mich an seinen harten Körper.

Der Aufprall betäubt mich kurz, da ich einen Moment lang keine Luft bekomme. Dann reagiert mein Körper wie im Autopilot und mein Selbstverteidigungstraining wirkt. Anstatt Julian wegzudrücken, lasse ich mich wie ein Stein zu Boden fallen damit er seine Balance verliert. Gleichzeitig ziehe ich meine Knie an und ziele damit auf seine Hoden während meine Faust gleichzeitig auf sein Kinn zuschießt.

Als er meine Strategie durchschaut, dreht er sich im letzten Moment weg, so dass meine Faust sein Gesicht nicht trifft und meine Knie auf seinen Oberschenkeln aufschlagen. Bevor ich die Möglichkeit habe irgendetwas anderes zu versuchen lässt er mich fallen. Sobald mein Rücken auf dem Boden aufkommt nagelt er mich mit seinem vollen Gewicht fest, benutzt seine Beine um meine zu kontrollieren und packt meine Handgelenke, um meine Arme über meinem Kopf zu fixieren.

Ich bin jetzt völlig außer Gefecht gesetzt, so hilflos wie immer, und Julian weiß es.

Ein sanftes Lachen entweicht ihm, als er meinem wütenden Blick begegnet. »Du bist ein gefährliches kleines Ding, stimmt‘s?«, murmelt er und rückt sich bequemer auf mir zurecht. Zu meinem Ärger wird seine Atmung schon wieder normal und seine blauen Augen funkeln vergnügt und mit unverhohlener Belustigung. »Weißt du eigentlich, dass es sogar funktioniert haben könnte, wenn nicht ich dir beigebracht hätte, dich so zu bewegen?«

Mit wogender Brust starre ich ihn wütend an und in mir brodelt der Drang, ihm weh zu tun. Die Tatsache, dass er diese Situation genießt steigert meine Wut und ich stemme mich mit aller Macht nach oben, um ihn abzuwerfen. Das ist natürlich sinnlos; er ist mehr als doppelt so schwer wie ich und jeder

Millimeter seines Körpers ist voller stahlharter Muskeln. Alles was ich erreiche ist, ihn noch mehr zu amüsieren.

Das, und ihn zu erregen — wie ich an der harten Beule an meinem Bein spüren kann.

»Lass mich los«, zische ich mit zusammengebissenen Zähnen, während ich mir deutlich der automatischen Reaktion meines Körpers auf seine Erregung bewusst bin, auf seinen Körper, der sich so auf meinen presst. So festgehalten zu werden ist nun einmal etwas, dass ich mit Sex verbinde und ich hasse es, dass ich gerade erregt bin. Mein Innerstes pulsiert mit heißem Verlangen, obwohl ich wütend bin und mich dagegen wehre. Das ist eine weitere Sache, über die ich keine Kontrolle habe. Mein Körper ist darauf konditioniert, auf Julians Dominanz zu reagieren, egal um was es sich dabei handelt.

Auf seinen sinnlichen Lippen erscheint ein zufriedenes Halblächeln. Dieser Bastard ist sich meiner unfreiwilligen Erregung zweifellos bewusst. »Oder was, mein Kätzchen?«, haucht er und blickt mich an, während er meine angespannten Beine mit seinen Knien auseinander zwingt. »Was wirst du tun?«

Ich schaue ihn feindselig an und gebe mein Bestes, die Bedrohung seiner steinharten Erektion die sich gegen meinen Eingang presst zu ignorieren. Nur seine Jeans und meine dünne Unterwäsche trennen uns noch und ich weiß, dass Julian dieses Hindernis sofort beseitigen kann. Das einzige, was ihn davon abhält mich hier zu nehmen — und auf das ich mich verlasse — ist die Tatsache, dass wir uns in voller Sichtweite der Wächter und aller anderen befinden, die sich gerade in der Nähe des Hauses aufhalten. Exhibitionismus ist nicht Julians Sache — er ist zu besitzergreifend dafür — und ich bin mir ziemlich sicher, dass er mich nicht in aller Öffentlichkeit anfassen wird.

Er mag mir andere Sachen antun, aber für den Moment bin ich sicher vor sexueller Bestrafung.

Diese Tatsache und meine Wut lassen mich ungebremst antworten. »Die wirkliche Frage ist doch aber, was *du* tun wirst, Julian«, sage ich mit leiser und bitterer Stimme. »Wirst du mich schreiend und tretend mit dir mitschleifen, um mir diese Tracker einsetzen zu lassen? Das wirst du nämlich machen müssen — ich habe nicht vor, in diesem Punkt wie eine gute kleine Gefangene nachzugeben. Ich habe es satt, diese Rolle zu spielen.«

Sein Lächeln verschwindet und macht einem Ausdruck rücksichtsloser Entschlossenheit Platz. »Ich werde tun, was immer gemacht werden muss, um dich in Sicherheit zu wissen, Nora«, sagt er harsch und zieht mich mit sich nach oben, als er aufsteht.

Ich wehre mich, aber das ist sinnlos; innerhalb eines Augenaufschlags hat er mich in seine Arme gehoben. Eine seiner Hände hält meine Handgelenke fest und sein anderer Arm ist fest unter meinen Knien verankert, weshalb ich meine Beine nicht mehr bewegen kann. Wütend strecke ich meinen Rücken durch, um seinen Griff zu schwächen, aber er hält mich zu fest für solche Manöver. Das einzige, was ich damit erreiche ist, dass ich nach einigen Minuten ermüde. Frustriert keuchend höre ich damit auf, während Julian mich wie ein hilfloses Kind zum Haus zurückträgt.

»Du kannst so viel schreien, wie du willst«, lässt er mich wissen, als wir die Treppen zur Eingangstür erreichen. Seine Stimme ist ruhig und gefasst und sein Gesicht ist emotionslos, als er auf mich hinabblickt. »Es wird zwar nichts ändern, aber du kannst es gerne versuchen.«

Ich weiß, dass er wahrscheinlich diese ungerechtfertigte Operation an mir durchführen lassen wird, aber trotzdem bleibe ich still als er die Tür mit seinem Rücken aufstößt und das Haus betritt. Meine Wut verfliegt langsam und an ihre Stelle tritt erschöpfte Resignation. Ich wusste immer, dass es keinen Sinn macht gegen Julian zu kämpfen und das, was gerade passiert, bestätigt das nur. Ich kann mich wehren so viel ich möchte, aber es wird nichts ändern.

Als Julian mich in die Eingangshalle trägt, sehe ich Ana dort stehen, die uns entsetzt und fasziniert anschaut. Sie muss hiergeblieben sein, um den Ausgang unserer Jagd durch das Fenster zu beobachten. Als Julian wortlos an ihr vorüber geht, kann ich spüren, wie ihr Blick uns folgt.

Jetzt, nachdem der erste Adrenalinschub vorbei ist, ist mir das Ganze unglaublich peinlich. Es ist eine Sache, dass Ana immer einige leichte Blutergüsse auf meinen Oberschenkeln sieht. Uns so zu sehen ist dagegen eine völlig andere Sache. Ich bin mir sicher, dass sie schon schlimmere Dinge erlebt hat, immerhin arbeitet sie ja für einen Kartellboss — aber trotzdem kann ich das unangenehme Gefühl der Bloßstellung nicht abschütteln. Ich möchte nicht, dass die Menschen auf diesem Anwesen die Wahrheit meiner Beziehung zu Julian kennen; ich möchte nicht, dass sie mich mitleidig ansehen. Diese Blicke hatte ich zur Genüge in Oak Lawn und ich bin nicht scharf darauf diese Erfahrung zu wiederholen.

»Wirst du die Tracker jetzt einfach hineinschieben?«, frage ich Julian, als er mich zu unserem Schlafzimmer bringt. »Ohne Betäubung?« Mein Ton ist zwar sarkastisch, aber eigentlich frage ich mich das gerade wirklich. Ich weiß, dass mein Ehemann es mag, mir manchmal Schmerzen zuzufügen, weshalb es nicht ganz auszuschließen ist, dass das hier eine Art Sex Spiel für ihn ist.

Julians Kiefer ist angespannt, als er mich auf meine Füße stellt. »Nein«, erwidert er kurz, lässt mich los und tritt zurück. Meine Augen blicken sofort Richtung Tür, aber Julian befindet sich davor, während er zu einem kleinen Schränkchen geht und die Fächer durchwühlt. »Ich werde sicherstellen, dass du nichts spüren wirst.« Dann sehe ich, wie er eine kleine, vertraut aussehende Spritze hervorholt.

Innere Kälte erfasst mich. Ich erkenne diese Spritze wieder — es ist diejenige die er in seiner Jackentasche hatte, als er mich erneut holte. Die Spritze, die er benutzt hätte, falls ich nicht freiwillig mit ihm mitgekommen wäre.

»Hast du mich mit so etwas betäubt, als du mich im Park entführt hast?« Meine Stimme ist ruhig. Sie verrät nichts davon, dass ich innerlich zusammenbreche. »Was für ein Mittel ist es?«

Julian seufzt und sieht unerklärlich erschöpft aus, als er zu mir kommt. »Es hat einen langen und komplizierten Namen, der mir gerade nicht einfällt — und ja, es ist das gleiche, das ich benutzt habe, um dich auf die Insel zu bringen. Es ist eines der besten Betäubungsmittel und hat sehr wenige Nebenwirkungen.«

»Wenige Nebenwirkungen? Wie nett.« Ich trete einen Schritt zurück und sehe mich hektisch im Raum nach etwas um, mit dem ich mich verteidigen kann. Es gibt allerdings nichts. Außer einer Handcremedose und einer Schachtel mit Taschentüchern am Bett ist der Raum völlig sauber und ohne überflüssige Gegenstände. Ich ziehe mich zurück bis meine Knie das Bett berühren. In diesem Moment weiß ich, dass ich nicht weiter kann.

Ich sitze in der Falle.

»Nora ...« Julian befindet sich jetzt weniger als einen Meter von mir entfernt und hält die Spritze in seiner rechten Hand. »Mach es mir nicht schwerer als nötig.«

Schwerer als nötig? Meint er das ernst? Eine neue Zorneswelle erfasst mich und aktiviert meine letzten Energiereserven. Ich werfe mich auf das Bett und rolle mich darüber hinweg. Ich hoffe, dass ich es bis auf die andere Seite schaffen werde, damit ich die Tür erreichen kann. Bevor ich an der anderen Bettkante angekommen bin, ist Julian allerdings schon auf mir und sein muskulöser Körper presst mich auf die Matratze. Mein Gesicht wird in das weiche Laken gedrückt und ich kann kaum atmen. Bevor sich Panik in mir ausbreiten kann, verlagert Julian aber schon sein Gewicht, damit ich meinen Kopf zur Seite drehen kann. Während ich Luft hole spüre ich, dass er sich erneut bewegt — da er die Spritze vorbereitet, wie mir mit einem eisigen Schauer klar wird — und mir bleiben nur noch Sekunden, bevor er mich wieder betäuben wird.

»Mach das nicht, Julian.« Diese Worte sind ein verzweifeltes, gebrochenes Betteln. Ich weiß, dass es sinnlos ist zu betteln, aber es ist das einzige, was ich jetzt noch tun kann. Mein Herz schlägt zum Zerbrechen in meiner Brust als ich mein letztes As aus dem Ärmel ziehe. »Bitte, falls du überhaupt etwas für mich empfindest — *falls du mich liebst* — bitte, tu das nicht ...«

Ich kann hören, wie er die Luft anhält und einen Moment lang keimt ein Funken Hoffnung in mir auf — ein Funken, der sofort erstickt wird, als er mir zärtlich mein verworrenes Haar aus meinem Nacken streicht, um meine Haut freizulegen. »Es wird wirklich nicht so schlimm werden, Baby«, murmelt er kurz bevor ich einen Stich an der Seite meines Halses spüre.

Die Betäubung wirkt augenblicklich. Meine Beine werden schwer und alles verschwimmt vor meinen Augen. »Ich hasse dich«, kann ich noch flüstern, bevor die Dunkelheit mich wieder hat.

16. KAPITEL

❖ JULIAN ❖

Ich hasse dich ... Falls du mich liebst, tu das nicht ...

Als ich Noras bewusstlosen Körper aufhebe, hallen ihre Worte immer wieder in meinem Kopf nach, wie eine Platte die einen Sprung hat. Ich weiß, es sollte nicht so wehtun, aber das tut es. Mit ein paar einfachen Sätzen hat sie es irgendwie geschafft, unter meine Haut zu gelangen, die Mauer zu durchbrechen, die mich seit Marias Tod umschlossen hat — die Wand, die es mir ermöglicht hat, zu allem und jedem Abstand zu halten, außer zu ihr.

Sie hasst mich nicht wirklich. Das weiß ich. Sie will mich. Sie liebt mich, oder wenigstens denkt sie, dass sie das tut. Wenn das alles erst einmal vorbei ist, werden wir wieder in den Trott der letzten Monate zurückfallen, nur werde ich mich dann besser fühlen, sicherer.

Ich werde weniger Angst davor haben, sie zu verlieren.

Falls du mich liebst, tu das nicht ...

Scheiße. Ich weiß nicht, warum es mir nicht egal ist, dass sie das gesagt hat. Mit Sicherheit liebe ich sie nicht. Das kann ich nicht. Liebe ist für alle die, die edel und selbstlos sind, für Menschen, die noch so etwas wie ein Herz haben.

Das bin nicht ich. Das war ich noch nie. Was ich für Nora empfinde, ist nicht das sanfte, blühende Gefühl, das in allen Büchern und Filmen dargestellt wird. Es ist viel mehr, viel tiefgründiger als das. Ich brauche sie so gewaltig, dass sich alles in mir zusammenzieht, mit einer Sehnsucht, die mich zerstört und gleichzeitig aufbaut. Ich brauche sie wie Luft und ich würde alles tun was ich muss, damit sie bei mir bleibt.

Ich würde für sie sterben, aber ich würde sie niemals gehen lassen.

Ich halte ihren kleinen, schlaffen Körper in meinen Armen und trage sie aus dem Schlafzimmer ins Wohnzimmer. David Goldberg, der Arzt des Anwesens ist schon da und wartet mit seiner Arzttasche und medizinischen Geräten auf der Couch. Ich hatte ihn heute Morgen gebeten, später vorbeizukommen, um die Prozedur so schnell wie möglich nach dem Abendbrot durchzuführen und ich bin froh, dass er pünktlich ist. Ich habe Nora nur ein Viertel der Betäubung in der Spritze injiziert und ich möchte sicher sein, dass alles gemacht sein wird, bevor sie aufwacht.

»Ist sie schon weg?«, fragt Goldberg und steht auf, um uns zu begrüßen. Er ist ein kleiner Mann mit immer schüttererem Haar in seinen Vierzigern und einer der talentiertesten Chirurgen, die ich jemals getroffen habe. Ich zahle ihm ein Vermögen um kleinere Verletzungen zu behandeln, aber das ist es mir wert. In meinem Geschäft weiß man nie, wann man einen guten Arzt gebrauchen kann.

»Ja.« Ich lege Nora vorsichtig auf die Couch. Ihr linker Arm hängt hinunter und ich rücke sie in eine bequemere Haltung, gehe sicher, dass ihr Kleid ihre Beine bedeckt. Goldberg ist das alles egal — ihn mache eher ich als meine Frau an — aber ich kann mich immer noch nicht mit dem Gedanken anfreunden, sie unnötig zur Schau zu stellen, nicht einmal vor einem Mann, der ganz offen schwul ist.

» Sie wissen, dass eine örtliche Betäubung gereicht hätte«, sagt er während er die Werkzeuge hervorholt, die er benötigt. Jede seiner Bewegungen sitzt und ist effizient; er ist ein Meister in seinem Fach. »Es ist ein einfacher Eingriff — keiner, bei dem der Patient bewusstlos sein muss.«

»Es ist besser so.« Ich gebe keine weiteren Erklärungen ab, aber ich denke Goldberg hat es verstanden, da er auch nichts mehr zu dem Thema sagt. Stattdessen zieht er sich seine Handschuhe an, nimmt eine Große Spritze mit einer dicken Injektionsnadel hervor und geht zu Nora.

Ich trete zurück, damit er genügend Platz hat.

»Wie viele Tracker hätten Sie denn gerne? Einen oder mehrere?«, fragt er und schaut in meine Richtung.

»Drei.« Ich habe darüber nachgedacht und bin der Meinung, dass das am meisten Sinn macht. Falls sie jemals geraubt wird, kommen meine Feinde vielleicht auf den Gedanken, einen Überwachungschip bei ihr zu suchen, aber es ist sehr unwahrscheinlich, dass sie nach drei Stück suchen.

»In Ordnung. Ich werde einen in ihren Oberarm, einen in ihre Hüfte und einen in die Innenseite ihres Oberschenkels einsetzen.«

»Das sollte funktionieren.« Die Tracker sind klein, etwa so groß wie ein Reiskorn, und Nora wird sie nach einigen Tagen nicht mehr spüren. Ich will auch, dass sie als Köder ein spezielles Armband trägt, welches einen vierten Tracker beherbergt. Falls ihre Entführer den Tracker im Armband finden sind sie vielleicht dumm genug zu glauben, dass sie ihn gefunden haben, und nicht ihren Körper danach untersuchen.

»Dann werde ich das tun«, sagt Goldberg und fährt mit einer Desinfektionslösung über Noras Oberarm, bevor er mit der Nadel in ihre Haut eindringt. Ein kleiner Tropfen Blut bildet sich, während der Tracker eingesetzt wird. Danach desinfiziert er die Stelle erneut und bindet eine kleine Bandage darüber.

Als nächstes ist ihr Implantat an der Hüfte dran, gefolgt vom inneren Oberschenkel. In weniger als sechs Minuten nach Beginn des Eingriffs hat Nora alles friedlich überstanden.

»Alles fertig«, sagt Goldberg, zieht seine Handschuhe aus und packt seine Tasche. »In einer Stunde können Sie, sobald sie aufgehört hat zu bluten, die Bandage abnehmen und ein normales Pflaster aufkleben. Es kann sein, dass die Stellen ein paar Tage lang empfindlich sind, aber es sollten keine Komplikationen auftreten. Besonders dann nicht, wenn die Wunden sauber gehalten werden. Falls irgendetwas sein sollte, rufen Sie mich an, aber ich denke nicht, dass es Probleme geben wird.«

»Hervorragend, danke.«

»Es war mir eine Freude.« Und mit diesen Worten nimmt Goldberg seine Tasche und verlässt den Raum.

* * *

Gegen drei Uhr morgens kommt Nora wieder zu sich.

Da ich einen sehr leichten Schlaf habe, werde ich sofort wach, als sie beginnt sich zu bewegen. Ich weiß, dass sie wegen der Betäubung unter Kopfschmerzen und Übelkeit leidet und ich habe eine Flasche Wasser neben dem Bett stehen, falls sie Durst haben sollte. Eigentlich sollte sie nur leichte Nebeneffekte spüren, da ich ihr diesmal nur eine kleine Dosis gegeben habe. Als ich sie aus dem Park entführt habe, war die Dosis sehr viel höher gewesen. Ich hatte damals sichergehen wollen, dass sie die ganzen vierundzwanzig Stunden bis zur Insel betäubt war. Heute kann sie sich schneller erholen.

Ich hasse dich.

Nicht schon wieder. Ich drücke die Erinnerung an ihr leises, vorwurfsvolles Geflüster beiseite und konzentriere mich auf die Gegenwart. Ich spüre, wie sie sich neben mir bewegt und leise aufstöhnt, als sie mit der empfindlichen Stelle an ihrem Oberarm die Matratze berührt. Dieses Geräusch ruft etwas in mir hervor, geht mir irgendwie unter die Haut. Ich möchte nicht, dass Nora Schmerzen hat — zumindest nicht davon — und ich greife nach ihr, um sie näher an mich heranzuziehen und sie von hinten zu umarmen.

Sie versteift sich, als ich sie berühre. Ihr Körper spannt sich an und ich weiß, dass sie wach ist, dass sie sich an das, was passiert ist, erinnert.

»Wie fühlst du dich?«, frage ich mit leiser und beruhigender Stimme, während ich mit meiner Hand über die sanfte Wölbung ihres äußeren Oberschenkels fahre. »Möchtest du Wasser oder etwas Anderes?«

Sie antwortet nicht, aber ich merke, wie sich ihre Hand leicht bewegt und deute das als Zustimmung.

»In Ordnung.« Ich fasse nach hinten und suche einen Moment im Dunkeln, um die Wasserflasche zu finden. Ich stütze mich auf einen Ellenbogen und mache meine Nachttischlampe an, um etwas zu sehen. Dann reiche ich Nora die Flasche.

Sie blinzelt einige Male gegen das Licht an, bevor sich ihre schlanken Finger um die Flasche schließen. Diese Bewegung führt dazu, dass die Decke hinunterrutscht und ihren Oberkörper freilegt. Ich habe sie ausgezogen, bevor ich sie ins Bett gelegt habe. Sie ist nackt und nur ihr dickes Haar versteckt ihre hübschen Brüste hinter rosa Spitze vor meinem Blick. Vertraute Lust regt sich in mir, aber ich verdränge sie, da ich zuerst sichergehen möchte, dass es ihr gut geht.

Ich lasse sie erst einige Schlucke Wasser trinken, bevor ich sie frage: »Wie fühlst du dich?«

Sie zuckt mit den Schultern ohne mich dabei anzuschauen. »Gut nehme ich an.« Ihre Hand bewegt sich über ihren Körper bis zu ihrem Oberarm. Als sie den Verband berührt, kann ich sehen wie ein Zittern ihren Körper durchfährt, so als sei ihr kalt. »Ich muss ins Bad«, sagt sie plötzlich und steigt aus dem Bett, ohne meine Antwort abzuwarten. Ich erhasche einen kurzen Blick auf ihren kleinen runden Po bevor sie durch die Badezimmertür verschwindet. Mein Geschlecht wird trotz des Befehls meines Gehirns, sich ruhig zu verhalten, hart.

Ich seufze und lehne mich zurück in die Kissen, während ich auf sie warte. Wem mache ich etwas vor? Mein Kätzchen hat immer diesen Effekt auf mich. Ich kann es genauso wenig ignorieren wenn sie nackt ist, wie aufhören zu atmen. Fast unfreiwillig gleitet meine Hand unter die Decke und meine Finger legen sich um meinen harten Penis. Ich schließe meine Augen, stelle mir ihre heißen, samtenen Innenwände vor, die meinen Penis umschließen, ihre nasse und köstlich enge Muschi ...

Ich hasse dich.

Scheiße. Ich reiße meine Augen auf und ein Teil der Hitze in mir kühlt sich ab. Ich bin immer noch hart, aber jetzt ist die Lust mit einer eigenartigen Schwere in meiner Brust vermischt. Ich weiß nicht, wo diese auf einmal herkommt. Ich sollte jetzt, da sie die Tracker in sich hat, glücklicher sein, aber das bin ich nicht. Stattdessen fühle ich mich so, als habe ich etwas verloren ... etwas, von dem ich nicht einmal gewusst hatte, es zu haben.

Unzufrieden schließe ich meine Augen erneut und konzentriere mich auf das wachsende Ziehen in meinem Hoden, während meine Hand sich auf und ab bewegt, den Hunger verstärkt. Und selbst wenn sie mich hasst. Wahrscheinlich *sollte* sie mich hassen, wenn man bedenkt, was ich ihr alles angetan habe. Aber ich habe mich niemals von solchen Überlegungen von dem abbringen lassen, was ich tun wollte, und ich werde jetzt auch nicht damit anfangen. Nora wird sich an die Tracker gewöhnen, genauso wie sie sich daran gewöhnt hat, mir zu gehören. Sollte doch einmal jemand in das Anwesen eindringen können, wird sie ihrem Schutzengel für diese Vorsichtsmaßnahme danken.

Als ich die Badezimmertür höre, öffne ich meine Augen und betrachte sie, als sie herauskommt. Sie schaut mich nicht direkt an. Stattdessen blicken ihre Augen auf den Boden, während sie zum Bett huscht und unter die Decke kriecht, welche sie bis zum Kinn hochzieht. Sie starrt ausdruckslos die Decke an, so als existiere ich überhaupt nicht.

Genauso gut hätte sie mir eine Ohrfeige verpassen können.

Die Lust in mir verschärft sich, wird dunkler. Ich werde dieses Verhalten nicht tolerieren, und das weiß sie auch. Ich kann dem Drang sie zu bestrafen kaum widerstehen, und allein das Wissen, dass sie schon Schmerzen hat, hält mich davon ab sie zu fesseln und meinen sadistischen Fantasien nachzugeben.

Trotzdem werde ich das nicht durchgehen lassen. Heute Nacht nicht und auch nicht zu einem anderen Zeitpunkt.

Ich werfe meine Decke ab, setze mich hin und befehle ihr scharf: »Komm her.«

Zuerst bewegt sie sich nicht, aber dann erhebt sie ihren Blick und schaut mir ins Gesicht. Ihr Blick spiegelt keine Angst wieder, ich kann überhaupt keine

Gefühle in ihm entdecken. Ihre großen dunklen Augen sind leblos, genauso wie die einer wunderschönen Puppe.

Die Schwere in meiner Brust breitet sich aus. »Komm her«, wiederhole ich und die Schärfe meiner Stimme versteckt die wachsende Anspannung in mir. »Jetzt.«

Sie gehorcht, als ihre Erziehung endlich Oberhand gewinnt. Sie schlägt die Decke beiseite und kommt auf allen vieren quer über das Bett zu mir gekrabbelt. Ihr Po ist leicht angehoben. Sie bewegt sich genauso, wie ich das im Schlafzimmer gerne möchte. Mein Atem geht schneller und mein Schwanz schwillt fast schmerzhaft an. Ich habe sie gut erzogen; auch wütend weiß mein Kätzchen immer noch, wie es mir gefällt.

»Braves Mädchen«, flüstere ich und greife nach ihr, sobald sie in meiner Reichweite ist. Ich lasse meine linke Hand in ihr Haar gleiten, lege meinen rechten Arm um ihre Taille und ziehe sie auf meinen Schoß, um sie an mich zu drücken. Dann verschließe ich ihre Lippen mit meinem Mund und küsse sie mit einem Hunger, der aus meinem tiefsten Inneren auszuströmen scheint.

Sie schmeckt nach der Minzzahnpasta und sich selbst, ihre Lippen sind weich und erwidern den Kuss, als ich in die seidigen Tiefen ihres Mundes eindringe. Im Laufe des Kusses schließen sich ihre Augen und sie legt vorsichtig eine Hand auf meine Seite. Ich kann ihre Nippel an meiner Brust spüren und die Erkenntnis, dass sie genauso reagiert wie immer, jagt eine Welle der Erleichterung durch mich hindurch, vermindert mein Unwohlsein.

In was für einer eigenartigen Stimmung sie auch sein mag, sie gehört immer noch ganz und gar mir.

Ohne den Kuss zu unterbrechen lehne ich mich so weit nach vorne, bis wir beide flach auf dem Bett liegen und ich sie bedecke. Ich achte darauf, sanft zu ihr zu sein, damit ich keinen Druck auf ihre Verbände ausübe. Das Monster in mir sehnt sich nach ihren Schmerzen und ihren Tränen, aber dieses Verlangen verblasst gegen mein überwältigendes Bedürfnis, für sie da zu sein, diesen leblosen Blick aus ihren Augen verschwinden zu lassen.

Ich unterdrücke meine eigene Lust und beginne mich auf die einzige Art und Weise um sie zu kümmern, die ich beherrsche. Ich küsse sie am ganzen Körper, koste ihre weiche, warme Haut während ich mich von der sanften Kurve ihres Ohrs bis zu ihren Zehen bewege. Ich massiere ihre Hände, Arme, Füße, Beine und den Rücken und genieße ihr leichtes Aufstöhnen, während ich ihr die Steifheit aus den Muskeln reibe. Danach bringe ich sie mit meinem Mund und meinen Fingern zum Höhepunkt, auch wenn ich dadurch meine eigenen Bedürfnisse soweit zurückschiebe, dass meine Hoden fast blau anlaufen.

Als ich endlich in sie eindringe ist es wie nach Hause zu kommen. Ihre heiße, feuchte Scheide nimmt mich auf, drückt mich so fest, dass ich fast auf der Stelle explodiere. Ich beginne mich in ihr zu bewegen und ihre Arme schließen sich hinter meinem Rücken. Sie umarmen mich, halten mich fest bis wir am anderen Ende detonieren, unsere Körper sich gemeinsam in einer gewaltigen Explosion entladen.

17. KAPITEL

❖ NORA ❖

Ich wache später als gewöhnlich auf und mein Kopf und mein Mund fühlen sich an, als seien sie mit Watte gefüllt. Einen Moment lang habe ich Schwierigkeiten mich daran zu erinnern, was passiert ist — *habe ich zu viel getrunken?* — aber dann kommen die Erinnerungen an letzte Nacht zurück. Mein Magen zieht sich zusammen und Verzweiflung breitet sich in mir aus.

Julian hat letzte Nacht Liebe mit mir gemacht. Er hat Liebe mit mir gemacht, nachdem er sich an mir vergangen hat — nachdem er mich betäubt und die Tracker gegen meinen Willen in mich hinein gezwungen hat — und ich habe das zugelassen. Nein, ich habe das nicht einfach nur zugelassen; ich habe seine Berührungen genossen. Ich habe den kalten Schmerz in meinem Inneren von seinen heißen Zärtlichkeiten schmelzen lassen und wenn auch nur einen Moment lang die klaffende Wunde vergessen, die er meinem Herz zugefügt hat.

Ich weiß nicht weshalb mich von allen Dingen, die Julian mir angetan hat, dieses so stark belastet. Im Großen und Ganzen sind die Tracker, die er mir angeblich zu meiner eigenen Sicherheit implantieren ließ, nichts im Vergleich dazu, mich zu entführen, Jake zusammen schlagen zu lassen oder mich zu erpressen ihn zu heiraten. Diese Tracker müssen ja auch nicht zwangsläufig für immer sein. Falls ich dieses Anwesen jemals verlassen sollte, kann ich zu einem Arzt gehen und mir die Implantate entfernen lassen, anstatt sie mein Leben lang zu behalten. Meine Angst von gestern war mit Sicherheit teilweise irrational; ich habe instinktiv gehandelt, ohne die Sache zu durchdenken.

Aber trotzdem hat es sich so angefühlt, als sei gestern Abend ein Teil von mir gestorben — so als habe der Stich der Spritze etwas in mir getötet. Vielleicht ist der Grund dafür, dass ich begonnen hatte zu spüren, wie Julian und ich uns näherkamen, dass wir mehr wie ein normales Paar wurden. Oder es war mein Stockholm Syndrom — oder was auch immer mein psychologisches Problem ist — welches mich Regenbögen und Einhörner sehen ließ, wo keine waren. Weshalb auch immer, das was Julian getan hat fühlte sich wie Hochverrat an. Als ich letzte Nacht das Bewusstsein wiedererlangte, fühlte ich mich derart zerstört, dass ich in ein Loch krabbeln und verschwinden wollte.

Aber Julian ließ mich nicht. Er liebte mich. Er liebte mich, als ich dachte er würde mich auspeitschen — als ich seine Bestrafung dafür erwartete, nicht sein kleines gehorsames Kätzchen gewesen zu sein. Er war zärtlich zu mir, als ich Grausamkeit erwartete; anstatt mich auseinanderzunehmen, setzte er mich wieder zusammen, auch wenn es nur für wenige Stunden war.

Und jetzt ... vermisse ich ihn. Ohne ihn an meiner Seite kommt schleichend die Kälte zurück, der Schmerz beginnt langsam wieder, mir von innen die Luft zu nehmen. Die Tatsache, dass Julian das gegen meinen Willen tat — er das tat, obwohl ich *ihn anbettelte, es nicht zu tun* — kann ich fast nicht ertragen. Es sagt mir, dass er mich nicht liebt — dass er mich vielleicht niemals lieben wird.

Es sagt mir, dass der Mann, mit dem ich verheiratet bin, vielleicht niemals mehr als mein Entführer sein wird.

* * *

Zum Frühstück ist Julian nicht da, was zu meiner wachsenden Depression beiträgt. Ich habe mich so sehr daran gewöhnt die Mehrzahl meiner Mahlzeiten mit ihm einzunehmen, dass seine Abwesenheit sich wie eine Zurückweisung anfühlt — auch wenn ich nicht nachvollziehen kann, wie ich mich nach alledem immer noch nach seiner Gesellschaft sehnen kann.

»Señor Esguerra hat schon eine Kleinigkeit gegessen«, erklärt mir Ana als sie mir Eier gemischt mit Bohnenpüree und Avocado serviert. »Er hat etwas erfahren, um das er sich sofort kümmern musste. Deshalb kann er heute Morgen nicht mit dir frühstücken. Er entschuldigt sich dafür und lässt dir ausrichten, dass du in sein Büro kommen kannst, wann immer du möchtest.« Ihre Stimme ist außergewöhnlich warm und ich kann Mitleid in ihrem Gesicht sehen, als sie mich anschaut. Ich weiß nicht, ob sie alle Einzelheiten von dem weiß, was letzte Nacht passiert ist, aber ich habe den Eindruck, sie hat das grobe Geschehen mitbekommen.

Peinlich berührt senke ich meinen Blick und schaue auf meinen Teller. »In Ordnung, danke, Ana«, murmele ich und starre mein Essen an. Es sieht so köstlich aus wie immer, aber heute Morgen habe ich keinen Hunger. Ich weiß, dass ich nicht krank bin, aber ich fühle mich so. Mein Magen rumort und meine Brust schmerzt. Die frischen Implantate in meinem Oberschenkel, meiner Hüfte und meinem Oberarm pochen dumpf. Alles, was ich gerade möchte ist, mich unter meiner Decke zu verkriechen aber leider kommt das nicht in Frage. Ich muss einen Aufsatz für meinen Kurs in Englischer Literatur schreiben und hinke außerdem zwei Vorlesungen in Mathe hinterher. Allerdings habe ich meinen Morgenspaziergang mit Rosa abgesagt; ich habe keine Lust meine Freundin zu sehen, solange ich mich so fühle.

»Hättest du gerne eine heiße Schokolade oder etwas Anderes? Vielleicht Kaffee oder Tee?«, fragt Ana, die immer noch am Tisch steht. Wenn Julian und ich zusammen essen, verschwindet sie in der Regel, aber aus irgendeinem Grund scheint sie mich heute Morgen nicht alleine lassen zu wollen.

Ich schaue von meinem Teller auf und zwinge mich dazu, sie anzulächeln. »Nein danke, ich habe alles was ich brauche, Ana.« Ich nehme meine Gabel in die

Hand, spieße ein wenig Ei auf und führe sie zu meinem Mund. Ich bin fest entschlossen etwas zu essen, um die Besorgnis die sich auf dem leicht gerundeten Gesicht der Haushälterin abzeichnet zu zerstreuen.

Während ich kaue sehe ich wie Ana einen Moment zögert, so als möchte sie noch etwas sagen. Sie scheint es sich aber anders zu überlegen, denn kurz darauf verschwindet sie in der Küche und lässt mich mit meinem Frühstück allein. Die nächsten Minuten verbringe ich damit, mich zum Essen zu zwingen, aber da alles wie Sand schmeckt, gebe ich schließlich auf.

Ich erhebe mich und gehe zur Tür, da ich die Sonne auf meiner Haut spüren möchte. Die Kälte in mir scheint sich sekündlich weiter auszubreiten und meine Niedergeschlagenheit nimmt zu, je weiter der Morgen voranschreitet.

Ich trete aus der Tür und gehe bis zum Ende der Veranda um mich über das Geländer zu lehnen und die heiße, feuchte Luft einzuatmen. Als ich über den weitläufigen Rasen schaue und in der Entfernung die Wachen sehe, verschwimmt alles vor meinen Augen, als diese sich mit heißen Tränen füllen, welche danach beginnen, meine Wangen hinabzulaufen.

Ich weiß nicht warum ich weine. Niemand ist gestorben, nichts wirklich Schlimmes ist passiert. Ich habe in den letzten zwei Jahren viel schlimmere Dinge erlebt und bin damit zurecht gekommen — ich habe mich angepasst und überlebt. Ich sollte mich wegen dieser relativ kleinen Sache nicht fühlen, als sei mein Herz herausgerissen worden.

Meine wachsende Überzeugung, dass Julian nicht in der Lage ist, zu lieben, sollte mich nicht so zerstören.

Eine Hand berührt zärtlich meine Schulter und reißt mich aus meinem Elend. Ich wische mir schnell mit meinem Handrücken über die Wangen bevor ich mich herumdrehe. Zu meiner Überraschung ist es Ana, die mich unsicher anschaut.

»Señora Esguerra … Ich meine, Nora …« Sie stockt bei meinem Namen und ihr Akzent ist stärker als normal. »Ich möchte nicht stören, aber ich habe mich gefragt, ob Sie nicht eine Minute Zeit für mich haben. Ich würde gerne mit ihnen reden.«

Ich nicke, da mich ihr ungewöhnliches Anliegen überrascht. »Natürlich, um was geht es denn?« Ana und ich stehen uns nicht besonders nahe; sie war in meiner Gegenwart immer irgendwie reserviert, höflich, aber nicht übermäßig freundlich. Rosa hat mir einmal gesagt Ana sei so, weil Julians Vater das von seinen Angestellten verlangt hat und sie dieses Verhalten schlecht wieder ablegen kann.

Ana lächelt erleichtert über meine Antwort, kommt zu mir ans Geländer und stützt sich mit ihren Unterarmen auf dem bemalten Holz ab. Ich schaue sie fragend an und wundere mich, was sie wohl besprechen möchte. Sie scheint es allerdings zu genießen, einfach nur einen Moment dazustehen und ihren Blick auf dem nahen Dschungel ruhen zu lassen.

Als sie endlich ihren Kopf zu mir dreht und spricht, werde ich von ihren Worten völlig überrascht. »Ich weiß nicht ob du das weißt, Nora, aber dein Ehemann hat alle Menschen verloren, die ihm jemals etwas bedeutet haben«, sagt sie sanft, frei von ihrer sonstigen Reserviertheit. »Maria, seine Eltern … und viele andere die er hier auf dem Anwesen und außerhalb kannte.«

»Ja, das hat er mir erzählt«, entgegne ich langsam und sehe sie vorsichtig an. Ich weiß nicht, warum sie plötzlich so entschlossen ist, mit mir über Julian zu reden, aber ich höre ihr mehr als gerne zu. Wenn ich meinen Ehemann besser verstehe, wird es vielleicht leichter für mich sein, emotionalen Abstand zu ihm zu halten.

Wenn er mir nicht so ein Rätsel wäre, würde ich mich vielleicht nicht so zu ihm hingezogen fühlen.

»Gut«, sagt Ana ruhig. »Dann hoffe ich, du verstehst, dass Julian dir letzte Nachte nicht wehtun wollte ... und dass er das, was er getan hat, nur deshalb gemacht hat, weil du ihm wichtig bist.«

»Ich bin ihm wichtig?« Das Lachen, welches mir entweicht, ist scharf und bitter. Ich weiß nicht warum ich darüber mit Ana rede, aber da der Damm jetzt einmal gebrochen ist, gibt es kein Zurück mehr. »Julian ist außer ihm selbst niemand wichtig.«

»Nein.« Sie schüttelt ihren Kopf. »Da liegst du falsch, Nora. Das stimmt nicht. Du bist ihm sehr wichtig. Das kann ich sehen. Er benimmt sich in deiner Gegenwart anders als bei allen anderen. Sehr anders.«

Ich blicke sie an. »Was meinst du?«

Sie seufzt und dreht sich mir jetzt vollständig zu. »Dein Ehemann war schon immer ein dunkles Kind«, sagt sie und eine tiefe Trauer überzieht ihr Gesicht. »Ein wunderschöner Junge mit den Augen und Gesichtszügen seiner Mutter, aber innerlich hart. Ich denke, das war die Schuld seines Vaters. Der ältere Señor hat ihn niemals wie ein Kind behandelt. Sobald

Julian alt genug war um laufen zu können, trieb sein Vater ihn an und verlangte Sachen von ihm, die kein Kind tun sollte ...«

Ich lausche gespannt und traue mich kaum zu atmen, als sie fortfährt.

»Als Julian klein war, hatte er Angst vor Spinnen. Hier gibt es sehr große, sehr angsteinflößende Exemplare. Auch einige giftige. Als Juan Esguerra das herausfand, führte er seinen fünf Jahre alten Sohn in den Wald und zwang ihn, ein Duzend große Spinnen mit seinen nackten Händen zu fangen. Danach musste Julian sie langsam mit seinen Fingern töten um zu lernen, wie man seine Ängste überwindet und seine Feinde leiden lässt. Sie hält inne und ihre Lippen sind wütend aufeinander gepresst. »Julian konnte danach zwei Nächte lang nicht schlafen. Als seine Mutter das herausfand weinte sie, aber sie konnte nichts tun. Das Wort des Señors war hier das Gesetz und jeder musste gehorchen.«

Ich schlucke die Galle hinunter, die mir hochkommt und schaue weg. Das was ich gerade erfahren habe, verstärkt meine Verzweiflung. Wie kann ich von Julian erwarten, dass er jemanden lieben kann, nachdem er so aufgezogen wurde? Die Tatsache, dass mein Ehemann ein eiskalter Mörder mit sadistischen Tendenzen ist, ist nicht verwunderlich; das einzig Erstaunliche ist, dass er nicht schlimmer ist.

Es ist hoffnungslos. Völlig hoffnungslos.

Ana spürt meine Verzweiflung und legt ihre Hand auf meinen Arm. Ihre Berührung ist warm und beruhigend, so wie die meiner Mutter.

»Eine lange Zeit lang dachte ich, Julian würde aufwachsen und dann genauso sein wie sein Vater«, sagt sie als ich mich umdrehe um sie anzuschauen. »Grausam, gefühllos und unfähig Emotionen zu empfinden. Das dachte ich, bis ich ihn eines Tages im Alter von zwölf Jahren mit einem Kätzchen sah. Es war eine winzige Kreatur, flauschig und mit großen Augen. Das Kätzchen war kaum alt genug, um allein zu essen. Julian hatte es draußen gefunden nachdem seiner Mutter etwas zugestoßen war und brachte es ins Haus. Als ich ihn sah war er gerade dabei ihm Milch einzuflößen und sein Gesichtsausdruck ...« Sie blinzelt und ihre Augen werden verdächtig feucht. »Er war so ... so zärtlich. Er war so geduldig mit dem Kätzchen, so liebevoll. Und in diesem Moment wusste ich, dass sein Vater ihn nicht gebrochen hatte, dass der Junge immer noch Gefühle besaß.«

»Und was passierte mit dem Kätzchen?«, frage ich vorsichtig. Ich mache mich darauf gefasst, eine andere Horrorgeschichte zu hören, aber Ana zuckt einfach nur mit den Schultern.

»Es wuchs hier im Haus auf«, antwortet sie und drückt liebevoll meinen Arm bevor sie ihre Hand wegnimmt. »Julian hat sie als Haustier behalten und gab ihr den Namen Lola. Er und sein Vater stritten darüber — der ältere Señor hasste Tiere — aber damals war Julian schon alt genug, um sich seinem Vater gegenüber zu behaupten. Niemand traute sich die kleine Kreatur anzufassen, solange sie sich unter Julians Schutz befand. Als er nach Amerika ging, nahm er die Katze mit. Soweit ich weiß lebte sie ein schönes langes Leben und starb eines Tages an Altersschwäche.«

»Oh.« Ein Teil meiner Anspannung fällt von mir ab. »Das ist gut. Nicht gut, dass Julian sein Haustier verloren hat, aber gut, dass es lange lebte.«

»Ja. Das ist wirklich gut. Und weißt du Nora, genauso wie er das Kätzchen angeschaut hat ...« Sie beendet den Satz nicht und blickt mich stattdessen mit einem eigenartigen Lächeln an.

»Was?«, frage ich vorsichtig.

»Manchmal schaut er dich genauso an. Mit der gleichen Zärtlichkeit. Er zeigt dir das vielleicht nicht immer, aber du bedeutest ihm wirklich etwas, Nora. Auf seine eigene Art und Weise liebt er dich. Da bin ich mir sicher.«

Ich presse meine Lippen aufeinander und versuche die Tränen zurückzuhalten, die erneut in meinen Augen aufsteigen. »Warum erzählst du mir das, Ana?«, frage ich als ich mir sicher bin, wieder sprechen zu können. »Warum bist du zu mir herausgekommen?«

»Weil Julian für mich fast wie ein Sohn ist«, erklärt sie mir sanft. »Und weil ich möchte, dass er glücklich ist. Ich möchte, dass ihr beide glücklich seid. Ich weiß nicht, ob das irgendetwas für dich ändert, aber ich dachte, du solltest ein wenig mehr über deinen Ehemann wissen.« Sie nimmt meine Hand, drückt sie und geht dann wieder ins Haus. Ich bleibe verwirrter und mit verletzterem Herzen als vorher am Geländer zurück.

* * *

An diesem Nachmittag gehe ich nicht zu Julian ins Büro. Stattdessen schließe ich mich in der Bibliothek ein und arbeite an dem Aufsatz. Ich versuche mich dazu zu zwingen, nicht an meinen Ehemann und daran zu denken, wie gerne ich jetzt neben ihm sitzen würde. Ich weiß, dass ich mich in seiner Nähe besser fühlen würde, dass allein seine Gegenwart mir dabei helfen würde, mit meiner Wut und meiner Verletztheit besser zurecht zu kommen. Aber irgendein masochistischer Impuls hält mich davon ab. Ich weiß nicht, was ich versuche mir zu beweisen, aber ich bin entschlossen, mich für mindestens einige Stunden von ihm fernzuhalten.

Natürlich kann ich das zum Abendessen nicht tun.

»Du bist heute nicht gekommen«, bemerkt er und schaut mich an, während Ana uns als Vorspeise Pilzsuppe auftut. »Warum nicht?«

Ich zucke mit den Schultern und ignoriere den fragenden Blick den Ana mir zuwirft bevor sie wieder in der Küche verschwindet. »Mir ging es heute nicht so gut.«

Julian runzelt die Stirn. »Bist du krank?«

»Nein, ich war einfach nicht in Bestform. Außerdem musste ich einen Aufsatz zu Ende schreiben und eine paar Vorlesungen nachholen.«

»Ist das so?« Er blickt mich mit zusammengezogenen Augenbrauen an. Er beugt sich nach vorne und fragt sanft: »Schmollst du, mein Kätzchen?«

»Nein, Julian«, antworte ich ihm so süß wie ich kann und lasse meinen Löffel in die Suppe gleiten. »Schmollen würde ja voraussetzen, dass ich wütend auf etwas bin, das du getan hast. Aber ich darf ja gar nicht wütend sein, stimmt's? Du kannst mit mir alles machen, was du möchtest und ich muss es einfach hinnehmen, richtig?« Während ich einen Löffel dieser aromatischen Suppe zu mir nehme, lächele ich ihn zuckersüß an und genieße die Art und Weise, auf welche seine Augen sich verengen. Ich weiß, dass ich den Tiger am Schwanz ziehe, aber heute Nacht möchte ich keinen süßen, zärtlichen Julian. Er ist zu irritierend und beunruhigend für meinen Seelenfrieden.

Zu meiner Frustration schluckt er den Köder nicht. Seine Wut verraucht sofort wieder und im darauffolgenden Moment lehnt er sich zurück und ein langsames, sexy Lächeln deutet sich in seinen Mundwinkeln an. »Versuchst du, mir Schuldgefühle zu machen, Baby? Du solltest doch mittlerweile wissen, dass ich über solchen Empfindungen stehe.«

»Natürlich tust du das.« Ich wollte, dass diese Worte bitter klingen, aber stattdessen hören sie sich atemlos an. Selbst jetzt hat er die Macht, meine Sinne mit nichts mehr als einem Lächeln zu verwirren.

Er grinst, da er sich seiner Wirkung auf mich vollkommen bewusst ist und lässt seinen eigenen Löffel in die Suppe gleiten. »Lass uns einfach essen, Nora. Du kannst mir im Schlafzimmer zeigen, wie wütend du bist, das verspreche ich dir. Und mit dieser verlockenden Drohung beginnt er, seine Suppe zu essen und lässt mir keine andere Wahl, als seinem Beispiel zu folgen.

Während der restlichen Mahlzeit überhäuft mich Julian mit Fragen über meine Kurse und darüber, wie mein Online Programm bis jetzt läuft. Er scheint wirklich an dem interessiert zu sein, was ich zu sagen habe und kurz darauf bin ich darin vertieft über meine Probleme in Mathematik zu sprechen — *wurde jemals ein langweiligeres Thema erfunden?* — und darüber zu diskutieren, ob ich nächstes Jahr einen Kurs in Geisteswissenschaften absolvieren sollte. Ich bin mir sicher, dass er meine Sorgen belustigend finden muss — es ist ja schließlich nur Schule — aber falls dem so ist, zeigt er es nicht. Stattdessen fühle ich mich, als rede ich mit einem Freund oder einem Ratgeber, dem ich vertraue.

Das ist eines der Dinge, die Julian so unwiderstehlich machen: seine Fähigkeit zuzuhören, mich fühlen zu lassen, als sei ich ihm wichtig. Ich weiß nicht, ob er das absichtlich macht, aber es gibt wenige Dinge die verführerischer sind, als die ungeteilte Aufmerksamkeit von jemandem zu bekommen — und die erhalte ich von Julian. Vom ersten Tag an. Böser Entführer oder nicht, ich habe mich immer gewollt und begehrt gefühlt, so als sei ich der Mittelpunkt seiner Welt.

So als sei ich wirklich wichtig.

Während des ganzen Essens habe ich die Geschichte von Ana im Kopf und ich freue mich teuflisch, dass Juan Esguerra tot ist. Wie konnte ein Vater das seinem Sohn antun? Was für ein Monster würde sein Kind mit Absicht zu einem Mörder erziehen? Ich stelle mir einen zwölfjährigen Julian vor, der sich diesem brutalen Menschen für ein wehrloses Kätzchen entgegenstellt, und ohne es zu wollen bin ich stolz auf den Mut meines Ehemannes. Ich habe den Eindruck, dass es nicht einfach für ihn gewesen sein musste, das Haustier gegen den Wunsch seines Vaters zu behalten.

Ich kann Julian immer noch nicht vergeben. Als wir beim zweiten Gang angekommen sind, erwäge ich allerdings die Möglichkeit, dass etwas anderes als seine Tendenz mich zu überwachen hinter seinem Wunsch, mir diese Tracker zu implantieren, stecken könnte. Wäre es möglich, dass ich ihm wirklich wichtig bin? Könnte seine Liebe so dunkel und besitzergreifend sein? So verkorkst? Natürlich hatte ich von Marias Tod und dem seiner Eltern gewusst, aber ich hatte diese beiden Ereignisse nie miteinander verbunden. Ich hatte niemals daran gedacht, dass Julian alle Menschen verloren hat, die ihm etwas bedeuteten. Wenn Ana Recht hat — und ich wirklich etwas so Besonderes für Julian bin — ist es auch nicht besonders erstaunlich, dass er zu solchen Mitteln greift, um meine Sicherheit zu garantieren. Besonders nicht wenn man bedenkt, dass er mich schon einmal fast verloren hätte.

Es ist krank und beängstigend, aber nicht besonders überraschend.

»Also, was war so dringend heute Morgen?«, frage ich, als ich meine zweite Portion des gebackenen Lachses aufesse, den Ana als Hauptgang zubereitet hat. Mein Appetit ist zurückgekommen und alle Spuren meines Unwohlseins sind verschwunden. Es ist erstaunlich, was auch nur das kleinste Bisschen von Julians Gesellschaft mit mir macht; seine Nähe ist besser als jedes Anti-Depressivum auf dem Markt. »Als du nicht mit mir frühstücken konntest, meine ich.«

»Richtig, das wollte ich dir noch erzählen«, erwidert Julian und ich sehe, wie seine Augen mit dunkler Erregung leuchten. »Peters Kontakt in Moskau hat uns erlaubt einzureisen, um Majid und den Rest der Al-Quadar Kämpfer in Tadschikistan auszuheben. Sobald wir bereit sind — hoffentlich in etwa einer Woche — werden wir zuschlagen.«

»Oh, wow.« Ich blicke ihn an und bin gleichzeitig aufgeregt und beunruhigt. »Wenn du *wir* sagst, meinst du deine Männer, stimmt's?«

»Ja natürlich.« Julian sieht aus, als würde ihn meine Frage irritieren. »Ich werde mir etwa fünfzig unserer besten Soldaten nehmen und den Rest auf dem Anwesen lassen.«

»Du nimmst selbst an der Operation teil?« Mein Herzschlag setzt aus, während ich auf seine Antwort warte.

»Natürlich.« Es scheint ihn zu überraschen, dass ich etwas Anderes annehmen könnte. »An solchen Unternehmungen nehme ich immer selbst teil, wenn ich kann. Außerdem habe ich noch etwas Geschäftliches in der Ukraine zu tun, um das ich mich am besten persönlich kümmere. Das kann ich gleich auf dem Rückweg erledigen.«

»Julian ...« Plötzlich ist mir schlecht und das ganze Essen liegt mir wie ein Stein im Magen. »Das hört sich wirklich gefährlich an ... Warum musst du mitgehen?«

»Gefährlich?« Er lacht leise. »Machst du dir etwa Sorgen um mich, mein Kätzchen? Ich kann dir versichern, dass das unnötig ist. Der Feind ist zahlenmäßig und waffentechnisch unterlegen. Sie haben keine Chance, glaub mir.«

»Das weißt du nicht! Was ist, wenn sie eine Bombe oder etwas in der Art zünden?« Meine Stimme wird schriller, als ich mich an die schreckliche Explosion der Lagerhalle erinnere. »Was ist, wenn sie dir eine Falle stellen? Du weißt, dass sie dich töten möchten—«

»Naja, eigentlich möchten sie mich zwingen, ihnen Sprengstoff zu geben«, korrigiert er mich und ein dunkles Lächeln zeichnet sich auf seinen Lippen ab, »und erst *danach* wollen sie mich töten. Aber es gibt nichts, worüber du dir Sorgen machen müsstest, Baby. Wir werden ihr Lager auf Bomben überprüfen bevor wir es betreten und wir tragen alle Ganzkörperschutzkleidung, der nur eine Raketenexplosion etwas anhaben kann.«

Das beruhigt mich überhaupt nicht und ich schiebe meinen Teller weg. »Lass mich das zusammenfassen ... Du zwingst mich dazu, hier diese Tracker zu tragen. Hier, wo niemand mir auch nur ein einziges Haar krümmen kann, und planst gleichzeitig nach Tadschikistan zu reisen um *Fang den Terroristen* zu spielen?«

Julians Lächeln verschwindet und seine Gesichtszüge verhärten sich. »Ich spiele nicht, Nora. Die Al-Quadar ist eine wirkliche Bedrohung und muss so schnell wie möglich eliminiert werden. Wir müssen sie zerschlagen, bevor sie uns angreifen und das hier ist die perfekte Gelegenheit dazu.«

Ich starre ihn wütend an und die schiere Ungerechtigkeit des Ganzen lässt meinen Blutdruck ansteigen. »Aber warum musst du persönlich dabei sein? Du befehligst diese ganzen Soldaten und Söldner — mit Sicherheit brauchen sie dich dort nicht—«

»Nora ...« Seine Stimme ist freundlich, aber seine Augen sind hart und kalt wie Eiszapfen. »ich werde darüber nicht diskutieren. Der Tag, an dem ich beginne, Angst vor meinem eigenen Schatten zu haben ist der, an dem ich aus dem Geschäft aussteigen muss — denn das würde bedeuten, dass ich weich geworden bin. Weich und faul wie die Männer deren Fabrik ich mir nahm, als ich anfing ...« Er lächelt erneut, als er meinen entsetzten Blick sieht. »Mein Kätzchen, was denkst du denn wie ich von Drogen zu Waffen gewechselt habe? Ich habe das existierende Geschäft eines anderen übernommen und darauf aufgebaut. Mein Vorgänger befehligte auch Soldaten und Söldner, aber er war nur ein verweichlichter Bürohengst und alle wussten es. Er hatte die Zügel seines Unternehmens nicht in der Hand und es war einfach, einige seiner Männer zu bestechen, um ihn zu überrumpeln und seine Raketenfabrik zu übernehmen.« Julian macht eine kurze Pause, damit ich das eben gehörte verarbeiten kann und fügt danach hinzu: »Dieser Mann werde ich nicht werden, Nora. Diese Mission ist zu wichtig für mich und ich habe vor, sie persönlich zu beaufsichtigen. Diesmal wird Majid nicht überleben — das werde ich sicherstellen.«

18. KAPITEL

❖ JULIAN ❖

Nachdem das Essen vorüber ist führe ich Nora in unser Schafzimmer. Meine Hand liegt auf ihrem schmalen Rücken, während wir die Stufen hinaufgehen. Sie ist still, wie schon die ganze Zeit, seit ich ihr von der bevorstehenden Operation berichtet habe. Ich weiß auch, dass sie wegen der Sache mit den Trackern immer noch wütend auf mich ist.

Ich finde ihre Sorgen rührend, sogar niedlich, aber ich habe nicht vor, mir diese Gelegenheit Majid in meine Finger zu bekommen entgehen zu lassen. Mein Kätzchen versteht den dunklen Nervenkitzel an einer solchen Aktion teilzunehmen nicht. Sie weiß nicht wie es ist, den Adrenalinschub zu spüren und das Geräusch umherfliegender Kugeln zu hören. Sie erkennt nicht, dass Menschen wie ich sich nach dem Anblick von Blut und dem Schreien der Feinde fast genauso sehnen wie nach Sex, es sie ähnlich erregt. Dieser Charakterzug ist der Grund dafür, dass mein Psychiater dachte, ich könne ein Borderline Soziopath sein … das, und meine generelle Unfähigkeit, Reue zu spüren. Das ist ein Etikett, welches mich niemals besonders gestört hat — zumindest nicht mehr, nachdem ich die kindliche Illusion überwunden hatte, ich könnte eines Tages ein *normales* Leben führen.

Als wir das Schlafzimmer betreten verstärkt sich mein Hunger, den ich seit gestern unterdrücke und das Monster in mir fordert seine Rechte ein. Die Distanziertheit von Nora macht es nur noch schlimmer. Ich kann die Mauern spüren, die sie versucht zwischen uns zu errichten. Ich fühle, wie sie mich aus ihren Gedanken verbannen möchte und es macht mich wahnsinnig, nährt den Sadisten in mir, der nach Befriedigung verlangt.

Heute Nacht werde ich diese Mauern einreißen. Ich werde sie niederwalzen, bis Nora keine Verteidigung bleibt — bis ich ihre Gedanken wieder völlig beherrsche.

Sie entschuldigt sich, um sich schnell zu duschen und ich erhebe keine Einwände. Ich gehe zum Bett und warte darauf, dass sie zurückkommt. Ich habe schon eine leichte Erektion, mein Geschlecht ist voller Vorfreude auf das, was ich mit ihr machen werde. Meine Hose fühlt sich unangenehm eng an. Als ich höre, dass sie das Wasser aufdreht, ziehe ich mich aus und greife in die Schublade des Nachttisches um die Werkzeuge zu entnehmen, die ich heute Nacht benutzen will.

Nora hält ihr Wort und braucht nicht lange. Fünf Minuten später kommt sie mit einem weißen

Frotteehandtuch um ihren Körper gewickelt aus dem Badezimmer. Ihre Haare hat sie sich zu einem unordentlichen Knoten auf dem Kopf zusammengebunden und ihre goldene Haut ist immer noch feucht. Ich sehe die Wassertropfen auf ihrem Nacken und ihren Schultern. Sie muss sich zum Duschen die Pflaster abgenommen haben, denn ich sehe Schorf und einen kleinen Kratzer an der Stelle auf ihrem Arm, an der der Tracker eingesetzt wurde. Dieser Anblick löst in mir eine eigenartige Gefühlsmischung aus — Erleichterung, dass ich jetzt immer weiß, wo sie sich befindet und etwas, dass sich seltsamerweise wie Bedauern anfühlt.

Ihr Blick fällt auf das Bett und sie hält abrupt inne. Ihre Augen weiten sich als sie auf die Objekte schaut, die ich dort ausgebreitet habe.

Ich lächele und genieße ihren überraschten Gesichtsausdruck. Wir haben eine ganze Zeit lang nichts mit Spielzeugen gemacht — zumindest nicht in diesem Ausmaß. »Lass das Handtuch fallen und geh aufs Bett«, befehle ich ihr, stehe auf und greife nach der Augenbinde.

Sie schaut mich an. Ihre Lippen sind geöffnet, ihre Haut leicht gerötet und ich weiß, dass es sie erregt — dass ihre Wünsche jetzt meine spiegeln. Mit einem unmerklichen Zögern in ihren Bewegungen wickelt sie sich aus ihrem Handtuch, lässt es zu Boden fallen und steht dann komplett nackt vor mir.

Während ich den Anblick ihres schlanken, wohlgeformten Körpers genieße, ziehen sich meine Hoden zusammen und mein Herzschlag wird schneller. Rational weiß ich, dass es schönere Frauen als Nora geben muss, aber mir fällt keine einzige ein. Vom Scheitel bis zur Sohle ist sie genau das, was ich will. Mein Körper verlangt nach ihr mit einer Intensität die jeden Tag stärker zu werden scheint, mit einer Verzweiflung, die ich kaum ertragen kann.

Sie klettert auf das Bett und kniet sich hin. Ihren festen runden Po legt sie auf ihren Füßen ab. Ihre Bewegungen sind flüssig und anmutig, wie die einer schlanken, kleinen Katze.

Ich knie mich hinter sie, streiche ihr Haar von ihren Schultern und küsse ihr zärtlich den Nacken. Ich genieße die Art und Weise, wie ihre Atmung sich als Antwort darauf verändert. Sie riecht nach warmer, weiblicher Haut und Seife mit Blumenduft, eine Mischung, von der mir schwindelig wird und mein Schwanz vor Verlangen pocht. In manchen Nächten ist das alles, was ich von ihr möchte — die Süße ihrer Reaktion, das Gefühl, sie in meinen Armen zu halten. In manchen Nächten will ich sie wie die zerbrechliche Kreatur behandeln, die sie ist.

Heute will ich allerdings etwas Anderes.

Ich lehne mich zurück und lege ihr die Augenbinde um, damit sie nichts sehen kann. Ich will, dass sie sich einzig und allein auf die Gefühle konzentriert, die sie erleben wird, dass sie alles so genau wie möglich spürt. Als nächstes nehme ich ein Paar gepolsterte Handschellen, und lege sie ihr um die Handgelenke, welche ich hinter ihrem Rücken festhalte.

»Julian ...« Sie befeuchtet ihre Lippen mit ihrer Zunge. »Was hast du mit mir vor?«

Ich lächele, da mich dieser Hauch von Angst in ihrer Stimme nur noch mehr erregt. »Was denkst du denn, was ich mit dir machen werde, mein Kätzchen?«

»Mich auspeitschen?«, rät sie mit leiser und leicht rauer Stimme. Ich kann sehen, wie sich ihre Nippel versteifen während sie spricht und ich weiß, dass sie diese Idee nicht gerade abstoßend findet.

»Nein, Baby«, murmele ich und greife nach den anderen Spielzeugen, die ich vorbereitet habe — ein Paar Klammern, die mit einer dünnen Metallkette verbunden sind. »Dafür bist du noch nicht ausreichend verheilt. Heute habe ich andere Sachen mit dir vor.« Ich nehme die Klammern hoch, lege meine Arme von hinten um sie herum und drücke ihren linken Nippel mit meinen Fingern zusammen. Dann klemme ich eine der Klammern an ihre harte Brustwarze und drehe die Schraube soweit zusammen, bis Nora zwischen zusammengebissenen Zähnen schwer ausatmet.

»Wie fühlt sich das an?«, frage ich sanft und beuge mich vornüber um ihr Ohr zu küssen während ich nach ihrem rechten Nippel greife. Ihre gefesselten Hände, die sie fest zu Fäusten geballt hat, drücken in meinen Bauch und erinnern mich an ihre Hilflosigkeit. »Ich möchte hören, wie du es beschreibst ...«

Sie atmet zitternd ein und ihre Brust hebt sich. »Es tut weh—« beginnt sie zu sagen, bevor sie aufschreit, als ich die zweite Klammer an ihrem Nippel befestige und sie auch wieder festziehe.

»Gut ...« Ich beiße leicht in ihr Ohrläppchen. Meine Erektion streift ihren unteren Rücken und diese Berührung sendet Lustschauer bis in meine Hoden. »Und jetzt?«

»Jetzt — schmerzt es noch mehr ...« Ihre Worte sind ein abgehaktes Flüstern. Ich spüre, dass ihr Rücken angespannt ist und weiß, dass sie die Wahrheit sagt, dass ihre empfindlichen Nippel wegen des gemeinen Bisses des Spielzeuges wahrscheinlich schmerzen. Ich habe schon einmal auf der Insel Klemmen bei ihr benutzt. Allerdings waren diese eine nettere Version, die nur leichten Druck ausübten. Diese hier sind um einiges härter und ich lächele dunkel als ich mir vorstelle wie es schmerzen wird wenn sie gelöst werden.

Ich bedecke die Unterseite ihrer Brüste mit meinen Händen, drücke sie leicht und knete das weiche Fleisch mit meinen Fingern. »Ja, das tut weh, nicht wahr?«, murmele ich als sie vor Schmerz zusammenzuckt, da die Bewegung meiner Hände an der Kette zwischen ihren Nippeln zieht. »Mein armes Baby, so süß, so missbraucht ...«

Ich gebe ihre Brüste frei und lasse meine Hand auf ihrem flachen Bauch hinuntergleiten, bis ich die sanfte Falte zwischen ihren Beinen erreiche. Wie ich vermutet hatte, ist sie trotz des Schmerzes — oder, was wahrscheinlicher ist, wegen des Schmerzes — triefnass, ihre Muschi schon flüssig voller Verlangen. Mein Schwanz reagiert darauf mit Pochen. Sie kann nichts sehen, ihre empfindlichen Nippel sind geklammert und schmerzen. Ich finde das so anziehend, dass mein alter Psychiater es zweifellos verstörend finden würde. Ich gebe mein Bestes um meinen Hunger zu kontrollieren und berühre ihre kleine Klitoris mit meinem Daumen. Ich drücke leicht zu und sie stöhnt auf, lehnt sich gegen meine Brust und ihre Hüften heben sich, um stumm nach mehr zu betteln.

»Sag mir, was du jetzt fühlst.« Absichtlich übe ich nur einen federleichten Druck auf sie aus. »Sag es mir, Nora.«

»Ich ... Ich weiß nicht ...«

»Sag mir, wie sich diese kleinen Nippel anfühlen. Ich möchte es aus deinem Mund hören.« Ich begleite diesen Befehl mit einem festen Kniff in die Klitoris. Sie schreit auf und krümmt sich gegen mich, da sie der plötzliche Schmerz überrascht.

»Sie tun immer noch weh — keucht sie, als sie sich wieder erholt hat, »aber jetzt ist es ein anderer Schmerz, weniger stark und eher wie ein anhaltendes Pochen ...«

»Braves Mädchen ...« Zur Belohnung streichele ich ihr sanft über ihre geschwollene Klitoris. »Und wie fühlt es sich an, wenn ich dich so berühre?«

Ihre kleine Zunge fährt über ihre Unterlippe. »Es fühlt sich gut an«, flüstert sie, »wirklich gut ... Bitte, Julian ... «

»Bitte was?« Frage ich nach weil ich will, dass sie bettelt. Sie hat die perfekte Stimme zum Betteln: süß und unschuldig sexy. Ihr Betteln bewirkt bei mir genau das Gegenteil dessen, was sie möchte — es bringt mich dazu, sie weiter quälen zu wollen.

»Bitte berühr mich ...« Sie hebt erneut ihre Hüften an und versucht, den Druck auf ihr Geschlecht zu intensivieren.

»Wo soll ich dich denn berühren?« Ich bewege meine Hand so, dass ich sie gar nicht mehr berühre.

»Sag mir ganz genau, wo du von mir berührt werden möchtest, mein Kätzchen.«

»An meiner … meiner Klitoris …«, stöhnt sie atemlos. Ich kann den dünnen Schweißfilm auf ihrer Stirn sehen und ich weiß, dass meine Folter wirkt, dass die Gefühle, die sie verspürt, so intensiv sind, wie ich es beabsichtigt hatte.

»In Ordnung, Baby.« Ich berühre sie wieder, drücke meinen Finger auf ihren feuchten Spalt und stimuliere die Nerven mit leichten, gleichmäßigen Schlägen. »So?«

»Ja.« Jetzt atmet sie schneller und ihre Brust hebt und senkt sich, während sie auf ihren Orgasmus zusteuert. »Ja, genauso …« Ihre Stimme verliert sich und ihr Körper spannt sich an, bevor sie aufschreit und in meinen Armen zuckt, als sie ihren Höhepunkt erreicht. Ich halte sie weiterhin fest in einen Armen und übe einen gleichmäßigen Druck auf ihre Klitoris aus bis ihre Kontraktionen vorüber sind. Danach greife ich nach einem anderen Spielzeug, das ich vorbereitet habe.

Es ist ein Dildo der in etwa die Größe meines eigenen Penis hat. Er besteht aus einer speziellen Silikon und Plastik Mischung, die das Gefühl menschlichen Fleisches imitieren soll, genauso wie die hautartige Textur außen. Das ist der einzige andere Mann, den Nora jemals spüren wird.

Ich drücke sie mit einem Arm an mich, nähere mich mit dem Dildo ihrem Geschlecht und presse die dicke Eichel gegen ihre zitternde Öffnung. »Sag mir, was du jetzt fühlst«, befehle ich ihr und beginne damit, das Objekt in sie hineinzuschieben.

Sie atmet hörbar ein und ihre Atmung beschleunigt sich wieder. Ich spüre, wie sie sich dreht und windet, als das große Spielzeug langsam eindringt. Ihre Finger schließen und öffnen sich schnell an meinem Bauch und ihre Nägel zerkratzen meine Haut. »Ich — Ich ...«

»Was?« Mein Ton wird schärfer, als ihre Stimme verklingt. »Sag mir, wie es sich für dich anfühlt.«

»Es fühlt sich ... dick und hart an.« Das Zittern in ihrer Stimme sorgt dafür, dass mein Geschlecht noch steifer wird.

»Und?« Bohre ich nach und schiebe das Objekt weiter in sie hinein. Der Dildo sieht fast so aus, als sei er zu groß für ihren zarten Körper und der Anblick, wie ihre enge Scheide ihn langsam umschließt, ist schmerzhaft erotisch.

»Und—« atmet sie scharf aus während ihr Kopf gegen meine Schulter sinkt, »—und es fühlt sich an, als ob er mich dehnen und ausfüllen würde ...«

»Ja, Baby, genau so ist es gut.« Mittlerweile ist der Dildo vollständig in ihr und nur das Ende schaut noch hinaus. Ich belohne ihre Ehrlichkeit indem ich mit meinen Fingern über ihre Klitoris fahre und ihre Feuchtigkeit von ihrer tropfenden Öffnung auf alle Fältchen verschmiere. Als sie erneut nach Luft schnappt und ihre Hüften gegen meine Hand drückt, höre ich auf, bevor sie kommen kann, lasse sie los und bewege mich ein Stück nach hinten. Dann schiebe ich sie nach vorne, drücke ihr Gesicht gegen die Matratze, ziehe ihre Beine unter ihr hervor und lege sie flach auf ihren Bauch.

So gerne ich auch weiter mit ihr spielen möchte, ich kann nicht länger warten, sie zu nehmen.

Ohne meine Berührung und mit den abgeklemmten Nippeln, die gegen das Laken reiben, wimmert sie und versucht sich auf die Seite zu rollen. Ich lasse sie aber nicht sondern drücke sie mit einer Hand weiter nach unten, während ich mit der anderen ein Kissen unter ihre Hüfte schiebe. Dann nehme ich mir Gleitcreme und schmiere sie direkt auf die kleine gekräuselte Öffnung zwischen ihren Pobacken, genau über der Stelle wo ihr Dildo aus ihrer gedehnten, glänzenden Muschi ragt.

Sie spannt sich an, als sie versteht was ich vorhabe und ich schlage ihr mit einer Hand auf ihren Po, um jeden Protest, den sie äußern könnte im Keim zu ersticken. »Ruhig jetzt. Du musst mir erzählen, wie sich das anfühlt, verstehst du, mein Kätzchen?«

Sie wimmert, als ich ihre Beine spreize und meine Eichel in ihren kleinen Anus drücke. Ich merke allerdings, wie sie versucht, sich unter mir zu entspannen, genauso wie ich es ihr beigebracht habe. Sie fühlt sich mit Analverkehr immer noch nicht völlig wohl und ihre Zurückhaltung reizt mich auf eine perverse Art und Weise. Es zeigt mir, wie weit ich mit meinem Training schon gekommen bin und wie viel ich noch vor mir habe.

»Verstehst du?«, wiederhole ich in einem schärferen Ton als sie still liegen bleibt und mit ihren Händen fest hinter ihrem Rücken gebunden schwer in die Matratze atmet. Ich möchte mein Geschlecht einfach nur bis zum Anschlag hineinschieben, aber ich begnüge mich damit, sie nur damit anzustoßen, die Gleitcreme um ihre hintere Öffnung zu verschmieren. Heute Nacht möchte ich genauso in ihren Kopf wie in ihren Körper eindringen und ich werde mich nicht mit weniger zufrieden geben.

»Ja ...« Ihre Worte werden durch die Decke gedämpft, als ich nach vorne drücke und beginne, in ihren Po einzudringen. Ich ignoriere dabei ihre Versuche, sich mir zu entwinden. »Es fühlt sich ... oh Gott ... ich kann nicht ... Julian, bitte, das ist zu viel—«

»Sag's mir«, befehle ich und stoße weiter nach vorne, überwinde ihren Schließmuskel. Da in ihrem Geschlecht schon der Dildo steckt, ist ihr Po um meinen Schwanz so eng, dass ich anfange zu zittern. Ich kann mich kaum beherrschen. Meine Stimme ist vor Lust belegt und ich sage heiser: »Ich will alles hören.«

»Es — es brennt ...« Sie keucht und ich kann sehen, dass sich zwischen ihren Schulterblättern Schweißtropfen sammeln. Die Strähnen ihres langen Haares bleiben an ihrer feuchten Haut kleben. »Ich bin zu voll ... Es ist zu intensiv ...«

»Ja, das ist gut ... Sprich weiter ...« Ich bin jetzt fast vollständig drin und ich kann spüren, wie mein Geschlecht gegen den Dildo reibt, da beide nur durch eine dünne Wand voneinander getrennt sind. Jetzt zittert sie unter mir. Ihr Körper ist von den Empfindungen völlig überwältigt. Ich streichele ihren Rücken in einer ruhigen Bewegung als ich das letzte Stück hineinschiebe und tief in ihrem Hintern vergrabe.

Sie gibt zusammenhanglose Laute von sich, ihre Schultern beginnen zu zittern und ihre Schließmuskeln spannen sich in dem sinnlosen Versuch an, mich hinausdrängen zu wollen. Diese Bewegung verlagert den Dildo in ihr und sie schreit unter stärkerem Zittern auf. »Ich kann nicht ... Julian, bitte, ich kann nicht ...«

Ich stöhne auf als ihr Po sich um mein Geschlecht zusammenzieht und ein explosiver Lustschauer durch meine Hoden jagt. Meine Kontrolle lässt nach und ich ziehe mich halb aus ihr zurück, um dann erneut zuzustoßen. Ich genieße das Gefühl des Widerstandes ihres Körpers, die fast schmerzhafte Enge ihres heißen, glatten Tunnels um mein Geschlecht.

Sie schreit in die Decke, als ich sie ernsthaft nehme und eine Mischung aus Schluchzen und keuchendem Bitten entweicht ihr, als ich ein hartes und rhythmisches Tempo vorgebe. Ich lehne mich nach vorne, umarme sie mit einer Hand und lasse die andere unter ihre Hüften zu ihrem Geschlecht gleiten. Jetzt drückt jeder Stoß meiner Hüfte ihre Klitoris gegen meine Finger und ihre Schreie verändern sich. Jetzt sind es Schreie unfreiwilliger Lust, eine Mischung aus Ekstase und Schmerz. Ich fühle wie sich der Dildo bewegt während ich sie nehme und mein Orgasmus kocht mit einer solchen Intensität auf, dass sich meine Wirbelsäule versteift und meine Hoden sich fest an meinen Körper drücken. Gerade als ich dabei bin, zu explodieren, krampft sich ihr Po um mich und ich realisiere mit dunkler Freude, dass sie auch kommt, als ihre Muskeln um mich krampfen und sie unter mir aufschreit. Dann durchfährt mich der Orgasmus wie eine Schockwelle und Lust erfüllt meinen Körper während sich mein Sperma in Schwallen in ihre heißen Tiefen entlädt. Die Kraft meiner Entladung lässt mich benommen und atemlos zurück.

Als sich mein Herz nicht mehr anfühlt, als würde es gleich explodieren, ziehe ich mich vorsichtig aus ihrem Po zurück und entferne den Dildo aus ihr. Sie liegt schlaff und weich auf dem Bett und sie bebt vor leichtem Schluchzen als ich die Handschellen aufschließe und ihre zarten Handgelenke massiere. Als nächstes nehme ich ihr die Augenbinde ab. Der seidige Stoff ist von Noras Tränen durchnässt und als ich sie sanft herumdrehe sehe ich nasse Schlieren auf ihren vom Laken zerknitterten Wangen. Sie blinzelt mich an, kneift wegen des grellen Lichts ihre Augen zusammen und ich fasse nach ihren Nippeln, befreie zuerst den einen und danach den anderen. Einen Moment lang reagiert sie nicht, aber dann zuckt ihr ganzer Körper, als das Blut in die misshandelten Brustwarzen fließt. Nora stöhnt auf und ihre Augen füllen sich mit frischen Tränen. Sie hebt ihre Hände, um ihre Brüste zu bedecken und sie vor den Schmerzen zu schützen.

»Schschsch ...«, beruhige ich sie und beuge mich nach vorne um sie zu küssen. Ihre Lippen schmecken wegen ihrer Tränen salzig und Erregung flackert wie eine kleine Flamme in mir auf. Mein Geschlecht, welches nicht mehr hart ist, bewegt sich, da mich ihr Schmerz trotz meiner völligen Befriedigung erregt. Ich bin aber noch nicht bereit für Runde zwei und anstatt den Kuss zu vertiefen hebe ich widerwillig meinen Kopf, um sie anzuschauen.

Sie sieht mit einem leicht ziellosen Blick zu mir und mir wird klar, dass sie sich immer noch von der Intensität dieser Erfahrung erholt, die ich sie machen ließ. In diesem Moment ist sie völlig wehrlos. Ihr Kopf und ihr Körper sind mir schutzlos ausgesetzt und ich nutze ihren geschwächten Zustand zu meinem Vorteil aus. »Sag mir, wie du dich jetzt fühlst«, murmele ich und erhebe eine Hand, um zärtlich ihr Kinn zu streicheln. »Sag's mir Baby.«

Sie schließt ihre Augen und ich sehe, wie eine einzelne Träne ihre Wange hinunterrollt. »Ich fühle mich ... gleichzeitig leer und voll, zerstört und doch erfrischt«, flüstert sie fast unhörbar. »Ich fühle mich, als hättest du mich in Stücke gerissen und dann aus diesen Stücken etwas anderes gemacht, etwas, das nicht mehr ich bin ... etwas, das dir gehört ...«

»Ja.« Ich sauge ihre Worte hungrig auf. »Und was noch?«

Sie öffnet ihre Augen, unsere Blicke treffen sich und ich erblicke eine eigenartige Hoffnungslosigkeit, die in ihr Gesicht gebrannt ist. »Und ich liebe dich «, sagt sie ruhig. »Ich liebe dich, auch wenn ich dich als das sehe, was du bist — obwohl ich weiß, was du mit mir machst. Ich liebe dich, weil ich nicht länger in der Lage bin, dich *nicht* zu lieben ... weil du jetzt, was auch immer geschieht, ein Teil von mir bist.«

Ich erwidere ihren Blick und die dunklen Ecken meiner Seele saugen ihre Worte auf wie eine Wüstenpflanze das Wasser. Ihre Liebe mag vielleicht nicht freiwillig gegeben worden sein, aber sie gehört mir. Sie wird immer mir gehören. »Und du bist ein Teil von mir, Nora«, gebe ich mit leiser und ungewöhnlich rauer Stimme zu. Das ist das einzige, was ich ihr sagen kann, um sie wissen zu lassen, wie viel sie mir bedeutet, wie tief mein Verlangen nach ihr in mir verwurzelt ist. »Ich hoffe, dass du das weißt, mein Kätzchen.«

Und bevor sie antworten kann küsse ich sie erneut, schiebe meine Arme unter ihren Körper, hebe sie hoch und trage sie zum Badezimmer um sie zu säubern.

19. KAPITEL

❖ NORA ❖

Die Woche vor Julians Abreise ist bittersüß. Ich habe ihm immer noch nicht ganz vergeben, die Tracker gegen meinen Willen eingesetzt zu haben — oder mich zu zwingen das Armband mit einem weiteren Chip tragen zu müssen, welches er mir eine paar Tage später gegeben hat. Nichtsdestotrotz fühle ich mich definitiv besser, seit Julian mir an jenem Abend diesen Satz gesagt hat.

Ich weiß, dass es nicht unbedingt eine romantische Liebeserklärung war, aber von einem Mann wie Julian könnte es das sogar sein. Ana hat Recht: Julian hat alle verloren, die ihm jemals wichtig waren. Jeden außer mir zumindest. Die Tatsache, dass er so brutal und besitzergreifend an mir hängt, mag vielleicht manchmal zu viel sein, aber es zeigt mir auch, was er für mich empfindet.

Seine Liebe zu mir ist auf viele Arten falsch und pervers, aber das macht sie nicht weniger real.

Natürlich weiß ich, dass das die Angst, die ich mir um Julians Sicherheit wegen seiner bevorstehenden Reise mache, verstärkt. Als sich seine Abreise nähert, verblasst meine Freude über sein Geständnis und an seine Stelle tritt Angst.

Ich möchte nicht, dass Julian wegfährt. Jedes Mal wenn ich daran denke, dass er auf diese Mission geht, erfasst mich das erstickende Gefühl von Furcht. Ich weiß, dass meine Angst teilweise irrational ist, aber das macht sie nicht weniger schlimm. Von der Gefahr, der sich Julian aussetzt ganz abgesehen, habe ich einfach Angst davor, alleine zu sein. Wir haben in den letzten Monaten so wenig Zeit getrennt verbracht, dass der Gedanke daran auch nur ein paar Tage lang ohne ihn zu sein mich stark belastet und anspannt.

Es hilft mir auch nicht, dass ich bis zum Hals in Examen und Aufsätzen stecke, oder dass meine Eltern die ganze Zeit darauf drängen, dass ich sie besuchen komme — was Julian nicht erlauben wird solange die Bedrohung durch die Al-Quadar nicht ganz aus der Welt geschafft ist.

»Du kannst zwar das Anwesen nicht verlassen, aber sie können uns hier besuchen kommen, wenn du möchtest«, sagt er mir eines Nachmittags während einer Schießstunde. »Ich würde dir aber davon abraten. Im Moment befinden sich deine Eltern mehr oder weniger außerhalb der Schusslinie, aber je mehr Kontakt du mit deiner Familie hast, desto größer ist die Gefahr, der sie ausgesetzt sind. Das ist aber deine

Entscheidung. Du musst nur etwas sagen und ich schicke ihnen ein Flugzeug.«

»Nein, das ist schon in Ordnung«, bemerke ich hastig. »Ich möchte keine unnötige Aufmerksamkeit auf sie lenken.« Damit hebe ich meine Waffe und schieße auf die Bierdosen am anderen Ende des Feldes. Der vertraute Rückschlag der Waffe hilft mir dabei mich etwas zu entspannen.

Ein paar Tage nachdem wir auf das Anwesen gekommen waren habe ich erkannt, dass meine Eltern in Gefahr schweben. Zu meiner Erleichterung sagte mir Julian er habe bereits eine diskrete Sicherheitsüberwachung für sie organisiert — hochtrainierte Bodyguards deren Aufgabe es ist, meine Familie zu beschützen während diese ihr Leben ganz normal weiterlebt. Die Alternative wäre, sie hier zu uns auf das Anwesen zu holen, hatte er mir erklärt — ein Vorschlag, den meine Eltern ablehnten sobald ich ihn aussprach.

»Wie bitte? Wir ziehen doch nicht nach Kolumbien um dort bei einem illegalen Waffenhändler zu leben!«, hatte meine Vater ausgerufen, als ich ihm von der potenziellen Gefahr erzählte. »Was denkt dieser Bastard wer er ist? Ich habe gerade einen neuen Job angefangen — davon mal ganz abgesehen dass wir nicht einfach alle unsere Freunde und Verwandte verlassen können!»

Und weiter wurde nicht darüber gesprochen. Ich kann nicht behaupten, meinen Eltern einen Vorwurf machen zu können, dass sie nicht ans andere Ende der Welt ziehen möchten, um auf dem Anwesen meines Entführers zu leben. Sie sind beide noch sehr jung,

Anfang vierzig, und sie waren immer sehr aktiv und beschäftigt. Mein Vater spielt fast jedes Wochenende Lacrosse und meine Mutter hat Freundinnen, mit denen sie sich regelmäßig zum Wein zu trinken und zum Tratschen trifft. Meine Eltern sind auch immer noch sehr verliebt ineinander. Mein Vater überrascht meine Mutter ständig mit kleinen Geschenken wie Blumen, Schokolade oder einem Restaurantbesuch. Als ich aufwuchs hatte ich keine Zweifel daran, dass sie mich liebten, aber ich wusste genauso gut, dass ich nicht der absolute Mittelpunkt ihres Lebens war.

Nein, wenn das was Julian sagt stimmt — und ich vertraue ihm in diesem Punkt — ist es am besten wenn meine Eltern nicht zu sehr mit den Esguerra Unternehmungen in Verbindung gebracht werden.

Nur dann können sie weiterhin ein normales Leben leben.

* * *

In der Nacht vor Julians Abreise bereitet Ana ein spezielles Abendessen für uns zu. Ich habe kürzlich herausgefunden, dass Julian eine Schwäche für Tiramisù hat, also wird das unser Dessert sein. Als Hauptgang macht Ana genau so eine Lasagne, wie sie Julians Mutter immer zubereitet hat. Die Haushälterin hat mir verraten, dass das als Kind sein Lieblingsgericht war.

Ich weiß nicht warum ich das mache. Es ist ja schließlich nicht so, als ob gutes Essen Julian auf einmal davon überzeugen würde, auf das grausame Vergnügen zu verzichten, Majid in seine Finger zu bekommen. Ich kenne meinen Ehemann gut genug um zu verstehen, dass ihn nichts und niemand davon abbringen kann. Julian ist an Gefahr gewöhnt. Ich denke er sehnt sich sogar auf eine gewisse Weise danach und ich bin nicht so dumm zu glauben, dass ich ihn mit einem Abendessen zähmen kann.

Aber trotzdem möchte ich, dass es ein besonderer Abend wird. Für mich muss er etwas Besonderes sein. Ich möchte nicht an Terroristen und Folter, an Entführung und Gehirnwäsche denken. Nur für eine Nacht möchte ich so tun, als seien wir ein normales Ehepaar, als sei ich eine normale Ehefrau, die ihrem Ehemann eine Freude bereiten möchte.

Vor dem Abendessen dusche ich und föhne mein langes braunes Haar bis es weich und glänzend ist. Ich trage sogar ein wenig Lidschatten und Lipgloss auf. Normalerweise gebe ich mir nicht so viel Mühe mit meinem Aussehen, da Julian auch ohne solche Details schon unersättlich ist. Aber heute Abend möchte ich für ihn umwerfend aussehen. Das Kleid, das ich für diesen Anlass gewählt habe ist knapp und trägerlos. Es ist Elfenbeinfarben mit einem schwarzen Band auf Taillenhöhe und meine Schuhe sind sexy schwarze Peep-Toes. Darunter trage ich einen schwarzen, trägerlosen Pushup BH und einen dazugehörigen String, das sündigste Unterwäscheset, das ich in meinem Schrank habe.

Ich werde heute Abend Julian verführen weil ich es möchte.

Er verspätet sich kurzfristig wegen logistischer Probleme und ich warte an dem kerzenbeleuchteten Tisch einige Minuten auf ihn, während sich in meiner

Brust Angst und Aufregung um die Vormacht streiten. Angst, weil mir schlecht wird, wenn ich an den morgigen Tag denke und Aufregung, weil ich es nicht erwarten kann, Zeit mit Julian zu verbringen.

Als er den Raum endlich betritt stehe ich auf und begrüße ihn. Sein Blick bleibt mit einer Intensität auf mir hängen, die mir den Atem nimmt. Er hält einige Zentimeter von mir entfernt an und seine Augen wandern über meinen Körper. Als sich seine Augen wieder auf mein Gesicht richten, brennt tief in ihnen ein Feuer, welches einen elektrischen Schauer bis in mein Innerstes sendet. Ein langsames, sinnliches Lächeln umspielt seine Lippen als er sanft sagt: »Du siehst umwerfend aus, mein Kätzchen ... Absolut umwerfend.«

Ich erröte und bekomme vor Freude über sein Kompliment ein heißes Gesicht. »Dankeschön«, flüstere ich und kann meine Augen nicht von seinem Gesicht abwenden. Er hat sich auch zum Essen umgezogen. Er trägt ein hellblaues Poloshirt mit einer khakifarbenen Hose und beides sitzt wie angegossen an seinem großen, breitschultrigen Körper. Mit seinem dunklen, glänzenden Haar, welches wieder seine alte Länge erreicht hat, könnte Julian locker als Modell oder Filmstar durchgehen, der gerade Ferien in einem Golfresort verbringt. Meine Stimme hört sich atemlos an, als ich ihm antworte: »Du siehst selber umwerfend aus.«

Sein Lächeln wird breiter, während er sich dem Tisch nähert und vor mir zum Stehen kommt. »Danke, Baby«, murmelt er und seine starken Finger legen sich um meine Schultern. Er beugt seinen Kopf hinunter und gibt mir einen intensiven und doch unglaublich zärtlichen Kuss. Ich schmelze auf der Stelle dahin. Mein Hals biegt sich unter dem hungrigen Druck seiner Lippen nach hinten und erst als Ana sich hörbar räuspert komme ich wieder genug zu mir um zu bemerken, dass wir uns nicht in unserem Schlafzimmer befinden. Unangenehm berührt schiebe ich ihn weg und Julian akzeptiert das. Er lässt mich los und tritt mit einem Lächeln nach hinten.

»Zuerst essen, nehme ich an«, sagt er trocken und geht um den Tisch herum, um sich auf den Stuhl mir gegenüber zu setzen.

Ana serviert uns mit leicht geröteten Wangen Lasagne und schenkt jedem von uns ein Glas Wein ein. Danach verschwindet sie so schnell, dass ich ihr kaum ein kurzes Dankeschön zuwerfen kann.

»Lasagne ...« Julian riecht genüsslich am Essen. »Ich kann mich gar nicht an das letzte Mal erinnern, an dem ich sie gegessen habe.«

»Ana hat mir erzählt, dass deine Mutter sie immer für dich gemacht hat, als du noch klein warst«, sage ich sanft und sehe ihm dabei zu, wie er sich den ersten Bissen in den Mund schiebt. »Ich hoffe, du magst sie immer noch.«

Er blickt von seinem Teller auf und schaut mir in die Augen während er kaut. »Du hast das vorbereitet?«, fragt er, nachdem er hinuntergeschluckt hat und seine Stimme klingt eigenartig. Er deutet auf den Wein und die Kerzen, die an den Außenkanten des Tischs brennen. »Das alles war nicht Anas Idee?«

»Naja, sie hat die ganze Arbeit gehabt«, gebe ich zu. »Ich habe sie lediglich um ein paar Dinge gebeten. Ich hoffe, du hast nichts dagegen.«

»Dagegen? Natürlich nicht.« Seine Stimme hört sich immer noch ein wenig eigenartig an, aber er bohrt nicht weiter nach. Stattdessen fängt er an sich dem Essen zu widmen und unsere Unterhaltung wendet sich den bevorstehenden Prüfungen zu.

Nachdem wir mit der Lasagne fertig sind, bringt Ana das Dessert. Es sieht genauso gehaltvoll und lecker aus wie das Tiramisù, das ich in italienischen Restaurants gesehen habe. Ich beobachte Julian, als Ana es vor ihm auf den Tisch stellt.

Falls er überrascht ist, zeigt er es zumindest nicht sondern lächelt Ana warm an und dankt ihr für ihre Mühen. Erst als sie das Zimmer verlassen hat dreht er sich zu mir und schaut mich an. »Tiramisù?«, fragt er leise und seine Augen reflektieren das tanzende Licht der Kerzen. »Warum, Nora?«

Ich zucke mit den Schultern. »Warum nicht?«

Er betrachtet mich einen Moment lang ganz genau und sein Blick ist ungewöhnlich nachdenklich als er auf meinem Gesicht hängenbleibt. Ich warte darauf, dass er weiter nachbohrt. Aber das tut er nicht. Stattdessen nimmt er seine Gabel in die Hand. »Warum eigentlich nicht«, murmelt er und wendet seine Aufmerksamkeit dem köstlichen Dessert zu.

Ich folge seinem Beispiel und kurze Zeit später sind unsere Teller blitzeblank.

* * *

Als wie nach oben gehen, führt Julian mich zum Bett. Anstatt mich sofort auszuziehen, nimmt er mein Gesicht zwischen seine Hände. »Dankeschön für den wundervollen Abend, Baby«, flüstert er und in seinen dunklen Augen sehe ich eine undefinierbare Regung.

Ich lächele ihn an und lege meine Hände auf seine Taille. »Gern geschehen.« Mein Herz fühlt sich an, als würde es vor Glück gleich zerfließen. »Es war mir eine Freude.«

Er sieht aus, als wolle er noch etwas sagen aber dann legt er einfach seine Lippen auf meine und beginnt mich mit tiefer, fast verzweifelter Leidenschaft zu küssen. Meine Augen schließen sich, als eine Spirale der Lust mich durchfährt. Seine Lippen sind unglaublich weich, seine Zunge spielt vorsichtig mit meiner und sein vollmundiger, dunkler Geschmack sorgt dafür, dass mir schwindelig wird. Während wir uns küssen gleitet seine Hand um meinen Rücken und drückt mich enger an ihn heran. Die Härte seiner Erektion an meinem Bauch sendet eine Hitzewelle direkt in mein Geschlecht. Ich kralle mich an ihm fest und bekomme weiche Knie als seine Lippen von meinem Mund zu meinem Ohrläppchen und dann meinen Hals hinunterwandern.

»Du bist so unglaublich sexy«, murmelt er mit belegter Stimme. Sein Atem brennt auf meiner empfindlichen Haut. Ich stöhne und mein Kopf fällt nach hinten als er mich über seinen Arm legt und anfängt an dieser empfindlichen Stelle oberhalb meines Schlüsselbeins zu knabbern. Meine Nippel versteifen sich und mein Geschlecht beginnt mit der vertrauten pochenden Intensität zu brennen, als Julian kalte Luft über diesen nassen Punkt bläst und damit erotische Schauer durch meinen Körper jagt.

Bevor ich mich erholen kann, zieht er mich wieder nach oben und dreht mich herum, so dass ich mit dem Rücken zu ihm stehe. Dann spüre ich, wie seine Hände auf der Rückseite meines Kleides den Reißverschluss öffnen. Das kleine Kleid fällt auf den Boden und ich trage nichts weiter als meine schwarzen Absatzschuhe, Pushup BH und String.

Julian zieht hörbar Luft ein. Ich drehe mich herum und lächele ihn auffordernd an. »Gefällt dir was du siehst?«, flüstere ich und gehe einige Schritte zurück, damit er mich besser sehen kann. Sein Gesichtsausdruck lässt meinen Puls voller Vorfreude rasen. Es schaut mich an wie ein verhungernder Mann ein Stück Kuchen: mit quälendem Verlangen und purer Lust. Seine Augen sagen, dass er mich verschlingen und mich gleichzeitig genießen möchte ... dass ich die anziehendste Frau bin, die er jemals in seinem Leben gesehen hat.

Anstatt zu antworten, kommt er zu mir, greift an meinen Rücken und öffnet meinen BH. Sobald meine Brüste frei liegen, bedeckt er sie mit seinen Händen und seine Daumen streichen über meine sich verhärtenden Nippel. »Du bist so unglaublich köstlich«, flüstert er rau während er mich weiterhin anschaut. Ich atme zitternd ein, da seine Worte und die Berührung seiner Hände mich innerlich erschaudern lassen. »Du bist alles, woran ich denken kann, Nora ... alles, auf das ich mich konzentrieren kann ...«

Ich bekomme weiche Knie bei seinem Geständnis Zu wissen, dass ich diese Wirkung auf ihn habe — dass dieser mächtige, gefährliche Mann sich genauso nach mir verzehrt wie ich nach ihm — lässt mein Herz in einem wilden, sprunghaften Rhythmus schlagen. Trotz unseres Anfangs gehört Julian jetzt mir und ich will ihn genauso sehr wie er mich.

Ich schlinge meine Arme um seinen Hals und ziehe seinen Kopf an mich heran. Als sich unsere Lippen treffen lege ich alles in diesen Kuss, lasse ihn fühlen, wie sehr ich ihn brauche, wie sehr ich ihn liebe. Meine Hände gleiten in sein dickes, seidiges Haar während seine Arme sich hinter meinem Rücken verschließen und mich an ihn drücken. Meine steifen Nippel berühren die gerippte Baumwolle von seinem Shirt und erinnern mich an den quälenden Unterschied zwischen uns: Ich bin fast nackt und er ist komplett angezogen. Seine harte Erektion drückt sich in meinen Bauch und die Hitze in mir pulsiert, als unsere Münder in einer Symphonie aus Lust verschmelzen, mit einem explosiven Begehren zusammenkommen.

Ich weiß nicht genau, wie wir im Bett enden, aber auf einmal bin ich da. Ich reiße verzweifelt an Julians Kleidung, während heiße Küsse auf meine Brust und meinen Bauch niederprasseln. Seine Hand schließt sich um meinen Tanga und reißt ihn mir mit einer einzigen Bewegung vom Körper. Danach spüre ich seine Hand an meiner Öffnung und zwei große Finger dringen so grob in mich ein, dass ich nach Luft schnappe und mich an ihn drücke. »Du bist so unglaublich feucht«, knurrt er und schiebt seine Finger in mich, um sie gleich darauf wieder hinauszuziehen und sie vor mein Gesicht zu halten. »Schmecke, wie sehr du mich willst.«

Unerträglich erregt schließe ich meinen Mund um seine Finger und sauge an ihnen. Sie sind mit meiner Feuchtigkeit umhüllt, aber der Geschmack stößt mich nicht ab. Wenn überhaupt erregt er mich, lässt mich heißer brennen. Julian stöhnt, als ich seine Finger einsauge und meine Zunge um sie gleiten lasse, als seien sie sein Geschlecht. Dann entfernt er seine Hand. In einer einzigen Bewegung bäumt er sich auf, zieht sich sein T-Shirt über den Kopf und legt seine Muskelpakete frei. Als nächstes ist seine Hose dran und ich erhasche einen kurzen Blick auf seine Erektion, bevor er auf mich steigt, seine kräftigen Hände sich um meine Handgelenke legen und sie neben meine Schultern bringen. Seine Augen blicken in meine und er drückt meine Beine mit seinen Knien auseinander, drückt seine Eichel gegen meinen Eingang.

Mein Herz rast voller Vorfreude während ich seinen Blick erwidere. Sein Gesicht und sein Kinn sind vor Verlangen angespannt, als er langsam in mich eindringt. Ich habe erwartet, dass er mich hart nimmt, aber heute Nacht ist er vorsichtig. Er arbeitet sich so langsam nach vorne, dass es erregend und gleichzeitig frustrierend ist. Mein Körper passt sich ihm ohne Schmerzen an, dehnt sich aus, um ihn aufzunehmen. Ich fühle eine erregende Fülle, aber einem kranken Teil von mir reicht das nicht — er will Härte und Gewalt.

»Julian ...« Ich fahre mir mit meiner Zunge über meine Lippen. »Ich möchte, dass du mich nimmst. Mich richtig nimmst.« Um meine Bitte zu unterstreichen schlinge ich meine Beine um seine Hüften und ziehe ihn zu mir heran. Das Gefühl ist so intensiv, dass wir beide aufstöhnen und ich sehe, wie sich seine Pupillen weiten, bis nur noch ein schmaler blauer Rand um den schwarzen Punkt zu sehen ist.

»Du willst, dass ich dich nehme?« Seine Stimme ist so kehlig, so voller Hunger, dass ich die Worte kaum verstehen kann. Der Griff seiner Hände um meine Handgelenke verstärkt sich und schneidet mir fast das Blut ab. »Dass ich dich richtig nehme?«

Ich nicke und mein Puls überschlägt sich fast. Es fühlt sich immer noch falsch für mich an, zugeben zu müssen, dass ich etwas brauche, vor dem ich mich einst fürchtete.

Zu wissen, dass ich meinen Entführe darum bitte, mich zu benutzen.

Julian zieht scharf Luft ein und ich spüre, wie der Damm seiner Kontrolle Risse bekommt. Sein Mund legt sich auf meinen und seine Lippen und seine Zunge sind jetzt wild, fast grausam. Sein Kuss verzehrt mich, nimmt mir Atem und Seele. Gleichzeitig zieht er sein Geschlecht fast vollständig aus mir heraus um mit einem so harten und brutalen Stoß wieder in mich einzudringen, dass es mich fast zerreißt. Meine Nervenenden brennen.

Ich schreie in seinen Mund und meine Beine schlingen sich fester um seinen muskulösen, festen Po als er beginnt, mich ohne Zurückhaltung zu nehmen. Es ist eine in Besitznahme die so brutal ist wie eine Vergewaltigung, aber ich genieße es, wie mein Körper sich dem gewalttätigen Überfall hingibt. Es ist genau das, was ich jetzt möchte, was ich brauche. Es kann sein, dass morgen Spuren sichtbar sein werden, aber alles was ich in diesem Moment spüre ist diese massive Anspannung, die sich in mir aufbaut, dieser Druck, der sich tief in meinem Geschlecht sammelt. Jeder kraftvolle Stoß zieht mich weiter und weiter auf, bis ich mich fühle, als müsse ich zerspringen ... und das mache ich auch. Eine Explosion dunkler Lust schießt durch meinen Körper als ich in Julians Armen komme.

Er kommt mit mir. Seinen Kopf hat er in schmerzhafter Ekstase zurückgeworfen, jeder Muskel in seinem Nacken ist versteift während er mit einem rauen Aufschrei sein Geschlecht tiefer in mich hineinbohrt. Der Druck seiner Lende auf meiner Klitoris verlängert meine Kontraktionen, wringt alle Gefühle aus meinem Körper und saugt die Kraft aus meinen Muskeln.

Als es vorbei ist, rollt er von mir hinunter, zieht mich an sich und umarmt mich von hinten. Sobald sich unsere Atmung beruhigt hat fallen wir in einen tiefen und traumlosen Schlaf.

20. KAPITEL

❖ JULIAN ❖

Am nächsten Morgen wache ich wie immer vor Nora auf. Sie schläft in ihrer Lieblingsposition: ihren Oberkörper auf meine Brust und ein Bein über meine gelegt. Vorsichtig winde ich mich aus ihrer Umarmung, gehe duschen und versuche, nicht an die Versuchung ihres kleinen Körpers zu denken, der dort so weich und bettwarm liegt. Leider habe ich nicht die Zeit, mich heute Morgen an ihr zu sättigen; das Flugzeug wartet schon auf der Landebahn.

Sie hat es geschafft, mich letzte Nacht zu überraschen. Die ganze Woche lang hatte sie eine leichte, kaum wahrnehmbare Distanz ausgestrahlt. In jener Nacht war es mir vielleicht gelungen, ihre Mauern niederzureißen, aber sie hat sie schon ein Stück weit wieder aufgebaut. Sie hat weder geschmollt, noch mich mit Schweigen bestraft, aber trotzdem spürte ich, dass sie mir nicht ganz vergeben hatte.

Bis gestern Abend.

Ich hatte geglaubt, dass ich ihre Vergebung nicht bräuchte, aber das leichte, fast euphorische Gefühl in meiner Brust straft mich Lügen.

Ich dusche in weniger als fünf Minuten. Als ich mich angezogen und fertig gemacht habe, gehe ich zum Bett um Nora einen vorerst letzten Kuss zu geben. In dem Moment, in dem ich mich über sie beuge und meine Lippen ihre Wange berühren, schlägt sie ihre Augen auf.

Auf ihren Lippen zeichnet sich ein schläfriges Lächeln ab. »Guten Morgen ...«

»Dir auch einen guten Morgen «, erwidere ich heiser und streiche ihr eine Haarsträhne aus dem Gesicht. Scheiße, sie macht Sachen mit mir. Sachen, die kein kleines Mädchen mit mir machen können sollte. Endlich bin ich drauf und dran Rache an dem Mann zu nehmen, der Beth getötet und Nora entführt hat, und alles woran ich denken kann ist, wieder zu ihr ins Bett zurückzukehren.

Sie blinzelt einige Male und ich sehe, wie ihr Lächeln verschwindet als sie sich daran erinnert, dass heute nicht irgendein Tag ist. Alle Spuren von Verschlafenheit sind wie weggewischt als sie sich aufsetzt und mich anblickt. Sie nimmt nicht einmal Rücksicht darauf, dass ihre Decke herunterfällt und ihren nackten Oberkörper entblößt.

»Du fährst schon?«

»Ja, Baby.« Ich versuche meine Augen von ihren runden, verlockenden Brüsten abzuwenden und setze mich neben sie aufs Bett. Ich nehme ihre Hand zwischen meine beiden, um sie sanft zu reiben. »Das Flugzeug ist startklar und wartet schon auf mich.«

Sie schluckt. »Wann wirst du zurück sein?«

»Wenn alles gut geht, in etwa einer Woche. Zuerst muss ich mich noch mit einigen Funktionären in Russland treffen, bevor ich nach Tadschikistan weiterreise.«

»Russland? Warum?« Ihre Stirn runzelt sich leicht. »Ich dachte du hättest auf dem Rückweg geschäftlich in der Ukraine zu tun?«

»Das hatte ich auch, aber die Dinge haben sich geändert. Gestern Nachmittag habe ich einen Anruf von einem von Peters Kontakten in Moskau erhalten. Sie wollen, dass ich zuerst zu ihnen komme, ansonsten lassen sie uns nicht nach Tadschikistan einreisen.«

»Oh.« Jetzt sieht Nora noch besorgter aus und die Falten auf ihrer Stirn werden tiefer. »Weißt du wieso?«

Ich habe eine Vermutung, die ich ihr allerdings im Moment nicht sagen möchte. Sie ist jetzt schon viel zu besorgt. Russen sind schon immer unberechenbar gewesen und die explosive Situation in dieser Region ist auch nicht besonders hilfreich.

»Ich habe schon in der Vergangenheit einige Male mit ihnen zu tun gehabt«, erwidere ich unbestimmt und stehe auf, bevor sie mir weitere Fragen stellen kann. »Ich muss jetzt los, Baby, aber wir sehen uns in ein paar Tagen. Viel Glück bei deinen Prüfungen!«

Sie nickt und ihre Augen glänzen verdächtig als sie mich anschaut. Ich bin nicht in der Lage zu widerstehen und beuge mich nach vorne, um sie ein allerletztes Mal zu küssen bevor ich aus dem Zimmer gehe.

* * *

In Moskau ist es im März schweinekalt. Die Kälte dringt durch die Lagen meiner dicken Kleidung bis tief in meine Knochen ein und ich habe das Gefühl, dass mir nie wieder warm werden wird. Ich habe Russland noch nie besonders gerne gemocht und dieser Besuch bestätigt die schlechte Meinung, die ich über dieses Land habe.

Eisig. Schmutzig. Korrupt.

Mit den beiden letzten Punkten kann ich umgehen, aber alle drei auf einmal ist zu viel. Es wundert mich nicht, dass Peter gerne zurückgeblieben ist, um auf das Anwesen aufzupassen. Dieser Bastard wusste genau, worauf ich mich einließ. Ich konnte das Grinsen auf seinem Gesicht sehen, als das Flugzeug abhob. Nach der tropischen Hitze des Dschungels sind die eiskalten Temperaturen, die in Moskau in den letzten Zügen des Winters herrschen einfach nur schmerzhaft — so wie die Verhandlungen mit der russischen Regierung.

Es dauert fast eine Stunde, zehn verschiedene Häppchen und eine halbe Flasche Wodka bis Buschekov über den Grund des Treffens spricht. Ich toleriere das nur weil meine Füße genauso lange brauchen, um nach den draußen herrschenden Minusgraden aufzutauen. Der Verkehr auf dem Weg ins Restaurant war so stark, dass Lucas und ich letztendlich ausgestiegen und die acht Straßen zu Fuß gegangen sind — und uns dabei den Arsch abgefroren haben.

Jetzt kann ich meine Zehen endlich wieder bewegen und Buschekov scheint bereit zu sein, über Geschäftliches zu reden. Er ist einer der inoffiziellen Funktionäre hier: eine Person, die einen großen Einfluss im Kreml ausübt, deren Name aber nie in den Nachrichten auftaucht.

»Ich habe ein delikates Anliegen, welches ich gerne mit Ihnen besprechen würde«, beginnt Buschekov nachdem der Kellner einige der leeren Teller abgeräumt hat. Oder zumindest ist es das, was uns der Dolmetscher sagt, nachdem Buschekov auf Russisch gesprochen hat. Weder Lucas noch ich verstehen mehr als ein paar wenige Worte dieser Sprache, weshalb Buschekov eine junge Frau damit beauftragt hat, für uns zu übersetzen. Die hübsche, blonde und blauäugige Yulia Tzakova sieht nur wenige Jahre älter aus als meine Nora, aber der russische Funktionär hat mir versichert, das Mädchen sei verschwiegen.

»Weiter«, antworte ich auf Buschekovs Aussage. Lucas sitzt neben mir und verzehrt seinen zweiten mit Kaviar gefüllten Blini. Er ist der Einzige, den ich zu diesem Treffen mitgenommen habe. Der Rest meiner Männer hält sich in der Nähe auf, falls Komplikationen auftreten sollten. Ich bezweifle, dass die Russen im Moment etwas versuchen werden, aber man kann nie vorsichtig genug sein.

Buschekov lächelt mich dünnlippig an und erwidert etwas auf Russisch.

»Ich bin mir sicher, dass sie über die Schwierigkeiten in unserem Gebiet auf dem Laufenden sind«, übersetzt Yulia. »Wir möchten, dass sie uns dabei helfen, diese Angelegenheit aus der Welt zu schaffen.«

»Inwiefern helfen?« Ich kann mir gut vorstellen, was die Russen wollen, aber ich werde trotzdem darauf warten, dass er es mir sagt.

»Es gibt da bestimmte Teile der Ukraine, die unsere Hilfe benötigen«, sagt Yulia auf Englisch nachdem Buschekov geantwortet hat. »Aber wegen der derzeitigen Meinung weltweit wäre es problematisch wenn wir einmarschieren und helfen würden.«

»Also soll ich das stattdessen tun?«

Er nickt und seine farblosen Augen bleiben auf mich gerichtet, als Yulia seine Aussage übersetzt. »Ja, so etwas in der Art«, sagt er, »Wir hätten gerne, dass eine große Schiffsladung voller Waffen und anderer Waren die Freiheitskämpfer in Donetsk erreicht. Sie würde dann nicht zu uns zurückverfolgbar sein. Als Gegenleistung würden Sie die normale Entschädigung bekommen und eine sichere Reise nach Tadschikistan.«

Ich lächele ihn höflich an. »Ist das alles?«

»Es wäre uns außerdem wichtig, wenn Sie zur Zeit Geschäfte mit der Ukraine vermeiden würden«, sagt er ohne mit der Wimper zu zucken. »Zwei Stühle und ein Arsch und so.«

Ich nehme an, dass die letzte Aussage auf Russisch mehr Sinn ergibt, aber ich kann den groben Inhalt von dem was er sagt verstehen. Buschekov ist nicht der erste Kunde, der so etwas von mir verlangt und er wird auch nicht der letzte sein. »Ich befürchte, dafür werde ich eine zusätzliche Entschädigung verlangen müssen«, sage ich ruhig »Wie sie wissen bleiben wir normalerweise neutral bei derartigen Konflikten.«

»Ja, davon haben wir gehört.« Buschekov spießt ein Stück gesalzenen Fisch auf seine Gabel, schiebt ihn in seinen Mund und kaut langsam, während er mich dabei weiterhin anschaut. »Vielleicht könnten sie in diesem Fall ihre Position noch einmal überdenken. Die Sowjetunion mag zwar nicht mehr bestehen, aber unser Einfluss in der ganzen Gegend ist immer noch beträchtlich.«

»Ja, dessen bin ich mir bewusst. Weshalb denken Sie bin ich sonst gerade hier?« Mein Lächeln hat jetzt einen schärferen Zug angenommen. »Aber Neutralität aufzugeben ist eine teure Angelegenheit. Ich bin mir sicher, dass Sie das verstehen.«

Etwas Eisiges blitzt in Buschekovs Blick auf. »Das tue ich. Ich bin autorisiert, Ihnen zwanzig Prozent mehr als den normalen Preis für Ihre Kooperation in dieser Angelegenheit zu zahlen.«

»Zwanzig Prozent? Während gleichzeitig meine potentiellen Profite halbiert werden?« Ich lache leise. »Das glaube ich nicht.«

Er gießt sich einen weiteren Wodka ein, lässt ihn im Glas kreisen und schaut mich nachdenklich an. »Zwanzig Prozent mehr plus der gefangene Al-Quadar Terrorist«, sagt er nach einem kurzen Moment. »Das ist mein letztes Angebot.«

Ich betrachte ihn eingehend und schenke mir dabei auch Wodka nach. Um ehrlich zu sein ist das mehr, als ich gedacht hatte und ich weiß es besser, als die Russen zu sehr zu drängen. »Einverstanden«, sage ich und hebe mein Glas zu einem ironischen Toast, bevor ich es in einem Zug leere.

* * *

Mein Auto wartet auf der Straße als wir aus dem Restaurant kommen. Der Fahrer hat es geschafft, sich durch den Verkehr zu arbeiten was für uns bedeutet, dass wir auf dem Weg ins Hotel nicht frieren müssen.

»Würde es Ihnen etwas ausmachen, mich zur nächsten U-Bahn Haltestelle zu bringen?«, fragt Yulia, als Lucas und ich uns dem Auto nähern. Ich kann sehen, dass sie schon anfängt zu zittern. »Sie befindet sich etwa zehn Straßen von hier entfernt.«

Ich schaue sie abschätzend an, bevor ich Lucas ein Zeichen gebe, zu ihr zu gehen. »Durchsuche Sie.«

Lucas tastet sie ab. »Sie ist sauber.«

»Also in Ordnung«, sage ich und öffne die Autotür für sie. »Steig ein.«

Sie folgt meiner Aufforderung und nimmt neben mir auf die Rückbank Platz, während sich Lucas nach vorne zum Fahrer setzt. »Dankeschön«, sagt sie mit einem hübschen Lächeln. »Ich weiß das wirklich zu schätzen. Das ist einer der schlimmsten Winter der letzten Jahre.«

»Kein Problem.« Ich habe keine Lust auf Smalltalk, also hole ich mein Telefon heraus und beginne damit, meine Emails zu beantworten. Ich sehe eine von Nora und muss grinsen. Sie möchte wissen, ob ich sicher gelandet bin. *Ja,* antworte ich ihr. *Jetzt versuche ich nur noch, mir in Moskau nichts abzufrieren.*

»Bleiben Sie länger?« Yulias weiche Stimme unterbricht mich, als ich gerade dabei bin einen Bericht über Noras Bewegungen auf dem Anwesen zu öffnen. Als ich aufblicke lächelt mich das russische Mädchen an und schlägt ihre Beine übereinander. »Ich könnte Ihnen die Stadt zeigen, wenn sie möchten.«

Ihre Einladung hätte nicht deutlicher sein können, wenn sie meinen Schwanz angefasst hätte. Ich kann das hungrige Glitzern in ihren Augen sehen und ich verstehe, dass sie eine dieser Frauen ist, die von Macht und Gefahr angezogen werden. Sie will mich wegen dem, was ich verkörpere — wegen des Kicks, den ihr das Spiel mit dem Feuer bereitet. Ich zweifele nicht daran, dass sie alles tun würde, was ich verlange, egal wie sadistisch oder pervers es ist, und dann noch um mehr betteln würde.

Sie ist genau der Typ Frau, den ich gerne gefickt hätte bevor ich Nora getroffen habe. Allerdings hat Yulia jetzt Pech gehabt. Ihre blasse Schönheit spricht mich nicht an. Die einzige Frau, die ich in meinem Bett haben möchte ist das dunkelhaarige Mädchen, welches sich gerade tausende von Kilometern entfernt befindet.

»Danke für die Einladung«, erwidere ich und lächele Yulia kühl an. »Aber wir verlassen die Stadt bald und ich befürchte ich bin zu kaputt, um mich heute auf das Nachtleben einlassen zu können.«

»Natürlich.« Yulia lächelt mich unbeeindruckt von meiner Zurückweisung weiterhin an. Sie hat offensichtlich genug Selbstbewusstsein um nicht beleidigt zu sein. »Falls Sie ihre Meinung ändern wissen Sie ja, wo sie mich finden können.« Als das Auto vor der U-Bahn Station zum Stehen kommt, steigt sie anmutig aus und lässt einen Hauch ihres teuren Parfums zurück.

Als das Auto anfängt, sich zu bewegen, dreht Lucas sich zu mir herum und schaut mich an. »Wenn Sie sie nicht möchten, würde ich mich freuen, sie heute Nacht zu unterhalten«, bietet er beiläufig an. »Natürlich nur, wenn Ihnen das Recht ist.«

Ich grinse. Heiße Blondinen sind schon immer Lucas' Schwäche gewesen. »Warum nicht«, antworte ich. »Sie gehört ganz Ihnen, wenn Sie sie möchten.« Wir werden nicht vor morgen früh abreisen und ich habe eine Menge Sicherheitspersonal vor Ort. Wenn Lucas die Nacht gerne mit der Übersetzerin verbringen möchte, werde ich ihm nicht im Wege stehen.

Ich selbst habe dagegen vor, unter der Dusche Hand an mich zu legen und dabei an Nora zu denken, bevor ich schlafen gehe.

Morgen wird ein anstrengender Tag werden.

* * *

Der Flug von Moskau nach Tadschikistan sollte in meiner Boeing C-17 etwas mehr als sechs Stunden dauern. Die Boeing ist eines der drei Militärflugzeuge die ich besitze. Sie ist groß genug für diese Mission; alle Männer und das Equipment passen mühelos hinein.

Alle Teilnehmer, ich eingeschlossen, haben die neueste Kampfausrüstung an. Unsere Anzüge sind kugelsicher und flammenhemmend und wir sind voll bewaffnet mit Sturmgewehren, Granaten und Sprengstoff. Das mag übertrieben sein, aber ich möchte bei meinen Männern kein Risiko eingehen. Ich genieße die Gefahr, aber ich bin nicht selbstmordgefährdet, weshalb alle Risiken, die ich mit meinen Geschäften eingehe, sorgfältig kalkuliert sind. Noras Rettung in Thailand war wahrscheinlich die gefährlichste Operation in die ich in den letzten Jahren verwickelt gewesen war und ich hätte das für niemand anderen gemacht.

Nur für sie.

Ich habe den Großteil des Fluges damit verbracht, die Baupläne unserer neuen Fabrik in Malaysia durchzugehen. Wenn alles klappt, kann ich vielleicht die Produktion von unserem derzeitigen Ort in Indonesien hierher verlegen. Die lokalen Behörden werden zu gierig, fordern jeden Monat höhere Schmiergelder und ich bin nicht gewillt, ihre Kassen noch länger zu füllen. Ich beantworte außerdem die Fragen meines Portfolio Managers aus Chicago; er ist gerade dabei einen Dachfond für eine meiner Tochtergesellschaften aufzusetzen und dafür muss ich ihm einige Daten zukommen lassen.

Als wir uns einige hundert Kilometer von unserem Ziel entfernt über Usbekistan befinden, will ich ein paar Dinge mit Lucas abklären, der das Flugzeug steuert.

Er dreht sich zu mir um, sobald ich die Kabine betrete. »Wir sollten in anderthalb Stunden dort sein«, berichtet er mir, ohne dass ich ihn frage. »Die Landebahn ist noch vereist aber wird gerade für uns vorbereitet. Die Hubschrauber sind betankt und startklar.«

»Hervorragend.« Unser Plan ist es, ein Dutzend Kilometer von der Stelle im Pamir Gebirge entfernt zu landen an dem sich angeblich das Lager der Terroristen befinden soll. »Gibt es irgendwelche ungewöhnliche Aktivitäten in der Region?«

Er schüttelt seinen Kopf. »Nein, es ist alles ruhig.«

»Gut.« Ich betrete die Kabine und nehme neben Lucas auf dem Sitz des Copiloten Platz. »Wie war die Nacht mit dem russischen Mädchen?«

Eines seiner seltenen Lächeln blitzt auf seinem harten Gesicht auf. »Sehr befriedigend. Sie haben etwas verpasst.«

»Ja, da bin ich mir sicher«, sage ich ohne auch nur das leiseste Bedauern zu spüren. Es gibt keinen One-Night-Stand der auch nur ansatzweise die Intensität meiner Verbindung mit Nora hätte und ich habe kein Bedürfnis, mich mit weniger zufrieden zu geben.

Lucas grinst — ein Ausdruck, der noch seltener auf seinem versteinerten Gesicht auftaucht. »Ich muss sagen, dass ich nie gedacht hätte, Sie jemals als einen glücklich verheirateten Mann zu sehen.«

Ich ziehe meine Augenbrauen in die Höhe. »Wirklich?« Das ist wahrscheinlich die persönlichste Anmerkung die er jemals gemacht hat. In all den Jahren, die er schon in meiner Organisation arbeitet, hat Lucas niemals die Grenze zwischen einem treuen Angestellten zu einem Freund übertreten — ich habe ihn allerdings auch nicht dazu ermutigt. Ich habe noch nie leicht Menschen vertrauen können und es gab nur wenige Personen, die ich jemals als Freunde bezeichnen konnte.

Er zuckt mit den Schultern und sein Gesicht wird wieder eine teilnahmslose Maske, auch wenn sich in seinen Augen immer noch ein Hauch von Belustigung abzeichnet. »Sicher, Menschen wie wir werden nicht gerade als Kandidaten für perfekte Ehemänner angesehen.«

Ich muss unfreiwillig auflachen. »Ich weiß auch nicht ob Nora mich direkt als den perfekten Ehemann bezeichnen würde.« Als ein Monster, das sie entführt und ihr Gehirn gewaschen hat dagegen mit Sicherheit. Aber als guten Ehemann? Ich hege da so meine Zweifel.

»Falls sie es nicht tut, sollte sie ihre Meinung vielleicht ändern«, meint Lucas und widmet seine Aufmerksamkeit wieder den Armaturen zu. »Sie betrügen sie nicht, Sie sorgen gut für sie und haben schon Ihr Leben riskiert, um sie zu retten. Wenn das nicht ein guter Ehemann ist, dann weiß ich es auch nicht.« Als er spricht beginnt er, seine Stirn in Falten zu legen während er mit den Augen etwas auf dem Radar verfolgt.

»Was ist das?«, frage ich scharf und alle meine Instinkte sind in Alarmbereitschaft.

»Ich bin mir nicht sicher«, fängt Lucas an und in diesem Moment durchfährt ein so gewaltiger Ruck das Flugzeug, dass ich fast aus meinem Sitz geschleudert werde. Nur meinem Sitzgurt, den ich mir aus Gewohnheit umgelegt habe, ist es zu verdanken, dass ich nicht gegen die Decke schlage, als das Flugzeug plötzlich in einen Sturzflug verfällt.

Lucas greift nach dem Steuer und flucht, während er versucht, die Flugrichtung zu korrigieren. »Scheiße, scheiße, scheiße—«

»Was hat uns getroffen?« Mein Stimme ist äußerlich ruhig und mein Kopf unerwartet kühl als ich die Situation analysiere. Ich höre ein mahlendes, stotterndes Geräusch, welches von den Motoren kommt. Ich kann Rauch riechen und höre Schreie im hinteren Teil des Flugzeugs, woraus ich schließe, dass es brennt. Es muss eine Explosion gegeben haben. Das wiederum bedeutet, dass entweder von einem anderen Flugzeug aus auf uns geschossen wurde, oder ein Flugabwehrflugkörper in nächster Nähe explodiert ist und dabei einen oder mehrere Motoren beschädigt hat. Es kann kein direkter Treffer gewesen sein, weil die Boeing mit einem Raketenabwehrsystem ausgestattet ist, welches dafür entwickelt wurde, alle bis hin zu den allerneuesten Waffen abzuwehren — und weil wir noch am Leben sind und nicht in Stücke gerissen wurden.

»Ich bin mir nicht sicher«, sagt Lucas während er mit der Steuerung kämpft. Das Flugzeug fängt sich einen Moment lang, bevor es wieder in den Sturzflug fällt. »Ist das nicht scheißegal?«

Ehrlich gesagt bin ich mir da nicht sicher. Der analytische Teil von mir möchte wissen, was — oder wer — für meinen Tod verantwortlich sein wird. Ich bezweifele, dass es die Al-Quadar ist; meinen Quellen zufolge haben sie keine derart ausgeklügelten Waffen. Bleibt die Möglichkeit, dass irgendein abzugsgeiler Usbekischer Soldat einen Fehler begangen hat oder es sich um einen beabsichtigten Anschlag von jemand anderem handelt. Den Russen vielleicht, auch wenn ich mir den Grund dafür nicht erklären kann.

Lucas hat Recht. Ich habe keine Ahnung warum mir das wichtig ist. Die Wahrheit zu wissen wird nichts am Ergebnis ändern. Ich kann die schneebedeckten

Gipfel des Pamir Gebirges sehen und ich weiß, wir werden es nicht bis dahin schaffen.

Lucas beginnt wieder zu fluchen, während er darum kämpft, das Flugzeug unter Kontrolle zu bringen. Ich halte mich an der Kante des Sitzes fest und mein Blick ist auf den Boden gerichtet, auf den wir mit einer angsteinflößenden Geschwindigkeit zuhalten. In meinen Ohren dröhnt es und ich realisiere, dass das mein eigener Herzschlag ist — dass ich das Blut durch meine Adern rauschen hören kann, als das Adrenalin meine Sinne verschärft.

Lucas gelingt es noch einige Male, das Flugzeug kurz aus dem Sturzflug zu reißen, was unseren Fall ein paar Sekunden verlangsamt. Den tödlichen Absturz scheint aber nichts aufhalten zu können.

Während ich uns dabei zuschaue, wie wir in unseren Tod rasen, gibt es nur eine einzige Sache, welche ich bedauere.

Ich werde Nora nie wieder in meinen Armen halten.

TEIL III: DER GEFANGENE

21. KAPITEL

❖ NORA ❖

Zwei Tage ohne Julian.

Ich kann gar nicht glauben, dass es zwei ganze Tage ohne Julian gewesen sind. Ich bin meinem Tagesablauf treu geblieben, aber ohne ihn hier fühlt sich alles anders an.

Leerer. Dunkler.

Es ist so, als habe sich die Sonne hinter einer Wolke versteckt und einen Schatten über meine Welt geworfen.

Es ist verrückt. Völlig krank. Ich war früher auch zeitweise ohne Julian. Als ich auf der Insel war, ging er ständig auf Reisen. Ich würde sogar sagen, dass er mehr Zeit nicht auf der Insel als auf ihr verbracht hat und trotzdem habe ich irgendwie funktioniert. Dieses Mal muss ich allerdings die ganze Zeit über gegen eine furchtbare Unruhe ankämpfen, eine Angst, die mit jeder Stunde die vergeht zuzunehmen scheint.

»Ich weiß wirklich nicht, was mit mir nicht stimmt«, erkläre ich Rosa während einer unserer Morgenspaziergänge. »Ich habe achtzehn Jahre lang ohne ihn gelebt, und plötzlich halte ich es keine zwei Tage ohne ihn aus?«

Sie schmunzelt. »Natürlich. Ihr beiden seid unzertrennlich, weshalb mich das auch nicht gerade überrascht. Ich habe noch nie ein Paar gesehen, das so verliebt ist.«

Ich seufze und schüttele reumütig meinen Kopf. Obwohl sie so praktisch zu sein scheint, ist sie hoffnungslos romantisch. Vor einigen Wochen habe ich mich ihr endlich anvertraut und ihr erzählt, wie Julian und ich uns getroffen haben. Ich habe ihr auch von meiner Zeit auf der Insel berichtet. Ja, sie war schockiert gewesen, aber nicht ansatzweise so schockiert, wie ich es an ihrer Stelle gewesen wäre. Sie schien das ganze sogar eher als romantisch anzusehen.

»Er hat dich entführt, weil er ohne dich nicht leben konnte«, sagte sie verträumt zu mir, während ich versuchte, ihr zu erklären, warum ich immer noch meine Bedenken habe. »Es ist wie das, was man in Büchern liest oder in Filmen sieht …« Und als ich sie anblickte weil ich meinen Ohren kaum glauben konnte, fügte sie sehnsüchtig hinzu: »Ich wünschte jemand würde mich genug wollen, um *mich* zu entführen.«

Also ist Rosa wohl nicht die richtige Person, um mir den Kopf gerade zu rücken. Sie denkt, die Tatsache, dass ich ohne Julian verkümmere sei das Ergebnis einer großen Liebesgeschichte anstatt etwas, das wahrscheinlich psychiatrische Hilfe benötigt.

Ana ist auch nicht besser.

»Es ist normal, dass du deinen Ehemann vermisst«, meint die Haushälterin, als ich mich kaum dazu zwingen kann, etwas zum Abendbrot zu essen. »Ich bin mir sicher, dass Julian dich genauso sehr vermisst.«

»Ich weiß nicht, Ana«, sage ich zweifelnd und schiebe den Reis auf meinem Teller umher. »Ich habe heute den ganzen Tag lang nichts von ihm gehört. Gestern hat er mir auf meine Email geantwortet, aber heute habe ich ihm zwei geschickt — und nichts.« Das ist es, was mich mehr als alles andere beunruhigt. Entweder Julian ist es egal, ob ich mir Sorgen mache — oder er ist nicht in der Lage mir zu antworten, weil er zu sehr damit beschäftigt ist Terroristen zu bekämpfen.

Von beiden Möglichkeiten wird mir schlecht.

»Er könnte gerade irgendwohin fliegen«, sagt Ana vernünftigerweise und räumt meinen Teller ab. »Oder sich an einem Ort ohne Empfang befinden. Du solltest dir wirklich nicht solche Sorgen machen. Ich kenne Julian und er kann gut auf sich selbst aufpassen.«

»Ich bin mir sicher, dass er das kann, aber er ist auch nur ein Mensch. Er kann durch eine querschießende Kugel oder eine Bombe getötet werden, welche zum falschen Zeitpunkt losgeht.«

»Ich weiß, Nora«, erwidert Ana beruhigend während sie meinen Arm streichelt und ich sehe, dass sich die gleiche Sorge in ihren tiefen braunen Augen widerspiegelt. »Ich weiß, aber denk nicht gleich an das Schlimmste. Ich bin mir sicher, dass du in ein paar Stunden von ihm hören wirst. Spätestens Morgen wird er sich bei dir melden.«

* * *

Ich schlafe unruhig und wache alle paar Stunden auf um meine E-Mails zu kontrollieren. Als ich am Morgen immer noch nichts von Julian gehört habe, stehe ich todmüde und übernächtigt aber entschlossen auf.

Wenn Julian sich nicht bei mir meldet, werde ich die Sache in meine eigene Hand nehmen.

Zuerst suche ich nach Peter Sokolov. Als ich ihn finde spricht er gerade mit einigen Wachen am anderen Ende des Anwesens und scheint überrascht zu sein, als ich zu ihm gehe und ihn darum bitte, mit ihm alleine reden zu können. Trotzdem kommt er meinem Wunsch umgehend nach.

Sobald wir außer Hörweite sind frage ich ihn: »Haben Sie von Julian gehört?« Dieser russische Mann macht mir immer noch Angst, aber er ist der einzige, der vielleicht Antworten für mich hat.

»Nein«, antwortet er mit seinem schweren Akzent. »Nicht, seitdem ihr Flugzeug gestern Moskau verlassen hat.« Während er spricht sehe ich einen Hauch von Anspannung um seine Augen und meine Angst verstärkt sich als mir klar wird, dass Peter sich auch Sorgen macht.

»Sie hätten sich melden müssen, stimmt's?«, möchte ich von ihm wissen und blicke in sein auf exotische Weise schönes Gesicht. Meine Brust fühlt sich an als könne ich nicht genügend Luft bekommen. »Irgendetwas ist schiefgegangen, habe ich Recht?«

»Davon können wir noch nicht ausgehen.« Sein Ton ist vorsichtig neutral. »Es ist möglich, dass sie unsere Anrufe aus Sicherheitsgründen nicht beantworten — weil sie nicht möchten, dass irgendjemand ihre Kommunikation abhört.«

»Das glauben Sie doch nicht wirklich.«

»Es ist unwahrscheinlich«, gibt Peter zu und schaut mich weiterhin mit seinen grauen Augen an. »Aber es ist kein ungewöhnliches Vorgehen in solchen Fällen.«

»Richtig, natürlich.« Ich kämpfe so gut ich kann gegen die übelkeitserregende Angst an, die mich überkommt und frage ruhig: »Und was ist Plan B? Werden Sie ein Rettungsteam hinschicken? Haben Sie weitere Männer zur Verfügung, die als Ersatz einspringen können?«

Peter schüttelt seinen Kopf. »Wir können nichts machen, bis wir nicht mehr wissen«, erklärt er. »Ich habe meine Fühler schon bis nach Russland und Tadschikistan ausgestreckt, also sollten wir uns bald bessere Vorstellungen darüber machen können, was dort vor sich geht. Bis jetzt wissen wir nur, dass das Flugzeug problemlos in Moskau gestartet ist.«

Ich versuche meine Panik zu kontrollieren, aber ganz kann ich sie nicht aus meiner Stimme verbannen. »Wann ist bald? Heute? Morgen?«

»Ich weiß es nicht, Frau Esguerra«, antwortet er und ich kann einen Hauch von Mitleid in diesen erbarmungslosen grauen Augen erkennen. »Es kann jederzeit soweit sein. Ich werde Ihnen Bescheid geben, sobald ich etwas höre.«

»Danke, Peter«, erwidere ich und gehe zurück zum Haus, weil mir nichts Besseres einfällt.

* * *

Die nächsten sechs Stunden kriechen nur so dahin. Ich wandere im Haus umher, gehe von Zimmer zu Zimmer, unfähig mich auf irgendetwas zu konzentrieren. Wann immer ich mich hinsetzte und versuche zu lernen oder zu malen spielen sich in meinem Kopf ein Dutzend verschiedene Szenarien ab, von denen eines schlimmer ist als das nächste. Ich möchte glauben, dass alles in Ordnung ist, dass Julians Flugzeug aus einem harmlosen Grund von der Bildfläche verschwunden ist, aber ich weiß es besser.

In der Welt, in der Julian und ich leben, gibt es keine Märchen sondern nur die gnadenlose Wirklichkeit.

Ich habe den ganzen Tag nichts essen können, auch wenn Ana es mit allem vom Steak bis hin zum Nachtisch versucht hat. Um sie zu beruhigen esse ich einen Happen Papaya zur Mittagszeit, bevor ich mein zielloses Umherwandern im Haus wieder aufnehme.

Am frühen Nachmittag ist mir vor Angst regelrecht schlecht. Mein Kopf dröhnt und mein Magen fühlt sich an, als würde er sich selber essen und die Säure ein Loch in meine Innereien brennen.

»Lass uns doch schwimmen gehen«, schlägt mir Rosa vor als sie mich in der Bibliothek findet. Ich kann die Besorgnis auf ihrem Gesicht erkennen und weiß, dass Ana sie wahrscheinlich diskret zu mir geschickt hat. Rosa hat normalerweise tagsüber zu viel zu tun, um sich frei zu nehmen, aber heute macht sie ganz offensichtlich eine Ausnahme.

Mir ist zwar überhaupt nicht danach, schwimmen zu gehen, aber ich willige trotzdem ein. Rosas

Gesellschaft ist besser, als mich alleine vor Sorge verrückt zu machen.

Als wir aus der Bibliothek gehen, sehe ich Peter, der mit düsterem Gesicht auf uns zukommt.

Einen Augenblick lang setzt mein Herz aus, bevor es wild gegen meinen Brustkorb hämmert.

»Was ist passiert?« Mein Mund kann diese Worte kaum formulieren. »Haben Sie etwas gehört?«

»Das Flugzeug ist in Usbekistan einige hundert Kilometer vor der Grenze zu Tadschikistan abgestürzt«, eröffnet er mir ruhig als er vor mir zum Stehen kommt. »Es sieht so aus als habe es einen Kommunikationsfehler gegeben und das Usbekische Militär hat es abgeschossen.«

Mein Sichtfeld engt sich ein. »Sie sind abgeschossen worden?« Meine Stimme hört sich an, als käme sie aus weiter Entfernung und als käme das Gesagte von jemand anderem. Ich bekomme kaum mit, wie Rose schützend einen Arm um meinen Rücken legt, aber ihre Berührung hält die Eiseskälte, die sich in mir ausbreitet, nicht auf.

»Wir suchen gerade nach dem Wrack«, sagt Peter fast sanft. »Es tut mir leid Frau Esguerra, aber ich bezweifle, dass sie überlebt haben.«

22. KAPITEL

❖ NORA ❖

Ich bin nicht sicher, wie ich ins Schlafzimmer gekommen bin, aber jetzt bin ich hier und liege zusammengerollt in stiller Qual auf dem Bett, das Julian und ich teilen.

Ich kann weiche Hände auf meinem Haar spüren, höre Stimmen, die leise auf Spanisch flüstern und weiß, dass Ana und Rosa bei mir sind. Die Haushälterin hört sich an, als würde sie weinen. Ich möchte das auch tun, aber ich kann nicht. Der Schmerz ist noch zu frisch, zu tief, um die Erleichterung durch Tränen zuzulassen.

Ich dachte ich wüsste wie es sich anfühlt, wenn einem das Herz herausgerissen wird. Als ich fälschlicherweise dachte Julian sei tot, war ich am Boden zerstört gewesen. Diese Monate ohne ihn waren die schlimmsten meines Lebens gewesen. Ich dachte ich wüsste wie sich dieser Verlust anfühlt, dieses

Wissen, nie wieder sein Lächeln zu sehen oder die Wärme seiner Umarmung zu spüren.

Aber erst jetzt wird mir klar, dass es verschiedenen Abstufungen von Qualen gibt. Der Schmerz kann von niederschmetternd bis am Boden zerstört reichen. Als ich Julian das letzte Mal verlor, war er der Mittelpunkt meines Lebens gewesen. Jetzt dagegen ist er meine ganze Welt und ich weiß nicht, wie ich ohne ihn existieren soll.

»Oh Nora ...« Anas Stimme ist tränenschwer als sie mein Haar streichelt. »Es tut mir so leid, Kind ... Es tut mir so leid ...«

Ich möchte ihr sagen, dass es mir auch leid tut, dass ich weiß, wie viel Julian ihr bedeutet hat, aber ich kann nicht. Ich kann nicht sprechen. Alles scheint einer übermenschlichen Kraft zu bedürfen, so als hätten meine Lungen vergessen wie sie funktionieren. Einen kleinen Zug hinein, einen kleinen Zug hinaus — das scheint alles zu sein, was ich im Moment tun kann.

Einfach weiteratmen. Einfach nicht sterben.

Nach einer Weile hört das leise Murmeln auf und es streichelt mich auch niemand mehr. Ich bin allein, stelle ich fest. Sie müssen mich noch zugedeckt haben bevor sie gegangen sind, weil ich ein weiches, lockeres Gewicht auf mir spüre. Das sollte mich wärmen, tut es aber nicht.

Alles was ich spüre ist ein eisiges, schmerzendes Loch an der Stelle, an der mein Herz saß.

* * *

»Nora, Kind ... Komm, trink etwas ...«

Ana und Rosa sind zurück und ihre sanften Hände heben mich in eine sitzende Position. Sie halten mir einen Becher heiße Schokolade hin, den ich automatisch ergreife und der mir meine kalten Handflächen wärmt.

»Nur einen Schluck«, drängt mich Ana. »Du hast den ganzen Tag nichts gegessen. Julian würde das nicht wollen, das weißt du selbst ganz genau.«

Der Schmerz, der mich durchfährt als sein Name fällt ist so stark, dass mir fast der Becher aus der Hand fällt. Rosa greift nach ihm, legt meine Hände wieder fest darum und führt ihn sanft aber unaufhaltsam zu meinen Lippen. »Komm, Nora«, flüstert sie mit mitleiderfülltem Gesicht. »Trink etwas davon.«

Ich zwinge mich dazu, ein paar Schlucke zu nehmen. Die vollmundige warme Flüssigkeit läuft meinen Hals hinunter und die kombinierte Wirkung von Koffein und Zucker lässt meine dumpfe Erschöpfung ein Stück weit verfliegen. Ich fühle mich ein wenig lebendiger. Als ich zum Fenster schaue stelle ich zu meinem Erschrecken fest, dass es schon dunkel ist — dass ich einige Stunden dagelegen haben musste ohne zu bemerken, wie die Zeit vergeht.

»Gibt es etwas Neues von Peter?«, frage ich und schaue Ana und Rosa an. »Haben sie das Wrack gefunden?«

Rosa sieht erleichtert darüber aus, dass ich wieder rede. »Wir haben ihn seit dem Nachmittag nicht mehr gesehen«, antwortet sie und Ana nickt mit roten und geschwollenen Augen.

»Okay.« Ich nehme noch ein paar Schlucke der heißen Schokolade und gebe den Becher danach an Ana zurück. »Dankeschön.«

»Kann ich dir etwas zu Essen bringen?«, fragt Ana hoffnungsvoll. »Vielleicht ein Sandwich oder ein wenig Obst?«

Mein Magen rebelliert bei dem Gedanken an Essen, aber ich weiß, dass ich etwas zu mir nehmen muss. Ich kann nicht mit Julian sterben, so attraktiv diese Option auch gerade zu sein scheint. »Ja, bitte.« Meine Stimme klingt angespannt. »Nur eine Scheibe Toast mit Käse, bitte.«

Rosa springt mit einem erfreuten Lächeln vom Bett auf. »So ist es richtig. Siehst du, Ana, ich habe dir doch gesagt, dass sie eine Kämpfernatur ist. Und bevor ich meine Meinung ändern kann, eilt sie aus dem Zimmer um mir etwas zum Essen zu holen.

»Ich gehe duschen«, sage ich zu Ana und stehe auf. Plötzlich habe ich das starke Bedürfnis alleine zu sein — weg von Anas sorgenvoller Miene. Mein Körper fühlt sich kalt und spröde an, wie ein Stück Eis, das jeden Moment zerspringen kann. Meine Augen brennen vor lauter unvergossener Tränen.

Konzentrier dich aufs Atmen. Ein kleiner Atemzug nach dem anderen.

»Natürlich, Kind.« Ana lächelt mich vorsichtig ganz leicht an. »Geh nur. Das Essen wird schon hier sein, wenn du fertig bist.«

Und während ich mich ins Badezimmer flüchte sehe ich, wie sie das Zimmer verlässt.

* * *

»Nora! O mein Gott, Nora!«

Rosas Schreie und ihr wildes Klopfen gegen meine Badezimmertür schrecken mich aus meinem dumpfen, fast gelähmten Zustand. Ich habe keine Ahnung, wie lange ich unter der heißen Dusche gestanden habe, aber ich springe sofort heraus. Ich wickele mich in ein Handtuch, rase zur Tür und schlittere dabei mit meinen nassen Füßen über die kalten Fliesen.

Mein Herz hämmert in meinem Hals, als ich die Tür aufreiße. »Was ist los?«

»Er lebt!« Ich werde fast taub von Rosas Geschrei. »Nora, Julian lebt!»

»Er lebt?« Einen Moment lang kann ich gar nicht aufnehmen, was sie mir sagt, weil mein Gehirn durch Hunger und Trauer nur sehr langsam arbeitet. »Julian lebt?«

»Ja!«, kreischt sie, fasst meine Hände an und springt auf und nieder. »Peter hat gerade erfahren, dass er und ein paar seiner Männer am Leben waren, als man sie gefunden hat. Während wir sprechen werden sie gerade ins Krankenhaus gebracht.«

Meine Knie werden weich und ich schwanke. »Ins Krankenhaus?« Ich kann kaum flüstern. »Und er lebt wirklich?«

»Ja!« Rosa umarmt mich so fest, dass sie mir fast die Rippen bricht und tritt dann mit einem breiten Grinsen auf ihrem Gesicht zurück. »Ist das nicht fantastisch?«

»Ja, natürlich ...« Mir ist ganz schwindelig vor Freude und Unglauben. Mein Puls rast. »Du hast gesagt, er wird gerade ins Krankenhaus gebracht?«

»Ja, das hat Peter gesagt.« Rosas Gesichtsausdruck wird nüchterner. »Er ist unten und spricht mit Ana. Ich bin nicht dageblieben um ihm weiter zuzuhören — ich wollte dir so schnell wie möglich die Neuigkeiten überbringen.«

»Natürlich, Dankeschön! « Plötzlich stehe ich unter Strom und mein Dämmerzustand und meine Verzweiflung lösen sich in Luft auf. *Julian lebt und wird ins Krankenhaus gebracht.*

Ich renne zum Schrank und ziehe das erste Kleid heraus das ich in die Finger bekomme. Danach lasse ich mein Handtuch zu Boden fallen und ziehe mich an. Ich renne zur Tür und stürme mit Rosa an meinen Fersen die Treppe hinunter.

Peter steht neben Ana in der Küche. Die Augen der Haushälterin weiten sich, als sie mich mit nackten Füßen und tropfnassem Haar auf sich zuhalten sieht. Wahrscheinlich sehe ich aus, als sei ich verrückt, aber das ist mir egal. Das einzige, was mich interessiert ist mehr über Julian zu erfahren.

»Wie geht es ihm?«, keuche ich und halte kurz vor den beiden an. »Wie ist sein Zustand?«

Etwas, das erschreckend nach einem Lächeln aussieht, blitzt kurz auf Peters Gesicht auf. »Sie werden noch ein paar Analysen im Krankenhaus durchführen, aber im Moment sieht es so aus, als habe Ihr Ehemann den Absturz mit einem gebrochenen Arm, ein paar angeknacksten Rippen und einer hässlichen Verletzung auf der Stirn überlebt. Er ist zwar nicht bei Bewusstsein, aber das scheint hauptsächlich mit dem Blutverlust durch die Kopfverletzung zusammenzuhängen.«

Als ich Peter ungläubig mit offenem Mund anstarre, fährt er fort: »Das Flugzeug stürzte in ein dicht bewaldetes Gebiet und die Bäume fingen den Aufprall zu einem Großteil ab. Das Cockpit, in dem sich Esguerra und Kent befanden, wurde dabei abgerissen, was ihnen das Leben gerettet zu haben scheint.« Dann verschwindet sein Lächeln und seine metallischen Augen verdunkeln sich. »Die meisten anderen Männer starben. Der Tank im hinteren Teil des Flugzeugs explodierte und zerstörte einen Teil der Kabine. Nur drei der Soldaten, die sich hinten befanden überlebten mit großflächige Verbrennungen. Sie haben es nur der Kampfbekleidung zu verdanken, dass sie nicht tot sind.

»Oh mein Gott.« Eine Welle des Entsetzens überkommt mich. Julian lebt, aber fast fünfzig seiner Männer sind umgekommen. Ich habe nur sehr wenig mit den meisten der Wachen zu tun gehabt, aber ich habe viele von ihnen auf dem Anwesen gesehen. Ich kenne sie, wenn auch nur vom Sehen. Sie waren alle starke Männer gewesen, hatten so unverwüstlich gewirkt. Und jetzt sind sie tot. Von uns gegangen — so wie Julian, wenn er nicht vorne gesessen hätte.

»Was ist mit Lucas?«, möchte ich wissen und beginne als verspätete Reaktion zu zittern. Ich fange an zu realisieren, dass Julian mit dem Flugzeug abgestürzt ist und *überlebt* hat. Dass er wie eine Katze mit neun Leben dem Tod erneut haarscharf entkommen ist.

»Kent hat ein gebrochenes Bein und eine ernste Gehirnerschütterung. Er war auch bewusstlos, als sie gefunden wurden.«

Erleichterung durchfährt mich und meine Augen, die vorher vor Trockenheit gebrannt haben, füllen sich plötzlich mit Tränen. Tränen der Dankbarkeit, des Glücks, das so intensiv ist, dass ich meine Gefühle nicht unterdrücken kann. Ich möchte gleichzeitig lachen und weinen.

Julian lebt, genauso wie der Mann, der einst sein Leben rettete.

»Oh, Nora, Kind ...« Anas kräftige Arme umschließen mich, als die Tränen aus mir herausbrechen. »Jetzt wird alles wieder gut ... Alles wird wieder gut ...«

Ich zittere als ich das Schluchzen unterdrücke und lasse einen Moment lang ihre mütterliche Umarmung zu. Danach entziehe ich mich ihr und lächele tränenüberströmt. Zum ersten Mal seit dem Absturz glaube ich, dass alles wieder gut werden wird. Dass das Schlimmste vorbei ist.

»Wie schnell können wir abfliegen?«, frage ich Peter während ich mir die Tränen von meinen Wangen wische. »Kann das Flugzeug in einer Stunde startklar sein?«

»Wegfliegen?« Er wirft mir einen eigenartigen Blick zu. »Wir können nicht wegfliegen, Frau Esguerra. Ich habe strikte Anweisungen auf dem Anwesen zu bleiben und sicherzustellen, dass Sie hier sicher sind.«

»Wie bitte?« Ich blicke ihn ungläubig an. »Aber Julian ist verletzt! Er ist im Krankenhaus und ich bin seine Frau—«

»Ja, das verstehe ich.« Peters Gesichtsausdruck verändert sich nicht. Seine Augen bleiben kalt und undurchsichtig während er mich anschaut. »Aber ich befürchte Esguerra wird mich im wahrsten Sinne des Wortes umbringen, wenn ich es zulasse, dass Sie sich in Gefahr begeben.«

»Sagen Sie mir gerade, ich könne meinen Ehemann nicht sehen, der gerade einen Flugzeugabsturz überlebt hat?« Meine Stimme wird lauter als mich eine plötzliche Zorneswelle überkommt. »Dass ich hier sitzen und nichts machen soll, während Julian sich verletzt am anderen Ende der Welt befindet?«

Peter scheint mein Gefühlsausbruch nicht weiter zu beeindrucken. »Ich werde mich bemühen eine sichere Telefonverbindung und vielleicht eine Videoverbindung für Sie zu arrangieren«, erwidert er ruhig. »Ich werde Sie auch weiterhin über seinen Gesundheitszustand auf dem Laufenden halten. Ich befürchte, dass es weiter nichts gibt, was ich im Moment noch für sie tun kann. Ich arbeite auch gerade daran, die Sicherheitsvorkehrungen um das Krankenhaus in dem Esguerra und die anderen sich befinden, zu verstärken. Also wird er hoffentlich gesund und wohlbehalten heimkehren und Sie werden ihn schon bald wiedersehen.«

Ich möchte brüllen, schreien und mich streiten, aber ich weiß, dass es nichts helfen wird. Ich habe so viel Einfluss auf Peter wie auf Julian — also gar keinen. »In Ordnung«, sage ich und atme tief durch, um mich zu beruhigen. »Machen Sie dass — und ich möchte sofort Bescheid wissen, wenn er sein Bewusstsein wiedererlangt.«

Peter nickt. »Natürlich, Frau Esguerra. Sie werden umgehend darüber informiert werden.«

23. KAPITEL

❖ JULIAN ❖

Zuerst nehme ich die Geräusche war. Leises weibliches Gemurmel, das mit einem rhythmischen Piepen einhergeht. Das Summen von Elektrizität im Hintergrund. Das alles wird überlagert von einem pochenden Schmerz auf meiner Stirn und einem starken Geruch nach Desinfektionsmitteln in meiner Nase.

Ein Krankenhaus. Ich bin in einem Krankenhaus.

Mein Körper schmerzt, und dieser Schmerz ist überall. Mein erster Instinkt ist meine Augen zu öffnen und nach Antworten zu suchen. Aber ich bleibe unbeweglich liegen und lasse die Erinnerungen hochkommen.

Nora. Die Mission. Flug nach Tadschikistan. Ich durchlebe das alles noch einmal. Ich sehe mich selbst in der Kabine mit Lucas reden, fühle wie das Flugzeug unter uns ruckelt. Ich höre das stotternde Heulen der

Motoren und spüre erneut, wie sich mir der Magen umdreht, als das Flugzeug vom Himmel fällt. Ich ertrage die lähmende Angst dieser letzten Momente, in denen Lucas versucht, das Flugzeug über den Bäumen zu stabilisieren um uns wertvolle Sekunden zu verschaffen — und dann fühle ich den heftigen Stoß des Aufpralls.

Danach gibt es nichts weiter, nur Dunkelheit.

Es sollte die andauernde Dunkelheit des Todes sein, und doch bin ich am Leben. Zumindest behauptet das der Schmerz in meinem geschundenen Körper.

Ich bleibe weiterhin bewegungslos liegen und analysiere meine neue Situation. Die Stimmen um mich herum klingen in einer fremden Sprache. Es hört sich an wie eine Mischung aus Russisch und Türkisch. Wahrscheinlich Usbekisch, wenn man bedenkt wo wir uns zum Zeitpunkt des Abfluges befanden.

Es sind zwei Frauen die sich miteinander unterhalten und ihr Ton ist sehr entspannt, fast so als würden sie tratschen. Es wäre logisch, wenn es sich dabei um Krankenschwestern dieses Krankenhauses handeln würde. Ich kann hören, wie sie sich bewegen während sie miteinander reden und ich öffne vorsichtig ein Auge, um mir meine Umgebung anzuschauen.

Ich bin in einem tristen Raum mit blassgrünen Wänden und einem kleinen Fenster an der gegenüberliegenden Wand. Neonlichter an der Decke geben ein leise summendes Geräusch von sich — dieses Stromsummen, welches ich zuvor bemerkt hatte. Ich werde mit einem Monitor überwacht und hänge am Tropf. Ich kann die Schwestern auf der anderen Seite des Zimmers stehen sehen. Sie wechseln die Bettwäsche des leeren Betts, welches dort steht. Ein dünner Vorhang trennt mich von ihnen, aber da er ein Stück offen steht, kann ich den ganzen Raum sehen.

Außer den beiden Schwestern ist niemand im Raum. Es gibt kein Zeichen meiner Männer. Mein Puls rast als ich mir dessen bewusst werde und ich versuche meine Atmung zu kontrollieren, bevor es ihnen auffällt. Ich möchte, dass sie weiterhin denken, dass ich bewusstlos bin. Es scheint keine offenen Bedrohung zu geben, aber bis ich nicht weiß, was mit dem Flugzeug passiert ist und wie ich hierhergekommen bin traue ich mich nicht, meine Vorsichtsmaßnahmen aufzuheben.

Ich bewege fast unmerklich meine Finger und Zehen bevor ich meine Augen schließe und mir einen mentalen Überblick über meine Verletzungen verschaffe. Ich fühle mich schwach, so als habe ich viel Blut verloren. Mein Kopf pocht und ich kann den dicken Verband auf meiner Stirn spüren. Mein linker Arm, der unglaublich schmerzt, ist fixiert, so als sei er eingegipst. Mein rechter Arm scheint allerdings in Ordnung zu sein. Ich habe Schmerzen beim Atmen also nehme ich an, dass ich irgendwie meine Rippen verletzt habe. Ansonsten kann ich alle meine Gliedmaßen spüren und der Rest meines Körpers fühlt sich eher so an, als habe ich Kratzer und blaue Flecken anstatt gebrochener Knochen.

Nach einigen Minuten verschwindet die eine der Schwestern und die andere kommt zu meinem Bett herüber. Ich bleibe ruhig und bewegungslos liegen, tue so als sei ich nicht bei Bewusstsein. Sie zieht meine Bettdecke zurecht und kontrolliert danach meinem

Kopfverband. Ich kann sie leise Summen hören, als sie sich herumdreht um ebenfalls das Zimmer zu verlassen. In diesem Moment höre ich die schweren Schritte die sich dem Raum nähern.

Eine tiefe und autoritäre Männerstimme fragt etwas auf Usbekisch.

Ich mache meine Augen wieder einen kleinen Schlitz weit auf, um einen Blick auf den Flur zu werfen. Der Neuankömmling ist ein schlanker Mann mittleren Alters der die Uniform eines Offiziers des Militärs trägt. Seinen Abzeichen nach zu urteilen muss er eine hohe Position begleiten.

Die Krankenschwester antwortet ihm mit leiser und unsicherer Stimme, während der Mann sich meinem Bett nähert. Ich spanne mich an und bereite mich darauf vor mich trotz meiner kraftlosen Muskeln im Notfall verteidigen zu müssen. Der Mann greift aber weder nach einer Waffe, noch macht er etwas anderes, das als Bedrohung aufgefasst werden könnte. Stattdessen betrachtet er mich mit einem eigenartig neugierigen Gesichtsausdruck.

Meinem Instinkt folgend öffne ich meine Augen und schaue ihn an. Mein Körper ist immer noch angespannt und bereit, einen eventuellen Angriff abzuwehren. »Wer sind Sie?«, frage ich ganz plump da ich mir denke, dass hier die direkte Herangehensweise die beste ist. »Wo bin ich?«

Er sieht überrascht aus, aber erlangt seine Haltung fast sofort wieder. »Ich bin Oberst Sharipov und sie befinden sich in Tashkent, Usbekistan«, antwortet er und tritt einen halben Schritt zurück. »Ihr Flugzeug ist abgestürzt und wir haben Sie hierher gebracht.« Er hat einen starken Akzent, aber sein Englisch ist erstaunlich gut. »Die russische Botschaft ist über sie untererrichtet worden. Ihre Leute schicken ein anderes Flugzeug hierher um sie abzuholen.«

Er weiß also wer ich bin. »Wo sind meine Männer? Was ist mit meinem Flugzeug passiert?«

»Wir untersuchen die Ursache des Absturzes noch«, erwidert Sharipow und seine Augen wandern leicht zur Seite. »Zu diesem Zeitpunkt ist sie noch unklar—«

»Quatsch.« Meine Stimme ist ruhig. Ich sehe wenn jemand lügt und dieses Arschloch versucht definitiv mir Scheiße zu erzählen. »Sie wissen, was passiert ist.«

Er zögert. »Ich bin nicht bevollmächtigt, mit Ihnen über die Untersuchung zu sprechen—«

»Hat Ihr Militär eine Rakete auf uns abgefeuert?« Ich benutze meinen rechten Arm, um mich in eine sitzende Position zu begeben. Meine Rippen protestieren bei dieser Bewegung, aber ich ignoriere die Schmerzen. Ich fühle mich zwar so schwach wie ein Kleinkind, aber es ist niemals ratsam, das seinen Feind wissen zu lassen. »Sie können es mir genauso gut jetzt sagen weil ich die Wahrheit so oder so herausbekommen werde.«

Sein Gesicht spannt sich bei meiner unterschwelligen Drohung an. »Nein, wir waren es nicht. Im Moment sieht es zwar so aus, als sei einer unserer Raketenwerfer benutzt worden, aber niemand hat den Befehl dazu erteilt, Ihr Flugzeug abzuschießen. Uns ist von den Russen mitgeteilt worden, dass Sie durch unseren Luftraum fliegen würden und wir sollten Sie passieren lassen.«

»Sie haben aber eine Ahnung, wer verantwortlich dafür sein könnte«, bemerke ich kalt. Jetzt im Sitzen fühle ich mich nicht mehr ganz so verletzlich — auch wenn ich mich noch besser fühlen würde, wenn ich eine Pistole oder ein Messer hätte. »Sie wissen, wer den Werfer benutzt haben könnte.«

Sharipov zögert erneut und gibt dann unwillig zu: »Es ist möglich, dass einer unsere Offiziere von der ukrainische Regierung bestochen wurde. Wir gehen dieser Möglichkeit gerade nach.«

»Ich verstehe.« Und endlich ergibt das alles Sinn. Irgendwie hat die Ukraine von meiner Zusammenarbeit mit den Russen erfahren und beschlossen mich zu eliminieren, bevor ich zur Bedrohung werde. *Diese Arschlöcher.* Das ist der Grund dafür, weshalb ich in diesen Konflikten keine Partei ergreifen möchte — es ist zu kostspielig, auf die eine oder andere Art.

»Wir haben einige Soldaten auf dieser Etage abgestellt«, sagt Sharipov und wechselt damit das Thema. »Sie werden hier in Sicherheit sein, bis der russische Gesandte eintrifft und sie nach Moskau bringt.«

»Wo sind meine Männer?« Ich wiederhole meine Frage von eben und meine Augen verengen sich, als ich sehe, wie Sharipov erneut zur Seite blickt. »Sind sie hier?«

»Vier von ihnen«, erklärt er mir ruhig und schaut mich an. »Es tut mir leid, aber der Rest hat nicht überlebt.«

Ich behalte meinen neutralen Gesichtsausdruck bei, obwohl ich mich fühle, als würde sich ein spitzes

Messer durch meine Eingeweide bohren. Mittlerweile sollte ich mich daran gewöhnt haben, dass Menschen um mich herum sterben, aber es belastet mich immer noch. »Wer sind die Überlebenden?«, frage ich ohne die Stimme anzuheben. »Haben Sie ihre Namen?«

Er nickt und rattert eine Liste von Namen herunter. Zu meiner Erleichterung ist Lucas Kent unter ihnen. »Er hatte zwischenzeitlich kurz das Bewusstsein wiedererlangt«, erklärt Sharipov, »und hat uns dabei geholfen, die anderen zu identifizieren. Außer Ihnen ist er auch der Einzige, der bei der Explosion keine Verbrennungen davongetragen hat.«

»Ich verstehe.« Meine Erleichterung wird von sich langsam aufbauender Wut verdrängt. Fast fünfzig meiner besten Männer sind tot. Männer, mit denen ich trainiert habe. Männer, die ich kannte. Als ich darüber nachdenke fällt mir auf, dass es nur eine Möglichkeit gibt, wie die Ukrainer von meinen Verhandlungen mit den Russen erfahren haben könnte.

Die hübsche russische Dolmetscherin. Sie war die einzige Außenstehende, die von den Gesprächen wusste.

»Ich brauche ein Telefon«, sage ich zu Sharipov, stelle meine Füße auf den Boden und stehe auf. Meine Knie zittern ein wenig, aber meine Beine können mein Gewicht halten. Das ist gut. Es bedeutet, dass ich aus eigener Kraft gehen kann.

»Ich brauche es jetzt sofort«, füge ich hinzu, als er mich mit offenem Mund anstarrt während ich mir mit den Zähnen die Nadel aus meinem Arm ziehe und die Sensoren des Monitors von meiner Brust reiße. Mein

Krankenhauskittel und die nackten Füße sehen mit Sicherheit lächerlich aus, aber das ist mir scheißegal.

Ich muss mich um einen Verräter kümmern. Er greift in seine Hosentasche und zieht ein Handy hervor, welches er mir gibt. »Peter Sokolov wollte mit ihnen sprechen, sobald sie aufwachen.«

»Gut. Danke.« Ich lege das Handy in meine linke Hand, die aus dem Gips hinausragt und wähle mit der rechten. Es ist eine sichere Verbindung, die sich durch so viele Netzwerke bewegt, so dass nur ein Hacker auf Weltklasseniveau das Ziel bestimmen könnte. Als ich das vertraute Klicken und Piepen der Verbindung höre, nehme ich das Telefon in meine rechte Hand und sage Sharipov: »Bitte teilen Sie einer der Schwestern mit, dass ich gerne normale Kleidung hätte. Ich habe diesen Kittel satt.«

Der Oberst nickt und verlässt das Zimmer. Einige Sekunden nachdem er weg ist höre ich Peters Stimme in der Leitung. »Esguerra?«

»Ja, ich bin es.« Ich umfasse das Telefon fester. »Ich nehme an, Sie haben die Neuigkeiten gehört.«

»Ja, das habe ich.« Kurze Pause. »Ich habe Yulia Tzakova in Moskau festnehmen lassen. Es sieht so aus als habe sie Verbindungen, die unsere Freunde im Kreml übersehen haben.«

Peter ist also schon Bestens informiert. »Ja, es sieht ganz so aus.« Meine Stimme ist ruhig, obwohl ich innerlich vor Wut koche. »Ich muss wohl nicht extra sagen, dass wir die Mission abbrechen. Wann werden wir abgeholt?«

»Das Flugzeug ist unterwegs. In ein paar Stunden sollte es bei Ihnen sein. Ich habe Goldberg mitgeschickt, falls sie einen Arzt brauchen sollten.«

»Gute Idee. Wir warten. Wie geht es Nora?«

Es herrscht kurz Stille. »Seit sie weiß, dass Sie am Leben sind, geht es ihr besser. Sie wollte zu Ihnen fliegen, sobald sie die Neuigkeiten gehört hat.«

»Das haben Sie aber nicht zugelassen.« Das ist eine Feststellung, keine Frage. Peter würde solch eine Dummheit nicht machen.

»Nein, natürlich nicht. Möchten Sie sie sehen? Ich könnte vielleicht eine Videoverbindung mit dem Krankenhaus aufbauen.«

»Ja, bitte.« Was ich eigentlich wirklich möchte, ist sie persönlich zu sehen und im Arm zu halten, aber im Moment muss ich mich mit dem Video begnügen. »Ich gehe in der Zwischenzeit nach Lucas und den anderen schauen.«

* * *

Wegen des unhandlichen Gipsverbandes an meinem Arm ist es ein Kampf die Kleidung anzuziehen die mir die Schwester bringt. Die Hose bekomme ich problemlos an, aber ich muss den halben Ärmel des Oberteils aufreißen, um den Gips an meinem linken Arm hindurchzuschieben. Meine Rippen schmerzen unerträglich und jede Bewegung ist wahnsinnig anstrengend, da mein Körper sich einfach nur hinlegen und ausruhen möchte. Ich insistiere und nach einigen Versuchen gelingt es mir schließlich, mich alleine anzuziehen.

Zum Glück geht das Laufen einfacher. Ich kann eine gleichmäßige Geschwindigkeit beibehalten. Ich verlasse den Raum und sehe die Soldaten, die Sharipov erwähnt hatte. Es gibt fünf von Ihnen, alle in Kampfanzügen und mit Uzis bewaffnet. Als sie mich in den Gang hinaustreten sehen, positionieren sie sich ruhig hinter mir um mir auf die Intensivstation zu folgen. Sie haben einen Gesichtsausdruck der bei mir die Frage aufwirft, ob sie hier sind um mich zu beschützen oder um andere vor mir zu beschützen. Ich kann mir nicht vorstellen, dass die usbekische Regierung erfreut darüber ist, einen illegalen Waffenhändler in einem ihrer zivilen Krankenhäuser zu haben.

Lucas ist nicht hier, also sehe ich zuerst nach den anderen. Wie Sharipov gesagt hatte haben sie alle schlimme Verbrennungen und der Großteil ihrer Körper ist mit Verbrennungen bedeckt. Sie stehen unter starken Medikamenten. Ich behalte im Hinterkopf, jedem von ihnen einen fetten Bonus auf ihre Bankkonten zu überweisen, damit sie die besten plastischen Chirurgen aufsuchen können. Diese Männer kannten das Risiko für mich zu arbeiten, aber ich möchte trotzdem sicher gehen, dass man sich um sie kümmern wird.

»Wo ist der vierte Mann?«, möchte ich von einem der Soldaten die mich begleiten, wissen.

Er führt mich zu einem anderen Zimmer und ich sehe, dass Lucas schläft. Zu meiner Erleichterung sieht er nicht ansatzweise so schlimm aus wie die anderen. Er wird mit mir nach Kolumbien zurückkehren können, sobald das Flugzeug hier ist. Die anderen

Männer werden dagegen noch ein paar Tage hierbleiben müssen.

Als ich wieder in meinem Zimmer ankomme, befindet sich Sharipov dort, der gerade einen Laptop auf mein Bett stellt. »Ich wurde gebeten, Ihnen das zu geben«, erklärt er und reicht mir den Rechner.

»Hervorragend, danke.« Ich nehme den Laptop mit meiner rechten Hand hoch und setze mich auf das Bett. Oder besser gesagt kollabiere auf das Bett, da meine Beine von dem anstrengenden Rundgang durch das Krankenhaus zittern. Zum Glück sieht Sharipov mein unbeholfenes Manöver nicht, da er gerade Richtung Tür geht.

Sobald er das Zimmer verlassen hat, verbinde ich mich mit dem Internet und lade mir ein Programm herunter, welches meine Onlineaktivitäten verbergen soll. Danach rufe ich eine bestimmte Webseite auf und gebe ein Passwort ein. Ein Videochat Fenster öffnet sich und ich gebe ein weiteres Passwort ein, um mich mit dem Computer auf dem Anwesen zu verbinden.

Zuerst erscheint Peter. »Endlich sind Sie da«, sagt er und im Hintergrund sehe ich das Wohnzimmer meines Hauses. »Nora kommt schon.«

Ein paar Sekunden später erscheint Noras kleines Gesicht auf dem Bildschirm. »Julian! Oh Gott, ich dachte ich würde dich niemals wiedersehen!« Ihre Stimme ist tränenschwer und auf ihren Wangen kann ich feuchte Überreste entdecken. Ihr Lächeln strahlt jedoch reine Freude aus.

Ich grinse sie an und plötzlich sind meine Wut und meine Schmerzen vergessen. In diesem Moment bin ich einfach nur glücklich. »Hallo Baby, wie geht es dir?«

Sie starrt mich ungläubig an. »Wie es *mir* geht? Du bist doch derjenige, der gerade mit dem Flugzeug abgestürzt ist! Wie geht es *dir*? Ist das ein Gips an deinem Arm?«

»Sieht ganz danach aus.« Ich zucke kurz mit meiner rechten Schulter. Es ist mein linker Arm und ich bin Rechtshänder, also ist das nicht so schlimm.

»Was ist mit deinem Kopf?«

»Ach, das?« Ich berühre den dicken Verband um meinen Kopf. »Ich bin mir nicht sicher, aber da ich herumgehen und sprechen kann nehme ich an, dass es nicht so schlimm sein kann.«

Sie schüttelt ihren Kopf, schaut mich ungläubig an und mein Grinsen verstärkt sich. Nora denkt wahrscheinlich, dass ich in ihrer Gegenwart sehr stark und männlich wirken möchte. Mein Kätzchen versteht nicht, dass diese Arten von Verletzungen wirklich Kleinigkeiten für mich sind; dass ich von meinem Vater schlimmere Prügel bekam.

»Wann kommst du nach Hause?«, möchte sie wissen und kommt mit ihrem Gesicht näher an die Kamera heran. Ihre Augen sehen riesig aus, ihre langen Wimpern sind stachelig durch die verbliebene Nässe. »Du kommst doch nach Hause, oder?«

»Ja, natürlich. Ich kann in meinem Zustand kaum etwas gegen die Al-Quadar ausrichten.« Ich deute mit meiner rechten Hand auf meinen Gips. »Das Flugzeug ist schon unterwegs um Lucas und mich abzuholen, also sehen wir uns bald.«

»Ich kann es kaum erwarten«, sagt sie sanft und meine Brust zieht sich zusammen, als ich die Zuneigung auf ihrem Gesicht sehe. Ein Gefühl wie Zärtlichkeit durchflutet mich und verstärkt meine Sehnsucht nach ihr bis sie fast schmerzhaft wird.

»Nora—«, beginne ich zu sagen, als ich von einem scharfen *Knacken* unterbrochen werde, welches von draußen kommt. Ihm folgen weitere, schnelle Geräuschexplosionen, die ich sofort wiedererkenne.

Schüsse. Die Waffen sind mit Schalldämpfern ausgestattet, aber nichts kann den ohrenbetäubenden Lärm einer abfeuernden Maschinenpistole verbergen.

Sofort höre ich Schreie und Gegenfeuer. Diesmal ohne Schalldämpfer. Die Soldaten, die auf dem Flur stationiert sind, müssen auf eine Bedrohung reagiert haben, welche draußen aufgetaucht ist.

Innerhalb einer Millisekunde verlasse ich das Bett und der Laptop fällt zu Boden. Adrenalin durchfährt mich und beschleunigt alles außer meiner Wahrnehmung, in der alles wie in Zeitlupe abläuft. Ich weiß, dass diese Verlangsamung der Zeit nur eine Illusion ist — dass mein Gehirn versucht, mit der großen Gefahr klarzukommen.

Dank meines lebenslangen intensiven Trainings handele ich rein instinktiv. Innerhalb einer Sekunde erfasse ich den Raum und sehe, dass es kein Versteck gibt. Das Fenster an der gegenüberliegenden Wand ist zu schmal, um mich hindurchzwängen zu können, selbst wenn ich das Risiko in Kauf nehmen würde, aus dem dritten Stock zu stürzen. Also bleiben mir nur noch die Tür und der Gang — die Richtung, aus der die Schüsse kommen.

Ich mache mir nicht die Mühe herauszufinden wer angreift. Im Moment ist das nebensächlich. Das einzige, was jetzt zählt, ist zu überleben.

Weitere Schüsse denen ein Schrei folgt. Von draußen höre ich den dumpfen Aufschlag eines Körpers in nächster Nähe und wähle diesen Moment, um mich zu bewegen.

Ich drücke die Tür auf und mache einen Hechtsprung in die Richtung, aus der der Aufprall kam. Den Schwung der Bewegung nutze ich dazu, mich auf dem glatten Linoleumboden entlangrutschen zu lassen. Mein Gips knallt gegen die Wand, als ich in den toten Soldaten krache, aber ich nehme diesen Schmerz gar nicht wahr. Stattdessen ziehe ich den Mann auf mich und benutze seinen Körper als Schutzschild gegen die herumfliegenden Kugeln. Auf dem Boden sehe ich seine Waffe, nehme ich sie in meine rechte Hand und feuere Schüsse in die Ecke an der gegenüberliegenden Seite des Gangs, wo sich maskierte Männer hinter einer Krankenhaustrage zusammenkauern.

Es sind zu viele. Soviel kann ich erkennen. Sie sind zu viele und ich habe nicht genügend Kugeln in meiner Waffe. Ich kann die leblosen Körper sehen, die den Gang bedecken — die fünf usbekischen Soldaten sowie einige der maskierten Angreifer sind niedergeschossen worden — und ich erkenne, dass es sinnlos ist zu kämpfen. Sie werden mich bekommen. Eigentlich ist es sogar erstaunlich, dass ich nicht schon durchlöchert bin, ob mit oder ohne menschlichen Schild.

Sie wollen mich nicht umbringen.

Das wird mir genau in dem Moment klar, als meine Waffe ihren letzten Schuss abfeuert. Der Boden und die Wände um mich herum sind von Schüssen ganz durchlöchert, aber ich bin unverletzt. Da ich nicht an Wunder glaube, muss es bedeuten, dass die Angreifer nicht auf mich zielen.

Sie schießen um mich herum, um mich an einer Stelle festzuhalten.

Ich rolle den leblosen Körper von mir herunter und stehe langsam auf, ohne meinen Blick von den bewaffneten Männern am anderen Ende des Ganges abzuwenden. Das Feuer hört auf, als ich beginne, mich auf sie zu zu bewegen. Diese Stille nach dem ganzen Lärm ist schon fast ohrenbetäubend.

»Was wollt ihr?« Ich hebe meine Stimme, um über den ganzen Flur hinweg gehört werden zu können. »Warum seid ihr hier?«

Ein Mann erhebt sich hinter der Trage und hält seine Waffe auf mich gerichtet, während er in meine Richtung geht. Er ist wie alle anderen maskiert, aber irgendetwas an ihm kommt mir bekannt vor. Als er ein paar Schritte vor mir zum Stehen kommt, kann ich das dunkle Glitzern seiner Augen durch die Maske sehen und ich erkenne ihn wieder.

Majid.

Al-Quadar muss gehört haben, dass ich hier bin, in ihrer Reichweite.

Ich handele ohne nachzudenken. In meiner Hand halte ich immer noch die leere Maschinenpistole also werfe ich mich auf ihn. Ich schwinge die Pistole wie einen Baseballschläger und ziele nach oben, bevor ich damit nach unten zuschlage. Trotz meiner

Verletzungen sind meine Reflexe hervorragend und die Waffe trifft auf Majids Rippen bevor ich gegen die Wand geworfen werde und in meiner linken Schulter ein quälender Schmerz explodiert. Meine Ohren rauschen von dem Aufprall und ich gleite an der Wand hinunter. Mir wird klar, dass ich angeschossen worden bin — dass er es geschafft hat seine Waffe abzufeuern, bevor ich echten Schaden anrichten konnte.

Ich höre Schreie auf Arabisch und eine raue Hand ergreift mich, um mich auf dem Boden entlangzuschleifen. Ich wehre mich mit meiner ganzen verbliebenen Kraft, aber ich spüre, wie mein Körper nachgibt, mein Herz sich anstrengen muss, die sich verringernde Blutmenge durch mich zu pumpen. Etwas drückt auf meine Schulter und verstärkt meine Schmerzen. Ich sehe schwarze Punkte.

Mein letzter Gedanke bevor ich das Bewusstsein verliere ist, dass Tod wahrscheinlich angenehmer als das gewesen wäre, was mich jetzt erwartet.

24. KAPITEL

❖ NORA ❖

Ich bemerke nicht dass ich schreie, bis sich eine Hand über meinen Mund legt und meine hysterischen Laute abdämpft.

»Nora. Nora, hören Sie damit auf.« Peters ruhige Stimme zieht mich aus dem Strudel des Grauens und holt mich zurück in die Wirklichkeit. »Beruhigen Sie sich und erzählen Sie mir genau, was Sie gesehen haben. Sind Sie ruhig genug, um reden zu können?«

Ich bekomme ein kurzes Nicken hin und trete ein Stück zurück. Aus meinem Augenwinkel sehe ich, dass Rosa und Ana auch in meiner Nähe sind. Anas Hände bedecken ihren Mund und Tränen laufen ihre Wangen hinunter. Rosa sieht verängstigt und bestürzt aus.

»Ich habe—«, ich kann die Worte kaum aus meinem geschwollenen Hals pressen, »Ich habe nichts *gesehen*. Ich habe es nur gehört. Wir haben gesprochen und plötzlich waren da Schüsse und Schreie und noch mehr Schüsse. Julian—« Meine Stimme stockt, als ich seinen Namen sage. »Julian muss den Computer fallen gelassen haben. Plötzlich stand alles auf dem Bildschirm Kopf und ich konnte nur noch die Wand sehen. Ich habe es aber alles gehört — die Schüsse, die Schreie und noch mehr Schüsse ...« Mir fällt nicht auf dass ich unkontrolliert schluchze, bis Peters Hände sich auf meine Schultern legen und er mich sanft zum Sofa führt.

Er zwingt mich, mich hinzusetzen als ich anfange vor Entsetzen über das gerade Erlebte zu zittern. Außerdem kommen die Erinnerungen daran hoch, wie ich vor einigen Monaten von der Al-Quadar auf den Philippinen entführt worden war. Einige schreckliche Momente lang vermischen sich Vergangenheit und Gegenwart. Ich bin erneut in dem Krankenhaus, höre die Schüsse und spüre die Angst so intensiv, dass mein Kopf nicht dagegen ankommt. Aber diesmal sind nicht Beth und ich in Gefahr.

Es ist Julian.

Sie wollten ihn haben — und ich weiß genau, wer *sie* sind.

»Es ist die Al-Quadar.« Meine Stimme ist heiser als ich aufstehe und das Zittern ignoriere, welches durch meinen Körper fährt. »Peter, es sind die Al-Quadar.«

Er nickt zustimmend und ich sehe, dass er schon am Telefon ist. »Da. Da, eto ya«, sagt er und mir wird klar, dass er Russisch spricht. »V hospitale problema. Da, seychas-zhe.« Er nimmt das Telefon hinunter und erklärt mir: »Ich habe den Vorfall im Krankenhaus gerade an die usbekische Polizei weitergegeben. Sie sind auf dem Weg dorthin, genauso wie weitere

Soldaten. In wenigen Minuten werden sie dort ankommen.«

»Es wird zu spät sein.« Ich weiß nicht, weshalb ich mir da so sicher bin, aber ich kann es tief in mir spüren. »Sie haben ihn, Peter. Und falls er noch nicht tot ist, wird er es bald sein.«

Er schaut mich an und ich kann sehen, dass er es auch weiß — dass er weiß, wie hoffnungslos diese ganze Sache ist. Wir haben es mit einer der gefährlichsten Terroristenorganisationen der Welt zu tun und sie haben den Mann, der sie gejagt und ihre Truppenstärke verringert hat.

»Wir werden sie finden, Nora«, sagt Peter ruhig. »Wenn sie ihn noch nicht getötet haben gibt es eine Chance, dass wir ihn dort herausholen können.«

»Das glaubst du nicht wirklich.« Ich kann es auf seinem Gesicht sehen. Er sagt das nur, um mich zu besänftigen. Majids Männer haben es monatelang geschafft, sich versteckt zu halten und nur die zufällige Gefangennahme jenes Terroristen in Moskau hatte dazu geführt, ihren Aufenthaltsort herauszufinden. Sie werden wieder verschwinden und sich einen neuen Rückzugsort suchen, da ihr Versteck in Tadschikistan aufgeflogen ist.

Sie werden verschwinden, genau wie Julian.

Peter schaut mich unergründlich an. »Es ist unwichtig, was ich glaube. Tatsache ist, dass sie etwas von Ihrem Ehemann wollen: den Sprengstoff. Sie wollten ihn vorher und ich bin mir sicher, dass sie ihn jetzt möchten. Es wäre dumm von ihnen, Julian sofort zu töten.«

»Sie denken, dass sie ihn erst foltern werden.« Galle steigt meinen Hals hoch als ich mich an Beths Schreie und das Blut erinnere, welches überall hinfloss, als Majid systematisch ihren Körper zerstückelte. »O Gott, Sie denken, dass sie ihn foltern werden bis er nicht mehr kann und ihnen den Sprengstoff gibt.«

»Ja«, sagt Peter und seine grauen Augen blicken mir weiterhin ins Gesicht als Ana leise an Rosas Schulter zu schluchzen beginnt. »Das tu ich. Und genau das gibt uns die Zeit, sie zu finden.«

»Nicht genug Zeit.« Ich starre ihn an und bin krank vor Angst. »Nicht ansatzweise genug Zeit. Peter, sie werden ihn quälen und töten während wir dabei sind, ihn zu suchen.«

»Das können wir nicht mit Sicherheit wissen«, entgegnet er und zieht wieder sein Telefon hervor. »Ich werde unsere ganzen Ressourcen darauf ansetzen. Sobald die Al-Quadar auch nur kurz auf irgendeinem Radar aufblitzt, werden wir es wissen.«

»Aber das könnte Wochen, wenn nicht Monate dauern!« Meine Stimme wird schrill, als ich erneut hysterisch werde. Ich habe das Gefühl, verrückt zu werden, auf dieser Achterbahn der Gefühle aus Trauer, Freude und Terror der letzten Tage, die mich jetzt in ein tiefes Loch der Verzweiflung stürzt. Gestern noch hatte ich gedacht, Julian wieder verloren zu haben, bis ich erfahren habe, dass er lebt. Und jetzt, als es so aussah als sei das Schlimmste vorbei, spielt uns das Schicksal den grausamsten Streich.

Die Monster, die Beth umgebracht haben, werden mir auch Julian wegnehmen.

»Das ist die einzige Möglichkeit die wir haben, Nora.« Peters Stimme ist beruhigend, so als würde er mit einem zerbrechlichen Kind sprechen. »Es gibt keine andere Möglichkeit. Esguerra ist hart. Er kann eine Weile durchhalten, egal was sie mit ihm machen.«

Ich atme tief ein um mich wieder in den Griff zu bekommen. Ich kann später zusammenbrechen, wenn ich alleine bin. »Niemand ist stark genug, um sich pausenlos foltern zu lassen.« Meine Stimme ist fast ruhig. »Das weißt du selbst.«

Peter nickt mit dem Kopf, um mir zuzustimmen. Von dem, was ich über seine Fähigkeiten gehört habe, weiß er besser als jeder andere, wie effektiv Folter sein kann. Während ich ihn anschaue, kommt mir ein Gedanke — ein Gedanke, an dem ich niemals zuvor festgehalten hätte.

»Der Terrorist, den sie gefangen genommen haben«, frage ich langsam, während ich Peter weiterhin anblicke. »Wo ist er jetzt?«

»Er soll uns übergeben werden, aber noch ist er in Moskau.«

»Denken Sie, er könnte etwas wissen?« Meine Hände verkrallen sich in dem Rock meines Kleides, während ich meinen Blick nicht von Julians Foltermeister abwende. Ein Teil von mir kann gar nicht glauben, dass ich ihm gleich diese Frage stellen werde, aber meine Stimme ist fest als ich von ihm wissen möchte: »Denken Sie, dass Sie ihn zum Reden bringen können?«

»Ja, ich bin mir sicher, dass ich das kann«, antwortet Peter langsam und schaut mich mit einem Ausdruck an, der an Respekt erinnert. »Ich weiß nicht ob er weiß, wohin sie als nächstes gehen werden, aber es ist einen Versuch wert. Ich werde sofort nach Moskau fliegen und schauen, was ich herausfinden kann.«

»Ich komme mit.«

Er widerspricht mir sofort. »Nein, Sie nicht«, sagt er und runzelt seine Stirn. »Ich habe ausdrückliche Anweisungen, Sie hier in Sicherheit zu lassen.«

»Ihr Boss befindet sich in Gefangenschaft und wird gerade gefoltert bevor er getötet werden wird.« Meine Stimme ist scharf und beißend, als ich jedes meiner Worte betone. »Und Sie denken, *meine* Sicherheit steht gerade an erster Stelle? Ihre Anweisungen sind nicht länger gültig, da die Terroristen Julian haben. Sie brauchen mich nicht länger als Druckmittel für ihn.«

»Also eigentlich würden sie es sehr begrüßen, Sie als Druckmittel zu haben. Sie könnten ihn um einiges schneller brechen, wenn sie auch seine Frau in Ihrer Gewalt hätten.« Peter schüttelt seinen Kopf und sein Gesichtsausdruck bleibt bedauernd aber entschlossen. »Es tut mir leid, Nora, aber Sie müssen hierbleiben. Sollten wir Ihren Ehemann befreien, wäre er sehr ungehalten zu erfahren, dass ich es zugelassen habe, dass Sie sich in Gefahr begeben.«

Ich drehe mich weg, als sich Angst und Frustration vermischen, sich gegenseitig nähren, bis ich mich fühle, als würde ich dadurch zerspringen. Ich fühle mich hilflos. Ganz und gar hilflos. Als ich entführt wurde, kam Julian. Er hat mich befreit — aber ich kann nicht das gleiche für ihn tun.

Ich kann nicht einmal das Anwesen verlassen.

»Nora …« Es ist Rosa. Ich kann ihre Hand auf meinem Arm spüren, als ich ziellos aus dem Fenster starre und meine Gedanken durch alle Sackgassen rasen, wie Ratten in einem Labyrinth. »Nora, bitte … Komm, iss eine Kleinigkeit …«

Ich schüttele kurz ablehnend mit dem Kopf und ziehe meinen Arm weg, während mein Blick weiterhin auf den grünen Rasen gerichtet bleibt. In meinem Kopf schwirrt ein unvollständiger Gedanke den ich nicht richtig greifen kann. Er hat etwas mit dem zu tun, was Peter gesagt hat … Ich höre, wie er den Raum verlässt, wie seine Schritte im Flur widerhallen. Plötzlich fällt es mir ein.

Ich drehe mich herum und renne ihm hinterher. Ich ignoriere das Entsetzen auf Rosas Gesicht, als ich sie aus dem Weg schubse. »Peter! Peter, warte!«

Er hält inne und schaut mich kühl an, als ich neben ihm zum Stehen komme. »Was ist denn?«

»Ich weiß es«, schnaufe ich atemlos. »Peter, ich weiß genau, was wir machen müssen. Ich weiß, wie wir Julian zurückbekommen.«

Sein Gesichtsausdruck verändert sich nicht. »Wovon sprechen Sie?«

Ich atme tief ein und beginne, ihm meinen Plan zu erklären. Ich spreche so schnell, dass ich mich verhaspele. Ich kann sehen, wie er seinen Kopf schüttelt, aber ich insistiere trotzdem. Ich spüre ein so dringendes Bedürfnis zu handeln wie niemals zuvor in meinem ganzen Leben. Ich muss Peter davon überzeugen, dass ich Recht habe. Julians Leben hängt davon ab.

»Nein«, sagt er als ich ausgeredet habe. »Das ist verrückt. Julian würde mich umbringen—«

»Aber er müsste *überleben*, um das machen zu können«, unterbreche ich ihn. »Es gibt keine andere Möglichkeit. Das wissen Sie genauso gut wie ich.«

Er schüttelt seinen Kopf und schaut mich bedauernd an. »Es tut mir leid, Nora—«

»Ich werde Ihnen die Liste geben«, sprudelt es aus mir heraus. Ich greife nach dem einzigen Strohhalm, den ich noch habe. »Wenn Sie das tun, werde ich Ihnen die Namensliste geben bevor die drei Jahre vorüber sind. Julian wird sie Ihnen geben, sobald er sie in die Finger bekommt.«

Peter blickt mich an und zum ersten Mal verändert sich sein Gesichtsausdruck. »Sie wissen von der Liste?«, will er mit einer so wütenden Stimme von mir wissen, dass ich gegen mein Verlangen zurückzutreten ankämpfen muss. »Die Liste, die Esguerra mir versprochen hat?«

Ich nicke. »Das tue ich.« Unter allen erdenklichen anderen Umständen hätte ich Angst davor, diesen Mann zu provozieren, aber in diesem Moment spüre ich schon keine Angst mehr. Meine Verzweiflung gibt mir außergewöhnlichen Mut und lässt mich alle Bedenken vergessen. »Und ich weiß, dass Sie sie nicht bekommen werden, sollte Julian sterben«, unterstreiche ich mein Anliegen. »Diese ganze Zeit, die Sie für ihn gearbeitet haben, wird für umsonst gewesen sein. Sie werden sich niemals an den Menschen rächen können, die ihre Familie getötet haben.«

Sein unbeweglicher Ausdruck verschwindet und sein Gesicht verwandelt sich in eine Maske aus kochender Wut. »Sie wissen einen Scheißdreck über meine Familie«, brüllt er und diesmal trete ich einen Schritt zurück. Mein Überlebensinstinkt ist endlich geweckt worden, als ich gesehen habe, wie sich seine Hände zu Fäusten ballen. »Sie wagen es, sie gegen mich zu benutzen?«

Er geht einen Schritt auf mich zu, während ich mit klopfendem Herzen zurücktrete. Dann dreht er sich mit einer gezielten, gewaltgeladenen Bewegung um und schlägt gegen die Wand, durchbricht den Rigips. Ich zucke zusammen, springe weg und er zielt erneut auf die Wand, um die Wut hinauszulassen, die er zweifellos auf mich hat.

»Peter ...« Meine Stimme ist tief und beruhigend, so als spräche ich mit einem wilden Tier. Ich kann Rosa und Ana im Türrahmen stehen sehen, die gerade versuchen, diese Situation zu verstehen. »Peter, ich benutze sie nicht — ich spreche lediglich die Tatsachen aus. Ich möchte Ihnen helfen, aber zuerst brauche ich Ihre Hilfe.«

Er starrt mich an und seine Brust bebt voller Wut. Ich kann sehen wie er versucht, sich wieder unter Kontrolle zu bekommen. Ich zittere innerlich, aber blicke ihm weiterhin fest ins Gesicht. *Keine Angst zeigen. Was auch immer, bloß keine Angst zeigen.* Zu meiner riesigen Erleichterung geht sein Atem wieder langsamer und die Wut in seinem Gesicht lässt nach, als er wieder zu sich findet.

»Es tut mir leid«, sagt er nach einigen Augenblicken mit angespannter Stimme. »Ich hätte nicht so reagieren dürfen.« Er holt erneut tief Luft und dann noch einmal. Langsam wird sein Gesicht wieder die kontrollierte Maske, die es normalerweise ist. »Und woher weiß ich, dass Sie ihr Versprechen mit der Liste halten werden?«, fragt er mit normaler Stimme, aus der kein Ärger mehr herauszuhören ist. »Sie bitten mich etwas zu tun, was Esguerra hassen wird. Woher weiß ich, dass er mir die Liste geben wird, wenn ich das hier tue?«

»Ich werde dafür sorgen, dass er sie Ihnen gibt.« Ich habe keine Ahnung wie ich es schaffen könnte, dass Julian irgendetwas tut, was ich möchte, aber ich lasse mir meine Zweifel nicht anmerken. »Das schwöre ich Ihnen, Peter. Helfen Sie mir hierbei und Sie werden Ihre Rache nehmen können bevor die drei Jahre um sind.«

Er blickt mich an und ich kann sein stummes Abwägen förmlich fühlen. Er weiß, dass meine Argumente hieb-und stichfest sind. Wenn er macht worum ich ihn bitte, hat er die Möglichkeit schneller an diese Namensliste zu kommen. Sollte Julian sterben, wird er die Liste überhaupt nicht bekommen.

»In Ordnung«, erwidert er, als er seine Entscheidung getroffen hat. »Machen Sie sich fertig. Wir fliegen in einer Stunde.«

* * *

Als wir auf einem kleinen Flughafen in der Nähe von Chicago landen ist der Boden mit einer dicken Schneedecke überzogen. Ich bin dankbar dafür, meine alten Ugg Boots angezogen zu haben. Es ist bereits Abend und der Wind der durch meinen Wintermantel dringt ist bitterkalt. Ich nehme das allerdings kaum wahr, da mein Kopf sich auf das konzentriert, was passieren wird.

Kein kugelsicheres Auto wartet auf uns. Nichts zieht die Aufmerksamkeit auf unsere Ankunft. Peter ruft ein Taxi für mich und ich steige hinten ein, während er zum Flugzeug zurückeilt.

Der Fahrer, eine netter Mann mittleren Alters, versucht eine Unterhaltung mit mir zu führen, wahrscheinlich in der Hoffnung herauszufinden wer ich bin. Ich bin mir ziemlich sicher dass er denkt ich sei irgendein Promi weil ich in einem Privatjet angereist bin. Ich antworte einsilbig auf seine Fragen und er bemerkt schnell, dass ich lieber ein wenig Zeit für mich hätte. Der Rest der Fahrt vergeht schweigend während ich aus dem Fenster auf die dunkle, nächtliche Straße blicke. Mein Kopf schmerzt vor Jetlag und mir ist übel. Hätte ich mich nicht gezwungen, im Flugzeug ein Sandwich zu essen, würde ich wahrscheinlich vor Erschöpfung in Ohnmacht fallen.

Als wir in der Oak Lawn ankommen, lasse ich mich von dem Taxi am Haus meiner Eltern absetzen. Sie erwarten mich nicht, aber das ist auch besser so. Das lässt alles echter aussehen, weniger gestellt.

Der Fahrer hilft mir dabei, einen kleinen Koffer auszupacken. Ich bezahle und gebe ihm zwanzig Dollar Trinkgeld, weil ich so unfreundlich zu ihm gewesen war. Er fährt weg und ich schiebe meinen Koffer zur Tür des Hauses, in dem ich meine Kindheit verbracht habe.

Vor der vertrauten braunen Tür bleibe ich stehen und klingele. Ich weiß, dass meine Eltern zu Hause sind, weil ich das Licht im Wohnzimmer sehen kann.

Sie brauchen einige Minuten, bis sie die Tür öffnen — einige Minuten, die sich in meinem erschöpften Zustand wie eine Stunde anfühlen.

Meine Mutter öffnet die Tür und ihre Kinnlade klappt vor Überraschung nach unten als sie mich hier mit meiner Hand am Griff des Koffers stehen sieht.

»Hallo Mama«, sage ich mit zitternder Stimme. »Kann ich hereinkommen?«

25. KAPITEL

❖ JULIAN ❖

Zuerst nehme ich nur Dunkelheit und Schmerzen wahr. Schmerz, der mich zerreißt. Schmerz, der mich von innen zerstört. Die Dunkelheit ist leichter zu ertragen. Dort gibt es keinen Schmerz, nur Erleichterung. Trotzdem hasse ich dieses Nichts, welches mich vereinnahmt während ich mich in diesem dunklen Zustand befinde. Ich hasse diese Leere des Nicht-Existierens. Je mehr Zeit vergeht, desto mehr sehne ich mich nach dem Schmerz, weil er das Gegenteil dieser Leere ist — weil etwas zu fühlen besser ist als Nichts zu fühlen.

Langsam zieht sich die Dunkelheit zurück, entlässt mich aus ihrer Umarmung. Jetzt habe ich neben den Schmerzen auch Erinnerungen. Einige gute, einige schlechte — die mich in Wellen überkommen. Das zärtliche Lächeln meiner Mutter während sie mir eine Gute-Nacht-Geschichte vorliest. Die harte Stimme meines Vaters und seine noch härteren Fäuste. Ich, wie ich im Dschungel einem farbenfrohen Schmetterling hinterherrenne, so glücklich und sorglos wie es nur ein Kind tun kann. Ich, wie ich meinen ersten Mann in dem Dschungel töte. Ich, wie ich mit meiner Katze Lola spiele, dann wie ich mit einem zwölf Jahre alten Mädchen mit strahlenden Augen spiele ... mit Maria.

Marias entstellter und vergewaltigter Körper, ihr Leuchten und ihre Unschuld für immer zerstört.

Blut an meinen Händen und die Befriedigung, die Schreie ihrer Mörder zu hören. Sushi in dem besten Restaurant in Tokyo. Fliegen, die um den Leichnam meiner Mutter schwirren. Der Nervenkitzel bei meinem ersten Geschäftsabschluss, die Verlockung des in Aussicht stehenden Geldes. Mehr Tod und Gewalt. Tod, den ich verursache, Tod, den ich genieße.

Und dann gibt es *sie*.

Meine Nora. Das Mädchen welches ich entführt habe, weil sie mich an Maria erinnert hat.

Das Mädchen, das jetzt der Grund für meine Existenz ist.

Ich behalte ihr Bild in meinem Kopf und lasse alle anderen Erinnerungen im Hintergrund verschwinden. Sie ist alles, woran ich denken möchte, alles, auf das ich mich konzentrieren will. Sie lässt meine Schmerzen abklingen und meine Dunkelheit verschwinden. Ich habe ihr zwar Leid zugefügt, aber sie hat mich zum ersten Mal seit meiner frühen Kindheit glücklich gemacht.

Während die Zeit vergeht dringen andere Eindrücke in mich ein. Neben dem Schmerz höre ich Geräusche und werde mir weiterer Dinge bewusst. Ich höre Stimmen und fühle kalte Luft auf meinem Gesicht. Meine linke Schulter brennt, mein gebrochener Arm pocht und ich sterbe vor Durst. Trotzdem scheine ich noch zu leben.

Ich bewege meine Finger um sicherzugehen. Ja, ich bin am Leben. Fast zu schwach um mich zu bewegen, aber ich bin am Leben.

Scheiße. Der Rest meiner Erinnerungen kommt hoch und bevor ich meine Augen öffne weiß ich wo ich bin. Und ich weiß, ich sollte vielleicht besser nicht gegen die Dunkelheit angekämpft haben. Vergessen wäre besser gewesen als das hier.

»Herzlich willkommen zurück«, sagt eine Männerstimme sanft. Ich öffne meine Augen und sehe Majids lächelndes Gesicht über mir. »Du warst lange genug weg. Es ist Zeit, dass wir anfangen.«

* * *

Sie schleifen mich über den harten Zementboden einer Art Baustelle. So wie es aussieht wird es ein Industriegebäude werden. Der Raum, in den sie mich bringen hat keine Fenster, nur eine Türöffnung. Ich denke darüber nach, mich zu wehren, bin allerdings durch meine Verletzungen zu schwach, um Erfolg haben zu können. Ich entschließe mich dazu, das bisschen Kraft, welches mir geblieben ist, aufzusparen. Ich denke ich werde es brauchen um mit dem fertig zu werden, was sie mit mir vorhaben.

Sie beginnen damit, mich komplett zu entkleiden und mich an einem Seil in die Höhe zu ziehen, welches sie über einen Balken in der unvollendeten Decke wickeln. Sie gehen nicht gerade vorsichtig zu Werke und der Gips an meinem linken Arm bricht, als sie meine Handgelenke zusammenbinden und meine Arme nach oben ziehen. Der quälende Schmerz in meinem verletzten Arm und meiner Schulter führen dazu, dass ich das Bewusstsein verliere und erst wieder zu mir komme, als sie eiskaltes Wasser über mein Gesicht gießen.

Irgendwie bewundere ich ihre Methoden. Sie wissen, was sie machen. Nimm einem Mann seine Bekleidung weg und gleich wird er sich verwundbarer fühlen. Halte ihn kalt, schwach und verletzt und schon wird er es schwerer haben, da seine Psyche genauso angegriffen sein wird wie sein Körper. Sie fangen mit dem rechten Fuß an. Wenn ich nicht das gleiche mit anderen gemacht hätte, würde ich jetzt damit anfangen zu betteln.

Aber mein Körper ist jetzt in einem vollständigen Kämpfe-oder-Fliehe Modus. Das Wissen, dass ich dem Tode so nahe bin — oder zumindest den entsetzlichsten Schmerzen — lässt mein Herz in einem krankhaft schnellen Rhythmus schlagen. Ich möchte ihnen nicht die Befriedigung verschaffen, mich zittern zu sehen, aber ich kann spüren, wie Schauer über meine Haut fahren. Das kalte Wasser, welches sie in dem fast eisigen Raum über mich gegossen haben und das Übermaß an Adrenalin bleiben nicht ohne sichtbare Folgen. Sie haben mich so weit in die Höhe gezogen, dass ich nur noch mit meinen Zehenspitzen den Boden berühre. Der Großteil meines Gewichts wird von meinen zusammengebundenen Handgelenken getragen, weshalb mein verwundeter

Arm und meine Schulter den Schmerz kaum noch aushalten können.

Während ich dort hänge und versuche, trotz des Schmerzes zu atmen, kommt Majid mit einem selbstgefälligen Lächeln auf seinen Lippen zu mir. »Wenn das nicht Esguerra höchstpersönlich ist«, sagt er gedehnt und klingt dabei mit seinem britischen Akzents wie ein James Bond aus dem mittleren Osten. »Wie nett von Ihnen, unseren Teil der Welt zu besuchen.«

Ich sage überhaupt nichts sondern blicke ihn einfach nur verächtlich an, da ihn das am meisten irritieren wird. Ich weiß, was er fordern wird und ich habe nicht vor, es ihm zu geben — nicht wenn er mich sowieso auf die schmerzvollste Art und Weise umbringen wird, die ihm einfällt.

Meine fehlende Reaktion provoziert ihn. Ich kann die Wut in seinen Augen aufblitzen sehen. Majid Ben-Harid lebt von der Angst und dem Elend der Anderen. Ich kann das verstehen, weil ich genauso bin. Und weil wir in diesem Punkt so seelenverwandt sind, weiß ich auch, wie ich ihm den Spaß verderben kann. Er wird meinen Körper zerstören, aber er wird es nicht im Entferntesten so sehr genießen, wie er das gern täte.

Ich werde ihn nicht lassen.

Das ist ein kleiner Trost für die Tatsache, dass ich einem quälenden Tod entgegenschaue, aber es ist alles, was ich im Moment habe.

Majids überhebliches Lächeln ist von seinem Gesicht verschwunden, als er näher auf mich zukommt. »Weißt du, eigentlich bin ich gar nicht in der Laune für Smalltalk«, erklärt er mir und hält mir ein großes Schlachtermesser vors Gesicht. »Lass uns gleich zum Punkt kommen.« Er fährt mit der Messerspitze meine Wange hinunter und ritzt sie dabei gerade tief genug ein, um Blut in einem leichten Rinnsal meine Wange hinunterlaufen zu lassen. »Du sagst mir, wo sich deine Sprengstofffabrik befindet und welche Sicherheitsvorkehrungen du getroffen hast und ich—« und er lehnt sich so weit nach vorne, dass ich seine schwarzen Pupillen in der schlammbraunen Iris ausmachen kann, »—ich werde dir einen schnellen Tod gewähren. Wenn nicht ... bin ich mir sicher, dass ich dir die Alternative nicht weiter erklären muss. Was sagst du dazu? Möchtest du es uns leicht oder schwer machen? Das Ergebnis wird das gleiche sein.«

Ich antworte nicht und ich zucke nicht weg. Nicht einmal, als die Klinge ihre schmerzhafte Reise fortsetzt und meinen Hals, meine Brust und meinen Bauch entlangfährt, wo sie eine blutige Spur hinterlässt.

Es ist egal, was ich wähle, denn Majid hat nicht vor, sich an die Versprechungen zu halten, die er mir gibt. Er wird mich niemals schnell sterben lassen — nicht einmal wenn ich ihm morgen den Sprengstoff persönlich überbringe. Ich habe der Al-Quadar in den letzten Monaten zu viel Schaden zugefügt, zu viele ihrer Pläne zerstört. Sobald ich ihm das gebe, was er möchte, wird er mich so grausam wie möglich auseinandernehmen, allein um seinen Männern zu zeigen, was diejenigen erwartet, die sich ihm in den Weg stellen.

Das ist zumindest das, was ich an seiner Stelle machen würde.

Das Messer hält genau unter meinen Rippen an und die scharfe Spitze sticht in mein Fleisch. Ich kann sehen, wie Majids Augen voller boshafter Freude funkeln. »Also?«, flüstert er. »Spielen oder nicht spielen, Esguerra? Es ist deine Entscheidung. Ich kann damit anfangen, einige deiner Organe zu entnehmen, um einen zusätzlichen Profit für uns herauszuschlagen — oder, falls dir das lieber ist, kann ich weiter unten mit dem Lieblingskörperteil deiner Frau beginnen ...«

Ich unterdrücke den instinktiven männlichen Zwang mich bei diesem letzten Vorschlag zu schütteln und mein Gesichtsausdruck bleibt ruhig, fast belustigt. Ich weiß, dass er mit nichts beginnen wird, dass zu großen Schäden hinterlässt — weil ich sofort verbluten würde, wenn er das täte. Ich habe allerdings schon zu viel Blut verloren, um noch weitere Verluste hinnehmen zu können. Das Letzte, das Majid möchte, ist ein Opfer zu verlieren, welches gerade bei Bewusstsein ist. Wenn er wirklich diesen Sprengstoff haben möchte, wird er klein anfangen und sich dann langsam bis zu den brutalen Sachen hocharbeiten müssen, mit denen er mich gerade bedroht hat.

»Weiter«, sage ich kühl. »Gib dein Bestes.«

Und ich lächele ihn spöttisch an während ich darauf warte, dass die Folter beginnt.

26. KAPITEL

❖ NORA ❖

Der Abend, an dem ich zu Hause ankomme, vergeht mit nicht enden wollenden Tränen, Umarmungen und Fragen darüber, was passiert sei und wie ich es geschafft habe zurückzukommen.

Ich erzähle meinen Eltern so viel von der Wahrheit wie ich kann und spreche über den Flugzeugabsturz und die darauf folgende Entführung von Julian, durch die Terroristen Gruppe gegen die er angekämpft hatte. Während ich spreche kann ich sehen, wie sie gegen Entsetzen und Ungläubigkeit ankämpfen. Terroristen und Flugzeuge die abgeschossen werden liegen weit außerhalb ihres normalen Lebens und ich weiß, wie schwer das alles für sie zu verarbeiten ist. Das war es für mich auch einst gewesen.

»Nora, Süße ...« Die Stimme meiner Mutter ist sanft und mitfühlend. »Es tut mir so leid — ich weiß, dass du ihn trotz allem geliebt hast. Weißt du denn, was jetzt passieren wird?«

Ich schüttele meinen Kopf und versuche meinen Vater nicht anzuschauen. Er denkt, dass das Ganze eine positive Entwicklung ist; das kann ich von seinem Gesicht ablesen. Er ist erleichtert, dass ich höchstwahrscheinlich den Mann loswerde, den er als meinen Entführer ansieht. Ich bin mir sicher, dass meine Eltern beide denken, dass Julian genau das verdient, aber meine Mutter versucht zumindest, auf meine Gefühle Rücksicht zu nehmen. Mein Vater dagegen kann kaum verbergen, wie zufrieden er mit den neuesten Wendungen ist.

»Egal was passiert, ich bin froh, dass du nach Hause gekommen bist.« Meine Mutter greift nach meiner Hand. In ihren dunklen Augen steigen frische Tränen auf, als sie mich anblickt. »Wir sind für dich da, Süße. Das weißt du, stimmt's?«

»Das mache ich, Mama«, flüstere ich und habe dabei einen Kloß im Hals. »Deshalb bin ich zurückgekommen. Weil ich euch vermisst habe ... und weil ich nicht alleine auf dem Anwesen sein konnte.«

Das stimmt auch, aber das ist nicht der eigentliche Grund dafür, dass ich hier bin. Aber den wahren Grund kann ich meinen Eltern nicht sagen.

Wenn sie wüssten, dass ich nach Hause gekommen bin, um mich von der Al-Quadar entführen zu lassen, würden sie mir das niemals verzeihen.

* * *

Trotz meiner Müdigkeit kann ich in dieser Nacht kaum schlafen. Ich weiß, dass es einen Moment dauern wird, bis die Al-Quadar auf meine Anwesenheit in der Stadt reagieren wird, aber trotzdem bin ich angespannt und nervös. Jedes Mal, wenn ich am Einschlafen bin, bekomme ich meine Albträume. Allerdings wird diesmal nicht Beth in Stücke geschnitten, sondern Julian. Diese blutigen Bilder sind so lebendig, dass ich zitternd in meiner nassgeschwitzten Bettwäsche aufwache und mir schlecht ist. Letztendlich gebe ich mein Vorhaben zu schlafen auf und nehme meine Malsachen aus meinem Koffer. Ich hoffe, dass das Malen mich davon abhalten wird darüber nachzudenken, was sich in meinen Albträumen, vielleicht gerade genauso in einem Versteck der Al-Quadar, tausende von Kilometern entfernt von hier, abspielt.

Als das Licht der aufgehenden Sonne in den Raum fällt, halte ich inne um zu schauen, was ich gemalt habe. Zuerst sieht es abstrakt aus — rote, schwarze und braune Wirbel — aber bei näherem Hinsehen entpuppt es sich als etwas anderes. Die Wirbel sind Gesichter und Körper, die in einem Ausbruch von gewalttätiger Ekstase ineinander geschlungen sind. Die Gesichter spiegeln Leid und Genuss, Qualen und Lust wieder.

Das ist wahrscheinlich mein bestes Werk bis jetzt und ich hasse es.

Ich hasse es weil es mir zeigt, wie sehr ich mich verändert habe. Wie wenig von meinem alten Ich übrig geblieben ist.

»Wow, das ist fantastisch ...« Die Stimme meiner Mutter reißt mich aus meinen Überlegungen und als ich mich umdrehe steht sie im Türrahmen. Sie blickt mich mit echter Bewunderung an. »Dein französischer Lehrer ist wirklich gut.«

»Ja, Monsieur Bernard ist hervorragend«, stimme ich ihr zu und versuche die Müdigkeit aus meiner Stimme zu halten. Ich bin so kaputt, dass ich kollabieren möchte, aber das ist im Moment nicht möglich.

»Du hast nicht gut geschlafen, stimmt's?« Meine Mutter runzelt ihre Stirn und sieht mich besorgt an. Ich bin mir nicht sicher ob es mir gelingt, meine Müdigkeit vor ihr zu verbergen. »Hast du an ihn gedacht?«

»Natürlich habe ich das.« Plötzlicher ist meine Stimme ärgerlich. »Er ist mein Ehemann.«

Sie blinzelt völlig überrascht und ich bereue meinen Ton. Es ist nicht die Schuld meiner Mutter, dass ich mich in einer solchen Situation befinde; wenn es jemanden gibt, den gar keine Schuld an den ganzen Entwicklungen trifft, dann meine Eltern. Sie haben meine schlechte Laune nicht verdient ... besonders nicht, da mein verzweifelter Plan ihnen wahrscheinlich noch mehr Leid zufügen wird.

»Entschuldige bitte, Mami«, sage ich reumütig und gehe zu ihr, um sie zu umarmen. »Ich habe es nicht so gemeint.«

»Das ist schon in Ordnung, Süße.« Sie streichelt mir über den Kopf und diese Berührung ist so zärtlich und beruhigend, dass ich weinen möchte. »Das verstehe ich.«

Ich nicke, auch wenn ich weiß, dass sie das Ausmaß meiner Anspannung nicht verstehen kann. Sie kann es nicht, weil sie nicht weiß, dass ich gerade warte.

Darauf warte, von den gleichen Monstern entführt zu werden, die Julian haben.

Darauf warte, dass die Al-Quadar den Köder schluckt.

* * *

Der Morgen schleppt sich dahin. Heute ist Samstag und meine Eltern sind zu Hause. Sie freuen sich darüber, aber ich nicht. Ich wünsche mir, sie wären arbeiten. Ich möchte alleine sein wenn Majids Männer mich holen kommen. Es war relativ sicher gewesen, die Nacht über hier zu bleiben, da die Al-Quadar Zeit benötigen würde um ihre Pläne in die Tat umzusetzen. Jetzt ist es aber schon Morgen und ich möchte meine Eltern nicht in meiner Nähe haben. Die Sicherheitsvorkehrungen die Julian für meine Familie getroffen hat werden ihre Sicherheit gewährleisten. Allerdings könnten die gleichen Bodyguards bei meiner Entführung eingreifen, und das möchte ich auf gar keinen Fall.

»Shoppen?« Mein Vater schaut mich komisch an als ich ihm eröffne, dass ich nach dem Frühstück einen Einkaufsbummel machen möchte. »Bist du sicher, Süße? Du bist gerade erst nach Hause gekommen. Und bei allem, das gerade passiert—«

»Papa, ich habe monatelang völlig abgeschieden gelebt.« Ich werfe ihm meinen besten Männer-verstehen-das-nicht-Blick zu. »Du hast keine Ahnung, wie sich das für ein Mädchen anfühlt.« Als ich sehe, dass er nicht davon überzeugt ist, füge ich hinzu: »Ehrlich Papa, ich könnte die Ablenkung gut gebrauchen.«

»Da hat sie Recht«, mischt sich meine Mutter ein. Sie dreht sich zu mir um, zwinkert mir verschwörerisch zu und erklärt meinem Vater: »Nichts funktioniert so gut wie Shoppen, um eine Frau auf andere Gedanken zu bringen. Ich werde Nora begleiten — genau wie in alten Zeiten.«

Langsam verzweifle ich. Meine Mutter kann nicht mitkommen, wenn ich weggehe, um meine Eltern vor potentiellen Gefahren zu schützen. »Es tut mir leid Mama«, sage ich bedauernd, »aber ich habe schon Leah versprochen, mich mit ihr zu treffen. Es sind gerade Semesterferien und sie ist zu Hause.« Diese Tatsache habe ich heute Morgen auf Facebook gesehen, also lüge ich nur teilweise. Meine Freundin ist wirklich in der Stadt — nur dass ich nicht vorhabe sie heute zu sehen.

»Ach so.« Meine Mutter sieht einen Augenblick lang verletzt aus, schüttelt das Gefühl aber ab und lächelt mich strahlend an. »Mach dir keine Gedanken, Süße. Wir sehen uns, wenn du mit deinen Freunden fertig bist. Ich freue mich, dass du dich ablenkst. Das ist wirklich das Beste ...«

Mein Vater sieht immer noch misstrauisch aus, aber er kann nichts machen. Ich bin erwachsen und ich frage auch nicht wirklich nach seiner Erlaubnis.

Sobald das Frühstück beendet ist, umarme ich beide, gebe ihnen einen Kuss und gehe zur Bushaltestelle auf der 95. Straße um den Bus zu nehmen, der zur Chicago Ridge Mall fährt.

* * *

Na kommt, entführt mich schon. Entführt mich endlich.

Ich bin stundenlang durch das Einkaufszentrum gelaufen und zu meiner Enttäuschung ist von der Al-Quadar immer noch nichts zu sehen. Entweder wissen sie nicht, dass ich hier bin, oder ich bin ihnen egal, jetzt, da sie Julian haben.

Ich weigere mich, die letztere Möglichkeit näher in Betracht zu ziehen, da diese bedeuten würde, dass Julian so gut wie tot ist.

Der Plan muss funktionieren. Es gibt keine andere Alternative. Majid braucht einfach mehr Zeit. Zeit, um herauszufinden, dass ich hier alleine und ungeschützt bin — und ein nützliches Werkzeug, dass sie benutzen können, um von Julian das zu bekommen, was sie möchten.

»Nora? Nora, bist du es wirklich?« Eine bekannte Stimme reißt mich aus meinen Gedanken. Als ich mich herumdrehe sehe ich meine Freundin Leah, die mich völlig überrascht anschaut.

»Leah!« Einen Moment lang vergesse ich die Gefahr und umarme das Mädchen, das jahrelang meine beste Freundin gewesen ist. »Ich hatte keine Ahnung, dass du hier sein würdest!« Und das ist die Wahrheit — trotz der Lügen, die ich heute Morgen meinen Eltern erzählt habe, hatte ich nicht erwartet hier auf Leah zu treffen. Im Nachhinein betrachtet hätte ich es wahrscheinlich tun sollen, da wir fast jedes Wochenende in diesem Einkaufszentrum verbracht haben, als wir jünger waren.

»Was machst du hier?«, möchte sie wissen, als ich mich wieder von ihr löse. »Ich dachte, du seist in Kolumbien!«

»Das war ich — ich meine, das ich bin.« Jetzt nach der ersten Wiedersehensfreude wird mir klar, dass es problematisch werden könnte, Leah getroffen zu haben. Ich möchte nicht, dass meine Freundin meinetwegen leiden muss. »Ich bin nur für einen Kurzbesuch hier«, erkläre ich schnell und schaue mich besorgt um. Alles scheint normal zu sein, also fahre ich fort: »Es tut mir leid, dass ich dir nicht Bescheid gesagt habe, dass ich zu Hause bin. Es war etwas hektisch bei mir und, naja, du weißt ja wie das ist ...«

»Richtig, du musst ja auch mit deinem neuen Ehemann und dem ganzen Kram zu tun haben«, sagt sie langsam und ich kann fühlen, wie der Abstand zwischen uns wächst, obwohl wir uns nicht einen Zentimeter voneinander wegbewegt haben. Außer einigen kurzen Mails die wir uns geschickt haben, haben wir nicht miteinander gesprochen, seit ich ihr von meiner Hochzeit erzählt habe. Ich kann sehen, dass sie immer noch an meinem mentalen Gesundheitszustand zweifelt ... dass sie mein neues Ich nicht mehr verstehen kann.

Ich kann ihr keinen Vorwurf daraus machen. Manchmal kann ich die Person, die ich geworden bin, selbst nicht mehr verstehen.

»Leah, Schatz, hier bist du ja!« Eine Männerstimme unterbricht unsere Unterhaltung und mein Herz macht einen Sprung, als sich eine vertraute männliche Person Leah nähert.

Es ist Jake, der Junge in den ich mal verknallt gewesen war.

Der Junge, von dem mich Julian in dieser schicksalsträchtigen Nacht im Park gestohlen hat.

Nur dass er jetzt kein Junge mehr ist. Seine Schultern sind jetzt breiter; sein Gesicht ist schmaler und härter. Während der letzten Monate ist er ein Mann geworden — ein Mann, der nur Augen für Leah hat. Er hält neben ihr an und beugt sich hinunter, um ihr einen Kuss zu geben. Dann sagt er mit einer leisen, neckenden Stimme: »Schatz, ich habe das Geschenk für dich bekommen ...«

Leahs blasse Wangen werden feuerrot. »Äh Jake«, murmelt sie und zupft an seinem Arm um ihn auf mich aufmerksam zu machen, »schau mal, wen ich gerade getroffen habe.«

Er dreht sich zu mir um und reißt seine braunen Augen überrascht auf. »Nora? Was — was machst du denn hier?«

»Also ... naja, ein bisschen Bummeln ...« Ich hoffe, dass ich mich nicht so überrascht anhöre, wie ich es gerade bin. *Leah und Jake? Meine beste Freundin Leah und mein ehemaliger Schwarm Jake?* Das trifft mich völlig unerwartet. Ich wusste gar nicht, dass sie zusammen waren. Ich wusste nur, dass Leah vor einigen Monaten mit ihrem Freund Schluss gemacht hatte, weil sie es in einer E-Mail erwähnt hat. Allerdings hat sie nichts davon gesagt, Jake nähergekommen zu sein.

Ich schaue sie an, wie sie mit gleichermaßen betretenen Gesichtsausdrücken nebeneinander stehen und mir wird klar, dass das gar nicht so abwegig ist. Sie gehen beide auf die Universität von Michigan und haben neben den gemeinsamen Bekannten aus der Highschool auch jetzt Freundeskreise, die sich überschneiden. Sie teilen ein traumatisches Erlebnis — meine Entführung — was sie näher zusammengebracht haben könnte.

In diesem Moment wird mir klar, dass ich erleichtert bin, als ich sie so sehe.

Erleichtert, dass sie zusammen glücklich aussehen, dass die dunklen Erlebnisse durch mich Jakes Gesicht nicht nachhaltig gezeichnet haben. Ich fühle kein Bedauern dafür, dass nichts zwischen uns geschehen ist, keine Eifersucht — nur Angst, die mit jeder Minute stärker wird, weil sich Julian in den Händen der Al-Quadar befindet.

»Es tut mir leid, Nora«, sagt Leah und schaut mich vorsichtig an. »Ich hätte dir schon längst von uns erzählt haben sollen. Es ist nur dass—«

»Leah, bitte.« Ich drücke meine Anspannung und meine Erschöpfung weg und schaffe es, sie beruhigend anzulächeln. »Du musst mir nichts erklären. Wirklich nicht. Ich bin verheiratet und Jake und ich hatten uns nur ein einziges Mal verabredet. Du schuldest mir keine Erklärungen ... Ich war einfach überrascht, das ist alles.«

»Hast du Lust einen Kaffee mit uns zu trinken?«, möchte Jake wissen und legt seinen Arm in einer ungewöhnlich beschützenden Geste um Leahs Taille. Ich frage mich, ob er sie vor mir schützen möchte. Falls das der Fall sein sollte, ist er noch cleverer als ich dachte.

»Dann könnten wir uns gleich auf den neuesten Stand bringen, jetzt da du schon mal in der Stadt bist«, fährt er fort. Ich schüttele ablehnend meinen Kopf.

»Das würde ich gerne machen, aber ich kann nicht«, antworte ich mit ehrlichem Bedauern. Ich möchte unglaublich gerne einen Kaffee mit ihnen trinken gehen, aber ich darf sie nicht in meiner Nähe haben, falls die Al-Quadar genau diesen Moment auswählt, um zuzuschlagen. Ich habe keine Vorstellung davon, wie die Terroristen mitten in einem belebten Einkaufszentrum an mich herankommen sollten, aber ich bin mir sicher, dass sie einen Weg finden werden. Ich schaue auf mein Handy und tue so, als würde ich mich über die Uhrzeit ärgern. »Es tut mir leid, aber ich bin schon spät dran ...«

»Ist dein Ehemann auch hier?«, fragt Leah stirnrunzelnd und ich sehe, dass Jake erblasst. Wahrscheinlich hatte er bei seinem Vorschlag Kaffee trinken zu gehen nicht an die Möglichkeit gedacht, dass Julian in meiner Nähe sein könnte.

Ich schüttele meinen Kopf und mein Hals schnürt sich zu, als die grausame Realität dieser Situation mir erneut den Boden unter den Füßen wegzuziehen droht. »Nein«, sage ich und hoffe, dass ich halbwegs normal klinge. »Er hat es zeitlich nicht geschafft.«

»Ach so.« Leas Stirnrunzeln verstärkt sich und sie sieht etwas verwirrt aus, während Jake dagegen einen Teil seiner Gesichtsfarbe zurückbekommt. Offensichtlich ist er erleichtert, dass er nicht auf den rücksichtslosen Kriminellem stoßen wird, der ihm so viel Leid zugefügt hat.

»Jetzt muss ich mich aber wirklich beeilen«, sage ich und Jake nickt, während er seinen Griff um Leah verstärkt und sie näher zu sich heranzieht.

»Machs gut«, sagt er zu mir und ich kann sehen, dass er erleichtert darüber ist, dass ich weg muss. Er ist allerdings dazu erzogen worden, immer freundlich zu sein, und deshalb fügt er hinzu: »Es war schön dich zu sehen«, auch wenn seine Augen etwas Anderes sagen.

Ich lächele ihn verständnisvoll an. »Ich habe mich auch gefreut«, erwidere ich und winke Leah zum Abschied zu, bevor ich Richtung Ausgang gehe.

* * *

Sobald ich auf den Parkplatz hinausgehe vergesse ich Jake und Leah. Mit angespannten Nerven betrachte ich meine Umgebung, bevor ich langsam mein Handy hervorziehe und mir ein Taxi rufe. Ich würde noch länger im Einkaufszentrum bleiben, aber ich möchte das Risiko nicht eingehen, noch einmal auf meine Freunde zu stoßen. Mein nächster Halt wird die Michigan Avenue in Chicago sein, wo ich in einigen sündhaft teuren Boutiquen stöbern kann während ich bete, endlich gefangen genommen zu werden bevor ich durchdrehe.

Der kalte Wind dringt durch meine Bekleidung als ich auf das Taxi warte. Mit meinem Caban, der nur bis knapp über meinen Po reicht, und einem dünnen Kaschmir Pullover bekleidet bin ich vor den kühlen Temperaturen kaum geschützt. Es dauert eine halbe Stunde bevor das Taxi endlich kommt. Zu dem Zeitpunkt bin ich schon halb erfroren und meine

Nerven sind so angespannt, dass ich jeden Moment losschreien könnte.

Ich reiße die Tür hinten auf und steige ein. Das Taxi sieht sauber aus und ein dickes Glas trennt den vorderen Teil von dem hinteren Bereich. Die Fenster sind leicht getönt. »In die Stadt bitte.« Meine Stimme ist schärfer als nötig. »Zu den Geschäften auf der Michigan Avenue.«

»Natürlich, Fräulein«, sagt der Fahrer leise und ich schrecke bei dem leichten Akzent in seiner Stimme auf. Ich blicke hoch und als ich seine Augen im Rückspiegel entdecke versteife ich mich, da mich eine Welle puren Grauens durchfährt.

Er könnte einer der vielen Immigranten sein, die sich ihren Lebensunterhalt mit Taxi fahren verdienen, aber das ist er nicht.

Er ist Al-Quadar. Ich kann es an der kalten Bösartigkeit in seinen Augen sehen.

Sie sind endlich zu mir gekommen.

Genau darauf habe ich gewartet, aber jetzt, da der Moment gekommen ist, bin ich vor Angst so gelähmt, das ich fast von innen heraus ersticke. In meinem Kopf spielen sich Szenen aus der Vergangenheit ab und die Erinnerungen sind so intensiv, dass es sich anfühlt, als erlebte ich sie erneut. Ich fühle die Schmerzen meiner kaum verheilten Stiche an der Seite, sehe die Körper der Wächter in der Klinik, höre Beths Schreie ... und dann schmecke ich erneut die aufsteigende Übelkeit des Moments, in dem Majid mit blutbeschmierten Fingern über mein Gesicht fährt.

Ich muss so bleich wie ein Laken sein, denn der Blick des Fahrers verhärtet sich. Ich höre ein leises Klicken der Türen, als die Verriegelung aktiviert wird.

Dieses Geräusch reißt mich aus meiner Starre. Adrenalin rauscht durch meine Adern. Ich stürze mich auf die Tür und versuche sie zu öffnen, während ich gleichzeitig schreie so laut ich kann. Ich weiß, dass es sinnlos ist, aber ich muss es versuchen — und was noch viel wichtiger ist, ich muss den Eindruck erwecken, es zu versuchen. Ich kann nicht einfach ruhig dasitzen während sie mich in die Hölle zurückbringen.

Sie dürfen nicht herausfinden dass ich dieses Mal genau dahin zurückkehren möchte.

Als das Auto beginnt sich zu bewegen, versuche ich immer noch die Tür zu öffnen und schlage gegen das Fenster. Der Fahrer ignoriert mich während er mit Höchstgeschwindigkeit den Parkplatz verlässt. Keiner der Besucher des Einkaufszentrums scheint etwas Ungewöhnliches zu bemerken, da mich das getönte Fenster von allen Blicken abschirmt.

Wir fahren nicht weit. Anstatt die Autobahn zu nehmen, fährt das Auto auf die Rückseite des Gebäudes. Ich sehe, dass dort ein beigefarbener Van auf uns wartet und verstärke meine Versuche, aus dem Auto herauszukommen. Meine Nägel brechen ab, als ich mich mit einer Verzweiflung in die Tür kralle, die nur teilweise vorgetäuscht ist. Ich hatte es so eilig gehabt, Julian zu retten, dass ich mir kaum Gedanken darüber gemacht hatte, was es bedeuten würde, von den Monstern meiner Albträume entführt zu werden — noch einmal etwas so Furchtbares durchzumachen. Das Grauen, welches mich überkommt wird durch die Tatsache, dass ich es diesmal selbst herbeigeführt habe nur leicht gemindert.

Der Fahrer hält neben dem Van an und ich höre das Klicken der Türen, die entriegelt werden. Ich drücke die Tür auf, krieche auf allen vieren heraus und meine Handflächen werden auf dem rauen Asphalt aufgeschürft. Bevor ich mich erheben kann, schlingen sich aber schon kräftige Arme um meine Taille und eine behandschuhte Hand legt sich über meinen Mund, um meine Schreie zu dämpfen.

Ich höre, wie auf Arabisch Befehle gegeben werden, während ich mich windend und um mich tretend zum Van getragen werde. Plötzlich sehe ich eine Faust auf mein Gesicht zurasen.

Mein Kopf scheint vor Schmerzen zu explodieren und danach ist nichts mehr.

27. KAPITEL

❖ JULIAN ❖

Immer wieder erwache ich aus meiner Ohnmacht, nur um gleich wieder in sie zurück zu sinken. Die schmerzhaften Wachphasen sind durchsetzt mit kurzen Abschnitten von beruhigender Dunkelheit. Ich weiß nicht ob es sich um Stunden, Tage oder Wochen handelt aber ich fühle mich, als befände ich mich schon seit Ewigkeiten hier, der Gnade Majids und den Schmerzen ausgesetzt.

Ich habe nicht geschlafen. Sie lassen mich nicht schlafen. Selbst wenn mich mein Bewusstsein wegen der unerträglichen Schmerzen verlässt haben sie Wege, mich zurückzuholen, sollte ich zu lange abwesend sein.

Sie beginnen mit Waterboarding. Auf eine perverse Art finde ich das lustig. Ich frage mich, ob sie das machen weil sie wissen, dass ich zum Teil Amerikaner bin, oder ob sie einfach denken, dass es sich dabei um eine effiziente Methode handelt, um jemanden zu brechen, ohne ihm ernsthaft Schaden zuzufügen.

Sie wiederholen es ein paar Duzend Male und jedes Mal bin ich kurz davor zu sterben, als sie mich zurückholen. Ich fühle mich, als würde ich immer wieder ertrinken und mein Körper kämpft mit einer Verzweiflung nach Luft, die der Situation unangemessen erscheint. Es wäre ja gar nicht so schlecht, wenn sie mich aus Versehen ersticken lassen würden; mein Kopf weiß das, aber mein Körper kämpft um sein Überleben. Jede Sekunde, die mein Gesicht mit einem feuchten Tuch bedeckt wird, fühlt sich wie eine Ewigkeit an, der Wasserstrom angsteinflößender als die schärfste Klinge.

Ab und an machen sie eine Pause und löchern mich mit Fragen. Sie versprechen mir, damit aufzuhören, wenn ich ihnen antworte. Und auch wenn meine Lungen sich anfühlen als würden sie zerplatzen, möchte ich aufgeben. Ich möchte das beenden — aber irgendetwas in mir lässt mich nicht. Diese Genugtuung kann ich ihnen nicht geben. Ich kann es nicht zulassen, dass sie gewinnen, dass sie mich mit dem Wissen töten werden, bekommen zu haben, was sie wollten.

Während mein Körper um Luft kämpft, höre ich die Stimme meines Vaters.

»Weinst du etwa gleich? Wirst du weinen so als seist du Mamas hübscher kleiner Junge, oder wirst du mir wie ein Mann entgegentreten?«

Ich bin wieder vier Jahre alt und kauere mich in einer Ecke zusammen, während mein Vater wiederholt in meine Rippen tritt. Ich kenne die richtige Antwort auf diese Frage — ich weiß, ich muss mich ihm stellen —

aber ich habe Angst. Ich habe riesige Angst. Ich kann die Nässe auf meinem Gesicht spüren und ich weiß, dass sie ihn verärgern wird. Ich will nicht weinen. Ich habe nicht mehr wirklich geweint, seit ich ein Baby war, aber der Schmerz in meinen Rippen lässt das Wasser in meine Augen steigen. Wäre meine Mutter hier, würde sie mich in den Arm nehmen und mich küssen, aber sie kommt nicht in meine Nähe, wenn mein Vater solche Launen hat. Sie hat zu viel Angst vor ihm.

Ich hasse meinen Vater. Ich hasse ihn, und gleichzeitig möchte ich sein wie er. Ich will keine Angst haben. Ich will derjenige sein, der die Macht hat, vor dem sich alle fürchten.

Ich rolle mich zu einem kleinen Ball zusammen und benutze den unteren Rand meines Hemdes um die verräterische Nässe von meinem Gesicht zu wischen. Danach stehe ich auf, ohne auf meine Angst und meine schmerzenden Rippen zu achten.

»Ich werde nicht weinen.« Ich schlucke den Knoten in meinem Hals hinunter und schaue nach oben, um den wütenden Blick meines Vaters zu erwidern. »Ich werde niemals weinen.«

Flüche auf Arabisch. Noch mehr Nässe auf meinem Gesicht.

Meine Gedanken werden gewalttätig zurück in die Gegenwart gezwungen. Ich zucke, würge und schnappe nach Luft, sobald das triefnasse Tuch entfernt wird. Meine Lungen weiten sich gierig und durch das Rauschen in meinen Ohren kann ich hören wie Majid den Mann anschreit, der mich gerade fast umgebracht hat.

Scheiße. Sieht ganz so aus als sei dieser Spaß vorbei.

Als Nächstes beginnen sie mit den Nadeln. Lange, dicke Nadeln, die sie unter meine Finger- und Fußnägel einführen. Ich kann das besser aushalten. Mein Kopf spaltet sich von meinem gequälten Körper ab und trägt mich erneut in die Vergangenheit.

Jetzt bin ich neun. Mein Vater hat mich zu Verhandlungen mit seinen Lieferanten in die Stadt mitgenommen. Ich sitze auf den Stufen und beobachte den Eingang des Gebäudes. Im Gürtel unter meinem T-Shirt steckt eine Pistole. Ich weiß, wie ich mit ihr umgehen muss, ich habe schon zwei Männer damit getötet. Nach dem ersten habe ich mich übergeben, aber den zweiten umzubringen war leichter gewesen. Ich bin nicht einmal zusammengezuckt, als ich den Abzug gedrückt habe.

Ein Paar Jungen im Teenager Alter gehen hinaus auf die Straße. Ich erkenne ihre Tätowierungen wieder; sie gehören zur lokalen Gang. Mein Vater hat sie wahrscheinlich schon mal dazu benutzt, seine Ware zu verteilen, aber jetzt gerade sehen sie gelangweilt aus, so als hätten sie nichts zu tun.

Ich sehen ihnen dabei zu, wie sie die Straße hinauf- und hinabwandern, gegen kaputte Flaschen treten und sich gegenseitig aufziehen. Ein Teil von mir ist neidisch auf diese leichte Kameradschaft. Ich habe nicht viele Freunde und die Jungen, mit denen ich ab und an spiele, scheinen alle Angst vor mir zu haben. Ich weiß nicht, ob das daran liegt, dass ich der Sohn vom Señor bin oder ob sie Sachen über mich gehört haben. Normalerweise stört mich ihre Angst nicht — ich ermutige sie sogar — aber manchmal wünsche ich mir, ich könnte einfach wie ein normales Kind spielen.

Diese Teenager haben allerdings noch nie etwas von mir gehört. Das weiß ich, weil sie sehen, wie ich hier sitze und sie grinsend auf mich zukommen. Sie denken, sie hätten hier ein leichtes Opfer zum tyrannisieren gefunden.

»Hey«, ruft einer von ihnen. »Was macht so ein kleiner Junge wie du hier? Das ist unser Gebiet. Hast du dich verlaufen, Kind?«

»Nein«, antworte ich und ahme ihr Grinsen nach. »Ich habe mich genauso wenig verlaufen wie du ... Kind.«

Der Junge, der zu mir gesprochen hatte, ärgert sich sichtlich. »Was, du kleines Arschloch—« kommt er auf mich zu und bleibt auf einmal wie angewurzelt stehen, als ich ohne mit der Wimper zu zucken meine Pistole auf ihn halte.

»Versuche es«, fordere ich ihn leise auf. »Komm doch noch ein wenig näher.«

Die Jungen beginnen, sich ein wenig zurückzuziehen. Sie sind nicht völlig dumm; sie sehen, dass ich weiß, wie ich mit der Waffe umzugehen habe.

In diesem Moment treten mein Vater und seine Männer aus dem Gebäude und die Jungen verstreuen sich wie Ratten.

Ich erzähle meinem Vater was passiert ist und er nickt anerkennend. »Gut. Mach weiter so, Sohn. Erinnere dich immer daran — du nimmst dir das, was du möchtest und du gibst niemals nach.«

Kaltes Wasser läuft über mein Gesicht und ich bin wieder in der Gegenwart zurück. Sie haben mich jetzt an einen Stuhl gebunden. Meine Handgelenke sind hinter meinem Rücken fixiert und meine Knöchel an den Stuhl gefesselt. Meine Finger und Zehen pochen vor Schmerzen aber ich bin immer noch am Leben — und bis jetzt ungebrochen.

Ich kann auf Majids Gesicht Frustration und Wut erkennen. Er ist nicht glücklich mit den derzeitigen Fortschritten und ich habe das Gefühl, dass er seine Anstrengungen verstärken wird.

Ich habe Recht. Er kommt mit einem Messer in der geballten Faust auf mich zu. »Letzte Chance, Esguerra ...« Er bleibt vor mir stehen. Ich gebe dir eine letzte Chance bevor ich damit beginnen werde, dir einige nützliche Körperteile abzuschneiden. Wo ist die verdammte Fabrik und wie können wir hineinkommen?«

Anstatt ihm zu antworten, sammele ich den letzten Rest an Speichel in meinem Mund zusammen und spucke ihn an. Rotgefärbter Speichel spritzt auf seine Nase und seine Wangen. Zufrieden sehe ich ihm dabei zu, wie er ihn mit seinem Ärmel abwischt und vor Ärger über diese Beleidigung bebt.

Ich habe nicht lange die Gelegenheit mich über diese Reaktion zu freuen, da seine Finger sich in meinem Haar verkrallen und an ihm ziehen, so dass sich mein Hals unter Schmerzen nach hinten biegt.

»Ich möchte dir sagen, was jetzt passieren wird, du Stück Scheiße«, faucht er und presst das Messer gegen meine Wange. »Ich werde mit deinen Augen beginnen. Zuerst werde ich deinen linken Augapfel halbieren — und danach werde ich das gleiche mit deinem rechten machen. Dann, wenn du blind bist, werde ich deinen Schwanz kürzen, Stück für Stück, bis nur noch ein kleiner Stummel übrig ist ... Hast du mich verstanden?

Wenn du jetzt nicht anfängst zu sprechen, wirst du niemals wieder etwas sehen oder ficken.«

Ich kämpfe gegen meinen Drang an mich zu übergeben und schweige, als er sein Messer nach oben führt, bis auf die dünne Haut unter meinem linken Auge. Auf dem Weg dorthin schneidet es meine Wange auf und ich kann das warme Blut meinen kalten Hals hinunterlaufen spüren. Ich weiß, dass er nicht blufft, ich weiß aber auch, dass Zugeständnisse nichts am Ausgang des Ganzen ändern werden. Majid wird mich foltern, bis er Antworten bekommt — und wenn er sie erst einmal hat, wird er mich weiter foltern.

Wütend auf meine fehlende Reaktion drückt Majid das Messer tiefer in meine Haut. »Letzte Chance, Esguerra. Willst du dein Auge behalten oder nicht?«

Ich antworte nicht und er führt das Messer weiter nach oben, so dass sich meine Augenlieder automatisch schließen.

»In Ordnung«, flüstert er und genießt die unkontrollierbaren Panikanfälle meines Körpers, als dieser versucht, aus seiner Reichweite zu fliehen ... und dann spüre ich einen übelkeitserregenden Schmerz, als die Klinge mein Lid zerteilt und tief in mein Auge eindringt.

* * *

Ich muss wieder ohnmächtig geworden sein, denn es wird noch mehr Wasser über mich geschüttet. Ich zittere und mein Körper fällt durch den quälenden Schmerz in einen Schockzustand. Ich kann mit meinem linken Auge nichts sehen — alles was ich fühlen kann ist eine brennende, auslaufende Leere. Mein Magen möchte Galle hochwürgen und ich muss meine ganze Kraft aufwenden, ihm nicht nachzugeben.

»Wie sieht es denn mit dem zweiten Auge aus, Esguerra?« Majid lächelt mich mit dem blutigen Messer in der Hand an. »Wärst du lieber blind, während wir dein bestes Stück entfernen, oder möchtest du dabei zuschauen? Natürlich ist es noch nicht zu spät, das ganze hier aufzuhalten ... Sag uns einfach das, was wir wissen möchten und es könnte sogar sein, dass wir dich am Leben lassen — weil du so mutig bist und das alles.«

Er lügt. Das kann ich an dem hämischen Unterton in seiner Stimme hören. Er denkt, dass er mich fast gebrochen hat, dass ich so verzweifelt bin, den Schmerz zu stoppen, dass ich alles glauben werde, was er sagt.

»Du kannst mich mal«, flüstere ich mit meiner restlichen Energie. *Du gibst nicht nach. Du gibst nie nach.* »Du und deine jämmerlichen kleinen Drohungen, ihr könnt mich mal.«

Seine Augen verengen sich vor Wut und das Messer kommt blitzschnell auf mein Gesicht zu. Ich kneife mein noch verbliebenes Auge zu und bereite mich auf die Schmerzen vor ... die nicht kommen.

Überrascht öffne ich mein unverletztes Auge und sehe, dass Majid von einem seiner Männer abgelenkt wird. Der Mann scheint aufgeregt zu sein und zeigt auf mich, während er schnell auf Arabisch spricht. Ich bemühe mich, einige der Worte die ich kenne herauszuhören, aber er spricht zu schnell. Dem Lächeln nach zu urteilen, welches sich auf Majids Gesicht ausbreitet, müssen es gute Neuigkeiten für Majid sein — und das bedeutet gleichzeitig, dass es wahrscheinlich schlechte Neuigkeiten für mich sind.

Meine Vermutung bestätigt sich, als Majid sich zu mir umdreht und mit einem grausamen Lächeln sagt: »Für den Moment ist dein Auge in Sicherheit. Es gibt das etwas, von dem ich will, dass du es in einigen Stunden siehst.«

Ich starre ihn an und kann meinen Hass nicht verbergen. Ich weiß nicht, wovon er spricht, aber mein Magen zieht sich zusammen als die Terroristen den fensterlosen Raum verlassen. Es gibt nur eine einzige Sache, die mich dazu bringen könnte, nachzugeben — und diese befindet sich heil und gesund auf meinem Anwesen. Sie können unmöglich von Nora reden, nicht mit den ganzen Sicherheitsmaßnahmen, die ich um sie herum ergriffen habe. Das muss ein neues Psychospiel sein, welches sie jetzt mit mir spielen. Sie wollen, dass ich denke, sie hätten noch etwas Schlimmeres in der Hand als das, was sie schon mit mir angestellt haben. Es ist eine Verzögerungstaktik, ein Weg, mein Leiden zu verlängern — nichts weiter.

Ich habe nicht vor, auf diesen Trick hineinzufallen, aber während ich gefesselt und den schlimmsten Schmerzen meines Lebens ausgesetzt warte, bin ich nicht stark genug, die in mir aufsteigende Angst zu verdrängen. Ich sollte dankbar für diese Atempause von der Folter sein, aber das bin ich nicht.

Ich wäre glücklich darüber, würde Majid mir jeden einzelnen Körperteil abschneiden, wenn ich dafür sicher sein könnte, dass Nora in Sicherheit ist.

Ich weiß nicht, wie viel Zeit ich damit verbringe, mich zu quälen, aber schließlich höre ich Stimmen von draußen. Die Tür öffnet sich und Madjid schiebt eine kleine Person herein. Sie ist mit einem Paar Uggs und einem Herrenhemd bekleidet, welches ihr bis zu den Knien geht. Ihre Arme sind hinter dem Rücken zusammengebunden und auf der Unterseite ihres linken Armes erkenne ich eine Blutspur.

Mein Magen ist eine harte Kugel und kaltes Entsetzen macht sich in meinem Körper breit, als sich Noras dunkle Augen auf mein Gesicht richten.

Meine schlimmste Angst hat sich bewahrheitet.

Sie haben die einzige Person dieser ganzen beschissenen Welt, die mir etwas bedeutet.

Sie haben meine Nora — und diesmal kann ich sie nicht retten.

28. KAPITEL

❖ NORA ❖

Ich zittere am ganzen Körper, als ich Julian anschaue und mein Magen zieht sich bei seinem Anblick zusammen. Er hat einen groben, schmutzig aussehenden Verband um seine Schulter, aus dem Blut sickert und sein nackter Körper ist eine Ansammlung von Schnitten, Blutergüssen und Kratzern. Sein Gesicht sieht noch schlimmer aus. Unter der alten Bandage um seine Stirn gibt es nicht eine Stelle, die nicht verfärbt oder geschwollen ist. Das Erschreckendste von allem ist allerdings die tiefe Schnittwunde, die sich über seine ganze linke Wange zieht bis hoch zur Augenbraue — und das klaffende Loch an der Stelle, an der sich sein Auge befunden hatte.

An der sich sein Auge befunden hatte.

Sie haben sein Auge herausgeschnitten.

Ich kann das in diesem Moment überhaupt nicht verarbeiten, also versuche ich es auch gar nicht erst. Julian ist noch am Leben und das ist alles was zählt.

Er ist an einem Metallstuhl festgebunden. Seine Beine sind gespreizt und seine Arme hinter seinen Rücken gebunden. Ich kann den Schrecken und das Entsetzen auf seinem Gesicht erkennen, als er meine Gegenwart bemerkt. Ich möchte ihm sagen, dass alles gut wird — dass ich es dieses Mal bin, die *ihn* retten kommt — aber das kann ich nicht. Noch nicht.

Nicht, bis Peter mit der Verstärkung kommt.

Mein Wangenknochen schmerzt an der Stelle, an der sie mich geschlagen haben und die Unterseite meines linken Arms brennt wegen der offenen Wunde, die sich dort befindet. Sie haben mir meine Sachen ausgezogen und mein Verhütungsimplantat herausgeschnitten, da sie wahrscheinlich Angst hatten, es könne ein Tracker sein. Das hatte ich nicht erwartet — wenn überhaupt hatte ich angenommen, sie würden einen der echten Tracker finden — aber so war es noch besser, als ich gehofft hatte. Nachdem sie das Implantat herausgenommen und festgestellt hatten, dass es nur ein einfaches Plastikstäbchen war, sahen sie mich nicht mehr als eine Bedrohung an. Sie sahen in mir genau das, was ich wollte: eine naives Mädchen, welches ihre Eltern besuchen gegangen ist ohne sich jeglicher Gefahren bewusst zu sein. Ich bin froh darüber, das Armband mit dem Tracker vorsorglich auf dem Anwesen gelassen zu haben, um keinen Verdacht aufkommen zu lassen.

Zu meiner Erleichterung scheinen sie mich nicht weiter berührt zu haben. Oder falls sie etwas getan haben während ich ohnmächtig war, spüre ich jetzt nichts davon. Zwischen meinen Beinen bin ich weder wund noch klebrig und ich habe auch ansonsten keine Schmerzen. Ich bekomme eine Gänsehaut bei dem Gedanken, dass sie mich ausgezogen haben, aber es hätte auch problemlos etwas Schlimmeres passieren können. Als ich aufgewacht bin hatte ich schon ein fremdes Hemd an und meine eigenen Uggs. Sie müssen sich das Highlight für den Moment aufgehoben haben, an dem ich mich vor Julian befinde.

Das ist genau der Teil des Plans, den Peter am riskantesten fand: die Zeit von meiner Gefangennahme bis zu meiner Ankunft im Versteck der Terroristen.

»Sie wissen, dass Sie jeden Millimeter Ihres Körpers absuchen und alle drei Tracker finden können, die Julian Ihnen implantieren ließ«, meinte er bevor wir das Anwesen verließen. »Und dann werden wir Sie beide verlieren. Und du weißt, was sie machen werden, um Julian zum Reden zu bringen?«

»Ja, das weiß ich, Peter«, antworte ich mit einem grimmigen Lächeln. »Das verstehe ich hervorragend. Es bleibt uns aber nichts anderes übrig. Außerdem sind die Tracker winzig und die Wunden vom Einsetzen schon fast unsichtbar. Sie könnten einen oder zwei finden, aber ich glaube nicht, dass es alle drei sein werden — und selbst wenn sie sie finden sollten, hätten Sie eine Vorstellung von dem Ort, an dem sie sich zum Zeitpunkt befanden, als sie sie herausnahmen.«

»Vielleicht«, entgegnete er und seine Augen sprechen Bände was seine Meinung zu meinem Geisteszustand anbelangt. »Oder auch nicht. In dem Zeitraum zwischen Ihrer Gefangennahme und Ihrer

Ankunft bei Julian können tausend Sachen schieflaufen.«

»Das ist ein Risiko, welches ich eingehen muss«, erklärte ich ihm und beendete die Diskussion damit. Ich wusste wie gefährlich es sein würde, als menschliches Ortungsgerät zu fungieren, um die Terroristen ausfindig zu machen, aber mir fiel kein anderer Weg ein, rechtzeitig zu Julian zu gelangen — und seinem derzeitigen Zustand nach zu urteilen war es selbst jetzt schon fast zu spät.

Ich sehe wie Julian versucht, sich zusammenzureißen, seine instinktive Reaktion auf meine Gegenwart zu unterdrücken, aber er schafft es nicht hundertprozentig. Nachdem der anfängliche Schock abgeklungen ist, spannt sich seine Kinnpartie an und in seinem unverletzten Auge beginnt ungebremste Wut zu leuchten, als er meinen halbnackten Zustand wahrnimmt. Seine starken Muskeln spannen sich an und drücken gegen die Fesseln. Er sieht aus als würde er am liebsten jeden in diesem Raum in Stücke reißen und ich weiß, dass einzig das Seil, welches ihn an den Stuhl bindet, ihn davon abhält, unsere Peiniger anzugreifen, selbst wenn das einem Selbstmord gleichkäme. Die anderen Terroristen müssen das gleiche denken, denn zwei von ihnen treten mit festgehaltenen Waffen näher an Julian heran.

Sie sehen sehr zufrieden mit der Wendung der Ereignisse aus. Majid lacht, hält meinen Arm in einem schmerzhaft festen Griff und zieht mich in die Mitte des Raumes. »Deine dumme kleine Hure ist mir fast in den Schoß gefallen«, sagt er im Plauderton während er seine Hand in meinem Haar vergräbt und mich auf meine Knie zwingt. »Wir haben sie gefunden, als sie gerade einen Einkaufsbummel machte, wie alle gierigen amerikanischen Flittchen. Ich dachte mir, wir bringen sie hierher, damit du ihr hübsches kleines Gesicht noch einmal sehen kannst, bevor wir es aufschneiden ... Außer natürlich, du möchtest anfangen zu reden?«

Julian schweigt und starrt Majid hasserfüllt an, während ich flach atme, um mit meiner Angst fertig zu werden. Wegen des Schmerzes auf meinem Kopf füllen sich meine Augen mit Tränen und die Panik, die ich spüre fühlt sich fast wie ein lebendiges Wesen an. Da meine Hände hinter meinen Rücken gebunden sind kann ich nichts dagegen machen, dass Majid mir wehtut. Ich weiß nicht wie lange Peter brauchen wird. um hierher zu kommen, aber die Chancen sind hoch, dass er es nicht rechtzeitig schaffen wird. Ich kann das Blut an dem Messer sehen, welches an Majids Gürtel hängt und mein Mageninhalt steigt nach oben als mir klar wird, dass es sich dabei um Julians Blut handelt.

Wenn wir nicht bald gerettet werden, wird auch mein Blut daran kleben.

Zu meinem Entsetzen greift er nach dem Messer ohne seinen Griff um meine Haare zu lösen. »Oh, ja«, flüstert er und drückt die Flache Seite gegen meinen Hals, »ich denke ihr Kopf wird eine nette kleine Trophäe sein — natürlich erst nachdem ich ihn ein wenig aufgeschnitten habe ...« Er drückt das Messer nach oben und ich erstarre vor Angst, als ich merke, wie es in die weiche Haut unter meinem Kinn fährt, bevor ich dieses übelkeitserregende Gefühl von warmer Flüssigkeit verspüre, die meinen Hals herunterläuft.

Das Knurren, welches Julian entfährt hört sich nicht einmal entfernt menschlich an. Bevor ich überhaupt nach Luft schnappen kann, schießt er nach vorne und stößt sich mit den Fersen ab, um sich und seinen Stuhl nach vorne zu katapultieren. Er handelt so unerwartet und gewalttätig, dass die beiden Männer, die sich neben ihm befinden, nicht schnell genug reagieren können. Julian kracht in einen von ihnen und bringt den bewaffneten Terroristen zu Boden. Mit einer Drehung seines Körpers schlägt er das metallene Bein seines Stuhls auf die Kehle des Mannes.

Die nächsten Sekunden sind eine undurchsichtige Mischung aus Blut und arabischem Geschrei. Majid lässt mich los und gibt schreiend Befehle aus, um die anderen zum Handeln zu bewegen, als er selbst eingreift.

Julian, der immer noch an den Stuhl gefesselt ist, wird von dem Körper des verletzten Mannes heruntergezogen. Ich sehe mit grausamer Faszination dabei zu, wie der Mann, den Julian angegriffen hat, sich auf dem Boden windet und seine Kehle hält, während aus seinem Mund gurgelnde Geräusche zu hören sind. Er stirbt — ich kann es an den schwächer werdenden Blutschwallen sehen, die aus seiner klaffenden Halswunde spritzen — aber seine Qualen scheinen mich nicht zu berühren. Es ist so, als schaue ich mir einen Film an, anstatt dabei zuzusehen, wie ein menschliches Wesen vor meinen Augen verblutet.

Majid und die anderen Terroristen eilen ihm zu Hilfe und versuchen, den Blutstrom zu stoppen. Aber es ist zu spät. Der verzweifelte Griff, mit dem der Mann seinen Hals umklammert, lässt langsam nach und der

Gestank des Todes — von Eingeweiden und Gewalt — erfüllt den Raum.

Er ist tot.

Julian hat ihn getötet.

Ich sollte mich ekeln und angewidert sein, aber ich bin es nicht. Vielleicht werde ich diese Gefühle später haben, aber im Moment erfüllt mich einfach nur eine Mischung aus Freude und Stolz: Freude darüber, dass einer dieser Mörder tot ist und Stolz darüber, dass Julian derjenige war, der ihn getötet hat. Selbst gefesselt und von der Folter geschwächt schafft es mein Ehemann, einen seiner Feinde zu besiegen — einen bewaffneten Mann, der dumm genug war sich in Julians tödlicher Reichweite zu befinden.

Mein fehlendes Mitgefühl verstört mich auf einer bestimmten Ebene, aber ich habe keine Zeit, mich mit solchen Dingen aufzuhalten. Ob Julian vorhatte, ein Durcheinander zu erzeugen oder nicht, das letztendliche Ergebnis ist, dass gerade niemand auf mich achtet — und sobald mir das klar wird, bewege ich mich.

Ich springe auf meine Füße und werfe einen schnellen Blick durch den Raum. Mein Blick bleibt an einem kleinen Messer auf dem Tisch hängen, der an der Wand steht und ich schieße mit rasendem Puls darauf zu. Die Terroristen haben sich alle an der anderen Seite des Raumes um Julian versammelt und ich kann Grunzen, Flüche und das Geräusch von Fäusten, welche auf Fleisch treffen, hören.

Sie bestrafen Julian für den Mord — und ignorieren mich in diesem Moment.

Ich drehe mich mit dem Rücken zum Tisch, nehme das Messer in meine Handfläche und schiebe es unter das Duckt Tape, welches sie um meine Handgelenke gewickelt haben. Meine Hände zittern, wodurch das scharfe Messer meine Haut einritzt. Ich ignoriere den Schmerz und versuche das dicke Tape durchzuschneiden, bevor sie merken was gerade passiert. Mein Griff ist durch Blut und Schweiß rutschig, aber ich gebe nicht auf bis meine Hände letztendlich befreit sind.

Zitternd schaue ich mich erneut im Raum um und erblicke ein Sturmgewehr, welches unbeachtet gegen eine Wand gelehnt wurde. Einer der Terroristen muss es in dem Durcheinander durch Julians unerwartetem Angriff, dort stehen gelassen haben.

Meine Herz schlägt mir bis zum Hals während ich mich Zentimeter für Zentimeter an der Wand entlang in Richtung Gewehr bewege. Ich habe keine Ahnung, was ich mit der Waffe gegen einen ganzen Raum voller bis zu den Zähnen bewaffneter Männer anstellen werde, aber irgendetwas muss ich tun.

Ich kann nicht einfach dastehen und dabei zusehen, wie sie Julian totprügeln.

Meine Hände umfassen das Gewehr bevor irgendjemand etwas bemerkt und ich atme zitternd vor Erleichterung ein. Es ist eine AK-47, eines der Sturmgewehre mit denen ich während meines Trainings mit Julian geübt habe. Ich nehme die schwere Waffe in meine Hände, hebe sie hoch und ziele auf die Terroristen. Ich versuche das Zittern meiner Arme wegen meines hohen Adrenalinspiegels unter Kontrolle zu bekommen. Ich habe noch niemals zuvor auf eine Person geschossen — nur auf Bierdosen und Papierziele — und ich weiß nicht ob ich das besitze, was man braucht, um abzudrücken.

Während ich dabei bin, den Mut zu sammeln um es durchzuziehen, erschüttert eine grelle Explosion den Raum und wirft mich auf den Boden.

* * *

Ich weiß nicht, ob ich meinen Kopf gestoßen habe oder mich die Explosion betäubt hat, aber das Nächste, an das ich mich erinnern kann, ist das Geräusch von Gewehrsalven auf der anderen Seite der Mauern. Der ganze Raum ist voller Rauch und ich huste, als ich instinktiv versuche, mich hinzustellen.

»Nora! Bleib unten!« Das ist Julians Stimme, die vom Rauch ganz heiser ist. »Bleib unten, Baby, hörst du mich?«

»Ja!«, schreie ich zurück und eine intensive Freude erfüllt jede Zelle meines Körpers als mir bewusst wird, dass er lebt — und sein Zustand es zulässt, dass er spricht. Ich bleibe flach auf dem Boden liegen und spähe hinter dem Tisch hervor, der neben mich gefallen ist. Julian liegt im anderen Teil des Raumes auf seiner Seite und ist immer noch an den Stuhl gefesselt.

Ich kann auch erkennen, dass Rauch durch den Luftabzug in der Decke einströmt und dass sich außer uns beiden niemand im Raum befindet. Der Kampf, oder was auch immer gerade vor sich geht, findet draußen statt.

Peter und seine Wächter müssen angekommen sein.

Ich weine fast vor Erleichterung, hebe die AK-47 auf die neben mir liegt und rolle mich auf meinen Bauch. Dann krieche ich langsam flach auf dem Boden entlang zu Julian und halte meinen Atem an, um nicht allzu viel von dem Rauch einzuatmen.

In diesem Moment geht die Tür auf und ein bekannter Mann betritt den Raum.

Es ist Majid — und in seiner rechten Hand hält er eine Waffe.

Ihm muss klar geworden sein, dass die Al-Quadar verlieren werden und deshalb ist er zurückgekommen, um Julian zu töten.

Eine Welle puren Hasses überrollt mich. Das ist der Mann, der Beth ermordet hat ... der Julian gefoltert hat und der das gleiche mit mir getan hätte. Ein bösartiger, psychotischer Terrorist der zweifellos Dutzende unschuldiger Menschen umgebracht hat.

Er sieht nicht, dass ich hier bin. Seine ganze Aufmerksamkeit gilt Julian, als er seine Waffe hebt und sie auf meinen Ehemann richtet. »Mach's gut, Esguerra«, sagt er ruhig ... und ich drücke ab.

Trotz meiner ungünstigen Position ziele ich perfekt. Mit Julian musste ich üben, sitzend, liegend und schließlich sogar rennend zu schießen. Das Sturmgewehr zuckt in meinen zitternden Armen und schlägt schmerzhaft gegen meine Schulter. Aber die zwei Kugeln treffen Majid genau dort, wo ich sie haben wollte — in sein rechtes Handgelenk und den Ellenbogen.

Die Schüsse katapultieren ihn an die Wand und seine Waffe fällt aus der Hand. Schreiend hält er sich seinen blutenden Arm und ich stehe auf, ohne auf die

Gefahr der draußen umherfliegenden Kugeln zu achten. Ich kann hören, wie Julian mir etwas zuschreit, aber ich kann die genauen Worte wegen des Klingens in meinen Ohren nicht hören.

In diesem Moment ist es, als würde die ganze Welt ausgeblendet werden und es gäbe nur noch Majid und mich.

Unsere Blicke treffen sich und zum ersten Mal sehe ich Angst in seinen dunklen, reptilienartigen Augen. Er weiß, dass ich diejenige bin, die auf ihn geschossen hat. Das kann er an der kalten Entschlossenheit auf meinem Gesicht erkennen.

»Bitte, nicht ...«, beginnt er zu sagen und ich drücke erneut ab. Weitere fünf Kugeln treffen seinen Bauch und seine Brust.

In der kurzen Stille, die daraufhin folgt sehe ich dabei zu, wie Majids Körper die Wand entlang langsam nach unten rutscht, fast wie in Zeitlupe. In seinem Gesicht zeichnet sich Entsetzen ab und Blut fließt aus seinem Mundwinkel. Seine Augen sind offen und starren mich ungläubig an. Seine Lippen bewegen sich, so als wolle er etwas sagen und ein ratterndes Gurgeln entweicht ihm als mehr Blut aus seinem Mund strömt.

Ich senke die Waffe und trete näher an ihn heran, um aus einem eigenartigen Bedürfnis heraus zu sehen, was ich aufgelöst habe. Majids Augen betteln, bitten wortlos um Gnade. Ich halte seinen Blick um den Moment in die Länge zu ziehen ... bevor ich mit der AK-47 auf seine Stirn ziele und abdrücke.

Sein Hinterkopf explodiert und Blut sowie Stücke seiner Gehirnmasse spritzen gegen die Wand. Seine Augen werden glasig und das Weiße um seine Iris herum wird Blutrot, als die Blutgefäße in seinen Augen zerspringen. Sein Körper erschlafft und der Geruch von Tod, scharf und stechend, erfüllt zum zweiten Mal an diesem Tag den Raum.

Nur ist dieses Mal nicht Julian der Mörder.

Ich bin es.

Meine Hände sind ruhig als ich die Waffe wieder herunternehme und dabei zusehe, wie das Blut an der Mauer hinter Majid hinunterläuft. Dann gehe ich zu Julian, knie mich neben ihn und lege die Waffe vorsichtig auf den Boden, um seine Fesseln zu lösen.

Julian schweigt, während ich ihn loslöse und ich sage auch nichts. Die Geräusche von Schüssen draußen flauen ab und ich hoffe, dass das bedeutet, dass unsere Kräfte gewinnen. Wie dem auch sei, ich bin bereit für das was kommen mag. Eine eigenartige Ruhe durchströmt mich trotz unserer immer noch gefährlichen Situation.

Als Julians Arme und Beine frei sind, tritt er den Stuhl weg und rollt sich auf seinen Rücken. Seine rechte Hand umschließt mein Handgelenk. Sein linker Arm, der immer noch teilweise eingegipst ist, hängt unbeweglich an seiner Seite und auf seinem Gesicht und Körper ist mehr Blut wegen der Schläge, die er gerade erhalten hat. Der Griff, mit dem er mein Handgelenk festhält, ist erstaunlich fest, da er mich näher zu sich heranzieht und mich zwingt, mich neben ihn auf den Boden zu legen.

»Bleib unten, Baby«, flüstert er mit seinen geschwollenen Lippen. »Es ist fast vorbei ... bitte, bleib unten.«

Ich nicke und strecke mich rechts neben ihm aus, ganz vorsichtig um seine Verletzungen nicht zu berühren. Durch die offene Tür beginnt ein Teil des Rauchs langsam abzuziehen und ich kann zum ersten Mal seit der Explosion wieder frei atmen.

Julian lässt mein Handgelenk los und schiebt seinen Arm unter meinen Hals um mich neben sich in einer schützenden Umarmung zu halten. Meine Hand kommt ungewollt gegen seine Rippen, woraufhin er vor Schmerzen aufstöhnt. Als ich versuche, ein wenig mehr Abstand von ihm zu bekommen, drückt er mich nur noch fester an sich.

Als Peter und die Wächter einige Minuten später durch die Tür in den Raum treten, finden sie uns in einer Umarmung daliegend. Und mit einer von Julian auf die Tür gerichteten AK-47.

29. KAPITEL

❖ JULIAN ❖

»Wie geht es ihr?«, fragt Lucas und setzt sich in den Stuhl neben meinem Bett. Um seinen Kopf ist eine dicke Bandage gewickelt und er muss wegen seines gebrochenen Beines Krücken benutzen. Ansonsten geht es ihm schon besser. Er lag bewusstlos in einem anderen Raum als die Al-Quadar das usbekische Krankenhaus angriffen und hat deshalb den ganzen Spaß verpasst.

»Sie ist ... okay, denke ich.« Ich drücke auf einen Knopf um mich in eine halb sitzende Position zu begeben. Meine Rippen schmerzen bei dieser Bewegung, aber das ignoriere ich. Schmerz ist seit dem Absturz ein treuer Begleiter geworden und langsam habe ich mich an ihn gewöhnt.

Seit unserer Rettung von der Baustelle in Tadschikistan vor fünf Tagen erholen Nora und ich uns in einer speziellen Einrichtung in der Schweiz. Es handelt sich dabei um eine Privatklinik mit den weltweit besten Ärzten und ich habe veranlasst, dass Lucas die Sicherheitsmaßnahmen hier überwacht. Natürlich ist die gefährlichste Al-Quadar-Zelle ausgelöscht und die akute Bedrohung ist zurückgegangen, aber es ist trotzdem besser, vorsichtig zu sein. Alle meine verletzten Männer habe ich ebenfalls hierher bringen lassen, damit sie sich schneller in einer netteren Umgebung erholen können.

Der Raum, den Nora und ich uns teilen ist hochmodern und mit allen Extras von Videospielen bis zu einer eigenen Dusche ausgestattet. Es gibt zwei verstellbare Betten — eines für mich und eines für Nora — mit Bettwäsche aus ägyptischer Baumwolle und Memory Foam Matratzen. Selbst der Herzfrequenzmonitor und die Infusionshalter, die rund um das Bett stehen, sehen schick aus, eher dekorativ als medizinisch. Die ganze Ausstattung ist so luxuriös, dass ich fast vergessen kann, mich erneut in einem Krankenhaus zu befinden.

Fast, aber nicht ganz.

Wenn ich nie wieder ein Krankenhaus betreten müsste, würde ich glücklich sterben.

Zu meiner unermesslichen Erleichterung ist Nora nicht ernsthaft verletzt. Ihre Armwunde musste genäht werden, aber der Schlag auf ihr Gesicht hat nur ein hässliches Hämatom auf ihrer Wange hinterlassen. Die Ärzte haben bestätigt, dass sie nicht sexuell belästigt worden war, trotzdem sie sie ausgezogen hatten. Innerhalb weniger Stunden nach unserer Ankunft hier wurde Nora für gesund erklärt und war bereit, nach Hause zu gehen.

Ich dagegen bin ein wenig schlechter dran, aber lange nicht so schlimm, wie ich es hätte sein können.

Sie haben mich schon zwei Mal operiert — einmal, um mein angsteinflößendes Gesicht zu verschönern und eine weitere, um mir ein künstliches Auge in die leere Höhle zu setzen, damit ich nicht aussehe wie ein Zyklop. Ich werde nie wieder etwas mit meinem linken Auge sehen können — zumindest nicht mit dem bisherigen technologischen Fortschritt der künstlichen Augen. Aber die Chirurgen haben mir versichert, dass ich wieder fast normal aussehen werde, sobald alles verheilt sein wird.

Meine anderen Verletzungen sind auch nicht so schlimm. Sie haben mir meinen gebrochenen Arm geschient und ihn neu eingegipst. Die Schusswunde in meiner linken Schulter heilt genauso gut wie meine angeknacksten Rippen. Dank Peters schneller Hilfe blieben mir weitere innere Verletzungen und mehr gebrochenen Knochen erspart. Wenn das vorüber sein wird, werde ich einige Narben mehr haben — und wahrscheinlich einen schwächeren linken Arm — aber mein Äußeres wird keine kleinen Kinder erschrecken.

Dafür bin ich dankbar. Ich war niemals besonders eitel was mein Aussehen anbelangt, aber ich möchte sicherstellen, dass Nora mich immer noch attraktiv findet, dass es sie nicht abstößt, mich zu berühren. Sie hat mir versichert, dass sie meine Narben und Blutergüsse nicht stören, aber ich weiß nicht, ob das wirklich so ist. Wegen meiner Verletzungen hatten wir seit unserer Rettung keinen Sex und ich werde nicht wissen, was sie wirklich fühlt, bevor ich sie wieder in meinem Bett haben werde.

Ich weiß generell nicht, wie sich Nora in den letzten fünf Tagen gefühlt hat. Durch die ganzen Operationen und die ständigen Arztbesuche hatten wir noch keine Gelegenheit über das zu reden, was passiert ist. Wann immer ich es anspreche wechselt sie das Thema, so als wolle sie diese ganze Sache vergessen. Ich würde sie auch in Ruhe lassen — wäre sie nicht gleichzeitig so ungewöhnlich schweigsam. Wie zurückgezogen. Es scheint so, als habe das Erlebte dazu geführt, dass sie sich in sich selbst eingeigelt hat ... ihre Gefühle irgendwie verdrängt hat.

»Also kommt sie damit zurecht?«, fragt Lucas und ich weiß, er spricht über Majids Tod. Alle meine Männer wissen genau, wie Nora ihn niedergeschossen hat und welche Rolle sie bei meiner Rettung spielte. Sie bewundern sie für ihren Mut während ich täglich dagegen ankämpfe, sie dafür zu erwürgen, dass sie ihr Leben aufs Spiel gesetzt hat. Und Peter — das ist noch einmal eine ganz andere Sache. Wenn er nicht plötzlich verschwunden wäre, nachdem er uns in die Klinik gebracht hat, hätte ich ihm den Kopf dafür abgerissen, sie einer solchen Gefahr auszusetzen.

»Das macht sie«, antworte ich auf Lucas' Frage. Meine Sorgen um Noras psychischen Zustand möchte ich nicht mit ihm besprechen. »Sie geht damit so gut um, wie man es nur erwarten kann. Das erste Mal jemanden umzubringen ist niemals leicht, aber sie ist stark. Sie wird es verkraften.«

»Ich bin mir sicher, dass sie das wird.« Lucas ergreift seine Krücken, steht auf und fragt: »Wie schnell möchtest du wieder nach Kolumbien zurückkehren?«

»Goldberg sagt, dass wir morgen gehen können. Er möchte mich noch eine Nacht hierbehalten um sicherzustellen, dass alles so heilt, wie es soll und wird dann auf dem Anwesen meine Pflege beaufsichtigen.«

»Hervorragend«, sagt Lucas. »Ich werde die nötigen Vorbereitungen treffen.«

Er humpelt aus dem Raum und ich greife nach meinem Laptop um zu sehen, wo Nora sich gerade aufhält. Sie wollte sich eine Kleinigkeit zu Essen aus dem Kaffee in der ersten Etage der Klinik holen, aber da sie schon länger als zehn Minuten weg ist, beginne ich mir Sorgen zu machen.

Ich logge mich ein, rufe den Bericht der Tracker auf und sehe, dass sie auf dem Flur steht, etwa fünfzehn Meter vom Raum entfernt. Der Punkt, der ihren Aufenthaltsort anzeigt bewegt sich nicht; sie muss sich dort mit jemandem unterhalten.

Erleichtert schließe ich den Laptop und lege ihn wieder auf den Nachttisch.

Ich weiß, dass meine Angst um sie krankhaft ist, aber ich kann sie nicht kontrollieren. Majid dabei zuzusehen, wie er sein Messer an Noras Hals hält war das Schlimmste, was ich jemals erlebt habe. Niemals zuvor hatte ich solche Angst wie in dem Augenblick, an dem Blut auf ihrer glatten Haut hinablief. Ich sah im wahrsten Sinne des Wortes Rot. Die Wut überkam mich so stark, dass ich auf einmal Kräfte hatte, von denen ich nicht gedacht hätte, sie noch aufbringen zu können.

Hätte ich klarer denken können, wäre mir etwas anderes eingefallen, um Madjids Aufmerksamkeit von Nora abzulenken bis die Verstärkung kommen würde.

Ich hatte begonnen zu vermuten, dass sie mich retten wollten, als Majid den Einkaufsbummel erwähnte. Es ergab einen schrecklichen Sinn. Nora wusste, dass meine Feinde sie als Köder haben wollten und sie wusste, dass sie die Tracker eingepflanzt hatte. Ich konnte nicht glauben, dass sie sich so zur Schau stellen würde — oder dass Peter das zuließe — aber das war das Einzige, was erklären könnte, wie es die Al-Quadar in meiner Abwesenheit geschafft hatte, sie in die Finger zu bekommen.

Anstatt auf dem Anwesen in Sicherheit zu bleiben, hatte Nora ihr Leben dafür riskiert meines zu retten.

Obwohl sie wusste, zu was Majid fähig war, hat sie sich ihren Albträumen gestellt um *mich* zu retten — den Mann, den sie eigentlich hassen sollte.

Ich weiß nicht ob ich bis zu dem Moment wirklich geglaubt habe, dass sie mich liebt ... bis zu dem Moment, in dem ich sie dort stehen sah, verängstigt aber entschlossen und ihr kleiner Körper in einem viel zu großen Herrenhemd. Niemand hatte jemals zuvor so etwas für mich getan. Selbst als ich noch ein Kind war, hatte meine Mutter sich zurückgezogen, sobald sich das erste Anzeichen von Verstimmung bei meinem Vater zeigte und hatte mich seiner Gnade ausgesetzt. Außer den Wächtern, die ich eingestellt habe, hatte mich niemand jemals beschützt. Ich war immer auf mich allein gestellt gewesen.

Bis sie kam.

Bis Nora kam.

Als ich mich daran erinnere, wie kämpferisch sie aussah, als sie ihre Waffe auf Majid gerichtet hielt, geht die Tür auf und sie tritt ein.

Sie trägt Jeans und ein braunes langärmeliges Oberteil. Ihre dicken Haare hat sie zu einem Pferdeschwanz gebunden und an ihren kleinen Füßen sehe ich ein Paar Ballerinas. Der Bluterguss an ihrer Wange ist noch da, aber sie hat ihn mit Makeup bedeckt, vielleicht um mit Ihren Eltern per Video Chat zu reden, ohne dass diese sich Sorgen machen. Seitdem wir in der Klinik sind hat sie fast täglich Kontakt zu ihnen. Ich denke, sie fühlt sich schuldig, ihnen durch ihr Verschwinden erneut Angst eingejagt zu haben.

Sie isst einen Apfel und ihre Zähne beißen mit sichtlichem Genuss in das Obststück.

Mein Herz schlägt vor Freude und Erleichterung kräftig gegen meine Rippen. So geht es mir jetzt jedes Mal, wenn ich sie sehe und diese Reaktion ist immer da, egal ob sie nur für fünfzehn Minuten weg war oder einige Stunden lang.

»Hallo.« Sie kommt zu mir und setzt sich auf meine rechte Bettkante. Sie beugt sich zu mir hinunter und drückt ihre weichen Lippen für einen schnellen Kuss auf meine Wange, bevor sie sich wieder aufrichtet und mich anlächelt. »Möchtest du etwas von dem Apfel?«

»Nein danke, Baby.« Meine Stimme wird rau, da ihre Berührung mir schmerzhaft ins Bewusstsein bringt, dass wir keinen Sex hatten seit wir das Anwesen verlassen haben. »Iss ihn ruhig auf.«

»In Ordnung.« Sie beißt erneut in den Apfel. »Auf dem Flur habe ich Dr. Goldberg getroffen«, meint sie, nachdem sie hinuntergeschluckt hat. »Er hat gesagt, dass es dir besser geht und wir morgen nach Hause können.«

»Ja, das stimmt.« Ich sehe wie ihre kleine Zungenspitze aus dem Mund kommt, um ein Stückchen Apfel von ihrer Unterlippe zu entfernen und eine Hitzewelle führt dazu, dass sich meine Hoden zusammenziehen. Es geht mir definitiv besser — oder zumindest glaubt das mein Geschlecht. »Wir werden abreisen sobald er sagt, dass wir dürfen.«

Nora beißt noch ein Stück ihres Apfels ab und kaut es langsam, während sie mich mit einem eigenartigen Gesichtsausdruck anschaut.

»Was ist los, Baby?« Ich ergreife ihre freie Hand und führe sie an mein kratziges Gesicht um mit ihrer Oberseite über meine Wangen zu streichen. Ich weiß, dass ich wahrscheinlich ihre weiche Haut mit meinen Stoppeln zerkratze — ich habe mich seit über einer Woche nicht rasiert — aber ich kann der Versuchung, sie zu berühren, nicht widerstehen. »Sag mir, was dir durch den Kopf geht.«

Sie legt den Apfel auf eine Serviette auf meinem Nachttisch. »Wir sollten über Peter reden«, sagt sie ruhig. »Und über das Versprechen, welches ich ihm gegeben habe.«

Ich spanne mich an und mein Griff um ihre Hand wird fester. »Welches Versprechen?«

»Die Liste.« Ihre Finger zucken in meiner Hand. »Die Liste der Namen, die du ihm für drei Jahre Dienst versprochen hast. Ich habe ihm gesagt, ich würde sie ihm geben, sobald du sie hättest — wenn er mir helfen würde, dich zu retten.«

»Verdammt.« Ich blicke sie ungläubig an. Ich hatte mich schon gefragt, wie sie es angestellt hatte Peter dazu zu bekommen, einem direkten Befehl zuwider zu handeln und hier ist die Erklärung. »Du hast ihm versprochen du würdest ihm bei seinem Rachefeldzug helfen, wenn er dich bei dieser Dummheit unterstützt?«

Nora nickt und ihre Augen sind dabei fest auf mich gerichtet. »Ja. Das war das einzige, was mir zu jenem Zeitpunkt einfiel. Er wusste dass er die Liste niemals bekommen würde, solltest du sterben — und ich sagte ihm, dass er sie eher bekommen würde, wenn er mir hilft

Meine Augenbrauen ziehen sich zusammen, als mich eine Wutwelle überrollt. Dieses russische Arschloch hat meine Frau tödlichen Gefahren ausgesetzt und das ist nichts, was ich jemals vergeben oder vergessen könnte. Er hatte vielleicht mein Leben gerettet, aber hatte dabei Noras in Gefahr gebracht. Wenn er nach der Befreiung nicht verschwunden wäre, hätte ich ihn dafür getötet. Und jetzt will Nora, dass ich ihm die Liste gebe?

Das ist verdammt unwahrscheinlich.

»Julian, ich habe sie ihm versprochen«, beharrt sie, da sie meine unausgesprochene Antwort versteht. Ihr Blick ist ungewöhnlich bestimmt als sie hinzufügt: »Ich weiß, dass du wütend auf ihn bist, aber der ganze Plan war meine Idee — und er wollte mir auch erst nicht helfen.«

»Richtig. Weil er wusste, dass deine Sicherheit an erster Stelle stand.« Ich bemerke, dass ich immer noch ihre Hand festhalte und lasse sie los. »Dieser Bastard hat Glück, dass er noch am Leben ist.«

»Das verstehe ich.« Nora schaut mich ruhig an. »Und Peter auch, das kannst du mir glauben. Er wusste, dass du so reagieren würdest — deshalb ist er auch verschwunden, nachdem er uns hier abgeliefert hatte.«

Ich hole tief Luft und versuche meine Wut zu kontrollieren. »Das war eine gute Entscheidung. Er weiß, ich könnte ihm jetzt nicht mehr vertrauen. Ich habe ihm den Befehl gegeben, dich auf dem Anwesen in Sicherheit zu bewahren, und was hat er gemacht?« Ich starre sie wütend an als die Erinnerung daran, wie sie blutverschmiert und verängstigt in den fensterlosen Raum gezerrt wird, in mir hochkommt. »Er hat dich Majid ausgeliefert!«

»Ja, und dadurch hat er dein Leben gerettet—«

»Mein verdammtes Leben ist mir egal!« Ich setze mich auf und ignoriere den stechenden Schmerz in meinen Rippen. »Verstehst du das nicht, Nora? *Du* bist die einzige Person, die mir etwas bedeutet. *Du* — nicht ich, und auch sonst niemand!«

Sie blickt mich an und ich kann sehen, wie die Tränen in ihren großen Augen aufsteigen. »Ich weiß, Julian«, flüstert sie blinzelnd. »Das weiß ich.«

Ich sehe sie an und die ganze Wut verschwindet, um von einem unerklärlichen Drang ersetzt zu werden, ihr alles zu erklären. »Ich weiß nicht, ob du das tust, mein Kätzchen.« Meine Stimme ist ruhig als ich nach ihrer Hand greife, weil ich ihre zerbrechliche Wärme brauche. »Du bist mein ein und alles. Wenn dir etwas zustieße, würde ich nicht mehr leben wollen — ich würde kein Leben haben wollen, ohne dass du ein Teil davon bist.«

Ihre Lippen zittern und die Tränen sammeln sich in ihren Augen bevor sie überlaufen. »Ich weiß,

Julian ...« Ihre Finger legen sich um meine Hand und drücken sie fest. »Ich weiß es, weil ich das gleiche fühle. Als ich dachte, dass dein Flugzeug abgestürzt war—«, sie schluckt und ihre Stimme wird brüchig, »—und danach, als ich die Schüsse während deines Anrufes hörte ...«

Ich hole Luft, da ihr Leiden mir die Brust zusammenschnürt. »Nicht, Baby ...« Ich führe ihre Hand an meine Lippen und küsse ihre Handflächen. »Denk nicht mehr daran. Es ist vorbei und es gibt nichts mehr, vor dem du dich fürchten müsstest — Majid lebt nicht mehr und wir sind gerade dabei, die letzten Reste der Al-Quadar zu zerstören ...«

Während ich spreche sehe ich, wie sich ihr Gesichtsausdruck verändert, ihr Blick eigenartig verschlossen wird. Es scheint, sie möchte ihre Gefühle verdrängen, eine Art mentale Barriere aufbauen, um sich selbst zu schützen. »Ich weiß«, sagt sie und ihre Lippen verziehen sich zu dem leeren Lächeln, dass ich seit unserer Rettung oft bei ihr gesehen habe. »Es ist vorbei. Er ist tot.«

»Tut es dir leid?«, frage ich sie und lasse ihre Hand hinabsinken. Ich muss verstehen, warum sie sich zurückzieht, dem auf den Grund gehen, dass sie dazu veranlasst sich so zu verschließen. »Tut es dir leid, dass du ihn getötet hast, Baby? Ist es das, was dich in den letzten Tagen so sehr beschäftigt?«

Sie blinzelt, so als würde sie meine Frage überraschen. »Mich beschäftigt nichts.«

»Lüg mich nicht an, mein Kätzchen.« Ich lasse ihre Hand los und ergreife zärtlich ihr Kinn, um in ihre mit Schatten bedeckten Augen zu schauen. »Denkst du nicht, dass ich dich mittlerweile gut genug kenne? Ich sehe doch, dass du dich seit Tadschikistan verändert hast und ich will verstehen warum.«

»Julian ...« Ihre Stimme hat einen flehenden Unterton. »Bitte, ich möchte nicht darüber reden.«

»Warum nicht? Denkst du, dass ich es nicht verstehen werde? Denkst du, dass ich nicht weiß wie es ist, das erste Mal jemanden zu töten und mit dem Wissen leben zu müssen einen Menschen ausgelöscht zu haben?« Ich mache eine Pause um zu sehen, ob sie reagiert. Als sie nichts macht, fahre ich fort: »Wir beide wissen, dass Majid es verdient hat, aber es ist normal, sich danach beschissen zu fühlen. Du musst darüber reden, damit du beginnen kannst, alles was passiert ist zu verarbeiten—«

»Nein, Julian«, unterbricht sie mich und durch den sorgsam neutralen Gesichtsausdruck bricht ein plötzliches Aufflackern von Wut. »Du verstehst es *nicht.* Ich weiß, dass Majid es verdient hat zu sterben und es tut mir nicht leid, ihn getötet zu haben. Ich zweifele nicht daran, dass die Welt ohne ihn besser ist.«

»Also was ist es dann?« Ich vermute langsam zu wissen, wohin es führt, aber ich möchte, dass sie es ausspricht.

»Ich habe ihn getötet«, sagt sie ruhig und schaut mich dabei an. »Ich stand neben ihm, habe ihm in die Augen geschaut und abgedrückt. Ich habe ihn nicht getötet, um dich zu beschützen oder weil ich keine andere Wahl hatte. Ich habe ihn getötet, weil ich es tun wollte.« Sie macht ein Pause und fährt fort: »Ich habe ihn getötet weil ich sehen wollte, wie er stirbt.«

30. KAPITEL

❖ NORA ❖

Julian blickt mich an und sein Gesichtsausdruck unter den Bandagen bleibt auch nach meinem Geständnis unverändert. Ich möchte wegschauen, aber ich kann nicht. Seine Hand an meinem Kinn zwingt mich dazu, seinen Blick zu erwidern, während ich ihm das furchtbare Geheimnis anvertraue, welches mich seit unserer Rettung innerlich auffrisst.

Da er nicht reagiert denke ich, dass er nicht richtig versteht, was ich ihm gerade sagen möchte.

»Ich habe ihn getötet, Julian«, wiederhole ich, da ich will, dass er mich versteht, weil er mich gezwungen hat, darüber zu reden. »Ich habe Majid kaltblütig umgebracht. Als er den Raum betrat wusste ich, dass ich es tun wollte und deshalb habe ich es getan. Ich habe ihm die Waffe aus der Hand geschossen — und als er unbewaffnet war, habe ich ihn erneut in den Bauch und in die Brust geschossen und dabei sichergestellt, nicht sein Herz zu treffen, damit er noch einige Minuten länger lebt. Ich hätte ihn sofort töten können, aber ich tat es nicht ...« Meine Hände formen sich zu Fäusten und meine Nägel graben sich schmerzhaft in meine Haut als ich zugebe: »Ich habe ihn am Leben gelassen, damit ich ihm ins Gesicht schauen konnte, während ich ihm sein Leben nahm.«

Julians unverbundenes Auge leuchtet ein wenig dunkelblauer und eine Welle brennenden Schamgefühls überkommt mich. Ich weiß, dass es keinen Sinn macht — ich weiß, dass ich mit einem Mann rede, der schon schlimmere Verbrechen begangen hat — aber ich habe nicht seine Entschuldigung, eine unglückliche Kindheit verbracht zu haben. Niemand hat mich dazu gezwungen, ein Mörder zu werden. Als ich an jenem Tag Majid erschoss, tat ich das aus eigenem Antrieb.

Ich habe einen Mann getötet, weil ich ihn hasste und weil ich ihn sterben sehen wollte.

Ich warte darauf, dass Julian antwortet, dass er etwas Tröstliches oder etwas Verurteilendes sagt, aber stattdessen fragt er sanft: »Und wie hast du dich gefühlt als alles vorüber war, mein Kätzchen? Als er tot auf dem Boden lag?« Seine Hand lässt mein Kinn los und bewegt sich nach unten, bis sie auf meinem Bein liegen bleibt. Seine große Hand bedeckt fast vollständig meinen Oberschenkel. »Warst du froh, ihn so zu sehen?«

Ich nicke und wende mein Gesicht ab, um seinem Blick zu entkommen. »Ja«, gebe ich zu und ein Schauer durchfährt mich, als ich an das fast euphorische Hochgefühl denke, welches ich verspürte, als meine

Kugeln durch Majids Fleisch drangen. »Als ich sah, wie das Leben aus seinen Augen verschwand, fühlte ich mich stark. Unbesiegbar. Ich wusste, dass er uns nicht mehr wehtun konnte und war froh darüber.« Ich nehme all meinen Mut zusammen und blicke wieder zu ihm hoch. »Julian ... ich habe einen Mann kaltblütig erschossen — und das, was mir Angst macht ist, dass es mir überhaupt nicht leid tut.«

»Ich verstehe.« Ein leichtes Lächeln umspielt seine teilweise geheilten Lippen. »Du denkst, dass du ein böser Mensch bist, weil du dich nicht schuldig fühlst einen mörderischen Terroristen getötet zu haben — du aber denkst, dass du es solltest.«

»Natürlich sollte ich.« Ich runzele meine Stirn über die offensichtliche Belustigung in seiner Stimme. »Ich habe einen Mann erschossen — und du hast selbst gesagt, dass es normal ist, sich danach beschissen zu fühlen. Du hast dich nach deinem ersten Mal auch schlecht gefühlt, oder nicht?«

»Doch.« Julians Lächeln wird leicht bitter. »Das habe ich. Ich war ein Kind und ich kannte den Mann nicht, auf den ich schießen musste. Er war jemand, der sich mit meinem Vater überworfen hatte und bis heute habe ich keine Ahnung was für ein Mensch er war ... ob er ein schlimmer Krimineller war oder einfach nur jemand, der in die falsche Gesellschaft geraten war. Ich habe ihn nicht gehasst — eigentlich hatte ich gar keine Meinung über ihn. Ich habe ihn getötet um zu beweisen, dass ich es kann. Ich wollte, dass mein Vater stolz auf mich ist.« Er macht eine Pause und sein Gesichtsausdruck wird weich: »Wie du siehst mein Kätzchen, war es anders. Als du Majid getötet hast, hast du die Welt von etwas Bösem befreit, während ich ... naja, das war eine völlig andere Geschichte. Du hast keinen Grund dafür, dich schlecht für das zu fühlen, was du getan hast und du bist intelligent genug, das zu wissen.«

Ich schaue ihn an und mein Hals wird mir eng, als ich mir einen acht Jahre alten Julian vorstelle, der abdrückt. Ich weiß nicht, was ich sagen soll, wie ich seine Schuldgefühle über das lang vergangene Ereignis beruhigen soll und Wut auf Juan Esguerra steigt in mir auf. »Weißt du, wenn dein Vater noch leben würde, würde ich ihn auch erschießen«, sage ich entschlossen und Julian lacht amüsiert auf.

»Ja, ich bin mir sicher, dass du das tun würdest«, sagt er und grinst mich dabei an. Dieser Gesichtsausdruck hätte auf seinem geschwollenen Gesicht eigentlich grotesk aussehen sollen, aber irgendwie wirkte er stattdessen sexy. Selbst zusammengeschlagen, verbunden wie eine Mumie und mit einem sieben Tage alten Stoppelbart auf seinem Kinn strahlt mein Ehemann eine animalische Anziehung aus, die stärker ist als jedes Aussehen. Die Ärzte haben uns gesagt, dass sein Gesicht wieder fast normal aussehen wird, wenn erst einmal alles verheilt sein wird. Aber selbst sollte das nicht der Fall sein vermute ich stark, dass Julian selbst mit einem Auge und weiteren Narben genauso anziehend sein wird.

Als ob er meine Gedanken errät bewegt sich seine Hand auf meinem Oberschenkel weiter nach oben, zur Schnittstelle meiner Beine. »Mein unerschrockener kleiner Liebling«, murmelt er und sein Grinsen verschwindet während ein bekanntes heißes Funkeln in seinem Auge erscheint. »So zart, und doch so wild ... Ich wünschte, du hättest dich an jenem Tag sehen können, Baby. Du warst wundervoll, als du Majid gegenüber standest. So mutig und wunderschön ...« Seine Finger drücken durch meine Jeans grob auf meine Klitoris und ich atme überrascht ein, während sich meine Nippel verhärten und sich Feuchtigkeit in meinem Geschlecht ausbreitet.

»Ja, so ist es gut, Baby«, flüstert er und seine Finger bewegen sich hoch zu meinem Reißverschluss. »Du mit der Waffe war das Sexieste, was ich jemals gesehen habe. Ich konnte meine Augen gar nicht von dir abwenden.« Mein Reißverschluss öffnet sich mit einem eigenartig erotischen metallenen Geräusch und mein Innerstes zieht sich mit einem plötzlichen verzweifelten Verlangen zusammen.

»Julian ...« Meine Atmung ist unregelmäßig und mein Herz schlägt schneller als Julians Hand in meiner geöffneten Jeans verschwindet. »Was ... was machst du da?«

Auf seinen Lippen erscheint ein verschmitztes Lächeln. »Nach was sieht es denn aus?«

»Aber ... du kannst doch nicht ...« Der Satz verwandelt sich in ein Stöhnen als seine Finger ohne Umschweife in meine Unterwäsche fahren und sein Mittelfinger zwischen meinen nassen Falten verschwindet, um meine pochende Klitoris zu massieren. Die Hitze, die meine Nervenenden durchfährt fühlt sich fast wie ein elektrischer Funken an und jedes einzelne meiner Haare steht vom Körper ab. Ich hole scharf Luft als sich die Anspannung in mir aufbaut, aber bevor ich meinen Höhepunkt erreichen kann, zieht Julian seine Finger zurück.

»Zieh dich aus und steig auf mich«, befiehlt er rau und zieht die Decke zurück. Darunter kommt die von einer riesigen Erektion ausgebeulte Krankenhausbekleidung zum Vorschein. »Ich muss Sex mit dir haben. Jetzt.«

Ich zögere einen Moment, weil ich mir Sorgen um seine Verletzungen mache, und Julians Kinn spannt sich verärgert an.

»Ich meine es ernst, Nora. Zieh dich aus.«

Ich schlucke und springe vom Bett. Ich kann es gar nicht glauben, dass ich selbst jetzt noch das Bedürfnis verspüre, ihm zu gehorchen. Sein linker Arm ist eingegipst und er kann ihn kaum schmerzfrei bewegen. Trotzdem habe ich instinktiv Angst vor ihm — ich will ihn und gleichzeitig fürchte ich mich vor ihm.

»Und verschließe die Tür«, befiehlt er als ich beginne, mein T-Shirt auszuziehen. »Ich möchte nicht unterbrochen werden.«

»In Ordnung.«

Ich lasse mein Shirt an und eile zur Tür um das Schloss zu verschließen, welches uns eine Privatsphäre ermöglicht. Jeder Schritt, den ich gehe, erinnert mich an die pulsierende Hitze zwischen meinen Beinen, meine enge Jeans reibt gegen meine empfindliche Klitoris und steigert meine Erregung.

Als ich zurückkomme hat sich Julian in eine halbsitzende Position bewegt. Seine Bekleidung ist vorne geöffnet und mit seiner Hand streichelt er seinen erigierten Penis. Er hat eine steife Bandage um die Rippen, aber sie hält die rohe Kraft seines muskulösen

Körpers nicht zurück. Selbst verwundet beherrscht er den Raum, seine Anziehungskraft ist genauso magnetisch wie immer.

»Braves Mädchen«, murmelt er und schaut mich mit schweren Augenlidern an. »Und jetzt ziehe dich für mich aus, Baby. Ich möchte sehen, wie sich dein kleiner sexy Po aus der Hose hinauswindet.«

Ich versenke meine Zähne tiefer in meiner Unterlippe und die Hitze in seinem Blick erregt mich nur noch mehr. »In Ordnung«, flüstere ich und drehe ihm meinen Rücken zu. Ich beuge mich nach vorne und ziehe langsam meine Jeans hinunter, wobei ich sicherstelle, meine Hüften sichtbar zu den Seiten zu bewegen, während ich meinen String bekleideten Po enthülle.

Als die Jeans an meinen Knöcheln hängen, drehe ich mich wieder um und schaue ihn an. Ich ziehe meine Schuhe aus, bevor ich aus meiner Jeans trete und sie auf dem Boden liegen lasse. Julian beobachtet mich mit unverhohlener Lust und seine Atmung wird schwer als seine Eichel sich mit Flüssigkeit bedeckt. Er berührt seine Erektion, die der Erdanziehung trotzt, nicht mehr. Stattdessen krallen sich seine Hände in die Bettlaken und ich weiß, dass er nahe daran ist zu kommen.

Ich wende meinen Blick nicht von ihm ab als ich mein Shirt ausziehe und es dabei in einer langsamen, spielerischen Bewegung über den Kopf führe. Darunter trage ich passend zu meinem Tanga einen seidigen weißen BH. Ich habe Anfang der Woche verschiedene Outfits gekauft und bin froh, mich auch für einige nettere Unterwäschesets entschieden zu haben. Ich liebe diesen Blick unkontrollierten Hungers auf Julians Gesicht — dieser Ausdruck der sagt, dass er Berge versetzen würde, um mich in diesem Moment zu haben.

Als das Shirt auf die Erde fällt sagt er rau: »Komm her, Nora.« Er verschlingt mich mit seinem Blick. »Ich muss dich anfassen.«

Ich atme ein und mein Geschlecht ist nass als ich ein paar Schritte auf sein Bett zugehe und vor ihm stehen bleibe. Er greift nach mir und streicht mit seiner Handfläche über meine Rippen und bewegt seine Hand dann höher Richtung BH. Seine Finger schließen sich um meine linke Brust und kneten sie durch das seidige Material und ich ziehe Luft ein, als er meinen Nippel zusammendrückt, der sich daraufhin weiter verhärtet.

»Zieh den Rest aus.« Seine Hand zieht sich von meinem Körper zurück und ich fühle mich einen Moment lang allein gelassen. Schnell öffne ich meinen BH und schiebe den String die Beine hinunter, bevor ich aus ihm heraustrete.

»Gut. Jetzt setz dich auf mich.«

Ich beiße in meine Lippe, klettere auf das Bett und setze mich rittlings auf Julians Hüften. Sein Geschlecht berührt die Innenseite meiner Oberschenkel und ich umfasse ihn mit meiner rechten Hand, um ihn zu meinem Eingang zu führen.

»Ja, das ist gut so«, murmelt er und fasst nach meinen Hüften, als ich mich auf ihn setze. Ich lasse sein Geschlecht los, stütze mich mit den Händen auf dem Bett auf und er stöhnt auf. »Ja, nimm mich auf, mein Kätzchen ... Nimm mich ganz in dir auf ...« Mit seinen Händen auf meinen Hüften zieht er mich weiter nach unten und dringt tiefer in mich ein. Ich stöhne, als er mich weitet und sich mein Körper seinem dicken langen Geschlecht anpasst.

Es fühlt sich an wie die süßeste aller Erlösungen. Der Lustschmerz durch seine Inbesitznahme ist überraschend und gleichzeitig schmerzhaft vertraut. Als ich ihn beobachte und den Ausdruck von gequälter Lust auf seinem Gesicht genieße, geht mir plötzlich auf, dass das hier genauso gut nicht hätte passieren können — dass Julian statt unter mir auch 1.80 Meter unter der Erde liegen könnte. Dass sein kräftiger Körper geschunden und zerstört sein könnte.

Mir ist nicht aufgefallen, dass ich irgendwelche Geräusche gemacht habe. Ich muss es aber trotzdem getan haben, denn Julians Augen verengen sich und seine Hände verstärken ihren Griff um meine Hüften. »Was ist los, Baby?«, fragt er scharf und ich bemerke, dass ich angefangen habe zu zittern. Schauer überrollen meinen Körper als ich ihn kalt und gebrochen vor mit liegen sehe. Meine Lust verfliegt und wird durch Terror und Angst ersetzt. Es ist so, als wäre ich mit einem Kübel Eiswasser überschüttet worden. Die schrecklichen Ereignisse, die wir erlebt haben kommen hoch und nehmen mir die Luft zum Atmen.

»Nora, was ist los?« Julians Hand wandert zu meinem Hals und legt sich um meinen Nacken um mein Gesicht näher an sich heranzuziehen. Seine Augen bohren sich in mich als meine Hände sich auf beiden Seiten seiner Brust krampfartig im Bettlaken festkrallen. »Was ist los? Sag es mir!«

Ich möchte es ihm erklären, aber ich kann nicht sprechen. Meine Kehle ist wie zugeschnürt als mein

Herz hämmert und mir der kalte Schweiß ausbricht. Plötzlich kann ich nicht mehr atmen. Giftige Panik macht sich in meiner Brust breit und drückt meine Lunge zusammen. Ich beginne zu hyperventilieren als vor meinen Augen schwarze Punkte entstehen.

»Nora!« Julians Stimme klingt für mich als käme sie von ganz weit weg. »Scheiße ... Nora ...«

Ein brennender Schlag auf meine Wange lässt meine Kopf zur Seite kippen und ich schnappe nach Luft während meine Hand nach oben schnellt, um die schmerzende Stelle zu berühren. Der unerwartete Schmerz reißt mich aus meiner Panik und meine Lungen beginnen endlich zu arbeiten. Mein Brustkorb weitet sich, um der so dringend benötigten Luft Platz zu machen. Keuchend drehe ich mich ungläubig zu Julian um und die Dunkelheit in meinem Kopf verschwindet langsam, als die Realität sich durchsetzt.

»Nora, Baby ...« Jetzt streichelt er zärtlich meine Wange und stillt den Schmerz, den er hervorgerufen hat. »Es tut mir so leid, mein Kätzchen. Ich wollte dich nicht schlagen, aber du sahst so aus als hättest du eine Panikattacke. Was ist passiert? Soll ich eine Krankenschwester rufen?«

»Nein—« Meine Stimme versagt durch die aufsteigenden Schluchzer, die mich überkommen. Tränen beginnen mein Gesicht hinunterzulaufen, als mir klar wird, dass ich völlig ausgerastet bin — und dass es während des Sexes passiert ist. Julian ist immer noch in mir, nur ein wenig weicher als zuvor, und trotzdem zittere ich und weine ich, so als sei ich verrückt. »Nein«, wiederhole ich mit erstickter Stimme.

»Mir geht es gut ... wirklich, gleich geht es mir wieder gut ...«

»Ja, das wird es.« Seine Stimme nimmt einen harten Kommandoton an als seine Hand sich zu meiner Kehle bewegt. »Schau mich an, Nora. Jetzt.«

Unfähig irgendetwas anderes zu tun gehorche ich ihm und unsere Blicke treffen sich. Seine Augen glänzen in einem strahlenden, leidenschaftlichen Blau. Während ich ihn anschaue verlangsamt sich meine Atmung, mein Schluchzen lässt nach und meine verzweifelte Panik verschwindet langsam. Ich weine immer noch, aber jetzt geräuschlos. Es ist eher ein Reflex als irgendetwas anderes.

»Okay, gut«, sagt Julian in demselben harschen Ton. »Und jetzt wirst du mich reiten — und nicht an das denken, was dich so aufgeregt hat. Hast du mich verstanden?«

Ich nicke und seine Anweisungen beruhigen mich. Mit dem Dahinschmelzen meiner Angst setzen sich andere Gefühle durch. Ich bemerke den sauberen, vertrauten Geruch seines Körpers, das raue Gefühl seiner Beinbehaarung die gegen meine Waden reibt ...

Wie er sich in mir anfühlt, warm, dick und hart.

Mein Körper reagiert wieder und lenkt mich von meiner Panik ab. Ich atme tief ein und beginne, mich zu bewegen. Nach oben und nach unten. Mein Innerstes wird feucht und weich als die Lust sich in meinem Unterbauch ausbreitet.

»Ja, genauso, Baby«, murmelt Julian während seine Hand an meinem Körper zu meiner Klitoris hinabgleitet und dadurch die Anspannung verstärkt, die sich in mir aufbaut. »Fick mich. Reite mich. Benutze mich, um deine Dämonen zu vergessen.«

»Ja«, flüstere ich. »Das werde ich.« Und während ich weiterhin sein Gesicht anschaue werde ich schneller, lasse mich von der körperlichen Lust von der Dunkelheit wegtragen. Das Feuer unserer Leidenschaft verbrennt das ganze Grauen in mir.

Wir erreichen unseren Höhepunkt fast gleichzeitig und unsere Körper verschmelzen genauso wie unsere Seelen.

* * *

An diesem Abend schlafe ich in Julians Bett, nicht in meinem. Die Ärzte waren damit einverstanden, nachdem sie mir eingeschärft hatten, nicht an seine Rippen oder sein Gesicht zu kommen.

Ich liege auf seiner rechten Seite und habe meinen Kopf auf seiner unverletzten Schulter abgelegt. Ich sollte schlafen, aber das tue ich nicht. Mein Kopf dröhnt wie ein Bienenstock. Eine Million Gedanken drehen sich in meinem Kopf, meine Gefühle reichen von Freude bis Traurigkeit.

Wir sind beide am Leben und mehr oder weniger intakt. Wir sind wieder zusammen und haben trotz allem überlebt. Ich zweifele nicht mehr daran, dass wir auf irgendeine kranke Art zusammengehören. Ob es gut ist oder schlecht, wir passen jetzt perfekt zueinander. Unsere verkorksten und verletzten Teile fügen sich zusammen wie ein Puzzle.

Ich weiß nicht, was die Zukunft bringen wird, ob jemals wieder alles in Ordnung sein wird. Ich muss

Julian immer noch davon überzeugen, das Versprechen, welches ich Peter gegeben habe, zu ehren. Und ich muss die Ärzte nach der Pille danach fragen, da keiner von uns beiden daran gedacht hat, zu verhüten. Ich weiß nicht ob es möglich ist, so kurz nach dem Verlust eines Implantats schwanger zu werden, aber ich möchte nichts riskieren. Die Möglichkeit ein Kind zu bekommen — ein hilfloses Baby welches unserer Art zu leben ausgesetzt sein würde — erschreckt mich jetzt mehr als jemals zuvor.

Vielleicht werde ich meine Meinung mit der Zeit ändern. Vielleicht werde ich in ein paar Jahren anders darüber denken. Weniger Angst haben. Im Moment allerdings ist mir deutlich bewusst, dass unser Leben niemals ein Märchen sein wird. Julian ist kein guter Mann — und ich bin nicht länger eine gute Frau.

Das sollte mir Sorgen machen ... und vielleicht wird es das morgen auch. In diesem Moment spüre ich jedoch seine Wärme die mich umhüllt und ich fühle nur diesen Frieden, diese Sicherheit, dass alles in Ordnung ist.

Ich gehöre hierher.

Ich hebe meine Hand und fahre mit meinen Fingern seine halb verheilten Lippen nach, fühle ihre sinnliche Form in der Dunkelheit.

»Wirst du mich jemals gehen lassen?«, flüstere ich und erinnere mich an unsere Unterhaltung, die wir vor langer Zeit einmal hatten.

Seine Lippen formen sich zu einem leichten Lächeln. Er erinnert sich auch. »Nein«, erwidert er sanft. »Niemals.«

Wir liegen einige Augenblicke lang schweigend da, bevor er ruhig fragt: »Möchtest du, dass ich dich gehen lasse?«

»Nein, Julian.« Ich schließe meine Augen und lächele. »Niemals.«

LESEPROBEN

Vielen Dank dafür, dass Sie *Keep Me* gelesen haben. Ich hoffe, Ihnen hat diese dunkle Geschichte gefallen. Wenn das der Fall war, erwähnen Sie sie doch bitte Freunden und Social Media Kontakten gegenüber. Ich würde mich außerdem sehr freuen, wenn Sie eine Buchkritik auf Amazon, Thalia und ähnlichen Seiten hinterlassen würden, um anderen Lesern dabei zu helfen, auf dieses Buch aufmerksam zu werden.

Die Geschichte von Julian & Nora geht in *Hold Me* weiter, welches hoffentlich 2015 erscheinen wird. Bitte besuchen sie meine Website http://annazaires.com/deutsch.html und tragen Sie sich in dem Newsletter für Neuerscheinungen ein, um benachrichtigt zu werden, wenn neue Bücher von mir herauskommen.

Da ich es liebe, von meinen Lesern zu hören:

- Fügen sie mich auf Facebook zu Ihren Freunden hinzu: https://www.facebook.com/anna.zaires
- Mögen Sie mich auf meiner Facebook Seite: http://www.facebook.com/author.annazaires
- Folgen Sie mir auf Twitter: https://twitter.com/AnnaZaires
- Verbinden Sie sich mit mir auf Goodreads: https://www.goodreads.com/author/show/6550220.Anna_Zaires

AUSZUG AUS *GEFÄHRLICHE BEGEGNUNGEN*

Anmerkungen der Autorin: *Gefährliche Begegnungen ist das erste Buch meiner Science-Fiction Romanserie, die Krinar Chroniken. Auch wenn es nicht so düster ist wie Twist Me, enthält es doch einige Elemente, die die Leser von dunkler Erotik mögen könnten.*

* * *

Eine düstere und anregende Liebesgeschichte, die die Fans erotischer und turbulenter Beziehungen begeistern wird …

In der nahen Zukunft herrschen die Krinar auf der Erde. Sie sind eine sehr fortgeschrittene Rasse aus einer anderen Galaxie und immer noch ein Geheimnis für uns — außerdem sind wir ihnen völlig ausgeliefert.

Mia Stalis, schüchtern und unschuldig, ist eine Studentin in New York, die ein sehr normales Leben führt. Wie die meisten Menschen, hat sie nie etwas mit den Eindringlingen zu tun gehabt — bis zu diesem schicksalhaften Tag im Park, der ihr ganzes Leben auf den Kopf stellt. Da sie Korums Aufmerksamkeit auf sich gezogen hat, muss sie jetzt mit einem mächtigen, gefährlich verführerischen Krinar fertig werden, der sie besitzen möchte und vor nichts Halt machen wird, bis er sein Ziel erreicht.

Wie weit würden Sie gehen, um ihre Freiheit wiederzuerlangen? Wie viel würden sie aufgeben, um anderen Menschen zu helfen? Welche Wahl würden Sie treffen, wenn sie beginnen, sich in ihren Feind zu verlieben?

* * *

Die Luft war frisch und rein, als Mia mit schnellen Schritten einen gewundenen Pfad im Central Park entlangging. Überall zeigte sich schon der Frühling, in winzigen Knospen auf den noch immer kahlen Bäumen und in der rasch wachsenden Anzahl an Kindermädchen, die sich draußen mit ihren wilden Schützlingen über den ersten warmen Tag freuten.

Es war eigenartig, wie sehr sich alles in den letzten paar Jahren verändert hatte und wie sehr es doch gleich geblieben war. Wäre Mia vor zehn Jahren gefragt worden, was sie denke, wie ihr Leben wohl nach der Invasion einer anderen Rasse aussehen würde, hätte sie sich das bestimmt nicht so vorgestellt. Independence Day, Der Krieg der Welten — keiner dieser Filme näherte sich auch nur ansatzweise dem, was tatsächlich geschehen würde. Die Menschen trafen eine höher entwickelte Spezies, als diese zu Ihnen auf die Erde kam. Es war weder zum Kampf, noch zu irgendeinem Widerstand auf der Regierungsebene gekommen. *Sie* hatten es nicht erlaubt. Rückblickend wurde klar, wie dumm diese Filme gewesen waren. Nuklearwaffen, Satelliten, Kampfjets waren nicht mehr als kleine Steine und Stöcke für diese uralte Zivilisation, die schneller als mit Lichtgeschwindigkeit das Universum durchqueren konnte.

Als sie eine leere Bank nahe am See sah, ging Mia dankbar auf diese zu. Auf ihren Schultern machte sich die Last des Rucksacks bemerkbar, in dem sie ihren schweren zwölf Jahre alten Laptop und einige altmodische, noch auf Papier gedruckte Bücher hatte. Mit einundzwanzig fühlte sie sich manchmal alt, fehl am Platz in dieser schnellen neuen Welt der extra-schlanken Tablets und den in die Armbanduhren integrierten Handys. Die Geschwindigkeit der technischen Entwicklungen war seit dem K-Day nicht langsamer geworden, wenn Überhaupt, waren jetzt viele neue Spielereien durch das beeinflusst, was die Krinar besaßen. Nicht dass die Krinar irgendetwas ihrer kostbaren Technologie Preis gegeben hätten. Ihrer Meinung nach sollte ihr kleines Experiment ohne größere Beeinflussungen fortgeführt werden.

Mia öffnete den Reißverschluss ihres Rucksacks und holte ihren alten Mac heraus. Das Gerät war schwer und langsam, aber es funktionierte, und als arme Studentin konnte sich Mia nichts Besseres leisten. Sie loggte sich ein, öffnete ein neues Word-Dokument und machte sich bereit, sich durch das Schreiben ihrer Hausarbeit in Soziologie zu quälen.

Zehn Minuten und genau Null Worte später gab sie auf. Wem wollte sie denn damit etwas vor machen? Hätte sie wirklich dieses verdammte Ding schreiben wollen, wäre sie doch niemals in den Central Park gekommen. So verlockend es auch war, sich fest vorzunehmen die frische Luft zu genießen und gleichzeitig etwas zu arbeiten, in Wirklichkeit hatte Mia das noch nie hinbekommen. Eine muffige alte Bibliothek war ein viel besserer Ort für solche Tätigkeiten, die derartig das Hirn zermartern.

Mia gab sich in Gedanken einen Tritt für die eigene Faulheit, seufzte und sah sich trotzdem erst mal um. Die Menschen in New York zu beobachten amüsierte sie immer wieder.

Das Bild, was sie vor sich sah, war ein Klassiker, mit dem Obdachlosen auf der Parkbank — zum Glück nicht auf der neben ihr, er sah nämlich so aus, als würde er schon sehr streng riechen — und den beiden Kindermädchen, die miteinander auf Spanisch redeten, während sie langsam ihre Kinderwagen vor sich her schoben. Ein Mädchen mit leuchtend pinkfarbenen Reeboks, die einen schönen Kontrast zu ihren blauen Leggins bildeten, joggte auf einem Weg weiter vorne. Mias Blick folgte neidisch der Joggerin, als diese um die Ecke bog. Ihr eigener hektischer Tagesablauf ließ ihr nur wenig Zeit zum Trainieren und sie bezweifelte, dass sie derzeitig auch nur einen Kilometer lang mit diesem Mädchen mithalten konnte.

Rechts konnte sie die Bogenbrücke sehen, die über den ganzen See reichte. Ein Mann lehnte am

Brückengeländer und schaute über das Wasser. Sein Gesicht war von ihr weg gedreht, weshalb Mia nur einen Teil seines Profils sehen konnte. Trotzdem zog irgendetwas an ihm ihre Aufmerksamkeit auf sich.

Sie war sich nicht sicher, was es war. Er war zweifellos groß und schien unter seinem teuer aussehenden Trenchcoat auch einen gut gebauten Körper zu besitzen, aber das konnte es nicht sein. Große, gut aussehende Männer waren in dem von Modells überlaufenden New York nichts Besonderes. Nein, es war irgendetwas anderes. Vielleicht war es die Art und Weise, wie er da stand — völlig bewegungslos. Sein Haar war dunkel und glänzte in der hellen Nachmittagssonne, vorne gerade lang genug, um leicht im warmen Frühlingswind zu wehen.

Außerdem war er völlig alleine.

Das ist es, bemerkte Mia auf einmal. Die normalerweise sehr beliebte und malerische Brücke war völlig leer, mit Ausnahme des Mannes, der dort am Geländer stand. Heute schien aus irgendeinem Grund jeder einen weiten Bogen um sie zu machen. Tatsächlich saß niemand außer ihr und ihrem hocharomatischen, obdachlosen Nachbarn auf den sonst so beliebten Bänken in der ersten Reihe am See, sie waren alle leer.

Als ob es ihren Blick auf sich spüren würde, drehte das Objekt ihrer Aufmerksamkeit langsam seinen Kopf und sah Mia direkt an. Bevor ihr Hirn sich dieser Tatsache bewusst werden konnte, fühlte sie, wie ihr Blut gefror und sie sich bewegungslos dem Feind ausgeliefert sah. Während sie ihn nur hilflos anstarren konnte, schien er sie sehr interessiert zu durchleuchten.

* * *

Atme, Mia, atme. Irgendwo in ihrem Hinterkopf wiederholte eine kleine rationale Stimme immer wieder diese Worte. Diesem seltsam objektiven Teil von ihr fiel auch sein symmetrisches Gesicht auf und die straffe goldfarbene Haut, die sich eng an hohe Wangenknochen und ein energisches Kinn schmiegte. Die Bilder und Videos die sie von den Krinar gesehen hatte, wurden ihnen kaum gerecht. Dieses Wesen, das weniger als 10 Meter von ihr entfernt stand, war einfach atemberaubend schön.

Während sie ihn weiterhin bewegungslos anstarrte, richtete er sich auf und ging auf sie zu. Er pirscht sich eher heran, kam ihr dummerweise in den Sinn, da jede seiner Bewegungen sie an eine junge Raubkatze erinnerte, die sich geschmeidig einer Gazelle annähert. Seine Augen ließen sie die ganze Zeit nicht aus dem Blick. Als er näherkam, konnte sie einzelne gelbe Sprenkel in seinen goldenen Augen erkennen und auch die vollen langen Wimpern sehen, die sie einrahmten.

Sie sah entsetzt und ungläubig, wie er sich weniger als einen Meter von ihr entfernt auf die gleiche Bank setzte und eine ebenmäßige Reihe weißer Zähne entblößte, als er sie anlächelte. Keine Fangzähne, bemerkte sie mit einem Teil ihres Gehirns, der noch zu funktionieren schien. Nicht die leiseste Spur von ihnen. Das war eines der Gerüchte über sie, genauso wie ihr vermeintlicher Abscheu vor der Sonne.

»Wie heißt du?« Das Wesen schnurrte die Frage förmlich. Seine Stimme war leise und weich, völlig ohne Akzent. Seine Nasenlöcher bebten leicht, als er ihren Duft einatmete.

»Ähm« Mia schluckte nervös. »M-Mia.«

»Mia«, wiederholte er langsam, und es schien, als würde er sich ihren Namen auf der Zunge zergehen lassen. »Mia, und weiter?«

»Mia Stalis.« Ach du Scheiße, warum wollte er denn ihren Namen wissen? Warum war er hier und redete mit ihr? Und überhaupt, was machte er eigentlich im Central Park, fernab aller Siedlungen der Krinar? *Atme, Mia, atme.*

»Entspanne dich, Mia Stalis.« Sein Lächeln wurde breiter und es kam ein Grübchen in seiner linken Wange zum Vorschein. Ein Grübchen? Die Krinar hatten Grübchen? »Bist du bis jetzt noch nie auf einen von uns getroffen?«

»Nein, noch nie«, stieß Mia kurz hervor und dabei fiel ihr auf, dass sie ihren Atem die ganze Zeit anhielt. Sie war stolz darauf, dass ihre Stimme nicht so zitterig klang, wie sie sich anfühlte. Sollte sie fragen? Wollte sie es wirklich wissen?

Sie nahm all ihren Mut zusammen. »Was, äh—« nochmal Schlucken. »Was willst du von mir?«

»Jetzt gerade, mich mit dir unterhalten.« Mit diesen goldenen Augen, die sich an den Winkeln leicht zusammen zogen, sah er aus, als würde er gleich über sie lachen.

Seltsamerweise machte sie das so wütend, dass sie dadurch ihre Angst verdrängte. Wenn es etwas gab, das Mia mehr hasste als alles andere, dann war das, ausgelacht zu werden. Mit ihrem kleinen, dünnen Körper und ihrem allgemeinen Mangel an sozialer

Kompetenz seit Teenagerzeiten — sie hatte das komplette Albtraumprogramm absolviert: Zahnspange, krauses Haar und Brille — waren schon mehr als einmal Witze auf Mias Kosten gemacht worden.

Sie schob angriffslustig ihr Kinn in die Höhe. »Also schön, und wie heißt du?«

»Korum.«

»Nur Korum?«

»Wir haben keine richtigen Nachnamen, zumindest nicht so wie ihr das habt. Mein voller Name ist sehr viel länger, aber du könntest ihn nicht aussprechen wenn ich ihn dir sagen würde.«

Okay, das war doch mal interessant. Sie erinnerte sich daran, mal so etwas in der *New York Times* gelesen zu haben. So weit, so gut. Ihre Beine hatten schon fast aufgehört zu zittern und ihre Atmung wurde auch wieder gleichmäßiger. Vielleicht, hatte sie ja doch noch eine klitzekleine Chance, aus dieser Nummer lebend herauszukommen. Diese Unterhaltung schien recht ungefährlich zu sein, auch wenn es sie etwas aus der Fassung brachte, dass er sie die ganze Zeit mit diesen gelblichen Augen anstarrte, ohne zu blinzeln. Sie beschloss, ihn reden zu lassen.

»Was machst du hier, Korum?«

»Das habe ich dir doch gerade gesagt. Ich unterhalte mich mit dir, Mia.« Seine Stimme hatte wieder den Hauch eines Lachens.

Frustriert stieß Mia ihren Atem aus. »Ich meine, was machst du hier im Central Park? Überhaupt in New York City?«

Er lächelte wieder und neigte seinen Kopf leicht zu einer Seite. »Vielleicht habe ich gehofft, hier ein hübsches Mädchen mit Locken zu treffen.«

Also, das reichte jetzt wirklich. Er spielte ganz klar mit ihr. Jetzt, da sie ihren Verstand wieder gebrauchen konnte, fiel ihr auf, dass sie sich mitten im Central Park befanden, in der Gegenwart einer Unmenge von Zeugen. Sie blickte sich verstohlen um, nur um sicherzugehen. Ja, obwohl die Menschen diese Bank und das darauf sitzende fremdartige Wesen offensichtlich mieden, gab es tatsächlich einige mutige Seelen, die aus sicherer Entfernung zu ihnen starrten. Ein Paar wagte es sogar, sie vorsichtig mit ihren in die Armbanduhren eingebauten Kameras zu filmen. Wenn der Krinar ihr irgendetwas antun sollte, wäre es umgehend auf YouTube zu sehen und das müsste er auch wissen. Natürlich könnte ihm das auch egal sein.

Da sie immer noch davon ausging, dass sie relativ sicher war — sie hatte noch nie von Videos gehört, die Übergriffe der Krinar auf Studentinnen mitten im Central Park zeigten — griff sie nach ihrem Laptop und hob ihn an, um ihn zurück in ihren Rucksack zu packen.

»Lass mich dir damit helfen, Mia—«

Und bevor sie auch nur blinzeln konnte, merkte sie, wie er den schweren Laptop aus ihren plötzlich kraftlosen Fingern nahm und dabei leicht deren Knöchel streifte. Als er sie berührte, durchfuhr Mia ein Gefühl wie ein elektrischer Schock, der, als er abebbte, kribbelnde Nervenverbindungen hinterließ.

Er nahm ihren Rucksack und packte den Laptop mit einer weichen und geschmeidigen Bewegung weg. »So, fertig.«

Oh Gott, er hatte sie berührt. Vielleicht war ihre Theorie über die Sicherheit auf öffentlichen Plätzen doch falsch. Sie merkte, wie sich ihre Atmung wieder beschleunigte, und ihre Herzfrequenz befand sich wahrscheinlich auch schon im Sauerstoff unabhängigen Bereich.

»Ich muss jetzt los ... Tschüss!«

Wie sie es schaffte, diese Worte herauszuquetschen ohne zu hyperventilieren, würde sie wohl nie herausfinden. Sie griff sich den Riemen ihres Rucksacks, den er soeben losgelassen hatte und sprang auf ihre Füße. Dabei fiel ihr irgendwo im Hinterkopf auf, dass die Lähmung von vorhin verschwunden war.

»Tschüss Mia. Bis später.« Seine Stimme mit dem leicht spottenden Unterton war noch lange in der klaren Frühlingsluft zu hören, als sie losging und fast rannte, weil sie es so eilig hatte, von ihm wegzukommen.

* * *

Wenn Sie mehr darüber erfahren möchten, besuchen Sie bitte Annas Webseite www.annazaires.com/deutsch.html

AUSZUG AUS *WEIßE NÄCHTE*

Anmerkungen der Autorin: *Dieses Buch ist ein moderner erotischer Roman. Der Auszug und die Beschreibung sind noch nicht editiert und deshalb können spätere Änderungen nicht ausgeschlossen werden.*

* * *

Ein russischer Oligarch
Alex Volkov bekommt immer, was er möchte. Der einstige Waisenjunge, der auf den Straßen von Sankt Petersburg aufwuchs, ist jetzt einer der reichsten Männer auf der Welt. Aber man steigt in Russland nicht so weit auf, ohne bestimmte Grenzen zu übertreten ...

Eine amerikanische Krankenschwester
Kate Morrell ist immer kompetent und unabhängig gewesen. Weder möchte sie, noch braucht sie einen Mann in ihrem Leben. Und trotzdem kann sie nichts

dagegen tun, sich zu dem fremden Mann, den sie im Krankenhaus trifft, hingezogen zu fühlen ...

Ein tödliches Spiel
Als Alex' Vergangenheit ihre Gegenwart bedroht, muss Kate sich entscheiden, wie viel sie dafür riskieren möchte, um mit ihm zusammen zu sein ... und ob der Mann, in den sie sich gerade verliebt, sich überhaupt von dem skrupellosen Mörder unterscheidet, der sie jagt.

* * *

»Kate, es tut mir leid, aber wir brauchen dich wirklich gerade.«

June Wallers, die Oberschwester, stürmte in den kleinen Raum, in dem Katherine Morrell gerade schnell etwas essen wollte.

Seufzend legte Kate ihr halb gegessenes Sandwich weg, trank einen Schluck Wasser und folgte June den Gang hinunter. Das war nicht das erste Mal diese Woche, dass aus der ihr zustehenden Essenspause eine zehn Minuten Snackpause wurde.

Die Krise hatte auch die New Yorker Krankenhäusern voll erwischt und zu Einstellungsstopps und Entlassungen auf Grund der Budgetkürzungen geführt. Seitdem fehlten in der Notaufnahme immer mindestens drei Schwestern, um einen reibungslosen Ablauf gewährleisten zu können. Auch in den anderen Abteilungen fehlte Personal, aber dort waren die Patientenzahlen vorhersehbarer. Die

Notaufnahme glich allerdings fast immer einem Irrenhaus.

Diese Woche war besonders schlimm gewesen. Es war gerade Grippezeit und eine der Schwestern war krank geworden. Ihr Ausfall traf sie zu einem denkbar ungünstigen Zeitpunkt, da die Grippesaison natürlich zu einem erhöhten Patientenzulauf führte. Es war Kates fünfte Zwölfstundenschicht diese Woche und es war eine Nachtschicht — und obwohl sie Nachtschichten hasste, konnte sie diese leider nicht immer vermeiden. June hatte Kate darum gebeten und sie hatte sich breitschlagen lassen, weil sie wusste, dass es niemanden gab, der sie stattdessen übernehmen konnte.

Und jetzt war sie hier, mal wieder ohne wirklich etwas zu essen. Wenn das in diesem Rhythmus weiterging, würde sie bald nur noch aus Haut und Knochen bestehen, wahrscheinlich schon bevor die Grippezeit vorbei war. Die Grippediät nannte ihre Mutter diesen Zustand.

»Was ist es für ein Notfall?«, wollte Kate wissen und ging schneller, um mit June mithalten zu können. Mit ihren fünfundfünfzig Jahren war die Oberschwester so agil wie eine Zwanzigjährige.

»Wir haben eine Schusswunde.«

»Wie schlimm?«

»Wir sind uns noch nicht sicher. Letties Kind ist krank geworden und sie musste weg—«

»Was? Und wer ist dann bei dem Patienten?«

»Nancy.«

Mist. Kate fing fast an zu rennen. Nancy war eine Krankenschwester im ersten Jahr. Sie gab sich sehr viel

Mühe, aber sie brauchte noch eine Menge Hilfe und sollte nie alleine sein, ohne eine erfahrene Krankenschwester bei sich zu haben.

»Dann weißt du ja jetzt, warum wir dich so dringend brauchen«, sagte June trocken und Kate, deren Puls sich beschleunigte, nickte zustimmend.

Das war genau der Grund dafür, dass sie Krankenschwester geworden war — weil sie den Gedanken mochte, gebraucht zu werden und Menschen zu helfen. Eine gute Krankenschwester konnte den Unterschied zwischen Leben und Tod machen, besonders in der Notaufnahme. Manchmal war es eine sehr große Verantwortung, aber das störte Kate nicht. Sie mochte das schnelle Arbeitstempo in der Notaufnahme. Die zwölf Stunden vergingen wie im Fluge. Am Ende ihrer Arbeitstage war sie jedes Mal so erschöpft, dass sie kaum noch laufen konnte, aber sie war gleichzeitig sehr zufrieden.

In der Notaufnahme war einiges los, als Kate eintrat. Kate näherte sich einem der durch Stoffwände voneinander abgetrennten Betten, öffnete die Vorhänge und sah das Schussopfer auf der Pritsche liegen. Er war ein großer Mann, hoch gewachsen und breitschultrig. Seinem Aussehen nach war er der kaukasisch-europäische Typ. Sie schätzte, dass sein Alter bei etwa Ende zwanzig oder Anfang dreißig lag. Er hatte eine Sauerstoffmaske auf und war schon an den Herzmonitor angeschlossen. Er hing am Tropf und schien bewusstlos zu sein.

Nancy, die Schwester im ersten Jahr, übte Druck auf seine Wunde aus, um die Blutung zu stoppen. Es standen noch zwei weitere Männer neben ihm, aber

Kate beachtete sie kaum, da sie sich auf ihren Patienten konzentrierte.

Sie bildete sich schnell einen Überblick über die Situation, wusch sich ihre Hände und machte sich an die Arbeit. Der Puls des Patienten war kräftig und er schien auch keine Schwierigkeiten beim Atmen zu haben. Kate kontrollierte seine Pupillen, sie sahen normal aus und reagierten unauffällig auf Lichtveränderungen. Es gab glücklicherweise auch eine Austrittswunde. Wäre die Kugel im Körper geblieben, hätte sie weiteren Schaden anrichten können und eine Operation wäre auf jeden Fall notwendig gewesen. Ein CT hatte gezeigt, dass die Kugel knapp das Herz und andere kritische Organe verfehlt hatte. Zwei Zentimeter weiter und der Mann würde sich jetzt in einem Leichensack, anstatt auf diesem Bett befinden. So wie es aussah, war die größte Herausforderung die Wunde zu reinigen und die Blutung zu stoppen.

Kate machte sich keine Gedanken über die Hintergründe des Schusses. Das gehörte nicht zu ihrem Job. Ihre Aufgabe war es, sein Leben zu retten, ihn zu stabilisieren bis der Arzt kam. In Fällen wie diesem — wirklich lebensgefährlichen Notfällen — würde der Arzt schnell zu dem Patienten kommen. Alle anderen Patienten der Notaufnahme mussten gewöhnlich um einiges länger warten.

Als Dr. Stevenson erschien, erklärte sie ihm, was dem Patienten fehlte und brachte ihn auf den letzten Stand seiner Vitalfunktionen. Dann assistierte sie ihm, als er die Wunde nähte und verband.

Schließlich war der Zustand des Opfers stabil und es war mit Beruhigungsmitteln versorgt. Wenn keine unvorhergesehenen Komplikationen auftraten, würde der Mann leben.

Kate zog sich ihre Handschuhe aus und ging zum Waschbecken, um sich ihre Hände erneut gründliche zu reinigen. Diese Gewohnheit war so tief in ihr verankert, dass sie gar nicht mehr darüber nachdachte. Sobald sie sich im Krankenhaus befand, wusch sie sich die Hände, wann immer sie eine Gelegenheit dazu bekam. Viel zu viele tödliche Infektionen bei Patienten waren auf die unzureichende Hygiene des Pflegepersonals oder des Arztes zurückzuführen.

Während das warme Wasser über ihre Hände lief, ließ sie ihren Kopf von einer Seite auf die andere kreisen um die Spannung in ihrem Nacken ein wenig zu lösen. So sehr sie ihren Job auch liebte, er war körperlich und geistig anstrengend, besonders wenn ein Leben auf dem Spiel stand. Kate war schon immer der Meinung gewesen, dass Ganzkörpermassagen in dem Bonuspaket für Krankenschwestern enthalten sein sollen. Wenn es jemand gebrauchen konnte, am Ende eines zwölfstündigen Arbeitstages durchgeknetet zu werden, dann mit Sicherheit eine Krankenschwester.

Sie drehte sich vom Waschbecken weg und warf automatisch noch einen Blick auf den Mann mit der Schussverletzung. Sie wollte sichergehen, dass bei ihm alles in Ordnung war, bevor sie zum nächsten Patienten ging.

Als sie in seine Richtung blickte, bemerkte sie, dass ein Paar stahlblaue Augen sie anschauten.

Sie gehörten zu einem der anderen beiden Männer, die neben dem Opfer gestanden hatten — wahrscheinlich ein Verwandter des Verwundeten.

Eigentlich waren nachts keine Besucher im Krankenhaus erlaubt, aber die Notaufnahme machte da eine Ausnahme.

Anstatt wegzublicken — wie die meisten Menschen das machen würden, wenn sie dabei erwischt werden, wie sie jemanden anstarren — betrachtete der Mann Kate ungerührt weiter.

Also starrte sie zurück, gleichzeitig fasziniert und ein wenig verärgert.

Er war groß, etwas über 1,80 Meter und hatte breite Schultern. Er war im klassischen Sinne nicht schön; dieses Wort wäre zu schwach um ihn zu beschreiben. Stattdessen war er ... anziehend.

Macht. Das war es, was sie dachte, als sie ihn ansah. Er strahlte sie aus, durch die arrogante Kopfhaltung, die Art, wie er sie so ruhig ansah, so völlig überzeugt von sich selbst und seiner Fähigkeit, alles um sich herum zu kontrollieren. Kate wusste nicht, wer er war oder was er machte, aber sie bezweifelte, dass er ein einfacher Angestellter in einem Büro war. Nein, dieser Mann war es gewohnt, Anweisungen zu geben, denen auch Folge geleistet wurde.

Seine Kleidung saß gut und sah teuer aus. Vielleicht war sie sogar maßgeschneidert. Er trug einen grauen Trenchcoat, dunkelgraue Hosen mit einem dünnen Nadelstreifen und ein Paar schwarze italienische Lederschuhe.

Sein braunes Haar war kurz geschnitten, fast so wie beim Militär. Der einfache Haarschnitt passte gut zu seinem Gesicht, da er die harten und symmetrischen Züge nicht verdeckte. Er hatte hohe Wangenknochen und eine lange schmale Nase mit einer leichten

Unebenheit, so als sei sie schon einmal gebrochen gewesen.

Kate hatte keine Ahnung, wie alt er sein könnte. Sein Gesicht war faltenfrei, aber es hatte überhaupt nichts Jungenhaftes. Außerdem fehlte ihm jegliche Weichheit, sogar seine Lippen waren frei davon. Sie schätzte sein Alter auf Anfang dreißig, aber er könnte genauso gut fünfundzwanzig oder vierzig Jahre alt sein.

Er wurde weder unruhig, noch sah er so aus, als fühle er sich irgendwie unwohl, als ihr Anstarrwettbewerb andauerte. Er stand einfach ganz ruhig da, völlig bewegungslos und sein blauer Blick war auf sie gerichtet.

Zu ihrem Entsetzen bemerkte Kate wie ihr Herzschlag sich erhöhte, als ein Hitzeschauer ihren Rücken hinunterfuhr. Es war, als sei die Temperatur des Raumes plötzlich um zehn Grad angestiegen. Und dann kippte die Atmosphäre auf einmal und das entstandene erotische Knistern ließ Kate auf eine Art und Weise ihre Weiblichkeit wahrnehmen, wie sie das noch niemals vorher getan hatte. Sie spürte das seidige Material ihrer Unterwäsche zwischen ihren Beinen und gegen ihre Brüste streichen. Ihr ganzer Körper schien extrem durchblutet zu sein, höchst sensibilisiert, und ihre Nippel verhärteten sich unter den Lagen ihrer Kleidung.

Ach du Scheiße.

So fühlt sich das also an, wenn man wirklich von jemandem angezogen wird. Es war weder rational noch logisch. Es gab auch kein Treffen von Gedanken und Herzen. Nein, der Drang war einfach und primitiv; ihr

Körper hatte ihn auf einer animalischen Ebene wahrgenommen und wollte sich fortpflanzen.

Und er fühlte es auch. Sie konnte es daran erkennen, dass seine blauen Augen dunkler geworden waren und seine Lider sich gesenkt hatten. Es war die Art und Weise, wie seine Nasenlöcher sich leicht bewegten, so als würde er ihren Geruch einfangen wollen. Seine Finger, die er zu einer Faust geballt hatte, zuckten und irgendwie wusste sie, dass er versuchte, sich unter Kontrolle zu behalten und nicht hier und jetzt über sie herzufallen.

Kate zweifelte nicht daran, dass er schon auf ihr wäre, wenn sie jetzt alleine sein würden.

Während sie den Unbekannten immer noch anstarrte, begann sie, sich zurückzuziehen. Die Intensität seiner Reaktion auf sie war beunruhigend, geradezu beängstigend. Sie befanden sich mitten in der Notaufnahme, von Menschen umgeben, und alles, an das Kate denken konnte, war heißer, leidenschaftlicher Sex. Sie wusste nichts über ihn, nicht einmal ob er verheiratet oder alleinstehend war. Er könnte auch ein Verbrecher oder ein vollkommenes Arschloch sein.

Oder so ein Mistkerl wie Tony. Wenn Sie von jemandem gelernt hatte, es sich gründlich zu überlegen bevor sie einem Mann traute, dann von ihrem Ex-Freund. Nie wieder in ihrem Leben wollte sie derartige Schwierigkeiten haben — und sie wollte so schnell auch nichts wieder mit Männern zu tun haben.

Aber der Unbekannte war da offensichtlich anderer Meinung.

Als sie sich langsam zurückzog, verengten sich seine Augen und sein Blick wurde schärfer, zielgerichteter.

Und dann ging er auf sie zu, mit einem ungewöhnlich anmutigen Gang für so einen großen Mann. Seine gemächlichen Bewegungen erinnerten Kate an einen Panther und einen Moment lang fühlte sie sich wie eine Maus, die von einer großen Katze gejagt wurde. Instinktiv trat sie einen weiteren Schritt zurück ... und sah, wie sein Mund sich missbilligend zu einer harten Linie zusammen zog.

Als Kate auffiel, dass sie sich wie ein Feigling benahm, hörte sie auf, sich weiter von ihm zu entfernen, blieb stattdessen stehen und richtete sich zu ihren vollen 1,74 Meter auf. Sie war immer die Ruhige und Kompetente gewesen, die alle Stresssituationen problemlos bewältigt hatte — und jetzt das. Sie benahm sich wie ein dummes Schulmädchen, das ihrem ersten Schwarm gegenüber steht. Ja, der Mann beunruhigte sie, aber es gab nichts, vor dem sie Angst haben musste. Was war das Schlimmste, was er machen könnte? Sie um eine Verabredung bitten?

Trotzdem zitterten ihre Hände leicht, als er sich näherte und etwa einen halben Meter von ihr entfernt stehen blieb. Als er so dicht vor ihr stand bemerkte sie, dass er in Wirklichkeit noch größer war, als sie eigentlich gedacht hatte, wahrscheinlich fast 1,90 Meter. Sie war keine kleine Frau, aber neben ihm fühlte sie sich winzig. Und das war kein Gefühl, das sie mochte.

»Sie machen Ihre Arbeit sehr gut.« Seine Stimme war tief und ein wenig rau, mit einem starken osteuropäischen Akzent. Allein ihr Klang löste in Kate einen Schauer aus, der sich ungewohnt aber angenehm anfühlte.

»Ähm, danke«, erwiderte sie ein wenig verunsichert. Sie wusste natürlich, dass sie eine gute Krankenschwester war, aber sie hatte überhaupt nicht damit gerechnet, dass dieser Unbekannte das anerkennen würde.

»Sie haben sich gut um Igor gekümmert. Vielen Dank dafür.«

Igor musste der Patient mit der Schusswunde sein. Der Name klang ausländisch, vielleicht russisch. Das erklärte den Akzent des Fremden. Obwohl er fließend Englisch sprach, war es zweifellos nicht seine Muttersprache.

»Natürlich. Ich hoffe, dass er schnell gesund wird. Ist er ein Verwandter von Ihnen?« Kate war stolz darauf, dass sie so entspannt klang und ihre Stimme nicht zitterte. Hoffentlich bemerkte er nicht, was für eine Wirkung er auf sie hatte.

»Mein Bodyguard.«

Kates Augen wurden groß. Also hatte sie Recht gehabt — dieser Mann war ein großes Tier. Bodyguard? Bedeutete das— »Wurde er während seines Dienstes angeschossen?«, fragte sie und hielt ihren Atem an.

»Die Kugel, die ihn getroffen hat, war eigentlich für mich bestimmt, ja.« Die Stimme des Mannes war sachlich, aber Kate meinte einen Hauch stark unterdrückter Wut aus seinen Worten herauszuhören.

Ach du Scheiße. »Haben Sie schon mit der Polizei gesprochen?«

»Ich habe eine kurze Aussage abgegeben. Ich werde detaillierter mit ihnen reden, sobald Igor stabil und wieder bei Bewusstsein ist.«

Kate nickte nur, weil sie nicht wusste, was sie darauf antworten sollte. Auf den Mann, der gerade vor ihr stand, war heute geschossen worden. Was war er? Ein Mafiaboss? Ein wichtiger Politiker?

Falls sie irgendwelche Zweifel daran gehabt hatte, dieser eigenartigen Anziehung zwischen ihnen nicht auf den Grund zu gehen, dann waren diese jetzt ausgeräumt. Dieser Fremde verhieß nichts Gutes und sie musste sich unter allen Umständen von ihm fern halten.

»Also, ich wünsche Ihrem Bodyguard eine schnelle Erholung«, sagte Kate in einem aufgesetzt fröhlichen Ton. »Wenn keine unvorhergesehenen Komplikationen auftreten, sollte es ihm bald wieder gutgehen—«

»Dank Ihnen.«

Kate nickte erneut, lächelte ihm leicht zu und trat einen Schritt zur Seite, in der Hoffnung, um den Mann herum zu ihrem nächsten Patienten gehen zu können.

Aber er bewegte sich leicht und stellte sich ihr in den Weg. »Ich bin Alex Volkov«, sagte er ruhig und sah zu ihr herunter. »Und Sie sind?«

Kates Puls wurde schneller. Sie konnte die männlichen Absichten hinter dieser Frage spüren und das machte sie nervös. »Bloß eine Krankenschwester, die hier arbeitet«, sagte sie und hoffte, er würde den Wink verstehen.

Tat er aber nicht — oder zumindest ging er nicht darauf ein. »Wie heißen Sie?«

Kate atmete tief durch. Er war definitiv hartnäckig. »Ich bin Katherine Morrell. Wenn Sie mich jetzt bitte entschuldigen würden—«

»Katherine«, wiederholte er und sein Akzent gaben den vertrauten Silben einen exotischen klang. Seine Augen leuchteten mit einem unbekannten Gefühl und sein Mund wurde ein wenig weicher. »Katerina. Das ist ein wunderschöner Name.«

»Vielen Dank. Ich muss jetzt aber wirklich weiter machen ...« Kate hatte es immer eiliger wegzukommen. Er war so groß, als er genau vor ihr stand. Sie brauchte Platz, ein wenig Raum zum Atmen. Seine Nähe war einfach zu überwältigend und sie wurde nervös und unruhig, weil sie dadurch etwas begehrte, von dem sie wusste, dass es schlecht für sie war.

»Sie müssen weiter arbeiten. Ich verstehe«, sagte er leicht belustigt.

Und trotzdem ging er nicht zur Seite. Stattdessen sah sie ihm entsetzt dabei zu, wie er eine seiner großen Hände anhob und ihr mit den Außenseiten seiner Finger über ihre linke Wange strich.

Kate erstarrte und eine Hitzewelle fuhr durch ihren Körper. Seine Berührung war ganz leicht gewesen, aber sie fühlte sich, als wäre sie dadurch gebrandmarkt worden. Sie war zutiefst erschüttert.

»Ich würde Sie gerne wiedersehen, Katerina«, sagte er leise. »Wann endet ihre heutige Nachtschicht?«

Kate sah ihn an und fühlte sich, als würde sie die Kontrolle über die Situation verlieren. »Ich glaube nicht, dass das eine gute Idee ist—«

»Warum nicht?« Seine blauen Augen verengten sich und sein Mund verhärtete sich wieder. »Sind sie verheiratet?«

Einen Moment lang versuchte Kate ihn anzulügen und zu behaupten, dass sie das war. Aber ihre

Ehrlichkeit setzte sich durch. »Nein, aber ich bin derzeit nicht an Verabredungen interessiert—«

»Wer hat denn was von einer Verabredung gesagt?«

Kate blinzelte. Sie war davon ausgegangen dass—

Er hob seine Hand wieder an und stoppte sie dadurch mitten in ihrem Gedanken. Diesmal nahm er eine Strähne ihres langen braunen Haares und ließ es sich durch die Finger fahren, als würde er es genießen, diese Berührung zu spüren.

»Solche Arten von Verabredungen treffe ich nicht«, flüsterte er und seine Stimme war mit ihrem Akzent eigenartig hypnotisierend. »Ich würde gerne mit dir ins Bett gehen. Und ich denke, das würdest du auch.«

* * *

Wenn Sie wissen möchten, wann *Weiße Nächte* erscheinen wird, besuchen Sie bitte meine Webseite http://www.annazaires.com/deutsch.html und melden Sie sich für den Newsletter über meine Neuerscheinungen an.

AUSZUG AUS
DIE GEFANGENE DES KRINAR

Anmerkungen der Autorin: *Dies hier ist eine Vorgeschichte zu den Krinar Chroniken. Sie müssen aber die Geschichte von Mia & Korum nicht kennen, um dieses Buch problemlos lesen zu können. Sie spielt etwa fünf Jahre vor Gefährliche Begegnungen, also etwas zur Zeit der krinarischen Invasion der Erde. Der Auszug und die Beschreibung sind noch nicht editiert und deshalb können spätere Änderungen nicht ausgeschlossen werden.*

* * *

Emily Ross hatte nicht damit gerechnet, ihren tödlichen Sturz im costa-ricanischen Dschungel zu überleben — und sie hätte mit Sicherheit niemals gedacht, in einer eigenartig futuristischen Unterkunft aufzuwachen und von dem schönsten Mann gefangen gehalten zu werden, den sie jemals gesehen hatte. Einem Mann der übermenschlich zu sein schien ...

Zaron ist auf der Erde um die Invasion der Krinar vorzubereiten — und um die furchtbare Tragödie zu vergessen, die sein Leben zerstört hatte. Als er aber den verletzten Körper eines menschlichen Mädchens findet, ändert sich alles. Zum ersten Mal seit vielen Jahren fühlt er mehr als Wut und Trauer ... und Emily ist der Grund dafür. Sie gehen zu lassen, würde seinen Auftrag gefährden, aber sie hier zu behalten könnte ihm noch einmal die gleichen Schmerzen zufügen, erneut sein Leben zerstören.

* * *

Ich will nicht sterben. Ich will nicht sterben. Bitte, bitte, bitte, ich will nicht sterben.

Diese Worte wiederholten sich immer und immer wieder in ihrem Kopf, ein hoffnungsloses Gebet, welches wohl niemals erhört werden würde. Ihre Finger rutschten noch ein Stück weiter von dem Holzbrett herunter und ihre Nägel brachen bei dem Versuch ab, auf keinen Fall loszulassen.

Emily Ross hing im wahrsten Sinne des Wortes an ihren Fingernägeln von einer kaputten alten Brücke. Hunderte von Metern unter ihr floss ein Bergbach, der durch die jüngsten Regenfälle so stark angeschwollen war, dass sein Wasser geradezu über die Felsen schoss.

Diese Regenfälle waren auch teilweise dafür verantwortlich, dass sie sich jetzt in dieser heiklen Lage befand. Wenn das Holz der Brücke trocken gewesen wäre, wäre sie vielleicht nicht ausgerutscht und hätte sich dabei auch nicht ihren Fuß verknackst. Und sie wäre ganz bestimmt nicht auf das Geländer gefallen, das unter ihrem Gewicht zusammengebrochen war.

Im letzten Augenblick hatte sie sich gerade noch verzweifelt festhalten können und somit ihren tödlichen Absturz verhindert. Während sie schon fiel, bekam ihre rechte Hand einen kleinen Übersprung am Rand der Brücke zu fassen und jetzt hing sie in der Luft, einige hundert Meter über dem harten Felsen.

Ich will nicht sterben. Ich will nicht sterben. Bitte, bitte, bitte, ich will nicht sterben.

Das war nicht fair. So war das nicht geplant. Das war ihr Urlaub, ihre Zeit den Kopf freizubekommen. Sie konnte jetzt nicht sterben. Sie hatte doch noch gar nicht angefangen zu leben.

Bilder der letzten zwei Jahre schossen ihr durch den Kopf, so wie die Power Point Präsentationen, mit deren Erstellung sie so viel Zeit verbracht hatte. Bis in die Nachtstunden hinein und selbst an den Wochenenden war sie im Büro gewesen und hatte gearbeitet — und es war alles für umsonst gewesen. Sie hatte ihren Job während der Entlassungswellen verloren und jetzt passierte auch noch das gleiche mit ihrem Leben.

Nein, nein, nein!

Ihre Beine ruderten und ihre Nägel gruben sich tiefer in das Holz. Sie streckte ihren anderen Arm nach oben zur Brücke hin aus. Das würde ihr nicht passieren. Sie würde das nicht zulassen. Sie hatte zu hart dafür gearbeitet, um sich jetzt von diesem blöden Dschungel schlagen zu lassen.

An ihrem Arm floss Blut herunter, als das raue Holz die Haut von ihren Fingern schürfte, aber sie ignorierte die Schmerzen. Ihre einzige Chance zu überleben war, mit ihrer freien Hand die gegenüberliegende Seite der Brücke zu greifen und somit die Möglichkeit zu haben, sich wieder hochzuziehen. Es gab hier niemanden, der ihr helfen konnte, niemanden, der sie retten würde, wenn sie es nicht selber tat.

Als sich Emily zu dieser Reise entschlossen hatte war es ihr nie in den Sinn gekommen, dass sie allein im Regenwald sterben könnte. Sie ging häufig wandern und campen. Selbst nach den letzten zwei Jahren, die sie durch die Hölle gegangen war, war sie immer noch in Form, stark und fit vom Laufen und den ganzen anderen Sportarten, die sie in Highschool und College ausgeübt hatte. Costa Rica war bekannt dafür, ein sicheres Reiseziel mit einer niedrigen Kriminalitätsrate und einer touristenfreundlichen Bevölkerung zu sein. Außerdem war es billig — ein wichtiges Kriterium bei ihrem rapide schwindenden Sparkonto.

Sie hatte diesen Urlaub davor gebucht. Bevor der Markt wieder eingebrochen war, bevor eine weitere Entlassungswelle kam, die Tausende von Wall Street Angestellten ihren Job gekostet hatte. Bevor Emily am Montag zur Arbeit gegangen war, übernächtigt von der ganzen Wochenendarbeit, nur um am gleichen Tag das Büro mit einem kleinen Karton zu verlassen, in dem sich alle ihre privaten Sachen befanden. Bevor ihre Beziehung nach vier Jahren zerbrochen war.

Ihr erster Urlaub nach zwei Jahren und sie würde sterben.

Nein, so darfst du das nicht sehen. Das wird nicht passieren.

Aber Emily wusste, dass sie sich gerade selber belog. Sie merkte, wie ihre Finger immer mehr den Halt verloren und ihre rechter Arm sowie die dazu gehörige Schulter von der Anstrengung brannten, das Gewicht ihres ganzen Körpers halten zu müssen. Ihre linke Hand war nur ein paar Zentimeter davon entfernt, die andere Seite der Brücke greifen zu können, aber diese Zentimeter fühlten sich wie Meter an. Sie hatte aber auch nicht genug Halt, um sich mit einem Arm hochzuziehen.

Tu es, Emily! Nicht lange nachdenken, sondern einfach machen!

Sie nahm all ihre Kraft zusammen, holte mit ihren Beinen aus und nutzte den Schwung, um ihren Körper ein paar Sekunden lang nach oben zu drücken. Ihre linke Hand krallte sich an das überhängende Brett ... und dann knackte das zerbrechliche Stück Holz.

Emilys letzter Gedanke, bevor sie auf dem Felsen aufschlug, war die Hoffnung, dass der Tod schnell käme.

* * *

Der volle und scharfe Geruch der Pflanzen des Dschungels umspielte Zarons Nase. Er atmete tief ein und füllte seine Lunge mit der feuchten Luft. In dieser kleinen Ecke der Erde war sie sauber, fast so rein wie auf seinem Heimatplaneten.

Genau das brauchte er jetzt. Er brauchte die frische Luft und die Einsamkeit. In den letzten sechs Monaten hatte er versucht, vor seinen eigenen Gedanken wegzulaufen und nur den Moment zu leben, aber das war ihm nicht gelungen. Selbst Blut und Sex reichten ihm nicht mehr. Er konnte sich ablenken, solange der Sex anhielt, aber der Schmerz kam immer sofort danach zurück, genauso stark wie vorher.

Und dann war es ihm schließlich zu viel geworden. Der Dreck, die Menschenmassen, der Gestank der Menschheit. Er hatte sich nicht in einem ekstatischen Nebel verloren, er war angeekelt und seine Sinne waren von der vielen Zeit, die er in den menschlichen Städten verbracht hatte, völlig überreizt. Hier war es besser, hier konnte er Luft holen ohne Gift einzuatmen, hier konnte er Leben riechen, anstatt Chemikalien. In ein paar Jahren würde alles anders sein und er würde vielleicht erneut versuchen, in einer menschlichen Stadt zu leben, aber nicht jetzt — nicht bis sie sich nicht vollständig hier niedergelassen hatten.

* * *

Wenn Sie wissen möchten, wann *Die Gefangene des Krinar* erscheinen wird, besuchen Sie bitte meine Webseite http://www.annazaires.com/deutsch.html und melden Sie sich für den Newsletter über meine Neuerscheinungen an.

AUSZUG AUS *DER ZAUBERCODE* VON DIMA ZALES

Anmerkungen der Autorin: Dima Zales ist ein Science-Fiction und Fantasy Romanautor und arbeitet eng mit mir an der Entstehung der *Krinar Chroniken.* Außerdem ist er mein Ehemann. Er hat gerade in Amerika einen Fantasy Roman herausgebracht, der *Der Zaubercode* heißt und diesmal habe ich ihn unterstützt. Obwohl es kein Liebesroman ist, gibt es eine romantische Nebenhandlung (allerdings ohne explizite Sexszenen). Der Auszug und die Beschreibung sind noch nicht editiert und deshalb können spätere Änderungen nicht ausgeschlossen werden.

* * *

Blaise, einst ein respektiertes Mitglied des Rates der Zauberer und jetzt ein Außenseiter, hat das letzte Jahr damit verbracht an einem ganz besonderen magischen Objekt zu arbeiten. Sein Ziel ist es, die Magie jedermann zugänglich zu machen, nicht nur den ausgewählten Zauberern. Das Resultat seiner Arbeit ist allerdings völlig anders, als er sich das jemals vorgestellt hätte — denn anstelle eines Objekts erschafft er *sie*.

Sie ist Gala und alles andere als seelenlos. Sie wurde in der Welt der Magie geboren, ist wunderschön und hochintelligent — und niemand weiß, wozu sie alles fähig ist.

Augusta, eine mächtige Zauberin, sieht Blaises Werk genau als das, was es ist: die vermessenste aller Anmaßungen. Sie hat immer noch Gefühle für Blaise und möchte ihn retten, bevor er den höchsten aller Preise zahlen muss ... für die Abscheulichkeit, die er erschaffen hat.

* * *

Da befand sich eine nackte Frau auf dem Fußboden in Blaises Arbeitszimmer.

Eine wunderschöne, nackte Frau.

Fassungslos starrte Blaise diese hinreißende Kreatur an, die gerade eben aus dem Nichts erschienen war. Sie schaute mit einem befremdlichen Gesichtsausdruck an sich hinunter. Offensichtlich war sie genauso überrascht darüber, hier zu sein, wie er es war, sie hier zu sehen. Ihr welliges, blondes Haar fiel ihren Rücken hinunter und verdeckte dadurch teilweise ihren Körper, der die Perfektion selbst zu sein schien. Blaise versuchte, nicht an diesen Körper zu denken sondern sich stattdessen auf die Situation zu konzentrieren.

Eine Frau. Sie und kein Es. Blaise konnte das kaum glauben. War das möglich? Konnte dieses Mädchen das Objekt sein?

Sie saß mit ihren Beinen unter sich eingeschlagen da und stützte sich auf einem schlanken Arm ab. Diese Pose sah etwas unbeholfen aus, so als wüsste sie nicht so recht, was sie mit ihren eigenen Gliedmaßen anstellen sollte. Trotz ihrer Kurven, die sie als eine ausgewachsene Frau kennzeichneten, strahlte die völlig unbefangene Art und Weise, wie sie dort saß — die erkennen ließ, dass sie sich ihrer eigenen Reize nicht bewusst war — eine kindliche Unschuld aus.

Blaise räusperte sich und dachte darüber nach, was er sagen könnte. In seinen wildesten Träumen hätte er sich niemals vorstellen können, dass so etwas das Ergebnis dieses Projekts sein würde, welches in den letzten Monaten sein ganzes Leben bestimmt hatte.

Als sie das Geräusch hörte drehte sie ihren Kopf, um ihn anzusehen, und Blaise bemerkte, dass sie ungewöhnlich hellblaue Augen hatte.

Sie blinzelte, legte ihren Kopf leicht zur Seite und nahm ihn mit sichtbarer Neugier in Augenschein. Blaise fragte sich, was sie wohl gerade sah. Er hatte seit zwei Wochen kein Tageslicht mehr gesehen und es würde ihn nicht wundern, wenn er im Moment wie ein verrückter Zauberer aussah. Sein Gesicht war von etwa einer Woche alten Bartstoppeln übersät und er wusste, dass sein dunkles Haar ungekämmt war und in alle Richtungen abstand. Hätte er gewusst, heute einer so wunderschönen Frau gegenüber zu stehen, hätte er am Morgen einen Pflegezauber gewirkt.

»Wer bin ich?«, fragte sie und verunsicherte Blaise damit. Ihre Stimme war weich und feminin, genauso anziehend wie der Rest von ihr. »Wo bin ich? Was ist das hier für ein Ort?«

»Das weißt du nicht?« Blaise war froh, endlich einen halb zusammenhängenden Satz herausbekommen zu haben. »Du weißt weder, wer du bist noch wo du bist?«

Sie schüttelte ihren Kopf. »Nein.«

Blaise schluckte. »Ich verstehe.«

»Was bin ich?«, fragte sie erneut und blickte ihn mit diesen unglaublichen Augen an.

»Also«, sagte Blaise langsam, »wenn du kein grausamer Scherzbold oder ein Produkt meiner Einbildung bist, dann ist das jetzt etwas schwierig zu erklären ...«

Sie beobachtete seinen Mund, während er sprach und als er aufhörte, sah sie wieder auf und ihre Blicke trafen sich. »Das ist eigenartig«, sagte sie, »solche Worte in der Realität zu hören. Das waren gerade die ersten wirklichen Worte, die ich jemals gehört habe.«

Blaise fühlte, wie ihm ein Schauer über den Rücken lief. Er stand von seinem Stuhl auf und begann hin und her zu gehen, sorgsam darauf bedacht, seinen Blick von ihrem nackten Körper abzuwenden. Er hatte damit gerechnet, dass etwas erschien. Ein magisches Objekt, eine Sache. Er hatte nur nicht gewusst, welche Form es annehmen würde. Ein Spiegel vielleicht, oder eine Lampe. Vielleicht sogar so etwas Ungewöhnliches wie die Lebensspeicher Sphäre, die wie ein großer runder Diamant auf seinem Arbeitstisch stand.

Aber eine Person? Und dann auch noch weiblich?

Zugegeben, er hatte versucht, dem Objekt

Intelligenz zu geben und die Fähigkeit, menschliche Sprache zu verstehen, um diese in den Code umzuwandeln. Vielleicht sollte er gar nicht so überrascht sein, dass die Intelligenz die er herbeigerufen hatte eine menschliche Form angenommen hatte.

Eine wunderschöne, weibliche, sinnliche Hülle.

Konzentriere dich Blaise, konzentriere dich!

»Wieso läufst du so herum?« Sie stand langsam auf und ihre Bewegungen waren dabei unsicher und eigenartig tollpatschig. »Sollte ich auch umhergehen? Unterhalten sich Menschen so miteinander?«

Blaise hielt vor ihr an und bemühte sich, seine Augen oberhalb ihres Halses zu behalten. »Es tut mir leid. Ich bin es nicht gewohnt, nackte Frauen in meinem Arbeitszimmer zu haben.«

Sie fuhr sich mit ihren Händen an ihrem Körper hinunter, so als würde sie ihn zum allerersten Mal fühlen. Was auch immer sie vorhatte, Blaise fand diese Bewegung höchst erotisch.

»Stimmt etwas mit meinem Aussehen nicht?«, wollte sie von ihm wissen. Das war so eine typisch weibliche Sorge, dass Blaise ein Lächeln unterdrücken musste.

»Ganz im Gegenteil«, versicherte er ihr. »Du siehst unvorstellbar gut aus.« So gut sogar, dass er Schwierigkeiten hatte, sich auf etwas anderes als auf ihre Rundungen zu konzentrieren. Sie war mittelgroß und so perfekt proportioniert, sie hätte als Vorlage für einen Bildhauer dienen können.

»Warum sehe ich so aus?« Ein leichtes Runzeln erschien auf ihrer glatten Stirn. »Was bin ich?« Der letzte Teil schien sie am meisten zu beschäftigen.

Blaise holte tief Luft und versuchte, seinen rasenden Puls zu beruhigen. »Ich denke, ich könnte da eine Vermutung wagen, aber bevor ich das mache, möchte ich dir erst einmal etwas zum Anziehen geben. Bitte warte hier — ich bin sofort wieder zurück.«

Ohne eine Antwort abzuwarten, eilte er zur Tür.

* * *

Wenn Sie wissen möchten, wann *Der Zaubercode* erscheinen wird, besuchen Sie bitte Dima Zales' Webseite http://www.dimazales.com/deutsch.html und melden Sie sich für den Newsletter über meine Neuerscheinungen an. Sie können auch über Facebook, Twitter und Goodreads Kontakt mit ihm in Verbindung treten.

ÜBER DIE AUTORIN

Anna Zaires hat sich schon im zarten Alter von fünf Jahren in Bücher verliebt, in dem ihr ihre Großmutter das Lesen beibrachte. Kurz darauf schrieb sie auch schon ihre erste Geschichte. Seitdem lebt Anna neben der realen Welt auch ständig in einer Phantasiewelt, in der ihr nur ihre eigene Vorstellungskraft Grenzen setzen kann. Zurzeit lebt die verheiratete Autorin in Florida, zusammen mit ihrem Traummann, dem Sience-Fiction und Fantasy Romanautoren Dima Zales, der auch eng mit ihr an der Erschaffung der *Krinar Chroniken* arbeitet.

Nach ihrem abgeschlossenen Wirtschaftsstudium an der Universität von Chicago hat Anna acht Jahre lang an der Wall Street Aktien analysiert und Untersuchungsberichte geschrieben. 2013 wurde sie dann eine Vollzeitschriftstellerin und erfüllte sich damit ihren lebenslangen Traum, Romanautorin zu werden.

Dima Zales ist die Liebe ihres Lebens und eine enorme Inspiration in allen Bereichen ihrer Arbeit. Jedes Buch, das Anna schreibt, ist ein Produkt dieser einzigartigen Zusammenarbeit.

Neben dem Lesen und Schreiben liebt Anna Tee trinken (Kokosnuss Oolong gefällig?), süchtig machende TV Serien anzuschauen und Buchideen auf ausgedehnten Spaziergängen mit ihrem wundervollen Mann zu besprechen.

Außerdem freut Anna sich immer riesig, von ihren Lesern zu hören, also scheuen Sie sich nicht, sie über diese Website zu kontaktieren oder sie auf Facebook zu ihren Kontakten hinzuzufügen, da sie dort sowieso viel zu viel Zeit verbringt. Schauen Sie doch bitte auch mal auf der Seite ihres Ehemannes und Arbeitspartners Dima Zales auf http://www.dimazales.com/deutsch.html vorbei und werfen Sie einen Blick auf seine Fantasy und Science-Fiction-Romane.

Wenn Sie mehr erfahren möchten, besuchen Sie bitte http://www.annazaires.com/deutsch.html.

12477648R00245

Printed in Poland
by Amazon Fulfillment
Poland Sp. z o.o., Wrocław